U0046375

서울대 한국어

Student's Book 6B

서울대학교 언어교육원

EZ Korea 教材 22

首爾大學韓國語6B

서울대 한국어 6B (Student's Book)

作　　者：首爾大學語言教育院
編　　輯：邱曼瑄
翻　　譯：曾子珉
審　　訂：楊人從
行銷人員：陳品萱
封面設計：呂佳芳
內頁排版：簡單瑛設

發 行 人：洪祺祥
副總經理：洪偉傑
副總編輯：曹仲堯
法律顧問：建大法律事務所
財務顧問：高威會計師事務所

出　　版：日月文化出版股份有限公司
製　　作：EZ叢書館
地　　址：臺北市信義路三段151號8樓
電　　話：(02) 2708-5509
傳　　真：(02) 2708-6157
客服信箱：service@heliopolis.com.tw
網　　址：www.heliopolis.com.tw
郵撥帳號：19716071日月文化出版股份有限公司

總 經 銷：聯合發行股份有限公司
電　　話：(02) 2917-8022
傳　　真：(02) 2915-7212

印　　刷：中原造像股份有限公司
初　　版：2020年10月
定　　價：650元
I S B N：978-986-248-914-7

首爾大學韓國語 . 6B / 首爾大學語言教育院作 ; 曾子珉翻譯 . -- 初版 . -- 臺北市 : 日月文化 , 2020.10
面 ;　公分 . -- (EZ Korea 教材 ; 22)
ISBN 978-986-248-914-7 (平裝)

1. 韓語　2. 讀本

803.28　　109012006

머리말

<서울대 한국어 6B Student's Book>은 한국어 성인 학습자를 위한 정규 과정용(약 200시간) 한국어 교재 시리즈 중 여섯 번째 책이다. 이 책은 1,000시간의 한국어 교육을 받았거나 그에 준하는 한국어 능력을 가진 성인 학습자들이 정치, 경제, 사회, 문화 등 사회적 영역과 관련된 심화된 주제로 의사소통을 하고 전문 분야에서의 연구나 업무 수행에 필요한 언어 기능을 익힐 수 있도록 하는 데 목적이 있다. 이를 위해 본 책은 다음과 같은 특징을 가지고 있다.

첫째, 고급 학습자에게 적합한 주제를 선정하고 이를 기반으로 의사소통 활동이 이루어지도록 주제 중심적 교수요목으로 구성하였다. 주제는 정치, 경제, 사회, 문화, 과학, 문학 등 광범위한 분야에 걸쳐 선정함으로써 의사소통 능력을 함양함과 동시에 고급 학습자에게 필요한 지식을 습득할 수 있도록 하였다. 또한 대주제의 하위에 2개의 소주제를 설정하여 단원 구성을 함으로써 해당 주제에 대한 심화 학습을 꾀하였다.

둘째, 대단원 내에서 듣기와 말하기, 읽기와 쓰기가 연계되도록 과를 구성함으로써 구어와 문어의 집중 학습이 가능하도록 하였다. 듣기와 읽기는 주제를 중심으로 선정된 다양한 텍스트를 이해하도록 하고 후 활동으로 말하기와 쓰기를 각각 통합하였다. 특히 듣기와 읽기의 이해 활동을 중심 내용 파악하기, 세부 내용 파악하기, 추론하기, 태도 파악하기 등으로 구분하여 제시함으로써 목표 중심적인 활동이 이루어지도록 하였다.

셋째, 듣기와 연계된 말하기 과제, 읽기와 연계된 쓰기 과제를 각각 구성하였다. 말하기 과제는 요약하기, 발표하기, 토의하기, 토론하기 등의 기능을 수행하도록 하되 발표하기와 토론하기는 여러 과에 걸쳐 단계적으로 제시함으로써 고급 학습자에게 필수적인 기능을 집중적으로 학습할 수 있도록 하였다. 쓰기 과제는 문장 단위의 쓰기와 텍스트 단위의 쓰기로 구분하여 문장 단위의 쓰기는 조사, 시제, 어미, 호응 관계, 어휘 사용 오류 등 언어 지식적인 측면의 학습이 가능하도록 하였다. 텍스트 단위의 쓰기는 장르 중심 쓰기를 중심으로 하여 논설문, 설명문, 평전, 묘사문, 서사문 등의 쓰기가 과정 중심적으로 이루어지도록 하였다.

넷째, 고급 수준의 어휘 및 문법 학습이 체계적으로 이루어지도록 구성하였다. 어휘는 주제 어휘와 유형별 어휘를 구분하여 제시하였다. 주제 어휘는 각 과의 주제와 유기적으로 연계될 수 있도록 의미장으로 제시하여 체계적인 어휘력을 기를 수 있도록 하였다. 또한 매 단원별로 의성어, 의태어, 관용어, 속담, 한자성어 등 유형별 어휘를 제시하여 어휘 확장을 꾀하고 언어와 문화의 통합 학습이 가능하도록 하였다. 또한 고급 수준의 학습자에게 필요한 문법 항목을 제시하여 학습자가 상위 수준의 의사소통 맥락에서 적합한 구조를 사용할 수 있도록 하였다.

다섯째, 사진과 삽화 등 다양한 시각 자료를 풍부하게 제공하여 실제적이고 흥미 있는 학습이 가능하도록 하였다. 단원의 각 항목을 이해하는 데 도움이 되는 시각 자료를 통해 의미와 상황을 정확하게 전달하고 학습자의 흥미를 유발함으로써 학습 효과를 높이고자 하였다.

이 책이 완성되기까지 많은 분들의 노력과 수고가 있었다. 오랜 기간에 걸쳐 집필 및 출판 과정에 참여한 교재개발위원회 선생님들의 헌신이 없었다면 책이 만들어질 수 없었을 것이다. 또한 2012년 봄 학기부터 2014년 봄 학기에 걸쳐 6급을 사용하며 꼼꼼하게 수정해 주신 최지훈, 선우용, 박지영, 정인아, 강유리, 하승현 선생님, 2013년 겨울 학기에 말레이시아 프로그램에서 사용하며 수정 의견을 추가해 주신 장은아, 장용원, 이창용, 조용미, 신필여, 박유미, 이희진, 신윤희 선생님, 원고의 교열을 담당해 주신 이소연, 민유미 선생님, 시험 사용 교재의 삽화를 담당해 주신 조소명, 송지성 선생님, 정확한 발음으로 녹음을 해 주신 성우 임채헌, 윤미나 선생님의 노고에 감사를 드린다. 아울러 책이 출판되기까지 오랜 기간 동안 작업을 도와주신 투판즈의 사장님과 도현정 부장님, 박형만 편집팀장님, 양승주 대리님, 김지연 주임님을 비롯한 편집진 여러분께도 고마운 마음을 전한다.

2015. 7.

서울대학교 언어교육원

원장 **전 영 철**

院長的話

〈首爾大韓語6B Student's Book〉是韓語成人學習者正規課程用（約200小時）韓語教材系列的第六本書。這本書的目的是協助受過1000小時韓語教育或同等韓語能力的成人學習者，熟悉政治、經濟、社會、文化等社會性領域及相關深入的主題，以從事專門領域研究或業務執行上必要的語言技能。本書有以下特點。

第一點，選擇適合高級學習者的主題，並以此為基礎，為使其能進行人際溝通而以主題深入的教學大綱所組成。 主題選擇橫跨政治、經濟、社會、文化、科學、文學等大範圍領域，在培養溝通能力的同時，也讓高級學習者習得必要的知識。此外，大主題下設定2個小主題，透過單元式的結構對該主題做深入學習。

第二點，大單元內的課程，結合了聽力、口說、閱讀跟寫作，讓讀者可集中學習口語跟書面語。聽力與閱讀旨在理解以主題為中心選定的各種內容後，運用活動來各自統整口說跟寫作。我們也特別將聽力與閱讀的理解活動分成「掌握中心內容、掌握細部內容、推論、掌握態度」等，並希望您透過提示以達成目標導向活動。

第三點，編排與聽力連結的口說習題以及閱讀連結的寫作習題。口說習題部分則是履行「概括、發表、商議、討論」等技能，其中「發表」與「討論」則跨各課階段式提示，讓高級學習者可以集中學習所需的技能。寫作習題則分成句子單位的寫作與課文單位的寫作，句子單位的寫作可學習助詞、時態、詞尾、相互呼應、詞彙誤用等語言知識面。課文單位的寫作則以體裁類型為中心，將論說文、說明文、評傳、描述文、敘事文等寫作則以課程為核心所構成。

第四點，系統性地列舉高級水準的詞彙與文法學習。詞彙分成主題詞彙跟各類型詞彙。透過語義場 的揭示，使主題詞彙與各課的主題能緊密連結，藉此系統性地培養詞彙能力。此外每單元分別列出擬聲語、擬態語、慣用語、俗語、漢字成語等各類型詞彙用以擴大讀者的詞彙量，並可綜合學習語言與文化。同時，列舉高級水準的學習者所必備的文法項目，讓學習者可在高水準的溝通脈絡中使用適合的句構。

第五點，提供豐富的各種照片與插圖等視覺資料，讓您進行寫實又有趣的學習。透過有助於理解單元內各主題的影像資料，正確傳達意義與狀況，引起學習者的興趣以提高學習效果。

本書的出版有賴於各方人士的努力與辛勞。若無長期參與執筆與出版過程的教材開發委員會老師們的貢獻，本書便無法付梓。此外感謝2012年春季學期開始到2014年春季學期，使用6級並仔細修正的Choi Jihun、Sun Wooyong、Park Jiyoung、Jung Ina、Kang Yuri、Ha Seunghyun老師，2013年冬季學期在馬來西亞計畫中使用並追加修正意見的Jang Euna、Jang Yongwon、Lee Changyong、Cho Yongmi、Shin Pilyeo、Park Yumi、Lee Heejin、Shin Yoonhee老師，擔任原稿校閱的Lee Soyeon、MinYumi老師，擔任測驗使用教材插圖的Cho Somyung、Song Jisung老師，以標準發音進行錄音的配音員Im Chaeheon、Yoon Mina老師的辛勞。此外也向此書出版前長期協助作業的Two Ponds社長與DoHyunjung部長、Park Hyungman編輯組長、Yang Seungju代理、Kim Jiyeon主任等編輯團隊致上感謝之意。

2015. 7

首爾大學語言教育院

院長 全永鐵

일러두기 本書使用方法

首爾大學韓國語6B Student's book總共有8個單元16課。各單元由2課所組成，第1課由들어가기（進入本課）、어휘와 문법（詞彙與文法）、듣기（聽力）、말하기（口說）、어휘와 표현 목록（詞彙與表達目錄）所組成，第2課則是들어가기（進入本課）、어휘와 문법（詞彙與文法）、읽기（閱讀）、쓰기（寫作）、어휘와 표현 목록（詞彙與表達目錄）所組成。此外每個單元都包含자기 평가（自我評量）、보충 어휘（補充詞彙）。各課的細部內容如下。

VIII
사고방식과 문화
思考方式與文化
1 문화 차이
2 차이와 차별

列舉各課主題、詞彙、文法跟表達、聽力、口說或閱讀、寫作的學習目標。

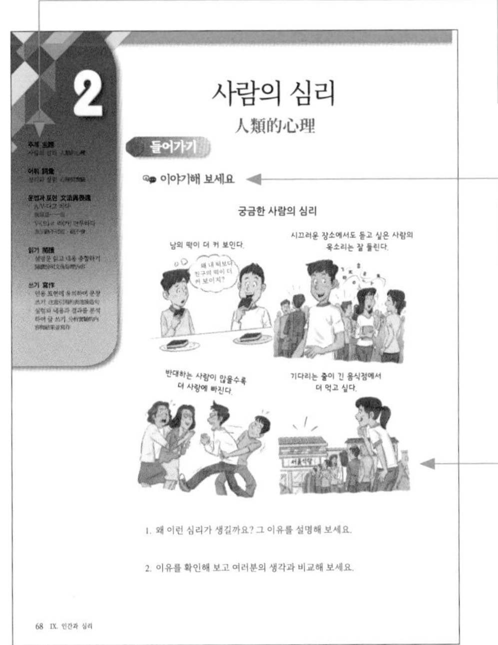

들어가기

列舉該課的主題、詞彙、文法與表達、聽力與口說，或閱讀跟寫作的學習目標。

이야기해 보세요

活用圖片或照片、圖表等視覺資料帶進主題，活化學習者的背景知識，並引起內在動機。

透過與主題相關的簡單問題帶進主題。

일러두기 本書使用方法

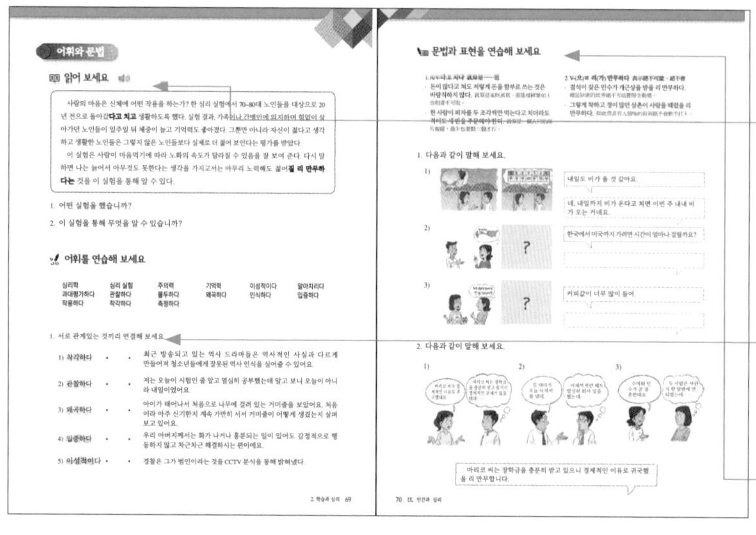

어휘와 문법

읽어 보세요

사람의 마음은 신체에 어떤 작용을 하는가? 한 심리 실험에서 70~80대 노인들을 대상으로 20년 전으로 돌아갔**다고 치고** 생활하도록 했다. 실험 결과, 가족이나 간병인에 의지하며 힘없이 살아가던 노인들이 일주일 뒤 체중이 늘고 기억력도 좋아졌다. 그뿐만 아니라 자신이 젊다고 생각하고 생활한 노인들은 그렇지 않은 노인들보다 실제로 더 젊어 보인다는 평가를 받았다.

이 실험은 사람이 마음먹기에 따라 노화의 속도가 달라질 수 있음을 잘 보여 준다. 다시 말하면 나는 늙어서 아무것도 못한다는 생각을 가지고서는 아무리 노력해도 젊어**질 리 만무하다는** 것을 이 실험을 통해 알 수 있다.

1. 어떤 실험을 했습니까?
2. 이 실험을 통해 무엇을 알 수 있습니까?

어휘를 연습해 보세요

심리학 과대평가하다 작용하다 심리 실험 관찰하다 착각하다 주의력 몰두하다 측정하다 기억력 왜곡하다 이성적이다 인식하다 알아차리다 입증하다

1. 서로 관계있는 것끼리 연결해 보세요.

1) 착각하다 • • 최근 방송되고 있는 역사 드라마들은 역사적인 사실과 다르게 만들어져 청소년들에게 잘못된 역사 인식을 심어줄 수 있어요.
2) 관찰하다 • • 저는 오늘이 시험인 줄 알고 열심히 공부했는데 알고 보니 오늘이 아니라 내일이었어요.
3) 왜곡하다 • • 아이가 태어나서 처음으로 나무에 걸려 있는 거미줄을 보았어요. 처음이라 아주 신기한지 계속 가만히 서서 거미줄이 어떻게 생겼는지 살펴보고 있어요.
4) 입증하다 • • 우리 아버지께서는 화가 나거나 흥분되는 일이 있어도 감정적으로 행동하지 않고 차근차근 해결하시는 편이에요.
5) 이성적이다 • • 경찰은 그가 범인이라는 것을 CCTV 분석을 통해 밝혀냈다.

2. 학습과 심리 69

문법과 표현을 연습해 보세요

- 돈이 많다고 쳐도 저렇게 돈을 함부로 쓰는 것은 바람직하지 않다.
- 한 사람이 피자를 두 조각씩만 먹는다고 치더라도 적어도 세 판을 주문해야 한다.

2. V-(으)ㄹ 리(가) 만무하다

- 결석이 잦은 민수가 개근상을 받을 리 만무하다.
- 그렇게 착하고 정이 많던 삼촌이 사람을 때렸을 리 만무하다.

1. 다음과 같이 말해 보세요.

1) 내일도 비가 올 것 같아요. / 네, 내일까지 비가 온다고 치면 이번 주 내내 비가 오는 거네요.
2) 한국에서 미국까지 가려면 시간이 얼마나 걸릴까요?
3) 커피값이 너무 많이 들어.

2. 다음과 같이 말해 보세요.

마리코 씨는 장학금을 충분히 받고 있으니 경제적인 이유로 귀국했을 리 만무합니다.

70 IX. 인간과 심리

● 어휘와 문법

읽어 보세요

跟主題相關的短文中包含主題詞彙與文法，讓您在脈絡中熟悉意義與用法。

어휘를 연습해 보세요

將主題詞彙以相關詞彙集合展示，以進行簡單的詞彙練習。

문법과 표현을 연습해 보세요

文法跟表達以例句展示，並進行句子完成、對話練習等。

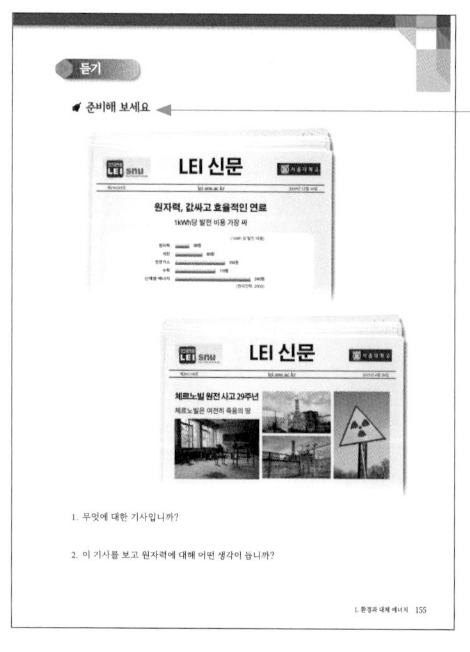

듣기

준비해 보세요

1. 무엇에 대한 기사입니까?
2. 이 기사를 보고 원자력에 대해 어떤 생각이 듭니까?

1. 환경과 대체 에너지 155

● 듣기

준비해 보세요

透過圖片或照片等，活化背景知識、引發學習動機。

들어 보세요1/ 들어 보세요2

聆聽對話、對談、演說、討論、評論、新聞等各種口語文本，熟悉掌握細部內容、掌握主題、推論等各種聽力技巧。

이야기해 보세요

將聽力跟口說連結，深化學習的主題後將其內化。

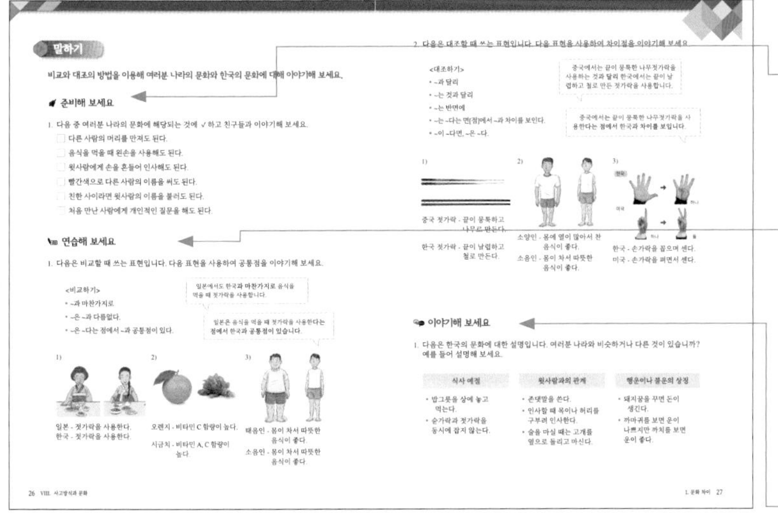

말하기

준비해 보세요

活化學習者背景知識，並使其順利實行口說技能。

연습해 보세요

列舉出「比較並對照後說說看」、「有效率地說明」、「商議」、「討論」、「訪談」等口說技能相關表達方式，並透過練習熟悉這些技能。

이야기해 보세요

學習者個別或是與同伴互動，蒐集主意或資料執行口說習題。熟悉各種發表、討論、介紹、商議、概括等多種口說技術。

일러두기 本書使用方法

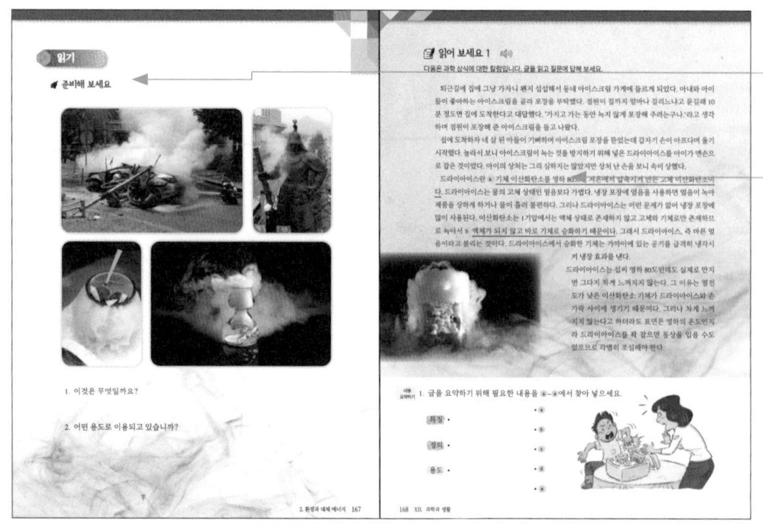

읽기

준비해 보세요

1. 이것은 무엇일까요?

2. 어떤 용도로 이용되고 있습니까?

2. 환경과 대체 에너지 167

읽어 보세요 1

다음은 과학 상식에 대한 칼럼입니다. 글을 읽고 질문에 답해 보세요.

퇴근길에 집에 그냥 가자니 왠지 섭섭해서 동네 아이스크림 가게에 들르게 되었다. 아내와 아이들이 좋아하는 아이스크림을 골라 포장을 부탁했다. 점원이 집까지 얼마나 걸리느냐고 묻길래 10분 정도면 집에 도착한다고 대답했다. '가지고 가는 동안 녹지 않게 포장해 주려는구나.'라고 생각하며 점원이 포장해 준 아이스크림을 들고 나왔다.

집에 도착하자 네 살 된 아들이 기뻐하며 아이스크림 포장을 뜯었는데 갑자기 손이 아프다며 울기 시작했다. 놀라서 보니 아이스크림이 녹는 것을 방지하기 위해 넣은 드라이아이스를 아이가 맨손으로 잡은 것이었다. 아이의 상처는 그리 심하지는 않았지만 상처 난 손을 보니 속이 상했다.

드라이아이스란 ⓐ 기체 이산화탄소를 영하 80도 저온에서 압축시켜 만든 고체 이산화탄소이다. 드라이아이스는 물의 고체 상태인 얼음보다 가볍다. 냉장 포장에 얼음을 사용하면 얼음이 녹아 제품을 상하게 하거나 물이 흘러 불편하다. 그러나 드라이아이스는 이런 문제가 없어 냉장 포장에 많이 사용된다. 이산화탄소는 1기압에서는 액체 상태로 존재하지 않고 고체와 기체로만 존재하므로 녹아서 ⓑ 액체가 되지 않고 바로 기체로 승화하기 때문이다. 그래서 드라이아이스, 즉 마른 얼음이라고 불리는 것이다. 드라이아이스에서 승화한 기체는 가까이에 있는 공기를 급격히 냉각시켜 냉장 효과를 낸다.

드라이아이스는 섭씨 영하 80도인데도 실제로 만지면 그다지 차게 느껴지지 않는다. 그 이유는 열전도가 낮은 이산화탄소 기체가 드라이아이스와 손가락 사이에 생기기 때문이다. 그러나 차게 느껴지지 않는다고 하더라도 표면은 영하의 온도인지라 드라이아이스를 꽉 잡으면 동상을 입을 수도 있으므로 각별히 조심해야 한다.

내용 요약하기 1. 글을 요약하기 위해 필요한 내용을 ⓐ~ⓔ에서 찾아 넣으세요.

특징 ·

정의 ·

용도 ·

168 XII. 과학과 생활

● 읽기

준비해 보세요

透過圖片或照片等活化或提供背景知識，引發學習動機。

읽어 보세요

閱讀說明文、專欄、社論、新聞報導等各種書面文本，熟悉瀏覽、仔細閱讀、掌握主題、發現主張與根據等各種閱讀技術。

이야기해 보세요

將閱讀跟口說連結以強化學習內容，並表達個人化資訊。

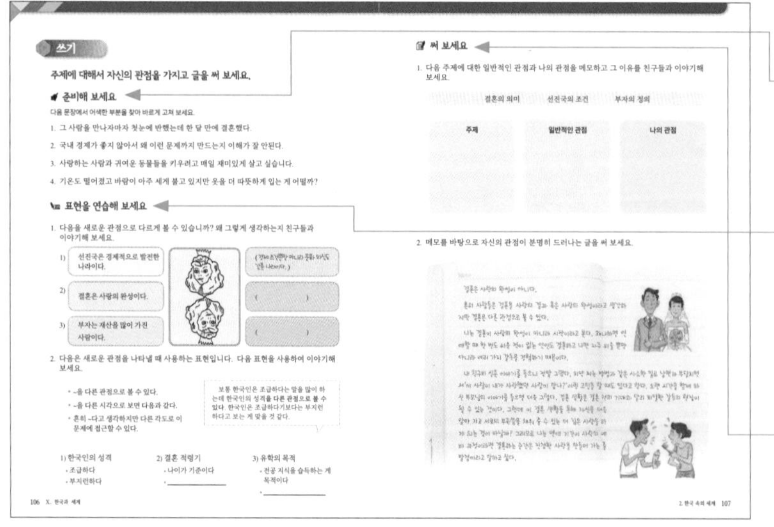

쓰기

주제에 대해서 자신의 관점을 가지고 글을 써 보세요.

준비해 보세요

다음 문장에서 어색한 부분을 찾아 바르게 고쳐 보세요.

1. 그 사람을 만나자마자 첫눈에 반했는데 한 달 만에 결혼했다.
2. 국내 경제가 좋지 않아서 왜 이런 문제까지 만드는지 이해가 잘 안된다.
3. 사랑하는 사람과 귀여운 동물들을 키우려고 매일 재미있게 살고 싶습니다.
4. 기온도 떨어졌고 바람이 아주 세게 불고 있지만 옷을 더 따뜻하게 입는 게 어떨까?

표현을 연습해 보세요

1. 다음을 새로운 관점으로 다르게 볼 수 있습니까? 왜 그렇게 생각하는지 친구들과 이야기해 보세요.

1) 선진국은 경제적으로 발전한 나라이다.

2) 결혼은 사랑의 완성이다. ( )

3) 부자는 재산을 많이 가진 사람이다. ( )

2. 다음은 새로운 관점을 나타낼 때 사용하는 표현입니다. 다음 표현을 사용하여 이야기해 보세요.

- -을 다른 관점으로 볼 수 있다.
- -을 다른 시각으로 보면 다음과 같다.
- 흔히 -다고 생각하지만 다른 각도로 이 문제에 접근할 수 있다.

보통 한국인은 조급하다는 말을 많이 하는데 한국인의 성격을 다른 관점으로 볼 수 있다. 한국인은 조급하다기보다는 부지런하다고 보는 게 맞을 것 같다.

1) 한국인의 성격
- 조급하다
- 부지런하다

2) 결혼 적령기
- 나이가 기준이다
- ______

3) 유학의 목적
- 전공 지식을 습득하는 게 목적이다
- ______

106 X. 한국과 세계

써 보세요

1. 다음 주제에 대한 일반적인 관점과 나의 관점을 메모하고 그 이유를 친구들과 이야기해 보세요.

결혼의 의미 / 선진국의 조건 / 부자의 정의

주제	일반적인 관점	나의 관점

2. 메모를 바탕으로 자신의 관점이 분명히 드러나는 글을 써 보세요.

2. 한국 속의 세계 107

● 쓰기

준비해 보세요

修正頻繁出現的寫作錯誤，以提高句子寫作的正確性。

표현을 연습해 보세요

列舉論證、概括、說明、敘事型寫作技能相關的表達方式，並透過練習熟練這些技能。

써 보세요

學習者個別或是與邊與同伴互動來執行寫作習題。熟悉論說文、說明文、描述文等各種種類的文章寫作。

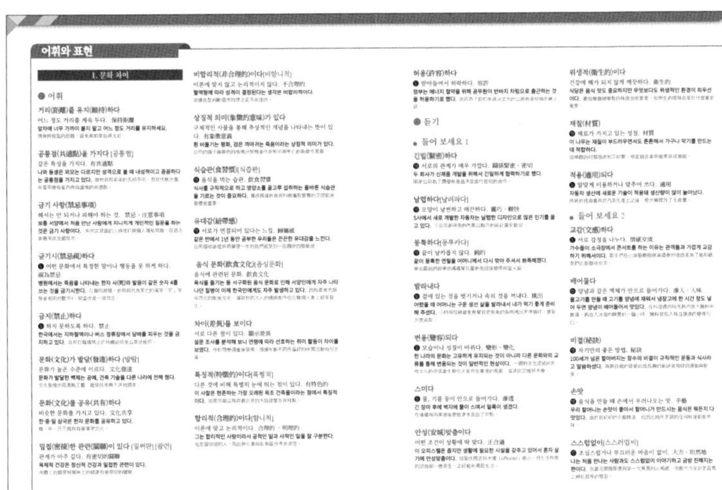

● 어휘와 표현

提供該課出現的詞彙與表達的釋義（韓中對照）、例句、發音，必要時並一同展示有助理解的圖片。適用音韻規則的詞彙在[]內標記發音，漢字詞則同時提供漢字資訊。

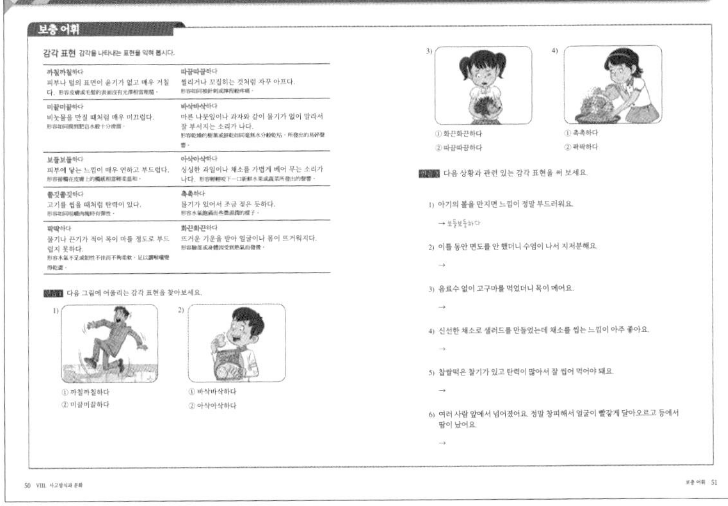

● 자기 평가

學習者透過檢測自己學習的程度來引導其自主學習。

● 보충 어휘

掌握慣用語、俗語、擬聲語、擬態語等各類型詞彙的意義，並使學習者理解詞彙在文脈中的用法。

일러두기 本書使用方法

부록

附錄由〈듣기 지문 聽力原文與翻譯〉、〈읽기 번역 閱讀文章翻譯〉、〈모범 답안 標準答案〉、〈어휘색인 詞彙索引〉組成。

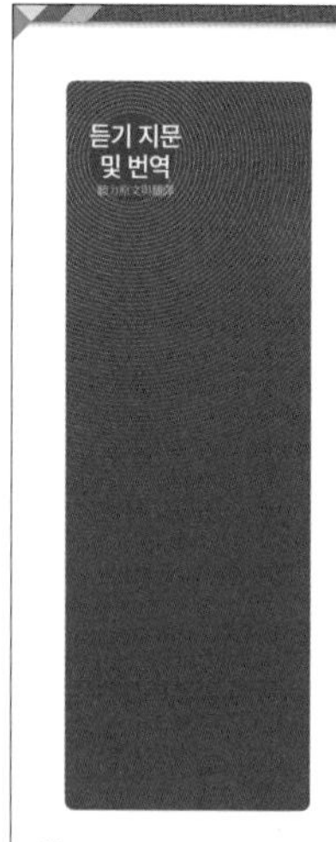

듣기 지문 聽力原文與翻譯

提供各課的「들어 보세요」的內容文本和中文翻譯。

읽기 번역 閱讀文章翻譯

提供各課的「읽어 보세요」之中文翻譯。

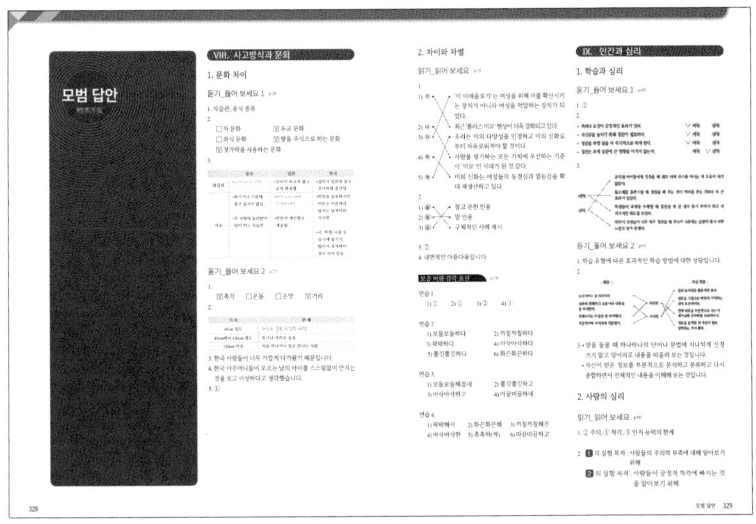

모범 답안 標準答案

將含各課「들어 보세요」、「읽어 보세요」、「보충 어휘」的答案以標準答案的型態提供。

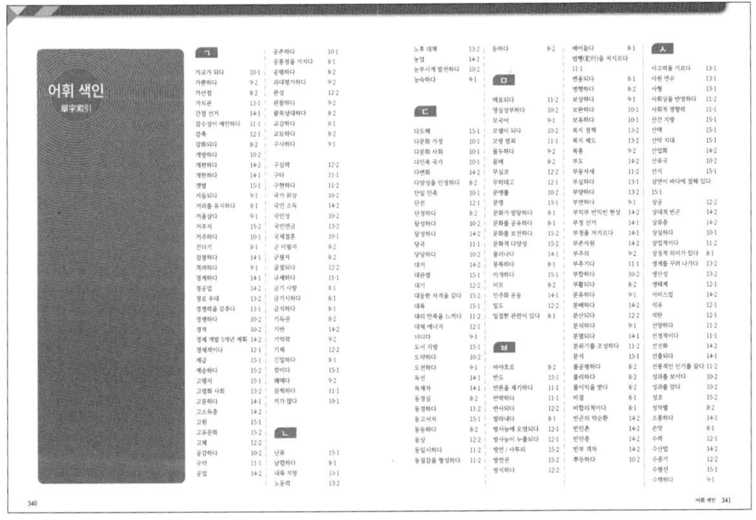

어휘 색인 詞彙索引

將各課的詞彙與表達按照字母的順序整理，同時展示出現的單元跟課。

線上音檔QRCode

線上音檔使用說明：

1)掃描QRCode→ 2)回答問題→ 3)完成訂閱→ 4)聆聽全音檔

차례 目錄

교재 구성표 課程大綱

대단원명	소단원명	기능	
Ⅷ. 사고방식과 문화	1과 문화 차이	듣기	말하기
		• 강연 듣고 공통점과 차이점 찾아내기 • 대화 듣고 관련 사례 말하기	• 비교 대조하여 말하기
	2과 차이와 차별	읽기	쓰기
		• 칼럼 읽고 주장의 근거 파악하기	• 어휘에 유의하며 문장 쓰기 1 • 주장하는 글 쓰기 2 (서론, 본론, 결론을 갖추어 쓰기)
Ⅸ. 인간과 심리	1과 학습과 심리	듣기	말하기
		• 토론 듣고 주장, 근거 구분하기 • 상담 대화 듣고 특징 분류하기	• 효과적으로 설명하기 (사례 소개하기, 부연하기)
	2과 사람의 심리	읽기	쓰기
		• 설명문 읽고 내용 종합하기	• 인용 표현에 유의하며 문장 쓰기 • 실험의 내용과 결과를 분석하여 글 쓰
Ⅹ. 한국과 세계	1과 한국 속의 세계	듣기	말하기
		• 방송 듣고 평가하기 • 토의 듣고 결정 사항 파악하기	•토의하기
	2과 세계 속의 한국	읽기	쓰기
		• 설명문 읽고 글쓴이의 관점 파악하기	• 연결 어미에 유의하여 문장 쓰기 1 • 자신의 관점으로 글 쓰기
ⅩⅠ. 대중 매체와 문화	1과 표현의 자유와 공공성	듣기	말하기
		• 논평 듣고 주장 파악하기 • 찬반 토론 듣고 주장과 근거 파악하기	• 토론하기 1 (토론 시작하기, 주장하기, 근거 제시하
	2과 대중문화의 위상	읽기	쓰기
		• 설명문 읽고 인과 관계 파악하기	• 연결 어미에 유의하며 문장 쓰기 2 • 원인과 결과를 분석하여 글 쓰기

어휘	문법과 표현	보충 어휘
• 문화와 차이	• N만 해도[하더라도] • A/V-다든지 A/V-다든지 하다	감각 표현
• 차이와 차별	• N와/과 맞먹다 • 설사[설령, 가령] A/V-다(고) 해도	
• 언어 학습과 심리	• V-(으)ㄹ라치면 • A/V-다고 할 것까지는[할 것까지야] 없다	의성어 / 의태어 I
• 심리와 실험	• A/V-다고 치다 • V-(으)ㄹ 리(가) 만무하다	
• 다문화 사회	• A/V-던 차에[차이다] • V-고도	의성어 / 의태어 II
• 세계 속의 한국의 위상	• A/V-(으)ㄹ 성싶다 • (비록/차라리) A/V-(으)ㄹ지언정	
• 대중문화의 표현의 자유와 규제	• V-ㄴ/는답시고 • A/V-(으)ㄹ 턱이 없다	연어 I
• 대중문화의 영향력	• N(으)로 말미암아 • N에 지나지 않다	

교재 구성표 課程大綱

대단원명	소단원명	기능	
XII. 과학과 생활	1과 환경과 대체 에너지	듣기	말하기
		• 라디오 대담 듣고 내용 파악하기 • 토론 듣고 찬반 의견 파악하기	• 토론하기 2 (동의하기, 반박하기)
	2과 생활 속 과학 이야기	읽기	쓰기
		• 칼럼 읽고 내용 요약하기 • 설명문 읽고 읽은 내용 적용하기	• 어휘에 유의하며 문장 쓰기 2 • 요약하는 글 쓰기
XIII. 한국 사회와 문제	1과 대학 교육의 정체성	듣기	말하기
		• 뉴스 듣고 요지 파악하기 • 토론 듣고 인과 관계 파악하기	• 토론하기 3 (의견 확인하기, 정리 및 요약하기)
	2과 인구와 사회 문제	읽기	쓰기
		• 사설 읽고 개요 파악하기	• 피동과 사동 표현에 유의하여 문장 쓰 • 주장하는 글 쓰기 3 (개요 작성하여 글 쓰기)
XIV. 한국의 정치와 경제	1과 한국의 정치와 민주화	듣기	말하기
		• 대화 듣고 사건 정리하기 • 뉴스 듣고 내용 파악하기	• 인터뷰하고 결과 논의하기
	2과 한국의 경제와 성장 과정	읽기	쓰기
		• 설명문 읽고 시대별로 주요 사건 요약하기	• '때문에'와 '기 때문에'에 유의하며 쓰기 • 서사적 과정 쓰기
XV. 지형과 방언	1과 지형과 사회	듣기	말하기
		• 강의 듣고 4대 문명의 특징 파악하기 • 강의 듣고 한국의 지형적 특색 파악하기	• 소감 발표하기
	2과 다양한 한국어의 모습	읽기	쓰기
		• 조사 보고서 읽고 내용 파악하기 • 조사 보고서의 구조 이해하기	• 조사 계획 세우기 • 조사 보고서 쓰기

어휘	문법과 표현	보충 어휘
• 환경 보호와 대체 에너지	• A/V-기로서니 • V-아/어 주십사 (하고)	관용어 Ⅳ
• 자연 현상과 관련된 과학 용어	• N인지라 • V-자니	
• 교육의 목적과 내용	• V-(으)ㄴ 끝에 • 어디 N뿐인가(요)?	혼동하기 쉬운 말 Ⅰ
• 인구 변화와 사회 문제	• V-느니만 못하다 • V-아/어 봤자[봤댔자]	
• 독재와 민주화 운동	• V-(으)랴 V-(으)랴 • V-(으)ㄹ세라	혼동하기 쉬운 말 Ⅱ
• 빈곤과 경제 발전 과정	• N을/를 불문하고 • V-(으)ㄴ/는 이상	
• 지형적 특색 표현하기	• A/V-(으)니/느니 A/V-(으)니/느니 (하다) • A/V-건만	지명 관련 표현
• 한국의 지역 방언	• V-는 게 고작이다 • A/V-(으)ㄹ 따름이다	

VIII

사고방식과 문화

思考方式與文化

1 문화 차이
文化與差異

주제 主題
문화 차이와 그 의미
文化差異與其意義

어휘 詞彙
문화와 차이
文化與差異

문법과 표현 文法與表達
- N만 해도[하더라도]
  就拿……來說 / 光是……就
- A/V-다든지 A/V-다든지 하다
  表示列舉一些動作/……或……

듣기 聽力
- 강연 듣고 공통점과 차이점 찾아내기
  聆聽演講後找出相同點與差異點
- 대화 듣고 관련 사례 말하기
  聆聽對話後敘述相關事例

말하기 口說
비교 대조하여 말하기
比較對照後進行敘述

2 차이와 차별
差異與歧視

주제 主題
차이와 차별
差異與歧視

어휘 詞彙
차이와 차별
差異與歧視

문법과 표현 文法與表達
- N와/과 맞먹다
  等同於……（某個比較項目）
- 설사[설령, 가령] A/V-다(고) 해도
  縱使／哪怕／儘管……也

읽기 閱讀
칼럼 읽고 주장의 근거 파악하기
閱讀專欄後掌握其論述的根據

쓰기 寫作
- 어휘에 유의하며 문장 쓰기 1
  注意詞彙並造句1
- 주장하는 글 쓰기 2 (서론, 본론, 결론을 갖추어 쓰기)
  論述文寫作2（分為前言、本文、結論三段寫作）

보충 어휘 補充詞彙
감각 표현
感覺表達

1

주제 主題
문화 차이와 그 의미
文化差異與其意義

어휘 詞彙
문화와 차이 文化與差異

문법과 표현 文法與表達
· N만 해도[하더라도] 就拿……來說 / 光是……就
· A/V-다든지 A/V-다든지 하다 表示列舉一些動作/……或……

듣기 聽力
· 강연 듣고 공통점과 차이점 찾아내기 聆聽演講後找出相同點與差異點
· 대화 듣고 관련 사례 말하기 聆聽對話後敘述相關事例

말하기 口說
비교 대조하여 말하기
比較對照後進行敘述

문화 차이
文化差異

들어가기

이야기해 보세요

1. 위와 같은 몸짓(제스처)이 여러분 나라에서는 어떤 의미입니까?
2. 여러분 나라에서만 사용하는 몸짓(제스처)이 있으면 소개해 보세요.

어휘와 문법

읽어 보세요

여러 나라를 여행하다 보면 자국 문화와 공통점을 가진 문화도 있지만 차이를 보이는 문화도 있다. 흔히 몸짓 언어라고 말하는 제스처**만 해도** 그렇다. 손바닥을 아래로 향하게 하고 위아래로 흔든**다든지** 고개를 좌우로 흔든**다든지 하는** 동작이 문화권에 따라서는 다른 의미를 나타낼 수도 있다. 전자는 한국에서는 보통 '이리로 오라'는 뜻을 나타내지만 서양에서는 '저리로 가라'는 반대 의미를 나타낸다. 또한 고개를 좌우로 흔드는 것은 한국에서는 부정의 의미를 나타내지만 인도에서는 정반대로 긍정의 뜻을 나타낸다.

이렇게 제스처가 다른 경우뿐만 아니라 더 나아가 문화에 따라 특정한 말이나 행동을 금기시하는 경우도 있다. 이러한 금기 사항은 지키지 않으면 곤란한 일이 생길 수도 있기 때문에 특별히 조심해야 한다. 그러므로 여행을 할 때 오해를 부를 수 있는 제스처나 금기 사항을 미리 확인해서 주의한다면 크게 당황하지 않을 것이다.

1. 나라별로 차이가 나는 제스처의 예에는 어떤 것들이 있습니까?
2. 다른 나라를 여행할 때 당황하지 않으려면 어떻게 해야 합니까?

어휘를 연습해 보세요

식습관	유대감	음식 문화	금기 사항	금기시하다 / 금지하다
허용하다	특징적이다	합리적이다 / 비합리적이다	문화가 발달하다	문화를 공유하다
거리를 유지하다	공통점을 가지다	차이를 보이다	밀접한 관련이 있다	상징적 의미가 있다

1. 서로 관계있는 것끼리 연결해 보세요.

1) 문화를 공유하다 •
2) 상징적 의미가 있다 •
3) 식습관 •
4) 유대감 •
5) 금기시하다 •

• 옛날부터 아기가 태어난 집에는 가족 이외의 다른 사람들은 21일 (삼칠일) 동안 드나들지 못하도록 했어요.
• 사람들마다 좋아하는 음식의 재료, 종류, 먹는 방식 등이 서로 달라요.
• 축구 경기를 함께 응원하면서 우리 모두가 하나가 된 것 같은 느낌을 받았어요.
• 한국, 중국, 일본은 문화적으로 다른 점도 있지만 공통점도 많이 가지고 있어요.
• 거리에서 자주 볼 수 있는 비둘기는 원래 평화를 나타내는 새예요.

문법과 표현을 연습해 보세요

1. N만 해도[하더라도] 就……來說 / 光是……就

· 발효 식품은 건강에 좋다고 알려져 있어요. 김치만 해도 유산균이 풍부한 건강식품이에요. 人人皆知發酵食品對健康有益。就泡菜來說，即是一種乳酸菌豐富的健康食品。

· 올여름에는 전국적으로 비가 많이 왔어요. 서울만 해도 홍수로 피해를 입은 지역이 매우 많아요. 今年夏季下起了全國性的大雨。光是首爾就有很多因洪水受災的地區。

2. A/V-다든지 A/V-다든지 하다
表示列舉一些動作/……或……

· 자주 어지럽다든지 쉽게 피로를 느낀다든지 하면 빈혈을 의심해 봐야 해요. 經常覺得頭暈或著容易感到疲倦的話，須懷疑可能是貧血。

· 한국에는 다리를 떨면 복이 나간다든지 빨간색으로 이름을 쓰면 그 사람에게 안 좋은 일이 생긴다든지 하는 미신이 있어요. 在韓國，有著像是抖腳福氣就會跑走，或是以赤色書寫姓名，壞事就會發生在這個人身上等的迷信。

1. 다음 상황에 맞게 이야기해 보세요.

1) 올해 물가가 너무 올랐어요. — 네, 교통 요금만 해도 작년보다 10%나 올랐어요.

2) 나라마다 제스처가 달라요. —

3) 서울은 대중교통이 참 편리해요. —

2. 그림을 보고 이야기해 보세요.

1)

최근에는 예술을 치료에 활용하고 있습니다. 음악으로 자폐 아동을 치료한다든지 미술로 치매 노인의 치료를 돕는다든지 하는 경우가 있습니다.

2)

한국에는 다양한 민간요법이 있습니다. ______________________________.

3)

사람마다 스트레스를 푸는 방법이 다릅니다 ______________________________.

듣기

준비해 보세요

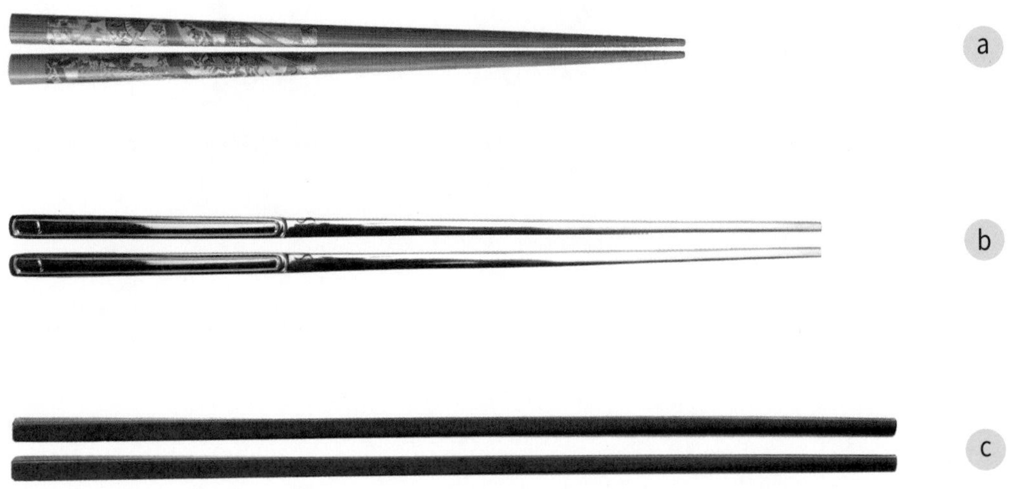

1. ⓐ, ⓑ, ⓒ 는 한국, 중국, 일본 중 어느 나라의 젓가락일까요? 젓가락은 각각 어떤 특징이 있습니까?

2. 왜 이런 차이가 나는지 이야기해 보세요.

🎧 들어 보세요 1 (03)

다음은 한국, 중국, 일본의 젓가락에 대한 강연입니다. 잘 듣고 질문에 답해 보세요.

중심 내용 파악하기

1. 빈칸에 알맞은 것을 넣어 보세요.

역사 지형 식습관 음식 종류

한·중·일 삼국의 젓가락은 ____________와/과 ____________의 차이로 인해 젓가락의 길이와 재질이 다르다.

세부 내용 파악하기

2. 이 강연에서 소개한 한·중·일 삼국이 공유하는 문화를 모두 고르세요.

- ☐ 차 문화
- ☐ 유교 문화
- ☐ 좌식 문화
- ☐ 쌀을 주식으로 하는 문화
- ☐ 젓가락을 사용하는 문화

3. 삼국 젓가락의 차이점을 메모해 보세요.

	중국	일본	한국
생김새	• 길이가 길고 끝이 뭉툭함.	•	•
이유	• •	• 생선을 바르는 데에도 젓가락을 사용함. •	• •

들어 보세요 2 (04)

한국 문화에 대한 선생님과 외국 학생들의 대화입니다. 잘 듣고 질문에 답해 보세요.

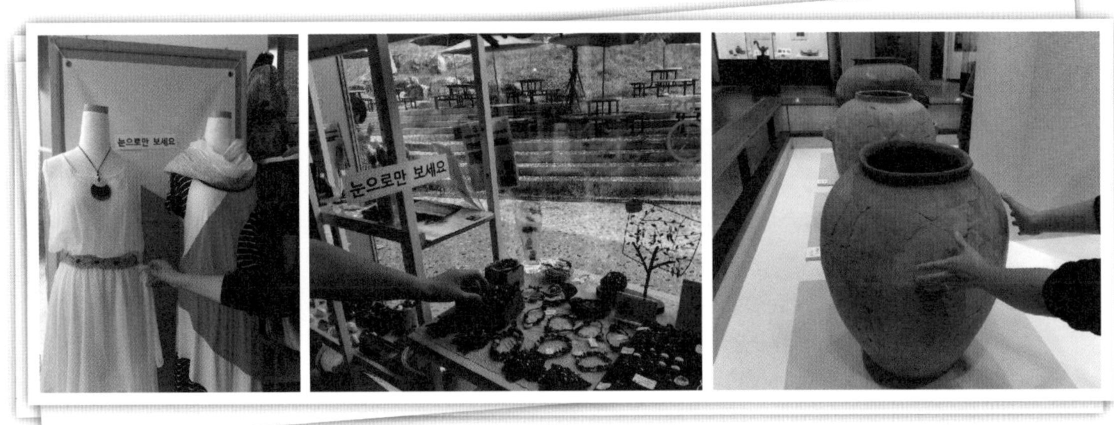

중심 내용 파악하기

1. 무엇에 대해 이야기하고 있는지 알맞은 것을 모두 고르세요.

☐ 촉각　☐ 온돌　☐ 손맛　☐ 거리

세부 내용 파악하기

2. 사회적 거리에 대해 메모해 보세요.

거 리	관 계
45cm 정도	가족과 같은 친밀한 사람.
45cm에서 120cm 정도	
120cm 이상	

3. 남학생은 한국 사람에게 길을 물어본 후 왜 당황스러웠다고 했습니까?

4. 여학생은 지하철이나 버스에서 무엇을 보고 이상하다고 생각했습니까?

5. 다음 중 한국의 촉각 문화의 사례가 아닌 것을 고르세요.

① 온돌 난방보다 따뜻한 공기 난방을 선호한다.

② 음식을 할 때 손으로 주물러서 손맛을 내려고 한다.

③ 신기한 물건을 보면 직접 만져 보려는 욕구가 강하다.

④ 명소나 유적지의 유물에 손때가 묻어 있는 경우가 있다.

이야기해 보세요

한국에 와서 문화 차이로 인해 당황했던 적이 있습니까? 이야기해 보세요.

말하기

비교와 대조의 방법을 이용해 여러분 나라의 문화와 한국의 문화에 대해 이야기해 보세요.

준비해 보세요

1. 다음 중 여러분 나라의 문화에 해당되는 것에 √ 하고 친구들과 이야기해 보세요.

- ☐ 다른 사람의 머리를 만져도 된다.
- ☐ 음식을 먹을 때 왼손을 사용해도 된다.
- ☐ 윗사람에게 손을 흔들어 인사해도 된다.
- ☐ 빨간색으로 다른 사람의 이름을 써도 된다.
- ☐ 친한 사이라면 윗사람의 이름을 불러도 된다.
- ☐ 처음 만난 사람에게 개인적인 질문을 해도 된다.

연습해 보세요

1. 다음은 비교할 때 쓰는 표현입니다. 다음 표현을 사용하여 공통점을 이야기해 보세요.

<비교하기>

- ~과 마찬가지로
- ~은 ~과 다름없다.
- ~은 ~다는 점에서 ~과 공통점이 있다.

일본에서도 한국**과 마찬가지로** 음식을 먹을 때 젓가락을 사용합니다.

일본**은** 음식을 먹을 때 젓가락을 사용한**다는 점에서** 한국**과 공통점이 있**습니다.

1)

일본 - 젓가락을 사용한다.
한국 - 젓가락을 사용한다.

2)

오렌지 - 비타민 C 함량이 높다.

시금치 - 비타민 A, C 함량이 높다.

3)

태음인 - 몸이 차서 따뜻한 음식이 좋다.
소음인 - 몸이 차서 따뜻한 음식이 좋다.

2. 다음은 대조할 때 쓰는 표현입니다. 다음 표현을 사용하여 차이점을 이야기해 보세요.

<대조하기>
- ~과 달리
- ~는 것과 달리
- ~는 반면에
- ~는 ~다는 면[점]에서 ~과 차이를 보인다.
- ~이 ~다면, ~은 ~다.

중국에서는 끝이 뭉툭한 나무젓가락을 사용하는 것**과 달리** 한국에서는 끝이 날렵하고 철로 만든 젓가락을 사용합니다.

중국에서는 끝이 뭉툭한 나무젓가락을 사용한**다는 점에서** 한국**과 차이를 보입니다.**

1)

중국 젓가락 - 끝이 뭉툭하고 나무로 만든다.

한국 젓가락 - 끝이 날렵하고 철로 만든다.

2)

소양인 - 몸에 열이 많아서 찬 음식이 좋다.

소음인 - 몸이 차서 따뜻한 음식이 좋다.

3)

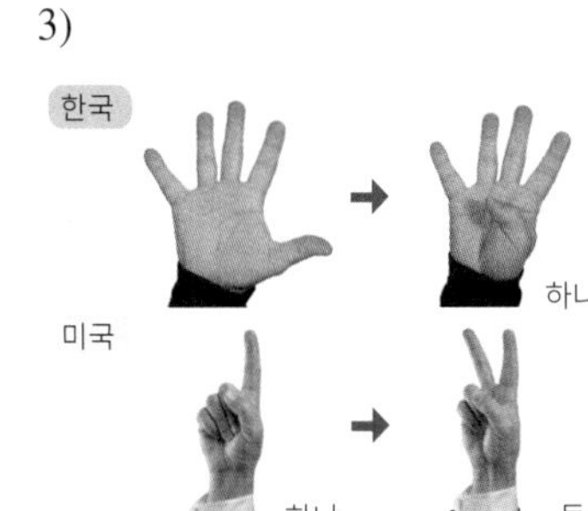

한국 - 손가락을 꼽으며 센다.

미국 - 손가락을 펴면서 센다.

이야기해 보세요

1. 다음은 한국의 문화에 대한 설명입니다. 여러분 나라와 비슷하거나 다른 것이 있습니까? 예를 들어 설명해 보세요.

식사 예절	윗사람과의 관계	행운이나 불운의 상징
▪ 밥그릇을 상에 놓고 먹는다. ▪ 숟가락과 젓가락을 동시에 잡지 않는다.	▪ 존댓말을 쓴다. ▪ 인사할 때 목이나 허리를 구부려 인사한다. ▪ 술을 마실 때는 고개를 옆으로 돌리고 마신다.	▪ 돼지꿈을 꾸면 돈이 생긴다. ▪ 까마귀를 보면 운이 나쁘지만 까치를 보면 운이 좋다.

2. 아래에 제시된 주제 중 하나를 골라 메모해 보세요.

식사 예절　　윗사람과의 관계　　행운이나 불운의 상징

<식사 예절>

▪ 한국과 비슷한 점

- 손으로 먹으면 안 됨.
- 젓가락을 사용함.

▪ 한국과 다른 점

- 국을 먹을 때도 젓가락을 사용함.
- 밥그릇을 들고 먹음.

▪ 이유

- 숟가락을 사용하지 않음.

<　　　　>

▪ 한국과 비슷한 점

▪ 한국과 다른 점

▪ 이유

3. 메모한 것을 바탕으로 여러분 나라와 한국의 문화 차이에 대해 이야기해 보세요.

주제	저는 일본의 식사 예절에 대해 이야기해 볼게요. 일본은 식사 예절이 엄격한 편이에요.
공통점	일본에서도 한국과 마찬가지로 음식을 먹을 때 젓가락을 사용해야 합니다. 아이가 손으로 음식을 집어 먹으면 엄마한테 혼나는 것은 한국과 다름이 없어요.
차이점	한국에서는 국을 먹을 때는 숟가락으로 먹지요? 일본에서는 국을 먹을 때 젓가락으로 건더기를 집어 먹고 국물은 그릇을 들고 마셔요. 또 한국에서는 밥을 먹을 때 밥그릇을 상에 놓고 먹는 반면에 일본에서는 밥그릇을 손에 들고 먹는다는 점에서 차이를 보여요.
이유	일본은 한국과 달리 음식을 먹을 때 숟가락을 사용하지 않아서 밥그릇을 상에 놓고 젓가락으로 먹으면 밥알을 흘리게 돼요. 그래서 밥그릇을 들고 밥을 먹는 거예요.

어휘와 표현

1. 문화 차이

● 어휘

거리(距離)를 유지(維持)하다

어느 정도 거리를 계속 두다. 保持距離

앞차에 너무 가까이 붙지 말고 어느 정도 거리를 유지하세요.
請勿與前車貼得太近，並保持一定的距離。

공통점(共通點)을 가지다 [공통쩜]

같은 특성을 가지다. 有共通點

나와 동생은 외모는 다르지만 성격으로 볼 때 내성적이고 꼼꼼하다는 공통점을 가지고 있다. 我和弟弟雖然長相不同，但就性格上來看，有著內向與謹慎的共通點。

금기 사항(禁忌事項)

해서는 안 되거나 피해야 하는 것. 禁忌、注意事項

보통 서양에서 처음 만난 사람에게 지나치게 개인적인 질문을 하는 것은 금기 사항이다. 在西方，向初次見面的人過度打探私人問題普遍是個禁忌。

금기시(禁忌視)하다

동 어떤 문화에서 특정한 말이나 행동을 못 하게 하다. 視為禁忌

병원에서는 죽음을 나타내는 한자 사(死)와 발음이 같은 숫자 4를 쓰는 것을 금기시한다. 在醫院裡頭，將使用與表示死亡的漢字「死」字發音相同的數字4視為禁忌。

금지(禁止)하다

동 하지 못하도록 하다. 禁止

한국에서는 지하철역이나 버스 정류장에서 담배를 피우는 것을 금지하고 있다. 在韓國目前禁止於地鐵站或是公車站抽菸。

문화(文化)가 발달(發達)하다 [발딸]

문화가 높은 수준에 이르다. 文化發達

문화가 발달한 백제는 공예, 건축 기술을 다른 나라에 전해 줬다.
文化發達的百濟將工藝、建築技術傳入其他國家。

문화(文化)를 공유(共有)하다

비슷한 문화를 가지고 있다. 擁有類似文化

한·중·일 삼국은 한자 문화를 공유하고 있다.
韓、中、日三國共有著漢字文化。

밀접(密接)한 관련(關聯)이 있다 [밀쩌판] [괄련]

관계가 아주 깊다. 有密切的關聯

육체적 건강은 정신적 건강과 밀접한 관련이 있다.
肉體上的健康與精神上的健康有著密切的關聯。

비합리적(非合理的)이다[비함니적]

이론에 맞지 않고 논리적이지 않다. 不合理的

혈액형에 따라 성격이 결정된다는 생각은 비합리적이다.
個性依血型而決定的看法是不合理的。

상징적 의미(象徵的意味)가 있다

구체적인 사물을 통해 추상적인 개념을 나타내는 뜻이 있다. 有象徵意義

흰 비둘기는 평화, 검은 까마귀는 죽음이라는 상징적 의미가 있다.
白色的鴿子有著和平，而黑色的烏鴉則有著死亡的象徵性意義。

식습관(食習慣)[식씁꽌]

명 음식을 먹는 습관. 飲食習慣

식사를 규칙적으로 하고 영양소를 골고루 섭취하는 올바른 식습관을 기르는 것이 중요하다. 養成規律飲食與均衡攝取營養的正確飲食習慣很重要。

유대감(紐帶感)

명 서로가 연결되어 있다는 느낌. 歸屬感

같은 반에서 1년 동안 공부한 우리들은 끈끈한 유대감을 느낀다.
在同個班級裡學習一年的我們感受到一股稠密的聯繫感。

음식 문화(飲食文化)[음싱문화]

음식에 관련된 문화. 飲食文化

육식을 즐기는 등 서구화된 음식 문화로 인해 서양인에게 자주 나타나던 질병이 이제 한국인에게도 자주 발생하고 있다. 因為喜食肉類等西化的飲食文化，導致於經常出現在西方人身上的疾病如今也常發生於韓國人身上。

차이(差異)를 보이다

서로 다른 점이 있다. 顯示差異

설문 조사를 분석해 보니 연령에 따라 선호하는 취미 활동이 차이를 보였다. 分析問卷調查後發現，隨年齡不同所偏好的休閒活動呈現差異。

특징적(特徵的)이다[특찡적]

다른 것에 비해 특별히 눈에 띄는 점이 있다. 有特色的

이 사찰은 현존하는 가장 오래된 목조 건축물이라는 점에서 특징적이다. 這間寺廟是現存最古老的木造建築這點上為其特徵。

합리적(合理的)이다[함니적]

이론에 맞고 논리적이다. 合理的 、明理的

그는 합리적인 사람이라서 공적인 일과 사적인 일을 잘 구분한다.
他是個明理的人，因此將公事與私事區分得很清楚。

허용(許容)하다

동 받아들여서 허락하다. 容許

정부는 에너지 절약을 위해 공무원이 반바지 차림으로 출근하는 것을 허용하기로 했다. 政府為了節約能源決定允許公務員穿短褲上班。

● 듣기

● 들어 보세요 1

긴밀(緊密)하다

형 서로의 관계가 매우 가깝다. 關係緊密、密切

두 회사가 신제품 개발을 위해서 긴밀하게 협력하기로 했다.
兩家公司為了開發新產品決定密切合作。

날렵하다[날려파다]

형 모양이 날씬하고 매끈하다. 靈巧、輕快

S사에서 새로 개발한 자동차는 날렵한 디자인으로 많은 인기를 끌고 있다. S公司新研發的汽車以輕巧的設計廣受歡迎。

뭉툭하다[뭉투카다]

형 끝이 날카롭지 않다. 鈍的

끝이 뭉툭한 연필을 어머니께서 다시 깎아 주셔서 뾰족해졌다.
母親幫我將筆尖圓鈍的鉛筆再次削過後變尖了。

발라내다

동 겉에 있는 것을 벗기거나 속의 것을 꺼내다. 挑出

어렸을 때 어머니는 구운 생선 살을 발라내서 내가 먹기 좋게 준비해 주셨다. 小時候母親會幫我把煎魚的魚肉挑出來，準備好讓我方便食用。

변용(變容)되다

동 모습이나 성질이 바뀌다. 變形、變化

한 나라의 문화는 고유하게 유지되는 것이 아니라 다른 문화와의 교류를 통해 변용되는 것이 일반적인 현상이다. 一國的文化並非固定維持不變的，而是經由與其他文化的交流產生變化，這才是普遍性的現象。

스미다

동 물, 기름 등이 안으로 들어가다. 滲透

긴 장마 후에 벽지에 물이 스며서 얼룩이 생겼다.
在綿長的梅雨季過後壁紙滲水長出了斑點。

안성(安城)맞춤이다

어떤 조건이 상황에 딱 맞다. 正合適

이 오피스텔은 좁지만 생활에 필요한 시설을 갖추고 있어서 혼자 살기에 안성맞춤이다. 這間住商混用大樓（officetel）雖小，但生活所需的設施卻一應俱全，正好適合獨居生活。

위생적(衛生的)이다

건강에 해가 되지 않게 깨끗하다. 衛生的

식당은 음식 맛도 중요하지만 무엇보다도 위생적인 환경이 최우선이다. 雖然餐廳裡餐點的味道也很重要，但最重要的衛生環境才是第一優先。

재질(材質)

명 재료가 가지고 있는 성질. 材質

이 나무는 재질이 부드러우면서도 튼튼해서 가구나 악기를 만드는 데 적합하다.
這棵樹的材質既軟又結實，相當適合拿來做家具或樂器。

적용(適用)되다

동 알맞게 이용하거나 맞추어 쓰다. 適用

자동차 생산에 새로운 기술이 적용돼 생산량이 많이 늘어났다.
汽車生產上引進新技術之後，生產量便大幅提升了。

● 들어 보세요 2

교감(交感)하다

동 서로 감정을 나누다. 情感交流

가수들이 소극장에서 콘서트를 하는 이유는 관객들과 가깝게 교감하기 위해서이다. 歌手們在小演藝廳裡辦演唱會的理由是為了能和觀眾們近距離地交流。

배어들다

동 양념과 같은 액체가 안으로 들어가다. 滲入、入味

불고기를 만들 때 고기를 양념에 재워서 냉장고에 한 시간 정도 넣어 두면 양념이 배어들어서 맛있다. 在料理烤肉時先將肉放入醃料中醃漬，再放入冰箱中靜置約一個小時，醃料就能入味並讓燒肉變得可口。

비결(秘訣)

명 자기만의 좋은 방법. 秘訣

100세가 넘은 할아버지는 장수의 비결이 규칙적인 운동과 식사라고 말씀하셨다. 高齡百歲的爺爺說他長壽的秘訣是規律的運動與飲食。

손맛

명 음식을 만들 때 손에서 우러나오는 맛. 手藝

우리 할머니는 손맛이 좋아서 할머니가 만드시는 음식은 뭐든지 다 맛있다. 我奶奶的手藝精湛，也因此她所烹調的任何食物都很美味。

스스럼없이[스스러멉씨]

부 조심스럽거나 부끄러운 마음이 없이. 大方、坦然地

나는 처음 만나는 사람과도 스스럼없이 이야기하고 금방 친해지는 편이다. 我算是即便與第一次見面的人相處，也能坦然交談並且馬上親近起來的類型。

어휘와 표현

영역(領域)

명 일정한 범위. 領域
인간의 무분별한 개발로 인해 야생 동물들이 삶의 영역을 잃어버리고 있다. 人類毫無節制的開發導致野生動物們正喪失牠們的生活領域。

욕구(欲求)[욕꾸]

명 무엇을 가지려 하거나 무슨 일을 하고 싶어 하는 마음. 慾望、需求
인간은 기본적인 의식주가 해결되면 자아실현에 대한 욕구가 생기게 된다. 基本的食衣住若是解決，人類就會開始產生自我實現的需求。

접촉(接觸)

명 서로 닿음. 接觸
눈병은 다른 사람과의 접촉을 통해 쉽게 전염된다.
眼疾容易透過與他人的接觸而傳染。

침범(侵犯)하다

동 어느 곳에 함부로 들어가거나 남의 영토나 권리, 재산 등에 해를 끼치다. 侵犯（他人的領土、權利、財產等）
이번 교통사고는 술을 마신 운전자가 중앙선을 침범해 일어났다.
本次的交通事故是因飲酒後的駕駛闖越中心線所生。

● 말하기

건더기

명 국이나 찌개 같은 음식에 들어 있는 덩어리. 湯料
그 식당의 된장찌개는 다른 곳보다 호박, 두부 같은 건더기가 많이 들어 있어서 더 맛있다. 那間餐廳的大醬湯比其他家的放了更多的料，如櫛瓜、豆腐等，因此來得更美味。

2

차이와 차별

差異與歧視

주제 主題
차이와 차별 差異與歧視

어휘 詞彙
차이와 차별 差異與歧視

문법과 표현 文法與表達
· N와/과 맞먹다 等同於……(某個比較項目)
· 설사[설령, 가령] A/V-다(고) 해도 縱使／哪怕／儘管……也

읽기 閱讀
칼럼 읽고 주장의 근거 파악하기 閱讀專欄後掌握其論述的根據

쓰기 寫作
· 어휘에 유의하며 문장 쓰기 1 注意詞彙並造句1
· 주장하는 글 쓰기 2 論述文寫作2 (서론, 본론, 결론을 갖추어 쓰기) (分為前言、本文、結論三段寫作)

들어가기

이야기해 보세요

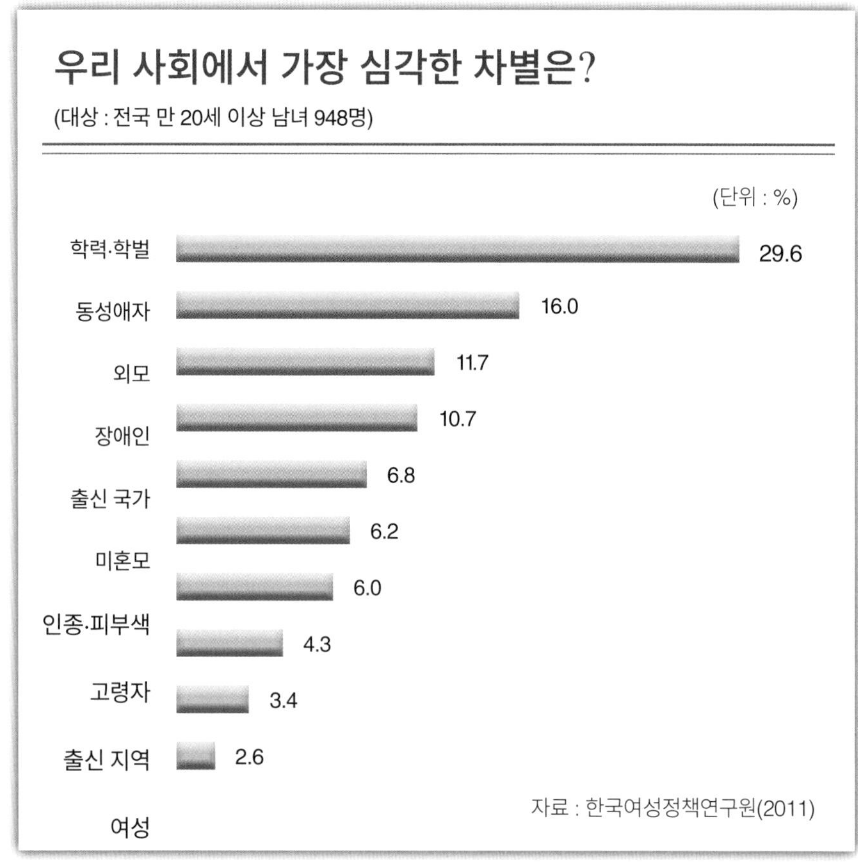

1. 무엇에 대한 조사입니까?

2. 어떤 결과가 나왔습니까? 여러분 나라에서 같은 조사를 한다면 어떤 결과가 나올까요?

어휘와 문법

읽어 보세요

남자, 여자 화장실을 따로 만드는 것이나 장애인이 이용할 수 있는 화장실을 따로 만드는 것은 남녀에 대한 또는 장애인에 대한 차별일까? 신체 차이를 이유로 화장실을 따로 쓰도록 한 것은 각각의 차이를 인정한 것으로 차별이 아니다. 그러나 차이가 나는 것을 이유로 기회를 주지 않는다면 이것은 차별이다. 예를 들어 능력에는 차이가 없지만 성별이 다르거나 장애가 있다는 이유로 취직이나 승진을 제한한다면 차별이 되는 것이다.

어떤 문제가 차별이 되는지 여부는 그 문제를 바라보는 시각에 따라 달라지기도 한다. 횡단보도 신호등이나 비상구에 표시된 사람이 남자의 형상을 하고 있는 것이나 남자 화장실 변기 수가 여자 화장실 변기 수의 2배**와 맞먹는** 것도 사람에 따라서는 차별이라고 생각할 수도 있다. 또한 군대에 다녀온 사람이 취직을 할 때 가산점을 주는 것은 국방의 의무를 다한 남자들의 입장에서는 당연한 것이라고 생각할 것이다. 그러나 군대에 다녀올 의무가 없는 여성이나 군대에 가고 싶어도 가지 못하는 장애인은 차별이라고 느낄 수 있다.

교육 대학교에서는 초등학교 남자 선생님의 비율을 늘리기 위해 한쪽 성별의 입학생 수가 정원의 75%를 넘지 못하도록 하고 있다. 남학생 지원자 수가 입학 정원의 25%에 미달할 경우 여학생보다 점수가 훨씬 낮은 남학생이 합격할 수도 있다. 이렇게 남학생의 입학 정원을 정하면 **설사** 교단의 여성화를 막을 수 있**다 해도** 여학생의 입장에서는 입학 기회를 빼앗기는 역차별이 될 수 있다.

1. 차이와 차별은 어떻게 다릅니까?
2. 이 글에서 차별이 될 수 있다고 한 사례에는 어떤 것이 있습니까?

어휘를 연습해 보세요

가산점	기득권	성차별	인종 차별	역차별	열등감
외모 지상주의	동등하다	공평하다 / 불공평하다	유리하다 / 불리하다	다양성을 인정하다	
차이를 인정하다	불이익을 받다	차별을 받다 / 당하다	형평에 어긋나다		

1. 서로 관계있는 것끼리 연결하세요.

1) 공평하다	• •	서울기업에서 학력 차별을 없애기 위해 신입 사원의 10%를 고등학교 졸업 생 중에서 뽑기로 해 대학교 졸업생들이 반발하고 있다.
2) 성차별	• •	정부는 수출을 늘리기 위해 중소기업보다는 수출에 유리한 대기업을 우선 지원하기로 했다.
3) 형평에 어긋나다	• •	정부는 공무원 시험에서 나이 제한을 없애고 18세 이상 국민이라면 모두 응시 기회를 주겠다고 발표했다.
4) 역차별	• •	초등학교 교과서를 분석한 결과 어머니는 집안일을 하는 사람, 아버지는 밖에서 돈을 벌어 오는 사람으로 묘사하고 있는 것으로 나타났다.

문법과 표현을 연습해 보세요

1. N와/과 맞먹다
等同於……（某個比較項目）

- 커피 한 잔 값이 한 끼 식사비와 맞먹는 경우도 있다. 有時也會有一杯咖啡的價格就相當於一頓餐費的情況。
- 휴대폰 수리비가 중고 휴대폰 한 대 가격과 맞먹어서 수리하는 대신 새로 구입하기로 했다. 手機的修理費用等同於一支二手手機的價格，因此不打算修理而去買新的。

2. 설사[설령, 가령] A/V-다(고) 해도
縱使／哪怕／儘管……也

- 대인 관계가 좋지 않으면 설사 능력이 뛰어나다고 해도 직장 에서 성공하기 어렵다. 人際關係若不好，縱使能力出色也難以在職場上成功。
- 설령 자식이 살인을 저질렀다 해도 이해하고 받아 주는 것이 어머니의 마음이다. 哪怕自己的孩子犯下殺人罪行，予以理解和接納是母親的心情。

1. 다음과 같이 조언해 보세요.

1)

벌써 10번째인데 이번에도 취업 못 하면 어떻게 하죠?

설령 이번에 또 실패한다고 해도 좌절하지 말고 다시 도전해 보세요.

2)

외출한 사이에 내 노트북 컴퓨터가 고장났는데 아무래도 동생이 그런 것 같아요.

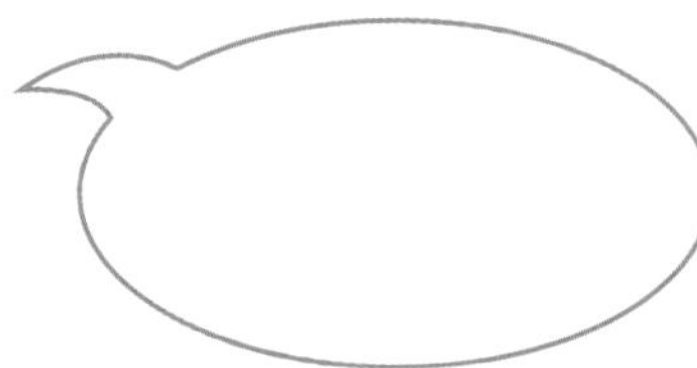

3)

세상은 이긴 사람만 기억해요. 과정이 어떻건 간에 이기기만 하면 돼요.

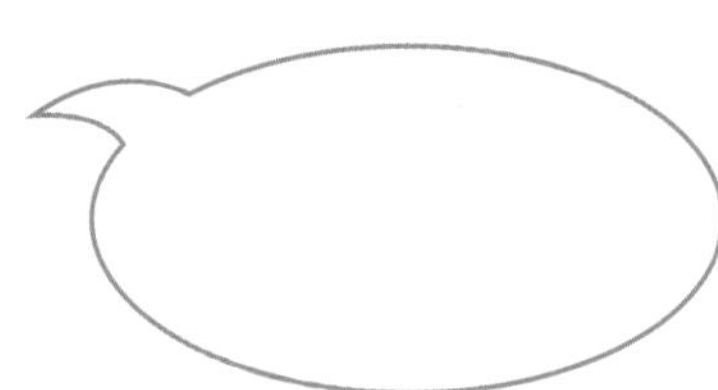

2. 다음과 같이 이야기해 보세요.

1)

햄버거
(900Kcal)

=

밥 세 공기

2)

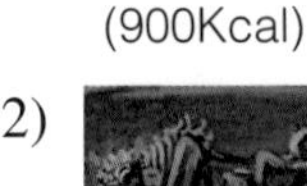
그림(10억)

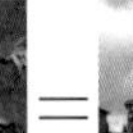
=

집 한 채

3)

유람선(높이 30m)

=

13층 건물

이 햄버거는 열량이 아주 높아서 햄버거 한 개가 밥 세 공기의 열량과 맞먹을 정도예요.

읽기

준비해 보세요

다음 항목에 √ 하고 친구들과 이야기해 보세요.

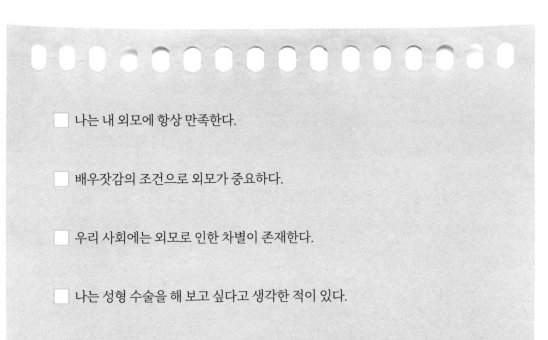

- ☐ 나는 내 외모에 항상 만족한다.
- ☐ 배우잣감의 조건으로 외모가 중요하다.
- ☐ 우리 사회에는 외모로 인한 차별이 존재한다.
- ☐ 나는 성형 수술을 해 보고 싶다고 생각한 적이 있다.
- ☐ 예쁘거나 잘생긴 사람들이 성공하기 쉽다고 생각한다.
- ☐ 취업을 준비하려면 실력도 필요하지만 외모도 가꿔야 한다.

읽어 보세요

다음은 외모 중시 풍조에 대한 칼럼입니다. 글을 읽고 질문에 답해 보세요.

가

ⓐ 지난 2월 대학을 졸업하고 회사에 취직한 김 모 양은 대학 4학년 내내 새벽부터 밤늦게까지 학교 도서관에서 취직 시험 준비를 하는 틈틈이 학교 앞 체육관에서 운동으로 살을 빼고 몸매 가꾸는 일을 병행했다. 치열한 취업 전선에서 살아남으려면 실력 '플러스 미모'라는 조건이 필요하며 살찐 몸매와 둔한 인상으로는 설사 실력이 좋다 해도 시험관의 눈길을 끌기 어렵다는 주변의 충고 때문이었다.

최근 취업 시험에서 인터뷰 비중이 높아지면서 이러한 '플러스 미모' 현상은 더욱 강화되고 있다고 한다. 여자상업고등학교 3학년 학생들에게도 취직하기 위해서는 열심히 몸매를 가꾸고 다이어트를 하는 일이 필수 코스라는 것은 상식이다. 방학이 끝나면 성형 수술로 모습이 달라진 친구를 만나 문자 그대로 괄목상대하게 되는 것도 이제 새삼스럽지 않다.

나

ⓑ 젊은이들 사이에는 '과거는 용서해도 못생긴 건 용서할 수 없다'는 생각이 거의 일반화된 모양이다. '용모 차별은 인종 차별보다 심하다'는 말까지 들린다. 결혼 적령기 자녀를 둔 대부분의 부모들은 배우잣감으로 '날씬하고 예쁜 여자'나 '키 크고 잘생긴 남자'가 아니면 고개를 돌리는 자녀들을 보며 혀를 찬다. 바야흐로 사람을 평가하는 모든 가치에 우선하는 기준이 '미모'인 시대가 된 것 같다.

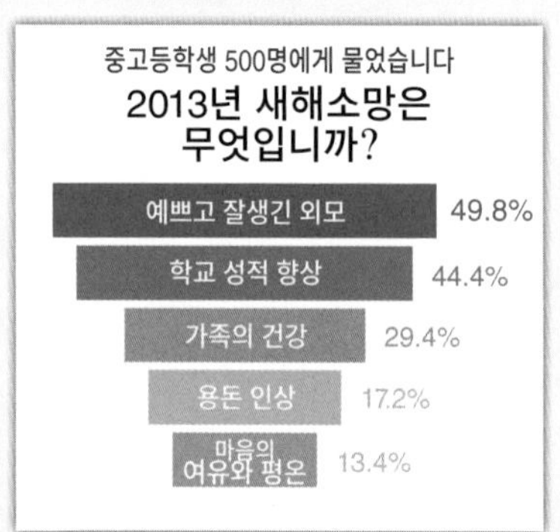

젊은이들이 즐겨 듣는 가요에도 이러한 분위기가 반영돼 '성형 미인', '내 사랑 못난이', '못난이 콤플렉스' 등 용모와 관련된 것이 많다. 어린아이들은 한술 더 뜬다. 예쁜 엄마, 예쁜 선생님, 예쁜 여자(남자) 친구만 찾는다. 동화 작가 모임인 '우리누리'가 최근 펴낸 <아이들이 고민하는 101가지 콤플렉스>를 보면 아이들의 으뜸가는 고민거리가 '외모'인 것을 확인할 수 있다.

중심 내용 파악하기

1. 가~마 단락의 내용을 찾아 연결하세요.

1) 가 • • '미 이데올로기'는 여성을 위해 미를 확산시키는 장치가 아니라 여성을 억압하는 장치가 되었다.

2) 나 • • 최근 '플러스 미모' 현상이 더욱 강화되고 있다.

3) 다 • • 우리는 미의 다양성을 인정하고 미의 신화로부터 자유로워져야 할 것이다.

4) 라 • • 사람을 평가하는 모든 가치에 우선하는 기준이 '미모'인 시대가 된 것 같다.

5) 마 • • 미의 신화는 여성들의 동경심과 열등감을 확대 재생산하고 있다.

세부 내용 파악하기

2. 주장의 근거를 찾아 연결해 보세요.

1) ⓐ • • 참고 문헌 인용

2) ⓑ • • 말 인용

3) ⓒ • • 구체적인 사례 제시

다 이렇게 오늘날 우리 문화와 의식 속에 깊이 스며들어 있는 ㄱ '미 이데올로기'는 여성을 위해 미를 확산시키는 장치가 아니라 여성을 억압하는 장치로 고착되고 있다는 점에서 문제가 된다. 미국의 여성 학자 나오미 울프는 그의 책 <미의 신화>에서 여성의 미와 관련된 현대 사회의 새로운 억압 요소를 '미의 신화'로 표현했다.

ㄷ 이러한 이데올로기와 억압 장치들은 전체적이고 집단적인 것으로 뭐라 딱 꼬집어 말할 수 없는 형태여서 마치 영원한 신화처럼 교묘하게 작용한다는 것이다. 한국여성연구회 서소영, 윤영주 씨가 최근 발표한 논문 〈또 하나의 굴레, 미의 신화〉는 최근 한국 사회가 보여 주는 미에 대한 집착이 거의 종교와 맞먹는 권위를 지니면서 건강이나 풍부한 인간성 같은 인간의 진정한 아름다움을 왜곡하고 있다고 주장했다. 미모는 최소한 '절반의 신화'가 됐다.

라 여성 단체들의 항의 덕분에 여상 출신 사원 모집 요강에 '키 165cm 이상의 용모 단정한 미혼 여성'류의 조건은 사라졌지만 실제로는 고졸, 대졸을 막론하고 여직원 채용에서 미인 선호가 훨씬 더 내면화하고 은밀해진 것으로 알려졌다. 이러한 경향은 아름다움을 향한 여성들의 동경심과 열등감을 확대 재생산하고 있다.

마 균형과 조화를 지녀 정서적인 만족감을 주는 아름다움은 그것 자체로 좋은 것이다. 그러나 미란 오늘날 사회에서 착각되듯이 그렇게 표피적으로 규정할 수 있는 게 아니다. 우리는 미의 다양성을 인정하고 미의 신화로부터 자유로워져야 할 것이다. 사원을 뽑고 결혼 상대를 택하고 친구를 사귈 때 외양이 최우선의 조건이라면 내면 깊이 자리한 본질은 무엇에 쓰자는 것일까. 그런 아름다움이란 살가죽에 불과한 것을.

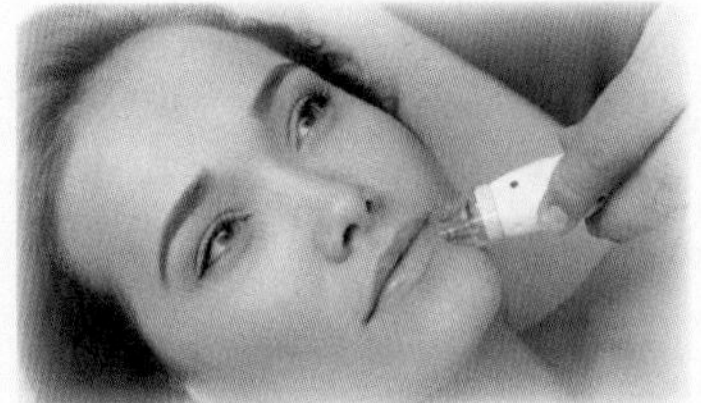

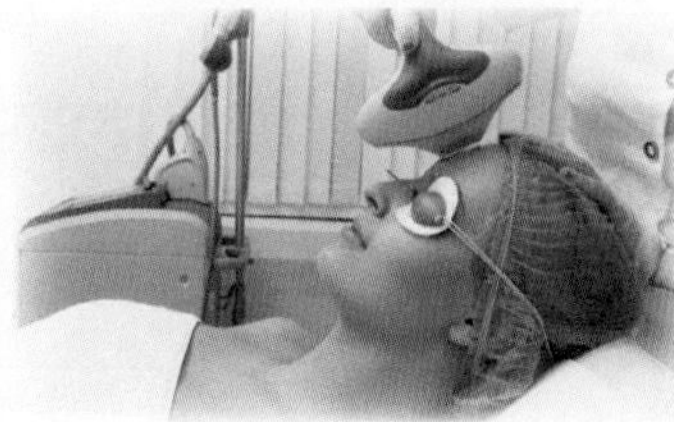

<박금옥, 미모 '절반의 신화', 1997>

3. ㄱ '미 이데올로기' 와 같은 뜻으로 사용된 단어는 무엇입니까?

① 성형 미인 ② 미의 신화 ③ 미의 다양성 ④ 못난이 콤플렉스

4. 글쓴이가 생각하는 아름다움은 무엇입니까?

이야기해 보세요

여러분이 생각하는 '아름다움'은 무엇인지 이야기해 보세요.

최근 인기 연예인처럼 똑같이 성형 수술을 하는 경우를 많이 보는데 획일화된 아름다움을 추구하지 말고 미의 다양성을 존중하는 자세가 필요합니다.

쓰기

서론, 본론, 결론을 갖추어 주장하는 글을 써 보세요.

준비해 보세요

다음 문장에서 알맞은 말을 골라 보세요.

1. 새로 오신 선생님이 소개(하자 / 되자) 아이들은 소리를 질렀다.
2. 올해 물가 상승률이 작년에 비해 8% 이상 증가한 것으로 조사(했다 / 됐다).
3. 고생하시는 어머니를 생각(해서 / 돼서)라도 이번에 꼭 대학에 합격해야 한다.
4. 어머니는 가정 형편 때문에 동생의 대학 등록금을 계속 걱정(하고 / 되고) 계신다.

서론 쓰기를 연습해 보세요

1. 다음은 글을 시작하는 여러 방법입니다. 관계있는 것과 연결해 보세요.
   1) 구체적인 예(사건, 이야기)를 들면서 글을 시작하는 방법 : __________
   2) 속담이나 격언을 인용하면서 글을 시작하는 방법 : ____________
   3) 개념을 정의하면서 글을 시작하는 방법 : ____________

㉠ 공정 무역이란 개발 도상국의 생산자들이 기본적인 생활 수준에 도달할 수 있도록 소비자가 제품을 생산 비용 이상의 가격으로 구매하는 것을 말한다.

㉡ 지난 2월 대학을 졸업하고 회사에 취직한 김 모 양은 대학 4학년 내내 새벽부터 밤늦게까지 학교 도서관에서 취직 시험 준비를 하는 틈틈이 학교 앞 체육관에서 운동으로 살을 빼고 몸매 가꾸는 일을 병행했다. 치열한 취업 전선에서 살아남으려면 실력 플러스 미모라는 조건이 필요하며 살찐 몸매와 둔한 인상으로는 설사 실력이 좋다 해도 시험관의 눈길을 끌기 어렵다는 주변의 충고 때문이었다.

㉢ '실패는 성공의 어머니'라는 말이 있듯이 사람들은 실패에서도 삶의 교훈을 얻게 된다. 지금의 실패를 교훈으로 삼아 꾸준히 노력하면 성공에 한 걸음 가까이 갈 수 있을 것이다.

2. 다음 주제문 중 하나를 선택해 메모를 보고 서론을 써 보세요.

	주제문
1)	교육 대학교 입시에서 남학생 할당제는 폐지되어야 한다.
2)	군 가산점 제도는 국방의 의무를 다한 군필자를 위해 부활되어야 한다.

〈개념을 정의하면서 서론을 시작하는 경우〉

'역차별'이란 차별을 받는 쪽을 보호하기 위해 만든 제도로 인해 다른 쪽이 오히려 차별을 당하게 되는 것을 말함.

〈구체적인 예로 서론을 시작하는 경우〉

최근 한 일간지의 보도에 따르면 국방부가 군 가산점 제도를 재추진하려고 함. 이로 인해 군 미필자, 여성, 장애인들이 취업에 불리할 것으로 예상됨.

본론 쓰기를 연습해 보세요

다음 주장을 읽고 근거를 써 보세요.

1. 주장이 나오고 근거가 나오는 경우

주장	대중문화에도 외모를 중시하는 사회 분위기가 반영되어 있다.
근거	젊은이들이 자주 듣는 대중가요의 제목도 <성형 미인>, <내 사랑 못난이>, <못난이 콤플렉스> 등 용모와 관련된 것이 많다. 최근 인기를 끌었던 <미스 홍당무>도 여성의 외모를 소재로 삼은 영화이다.

교육 대학교 입시에서 남학생 할당제는 폐지되어야 한다.

2. 근거가 나오고 주장이 나오는 경우

근거	젊은이들 사이에는 '과거는 용서해도 못생긴 건 용서할 수 없다'는 생각이 거의 일반화되어 있다. 과거에는 여상 출신 사원 모집 요강에 '키 165cm 이상의 용모 단정한 미혼 여성'이라는 조건이 붙은 적도 있다.
주장	이렇듯 우리 사회에서는 미인을 선호하고 외모를 차별하는 분위기가 강하다.

(하)기 때문에 군 가산점 제도는 부활되어야 한다.

결론 쓰기를 연습해 보세요

1. 다음 본론 중 하나를 골라 읽고 다음과 같이 결론을 써 보세요.

가

ⓐ 지난 2월 대학을 졸업하고 회사에 취직한 김 모 양은 대학 4학년 내내 새벽부터 밤늦게까지 학교 도서관에서 취직 시험 준비를 하는 틈틈이 학교 앞 체육관에서 운동으로 살을 빼고 몸매 가꾸는 일을 병행했다. 치열한 취업 전선에서 살아남으려면 실력 '플러스 미모'라는 조건이 필요하며 살찐 몸매와 둔한 인상으로는 설사 실력이 좋다 해도 시험관의 눈길을 끌기 어렵다는 주변의 충고 때문이었다.

최근 취업 시험에서 인터뷰 비중이 높아지면서 이러한 '플러스 미모' 현상은 더욱 강화되고 있다고 한다. 여자상업고등학교 3학년 학생들에게도 취직하기 위해서는 열심히 몸매를 가꾸고 다이어트를 하는 일이 필수 코스라는 것은 상식이다. 방학이 끝나면 성형 수술로 모습이 달라진 친구를 만나 문자 그대로 괄목상대하게 되는 것도 이제 새삼스럽지 않다.

결론	요약	오늘날 우리 사회에서는 미(美)라는 것을 표피적이고 절대적인 것으로 규정하고 있다. 사원을 뽑고 결혼 상대를 택하고 친구를 사귈 때 외양이 최우선의 조건이 되고 있다.(…)
	제언	그러나 미(美)라는 것은 외양과 내면이 조화와 균형을 이루어야 하는 것이며 미는 절대적인 기준에 의해 평가되는 것이 아니다. 우리는 미의 다양성을 인정하고 미의 신화로부터 자유로워져야 한다.

1) 초등학교 교사의 대다수가 여자 선생님이라서 학생들에게 성 역할의 고정 관념을 심어 줄 수 있다는 점에서 교육 대학교에서는 신입생 선발 시에 남학생 할당제를 실시하고 있다. 즉 교육 대학교 입학생의 30%를 남학생으로 선발하는 것인데 이것은 여학생들의 입학 기회를 빼앗는 역차별이 될 수 있다. 실제로 교장, 교감 등 고위직은 남자 교사에 편중되어 있는데 이것에 대한 어떠한 조치도 없이 평교사의 성비만을 문제 삼는 것은 성급한 조치이다. 학생들에게 필요한 것은 여자 교사도 남자 교사도 아닌 자질을 갖춘 좋은 교사이다. 그러므로 교육 대학교 입시에서 남학생 할당제는 폐지되어야 한다.

결론	요약	
	제언	

2) 군 가산점 제도는 장애인과 여성, 군 미필자들에게 차별적인 제도이다. 장애가 있거나 시력이 나쁘거나 체중이 지나치게 많이 나가는 사람은 군대에 가고 싶어도 갈 수 없다. 군 가산점 제도가 도입되면 자신의 의지와 상관없이 군대에 가지 못한 사람들은 공무원 시험 등에서 차별을 받게 된다. 남북의 특수한 상황에서 한국의 남성은 국방의 의무를 지게 되고 군대에 가야 한다. 국민이 당연히 해야 할 일을 했다는 이유로 가산점을 주는 것은 옳지 않다. 군 가산점을 준다면 국민의 5대 의무인 납세의 의무, 근로의 의무, 교육의 의무, 환경 보존의 의무를 다한 국민들도 국방의 의무를 다한 국민들처럼 가산점 혜택을 받아야 한다.

결론	요약	
	제언	

주장하는 글을 써 보세요

1. 차별과 관련된 주제로 친구들과 이야기해 보세요.

외모 차별 성차별 지역 차별 학력 차별

2. 서론, 본론, 결론의 내용을 메모하고 설명해 보세요.

<미모, 절반의 신화>

▪ 서론

– 취업을 위해 실력은 물론 미모까지 신경 써야 한다는 예.
(대학교 4학년 김 모 양, 여자상업고등학교 3학년 학생)

▪ 본론

– 주장 : 미 이데올로기는 여성과 진정한 아름다움을 억압하고 있음.

– 근거 : 미 이데올로기는 여성들에게 열등감을 갖게 하고 자신감을 떨어뜨림. 그리고 여성들이 미에 집중하면서 자신의 능력과 에너지를 분산시키게 함.

▪ 결론

– 요약 : 우리 사회는 미를 외양적인 것으로만 규정하고 이로써 여성을 억압하고 있음.

– 제언 : 미의 다양성을 인정하고 미의 신화로부터 자유로워져야 함.

< >

▪ 서론

▪ 본론

– 주장 :

– 근거 :

▪ 결론

– 요약 :

– 제언 :

3. 메모를 바탕으로 주장하는 글을 완성해 보세요.

어휘와 표현

2. 차이와 차별

● 어휘

가산점(加算點)[가산쩜]
명 다른 사람보다 더 주는 점수. 加分
컴퓨터 회사인 S 전자는 입사 시험에서 컴퓨터 자격증이 있는 지원자에게 가산점을 주기로 했다. S電子電腦公司決定在員工招募考試中為持有電腦證照的應徵者加分。

공평(公平)하다
형 어느 한쪽으로 치우치지 않고 고르다. 公平
성별이나 연령에 관계없이 일한 만큼 대가를 받는 것은 공평한 일이다. 不分性別或年齡，同工同酬才是件公平的事。

기득권(既得權)[기득꿘]
명 이미 가지고 있는 권리. 既得權利
회장의 아들이 다시 회장이 되고 정치가의 아들이 다시 정치가가 될 수 있는 것은 부모가 갖고 있는 기득권을 활용했기 때문이다.
會長的兒子也能夠成為會長，政治家的兒子也能成為政治家，是因為充分運用了父母擁有的既得利益。

다양성(多樣性)을 인정(認定)하다 [다양썽]
여러 가지 많은 특성이 있음을 이해하고 받아들이다.
承認多樣性
사람들이 가진 특성은 서로 다르므로 다양성을 인정하고 서로의 차이에 대해 이해할 때 조화로운 세상을 만들 수 있다. 由於人人所具備的特質不盡相同，因此只有在認同多元且理解彼此差異的情況下才能創造出和諧的世界。

동등(同等)하다
형 등급이나 정도가 같다. 同等
입학이나 취업을 할 때는 동등한 기회를 가져야 한다.
入學或就業時應該具備同等的機會。

불공평(不公平)하다
형 어느 한쪽에 치우쳐 공평하지 않다. 不公平
동생과 내가 똑같이 잘못했는데 나만 형이라는 이유로 더 벌을 받다니 불공평하다. 雖然弟弟和我一起犯了相同的錯，卻因為我是哥哥而受到更重的懲罰，相當不公平。

불리(不利)하다
형 이익이 되지 않는다. 不利
그 농구 선수는 170cm라는 불리한 신체 조건에도 불구하고 좋은 성적을 거두어 이번 시즌 MVP를 차지했다. 那位籃球員即使在170cm的不利身體條件下依然取得好成績，奪得本季的MVP。

불이익(不利益)을 받다
이익이 되지 않고 손해를 보다. 利益受損
김 대리는 회사의 비리를 외부에 알렸다는 이유로 승진에 불이익을 받았다. 由於金副理將公司的弊端透露予外界，因而在升遷上遭受不利的待遇。

성차별(性差別)
명 남성, 여성을 다르게 대우하는 것. 性別歧視
여자 직원들이 직장 생활 중 가장 많이 느끼는 성차별로 남자 직원보다 월급이 적은 것을 꼽았다. 女性員工於職場生活中感受最深的性別歧視就屬薪水比男性員工來得更少。

역차별(逆差別)
명 보호하기 위해 만든 제도로 인해 오히려 차별을 당하는 것. 逆向歧視
A시는 지역 내 관리 시설을 장애인 단체가 운영하도록 했는데 이는 일반인에 대한 역차별이라는 비판을 받고 있다. A市將區域內的管理設施交由身障團體營運，卻遭受這是對普通人的逆向歧視的批判。

열등감(劣等感)[열뜽감]
명 자기를 남보다 못하다고 생각하는 마음. 自卑感
나는 나보다 운동도 잘하고 공부도 잘하는 친구에게 열등감을 느꼈다. 我對運動比我好、功課也比我好的同學們感到一股自卑感。

외모 지상주의(外貌至上主義)
겉으로 드러나는 모습이 가장 중요하다는 생각이나 사상.
外貌至上主義
외모 지상주의의 확산으로 성형 수술을 하는 사람들이 더욱 늘어났다. 因外貌至上主義的擴散，進行整型手術的人們日益見長。

유리(有利)하다
형 이익이 있다. 有利
한국의 여름은 기온이 높고 비가 많이 와서 벼농사를 짓기에 유리하다. 韓國的夏季高溫又多雨，有利於稻米的栽種。

인종 차별(人種差別)
인종이나 피부색을 이유로 다르게 대우하는 것. 種族歧視
아직도 세계 여러 나라에서 많은 사람들이 피부색이 다르다는 이유로 인종 차별을 받고 있다. 在世上許多國度裡，仍有許多人因膚色的不同受到種族歧視。

차별(差別)을 받다 / 당(當)하다
다른 사람과 공평하게 대접받지 못하다. 受到歧視
예전에는 남아 선호 사상이 강해서 딸이라는 이유로 차별을 받는 일이 많았다. 在過去，重男輕女的觀念很強，因生為女兒身而受到歧視的例子層出不窮。

차이(差異)를 인정(認定)하다
서로 다름을 이해하고 받아들이다. 承認差異
장애인 화장실을 따로 만드는 것은 일반인과 장애인의 차이를 인정하고 장애인의 편의를 봐 주려는 목적이 있기 때문이다. 特別設置身障廁所是因為承認一般人與身障人士之間的差異，而有著提供身障人士方便的目的的緣故。

형평(衡平)에 어긋나다 [어근나다]
균형이 맞지 않다. 不平等、違反公平
서른 살이 넘었다는 이유로 입학 시험에 응시할 기회를 주지 않는 것은 형평에 어긋나는 일이다. 以超過三十歲為由剝奪其參加入學考試的機會是件違反公平的事。

● 읽기

• 읽어 보세요

강화(强化)되다
동 더 튼튼하고 강하게 하다. 強化
청소년들에게 술과 담배를 팔지 못하도록 단속이 강화될 예정이다.
預計加強取締使商家無法販售香菸及酒類給青少年。

괄목상대(刮目相對)하다
동 사람의 지식이나 재주가 놀랄 만큼 늘다. 刮目相看
스티븐은 방학 내내 한국어를 공부하더니 실력이 괄목상대해서 선생님을 놀라게 했다. 史蒂芬在放假期間一直在學習韓語，實力的成長令人刮目相看，讓老師相當驚艷。

교묘(巧妙)하다
형 솜씨나 꾀 등이 재치 있고 묘하다. 巧妙
사기꾼이 교묘한 말솜씨로 노인을 속여서 전 재산을 가로챘다.
詐欺犯以一張如簧的口舌使老人受騙上當，將財產全數侵吞。

단정(端正)하다
형 옷차림 등이 얌전하고 바르다. 端莊
면접에서 좋은 인상을 주려면 단정한 옷차림을 하는 것이 좋다.
要在面試中留下好印象最好身穿端莊的衣著。

동경심(憧憬心)
명 어떤 것을 간절히 바라고 되고 싶어 하는 마음. 憧憬
프랑스어를 전공한 그녀는 프랑스 문화에 대해 막연한 동경심이 있다. 主修法語的她對法國文化有著朦朧的憧憬。

둔(鈍)하다
형 말이나 행동이 느리고 똑똑하지 않다. 遲鈍
자기 이야기를 하는데도 모르는 걸 보니 둔하기 짝이 없다.
明明是在討論自己卻渾然不覺，真是遲鈍至極。

몸매
명 몸의 모양새. 身材
나는 요즘 모델 대회를 앞두고 몸매를 가꾸기 위해 수영과 요가를 열심히 하고 있다. 模特兒大賽近在眼前，我為了鍛鍊身材正認真地游泳和做瑜珈。

미모(美貌)
명 아름다운 외모. 美貌
매년 미스코리아 대회에는 지성과 미모를 갖춘 여성들이 참가한다.
韓國小姐大賽中都有才貌雙全的女性參賽。

바야흐로
부 이제 막. 正是、正好
바야흐로 봄이 되자 결혼하는 사람들이 증가하고 있다.
正逢開春，結婚的人們日漸增多。

병행(竝行)하다
동 두 가지 일을 한꺼번에 함께하다. 並行、同時進行
공부와 아르바이트를 병행하려고 하니 힘들다.
打算要課業與兼職同時並進卻十分不易。

왜곡(歪曲)하다
동 사실과 다르게 해석하거나 잘못되게 하다. 扭曲、曲解
그 소설가는 자신의 의도를 왜곡해서 보도했다며 신문사를 고소했다. 那位小說家控訴報社扭曲報導自己的用意。

용모(容貌)
명 모습과 옷차림. 外貌、容貌
항공사에서 승무원을 뽑을 때는 용모가 중요한 조건이 된다.
航空公司裡選拔空服員時，容貌是相當重要的條件。

은밀(隱密)하다
형 겉으로 드러나지 않다. 隱密、隱藏
경찰은 국제적인 마약 조직을 3년간 은밀하게 조사해 왔다.
警察在三年間持續秘密調查國際毒品組織。

작용(作用)하다
동 사물이나 현상에 영향을 미치다. 影響、起作用
개인적인 친분이 합격 여부를 결정하는 데 작용해서는 안 된다.
私人關係的親疏遠密不該影響合格與否的抉擇。

착각(錯覺)되다
동 다른 것으로 잘못 생각되다. 產生錯覺
우리 언니는 고등학생이라고 착각될 만큼 굉장히 어려 보인다.
我姐姐看起來相當年輕，足以令人誤以為她是名高中生。

어휘와 표현

틈틈이

부 시간이 날 때마다. 得空、一有空

특별히 시간을 내서 운동하려고 하지 말고 틈틈이 운동을 해라. 別特地找時間運動，而是一得空就去運動。

표피적(表皮的)이다

어떤 일이나 현상의 핵심이 되지 못하다.
表面上的、膚淺的

현대인들은 깊은 인간관계를 맺지 못하고 표피적인 만남을 갖는 경우가 많다. 現代人難以結交深厚的人際關係，而經常流於淺薄的相會。

한술 더 뜨다

이미 어느 정도 잘못된 상황인데 더 심해지다.
變本加厲

어제는 수업 중에 졸더니 오늘은 한술 더 떠서 엎드려 자는구나. 昨天下午在課堂上打瞌睡，今天更變本加厲趴下去睡了。

혀를 차다

마음에 들지 않아 불쾌하다, 불쌍하거나 안타깝다. 咋舌

아버지는 아침부터 술에 취한 아들을 보며 혀를 차셨다. 父親看著一早便爛醉如泥的兒子忍不住咋舌。

확산(擴散)시키다

동 흩어져 퍼지게 하다. 使擴散

정부는 에너지 절약 운동을 확산시키기 위해 홍보물을 배포했다. 政府為了廣推節能運動分發了廣告文宣品。

● 쓰기

군 미필자(軍未畢者)[군미필짜]

병역의 의무를 마치지 못한 남자. 未服兵役的人

군대를 다녀오지 않은 군 미필자의 경우에는 해외여행을 하는 데에 제한을 받을 수 있다. 尚未從軍的未役者在前往國外旅行時將可能受到限制。

군필자(軍畢者)[군필짜]

명 병역의 의무를 마친 남자. 服過兵役的人、役畢者

일부에서는 군대를 다녀온 군필자에게 가산점을 주는 제도가 필요하다고 주장한다. 有部分人主張應該要有一套給已服役者加分的制度。

부활(復活)되다

동 없어진 것이 다시 생기다. 恢復、復活

정부의 한 관계자는 도심의 교통난을 해결하기 위해 자동차 2부제(홀짝제)가 부활되어야 한다고 주장했다. 一位政府的相關人士主張為了解決都心的交通壅塞問題應該恢復汽車二部制（單雙制）。

폐지(廢止)되다

동 있던 제도나 법 등이 없어지다. 被廢除

FTA(자유무역협정)로 관세가 폐지되면서 수입 과일의 가격이 크게 인하되었다. 因FTA（自由貿易協定）而免除關税，進口水果的價格也隨之大幅下跌。

자기 평가

1. 다음 중 아는 어휘에 √ 해 보세요.

☐ 역차별	☐ 유대감	☐ 기득권
☐ 동등하다	☐ 허용하다	☐ 유리하다
☐ 금기 사항	☐ 불공평하다	☐ 차이를 보이다
☐ 문화를 공유하다	☐ 형평에 어긋나다	☐ 상징적 의미가 있다

2. 알맞은 표현을 골라서 문장을 완성해 보세요.

만 해도 　 -다든지 -다든지 하다 　 설사[설령, 가령] -다(고) 해도 　 와/과 맞먹다

1) 가 : 휴일인데 할 일도 없고, 아, 심심해.
   나 : .... 해 봐. 기분이 좋아질 거야.
2) 가 : 문화권에 따라 식습관이 다른 것 같아요.
   나 : 네, ... 차이를 보여요.
3) 커피 가격이 크게 인상됐다. 커피 한 잔 값이 .... 정도인 곳도 있다.
4) 나는 외출을 안 좋아해서 .... 밖에 나가지 않고 집에서 조용히 지내는 편이다.

3. 이 단원을 공부하고 여러분이 할 수 있게 된 것에 √ 해 보세요.
- ☐ 서론, 본론, 결론을 갖춰 주장하는 글을 쓸 수 있다.
- ☐ 외모 중시 풍조에 대한 칼럼을 읽고 주장의 근거를 파악할 수 있다.
- ☐ 비교와 대조의 방법으로 한국과 자국의 문화에 대해 이야기할 수 있다.
- ☐ 문화에 대한 강연과 대화를 듣고 공통점과 차이점을 찾아내거나 관련된 사례를 제시할 수 있다.

정답

2. 1) 친구를 만난다든지 영화를 본다든지 2) 젓가락만 해도 3) 한 끼 식사비와 맞먹을 4) 설사 시간이 있다 해도

보충 어휘

감각 표현 감각을 나타내는 표현을 익혀 봅시다.

까칠까칠하다 피부나 털의 표면이 윤기가 없고 매우 거칠다. 形容皮膚或毛髮的表面沒有光澤相當粗糙。	**따끔따끔하다** 찔리거나 꼬집히는 것처럼 자꾸 아프다. 形容如同被針刺或擰捏般疼痛。
미끌미끌하다 비눗물을 만질 때처럼 매우 미끄럽다. 形容如同摸到肥皂水般十分滑溜。	**바삭바삭하다** 마른 나뭇잎이나 과자와 같이 물기가 없이 말라서 잘 부서지는 소리가 나다. 形容乾燥的樹葉或餅乾之類無水分般乾燥，發出易碎聲響。
보들보들하다 피부에 닿는 느낌이 매우 연하고 부드럽다. 形容接觸在皮膚上的觸感相當輕柔溫和。	**아삭아삭하다** 싱싱한 과일이나 채소를 가볍게 베어 무는 소리가 나다. 形容輕輕咬下一口新鮮水果或蔬菜所發出的聲響。
쫄깃쫄깃하다 고기를 씹을 때처럼 탄력이 있다. 形容如同咀嚼肉塊時有彈性。	**촉촉하다** 물기가 있어서 조금 젖은 듯하다. 形容水氣飽滿而些微濕潤的樣子。
퍽퍽하다 물기나 끈기가 적어 목이 마를 정도로 부드럽지 못하다. 形容水氣不足或韌性不佳而不夠柔軟，足以讓喉嚨變得乾澀。	**화끈화끈하다** 뜨거운 기운을 받아 얼굴이나 몸이 뜨거워지다. 形容臉部或身體受到熱氣而發燙。

연습 1 다음 그림에 어울리는 감각 표현을 찾아보세요.

1)

① 까칠까칠하다

② 미끌미끌하다

2)

① 바삭바삭하다

② 아삭아삭하다

3)

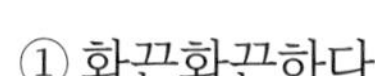

① 화끈화끈하다

② 따끔따끔하다

4)

① 촉촉하다

② 팍팍하다

연습 2 다음 상황과 관련 있는 감각 표현을 써 보세요.

1) 아기의 볼을 만지면 느낌이 정말 부드러워요.

→ 보들보들하다

2) 이틀 동안 면도를 안 했더니 수염이 나서 지저분해요.

→

3) 음료수 없이 고구마를 먹었더니 목이 메어요.

→

4) 신선한 채소로 샐러드를 만들었는데 채소를 씹는 느낌이 아주 좋아요.

→

5) 찹쌀떡은 찰기가 있고 탄력이 많아서 잘 씹어 먹어야 돼요.

→

6) 여러 사람 앞에서 넘어졌어요. 정말 창피해서 얼굴이 빨갛게 달아오르고 등에서 땀이 났어요.

→

보충 어휘

연습 3 다음 그림을 보고 대화를 완성해 보세요.

1)

이 화장품을 바르면
피부가 아기 피부처럼
부드러워질 거예요.

정말 피부가
________.

2)

저 가게 떡
이 맛있대.
낙원떡집

참 ________
맛있네.

3)

오이김치나
만들어 볼까?

오이가 참
________ 맛있네.

4)

더러우니까
세제를 많이
써야지.

세제가 덜
헹궈 졌나 봐.
________.

연습 4 어울리는 표현을 골라 대화를 완성해 보세요.

촉촉하다	팍팍하다	화끈화끈하다
까칠까칠하다	따끔따끔하다	바삭바삭하다

1) 가 : 오늘 저녁에는 닭 가슴살로 샐러드를 만들어 볼까?
나 : 난 닭 가슴살은 ………………………… 싫어. 기름기가 좀 있는 고기가 맛있지 않니?

2) 가 : 모자를 안 쓰고 하루 종일 돌아다녔더니 얼굴이 너무 ………………………… .
나 : 그러니까 이렇게 햇볕이 강한 날에는 꼭 모자나 양산을 써야 돼.

3) 가 : 요즘 잠도 못 자고 밥도 잘 못 먹어서 그런지 피부가 ………………………… 것 같아.
나 : 우유랑 꿀을 섞어서 팩을 해 봐. 그럼 좀 나아질 거야.

4) 가 : 맛있는 튀김을 만들고 싶은데 어떻게 하면 되는지 모르겠어.
나 : 얼음물로 튀김옷을 만들면 ………………………… 튀김을 만들 수 있어.

5) 가 : 오늘 아침에 보니까 땅이 …………………………게 젖어 있더라.
나 : 응. 어젯밤에 비가 와서 그래.

6) 가 : 어디가 아파서 오셨죠?
나 : 눈에 뭐가 들어갔는지 ………………………… 자꾸 눈물이 나요.

IX 인간과 심리

人類與心理

1 학습과 심리
學習與心理

주제 主題 학습과 심리
學習與心理

어휘 詞彙 언어 학습과 심리
語言學習與心理

문법과 표현 文法與表達
- V-(으)ㄹ라치면
  只要想……就一定會……
- A/V-다고 할 것까지는[할 것까지야] 없다
  算不上……／沒必要……

듣기 聽力
- 토론 듣고 주장, 근거 구분하기
  聆聽討論後分析主張與論點
- 상담 대화 듣고 특징 분류하기
  聆聽諮商對話後分類特徵

말하기 口說
- 효과적으로 설명하기
  有效率地說明
  (사례 소개하기, 부연하기)
  （介紹、闡述案例）

2 사람의 심리
人類的心理

주제 主題 사람의 심리
人類的心理

어휘 詞彙 심리와 실험
心理與實驗

문법과 표현 文法與表達
- A/V-다고 치다
  就算是……也
- V-(으)ㄹ 리(가) 만무하다
  表示絕不可能、沒道理做某事

읽기 閱讀 설명문 읽고 내용 종합하기
閱讀說明文後整合內容

쓰기 寫作
- 인용 표현에 유의하여 문장 쓰기
  注意引用的表達後造句
- 실험의 내용과 결과를 분석하여 글 쓰기
  分析實驗的內容與結果並寫作

보충 어휘 補充詞彙 의성어 / 의태어 I
擬聲語／擬態語 I

1

학습과 심리

學習與心理

주제 主題
학습과 심리 學習與心理

어휘 詞彙
언어 학습과 심리
語言學習與心理

문법과 표현 文法與表達
· V-(으)ㄹ라치면
只要想……就一定會……
· A/V-다고 할 것까지는[할 것까지야] 없다
算不上……／沒必要……

듣기 聽力
· 토론 듣고 주장, 근거 구분하기
聆聽討論後分析主張與論點
· 상담 대화 듣고 특징 분류하기 聆聽諮商對話後分類特徵

말하기 口說
· 효과적으로 설명하기
有效率地說明
(사례 소개하기, 부연하기)
（介紹、闡述案例）

들어가기

이야기해 보세요

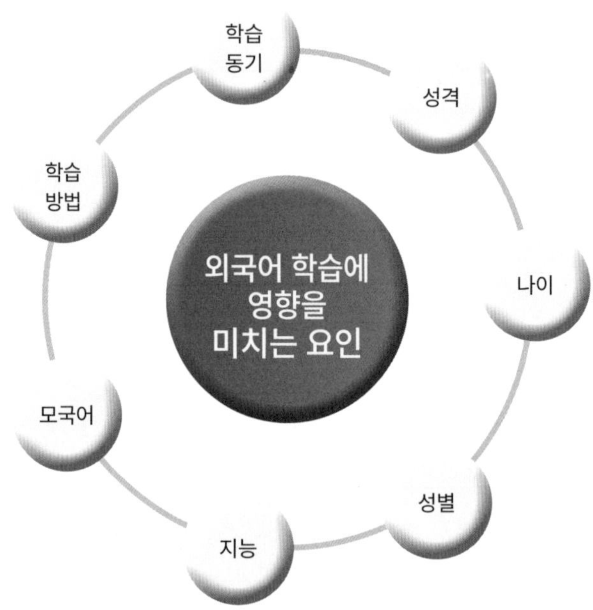

1. 외국어 학습에 영향을 미치는 요인 중 가장 중요하다고 생각하는 것 세 가지를 골라 순위를 정하세요. 그리고 그렇게 생각하는 이유를 예를 들어 이야기해 보세요.

   ① ____________ ② ____________ ③ ____________

2. 다른 요인이 더 있는지 이야기해 보세요.

어휘와 문법

읽어 보세요 07

외국어 정복하기 (3) : 성공적인 외국어 학습자의 특징

같은 조건에서 외국어를 배워도 어떤 학습자들은 유창하게 잘하는 데 반해 어떤 학습자들은 상대적으로 부족하고 발달 속도가 더딘 경우가 있다. 왜 이런 차이가 나타나는 것일까? '성공적인 학습자'에 대한 연구에 따르면 그 원인은 학습자의 나이, 성별, 성격, 지능, 모국어, 학습 방법 등의 차이에 있는 것으로 밝혀졌다. 일반적으로 나이가 어릴수록, 다양한 학습 전략과 방법을 많이 이용할수록 언어 학습에 유리하다고 한다.

그렇지만 이런 요인들이 절대적인 것은 아니다. 보통 12세 이전에 외국어를 배우는 것이 효과적이며 원어민에 가까운 발음을 구사할 수 있다고 한다. 그렇다고 해서 성인이 언어를 배우는 것이 불가능한 것은 아니다. 성인은 아동에 비해 발음 학습은 불리하나 인지 능력이 발달해서 비교적 단시간에 언어를 배울 수 있고 문법과 어휘 학습은 오히려 아동보다 유리하다.

↳ RE : 나이 들어서 외국어를 배우려고 하니 무엇보다도 발음과 억양이 어려워요. 외국인을 만나 간단한 대화라도 **할라치면** 발음 때문에 의사소통이 잘 안돼요.

↳ RE : 외국어 학습에서 성격도 중요한 요인인 것 같아요. 반드시 외향적이어야 한**다고 할 것까지야 없지만** 내성적인 사람보다는 외향적인 사람이 사람들과 잘 어울리고 실수도 두려워하지 않으니까 외국어도 빨리 배우는 것 같아요.

1. 어떤 사람이 성공적인 외국어 학습자가 될 가능성이 있습니까?

2. 성인 외국어 학습자는 어떤 점이 아동보다 유리합니까?

어휘를 연습해 보세요

요인	역효과	원어민	모국어	인지 능력	학습 동기
학습 유형	학습 전략	더디다	격려하다	구사하다	능숙하다
도전하다	보상하다	분류하다	분석하다	습득하다	유창하다

1. 서로 관계있는 것끼리 연결해 보세요.

1) 학습 유형 •	•	부모가 아이들에게 채소를 많이 먹이려고 아이들에게 채소를 억지로 먹이다 보면 오히려 아이들이 채소를 더 싫어하게 돼요.
2) 학습 동기 •	•	노트 필기할 때 색깔 펜을 이용하거나 별표나 밑줄을 사용하면 효과적으로 공부할 수 있대요.
3) 학습 전략 •	•	초등학교에서 영어를 말하기 중심으로 가르치면서 영어를 모국어로 하는 교사가 많이 필요하대요.
4) 역효과 •	•	저는 사진이나 그림 자료가 많으면 이해가 빨리 되지만 그냥 설명만 들으면 이해하기가 어려워요.
5) 원어민 •	•	저는 좋아하는 한국 배우와 한국어로 이야기해 보고 싶어서 한국어를 배우게 되었어요. 나중에 그 배우와 한국어로 이야기하는 것을 상상만 해도 행복해요.

문법과 표현을 연습해 보세요

1. V-(으)ㄹ라치면 只要想……就一定會……

· 오랜만에 이불 빨래를 할라치면 꼭 비가 와요. 難得想洗一次被子就一定會下雨。

· 큰마음 먹고 쿠키라도 만들라치면 꼭 필요한 재료가 없어요. 只要下定決心想做餅乾，就一定會缺少必需的材料。

2. A/V-다고 할 것까지는[할 것까지야] 없다 算不上……／沒必要……

· 성적이 안 좋다고 해서 지능이 낮다고 할 것까지는 없어요. 沒必要因為成績不好就說成是智商低。

· 내 동생은 미인이라고 할 것까지야 없지만 귀엽고 매력 있게 생겼어요. 我的妹妹雖稱不上是美人，但卻長得可愛有魅力。

1. 다음과 같이 이야기해 보세요.

1) 식당에 사람이 없다가도 제가 들어가려고 하면 사람들이 많이 몰려와요.

2) 친구에게 도와 달라고 부탁을 하려고 하면 늘 바쁘다는 핑계를 대요.

3) 책상에 앉아 공부 좀 하려고 하면 꼭 친구한테서 놀자고 전화가 와요.

2. 다음과 같이 이야기해 보세요.

1)	이번에도 시험에 떨어졌어요. 저는 인생에서 실패한 사람인 것 같아요.	시험에 떨어졌다고 해서 인생에서 실패했**다고 할 것까지는 없어요.**
2)	민수 씨는 노래도 잘 부르고 운동도 잘하고 공부도 잘해요. 천재인가 봐요.	
3)	주가가 폭락했어요. 경제가 나빠지고 있다는 증거예요.	

듣기

준비해 보세요

1. 이 책과 방송 프로그램에서 어떤 내용을 다룰 것 같습니까?

2. 여러분은 어떤 칭찬을 들어 본 적이 있습니까? 그 칭찬을 듣고 어떤 생각이 들었습니까?

🎧 들어 보세요 1 08

교육 방법에 대한 토론입니다. 잘 듣고 질문에 답해 보세요.

중심 내용 파악하기

1. 토론의 주제는 무엇입니까?

   ① 칭찬의 방법 ② 칭찬의 효과 ③ 좋은 칭찬의 예

세부 내용 파악하기

2. 다음은 누구의 주장입니까?

   - 격려나 보상이 긍정적인 효과가 있다. ☐ 여자 ☐ 남자
   - 자신감을 높이기 위해 칭찬이 필요하다. ☐ 여자 ☐ 남자
   - 칭찬을 하면 일을 더 적극적으로 하게 된다. ☐ 여자 ☐ 남자
   - 칭찬은 과제 성공에 큰 영향을 미치지 않는다. ☐ 여자 ☐ 남자

3. 자신의 주장을 뒷받침하기 위해 두 사람이 든 근거는 무엇입니까?

여자 •
남자 •

- • 유치원 아이들에게 칭찬을 해 줘도 야채 주스를 마시는 데 도움이 되지 않았다.
- • 돌고래를 훈련시킬 때 칭찬을 해 주는 것이 먹이를 주는 것보다 더 큰 효과가 있었다.
- • 학생들이 과제를 수행할 때 칭찬을 해 준 경우 동기 부여가 되고 더 적극적인 태도를 보였다.
- • 외국어 선생님이 너무 자주 칭찬을 해 주니까 나중에는 습관이 돼서 아무 느낌도 받지 못했다.

들어 보세요 2

외국인 학습자의 고민 상담입니다. 잘 듣고 질문에 답해 보세요.

중심 내용 파악하기 1. 무엇에 대한 상담입니까?

세부 내용 파악하기 2. 서로 관계있는 것끼리 연결해 보세요.

특성				학습 방법
논리적이고 분석적이다.	•		•	몸의 움직임을 활용하면 좋다.
대화의 전체적인 흐름이나 내용을 잘 파악한다.	•	• 좌뇌형 •	•	내용을 그림으로 바꿔서 기억하는 것이 효과적이다.
전체보다는 부분을 잘 파악한다.	•	• 우뇌형 •	•	전체 내용을 부분적으로 나누어 재구성해 공부하면 효과적이다.
직감적이며 이미지에 의존한다.	•		•	내용을 분석한 뒤 자신의 말로 설명하는 것이 좋다.

3. 이 학생의 학습 유형에 맞는 학습 방법은 무엇입니까?

이야기해 보세요

1. 다음은 학습 유형을 알아보는 검사입니다. 여러분은 어떤 학습 유형에 속합니까?

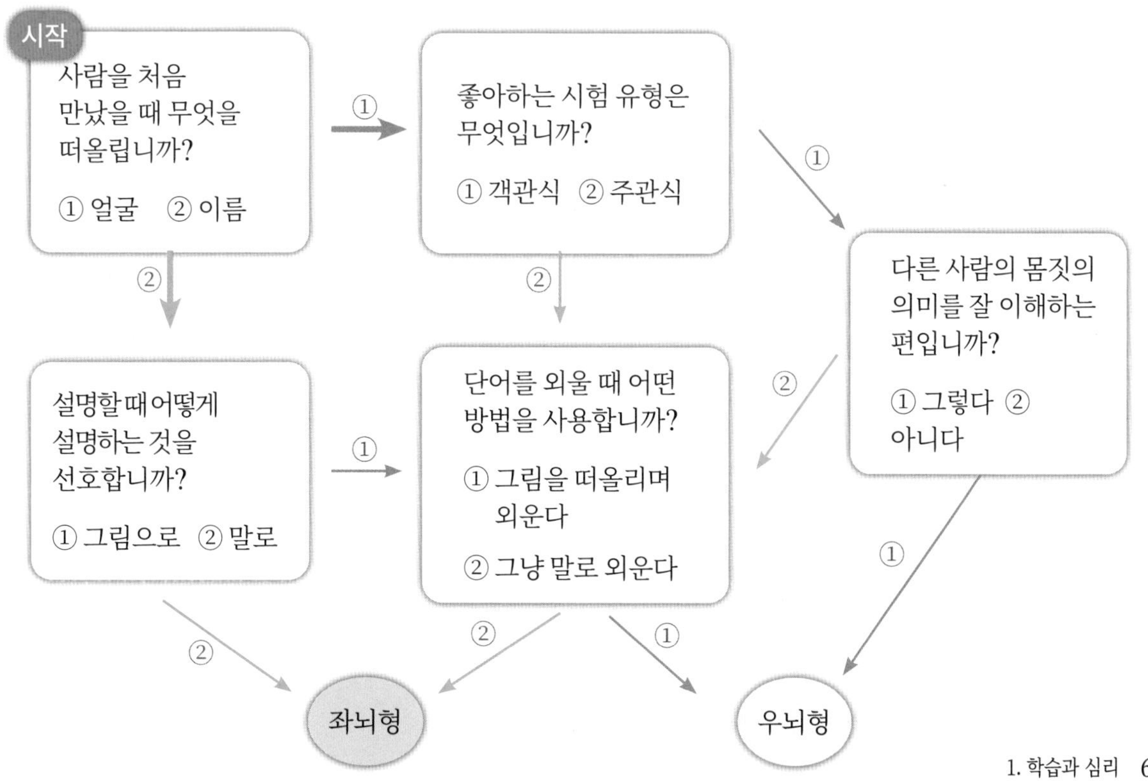

말하기

사례를 소개하고 부연하여 효과적으로 설명해 보세요.

준비해 보세요

1. 여러분의 한국어 학습 방법을 예를 들어 설명해 보세요.

저는 한국어를 공부할 때 문법이나 단어를 공책에 쓰면서 공부해요. 이렇게 공책에 써 보면 정리도 잘되고 더 오래 기억할 수 있어요. 저는 좌뇌형 학습자인데 좌뇌형 학습자는 전체 내용을 부분으로 나눠서 말로 정리하는 게 좋대요. 이 학습 방법이 저한테 잘 맞는 것 같아요.

연습해 보세요

1. 다음은 사례를 소개할 때 쓰는 표현입니다. 다음 표현을 사용하여 이야기해 보세요.

<사례 소개하기>

- 실제로[한번은] 이런 경험이 [경우가] 있었다.
- ~에 관해서(는) 다음과 같은 예[사례]가 있다.

저는 무조건 칭찬을 많이 하는 것은 문제가 있다고 생각합니다. 실제로 제가 외국어를 배울 때 이런 경험이 있었는데요. 저희 선생님은 학생이 틀린 대답을 했을 때도 항상 칭찬을 해 줬습니다. 그런 일이 반복되다 보니 전 선생님의 칭찬이 진짜 나를 칭찬하는 게 아니라 습관이 아닐까 하는 의심을 하게 되었고 나중에는 잘했다는 말을 들어도 아무 느낌도 받지 않게 되었습니다.

1) 칭찬의 역효과

- 선생님의 습관적인 칭찬이 역효과를 가져온 경우

2) 플라시보 효과

- 플라시보 효과를 직접 경험한 경우

3) 문화 충격

- 한국과 자국의 문화 차이를 느낀 경우

2. 다음은 부연 설명을 할 때 쓰는 표현입니다. 다음 표현을 사용하여 부연 설명을 해 보세요.

<부연 설명하기>

- 다시 말하면
- 제 말[말씀]은 ~다는 것이 아니에요.
- 제 말은 (그게 아니라) ~다는 것이에요.
- 제 말은 ~다, 이런 뜻이에요.

저는 자신감이 없는 학생을 격려하기 위해서는 칭찬을 많이 하는 것이 좋다고 생각합니다.

그럼 칭찬을 습관적으로 해 줘야 한다는 말씀이신가요?

제 말씀은 칭찬을 습관적으로 해 줘야 한**다는 것이 아닙니다. 제 말은** 칭찬을 해 주려면 학생이 성취를 보였을 때 그것을 격려하기 위해 칭찬을 해야 효과적이**라는 것입니다.**

1)

(…) 자신감이 없는 학생을 격려하기 위해서는 칭찬을 많이 하는 것이 좋다.

칭찬을 습관적으로 해 줘야 하나?

학생이 성취를 보였을 때 격려하기 위해 칭찬을 해야 효과적이다.

2)

(…) 외모를 중시하는 풍조가 특히 여성들을 억압하고 있다고 생각한다.

외모 중시 풍조는 여성들만 억압하나?

사회 분위기에 따라 남자보다는 여자들에게 더욱 부담이 된다.

3)

(…) 사상 의학에 의하면 체질에 맞는 음식을 먹는 것이 건강에 좋다.

음식을 골고루 먹지 말라는 뜻인가?

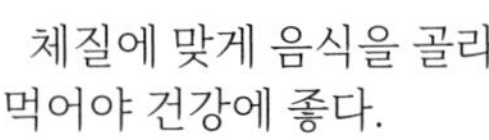

체질에 맞게 음식을 골라
먹어야 건강에 좋다.

이야기해 보세요

1. 아래에 제시된 주제 중 하나를 골라 메모해 보세요.

칭찬의 역효과 | 직장에서의 남녀 차별

효과적인 외국어 학습 방법 | 외국어 학습과 성격의 관계

- 주제
  - 칭찬의 역효과
- 관련된 사례
  - 외국어 배울 때의 경험. 학생이 틀린 대답을 해도 "좋습니다.", "잘했어요."라며 항상 칭찬을 해 주신 선생님. 칭찬을 받아도 칭찬이 아니라 습관인 것처럼 느껴졌음.

- 주제
- 관련된 사례

2. 자신이 선택한 주제에 대해서 구체적인 사례를 사용하여 효과적으로 발표해 보세요.

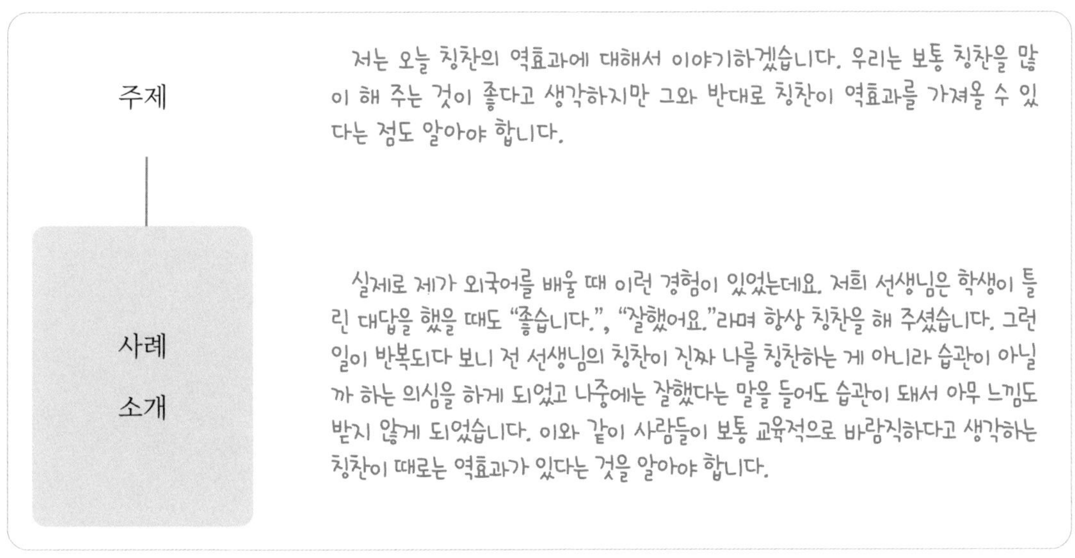

주제
저는 오늘 칭찬의 역효과에 대해서 이야기하겠습니다. 우리는 보통 칭찬을 많이 해 주는 것이 좋다고 생각하지만 그와 반대로 칭찬이 역효과를 가져올 수 있다는 점도 알아야 합니다.
사례 소개
실제로 제가 외국어를 배울 때 이런 경험이 있었는데요. 저희 선생님은 학생이 틀린 대답을 했을 때도 "좋습니다.", "잘했어요."라며 항상 칭찬을 해 주셨습니다. 그런 일이 반복되다 보니 전 선생님의 칭찬이 진짜 나를 칭찬하는 게 아니라 습관이 아닐까 하는 의심을 하게 되었고 나중에는 잘했다는 말을 들어도 습관이 돼서 아무 느낌도 받지 않게 되었습니다. 이와 같이 사람들이 보통 교육적으로 바람직하다고 생각하는 칭찬이 때로는 역효과가 있다는 것을 알아야 합니다.

3. 친구들의 질문을 받고 부연 설명을 해 보세요.

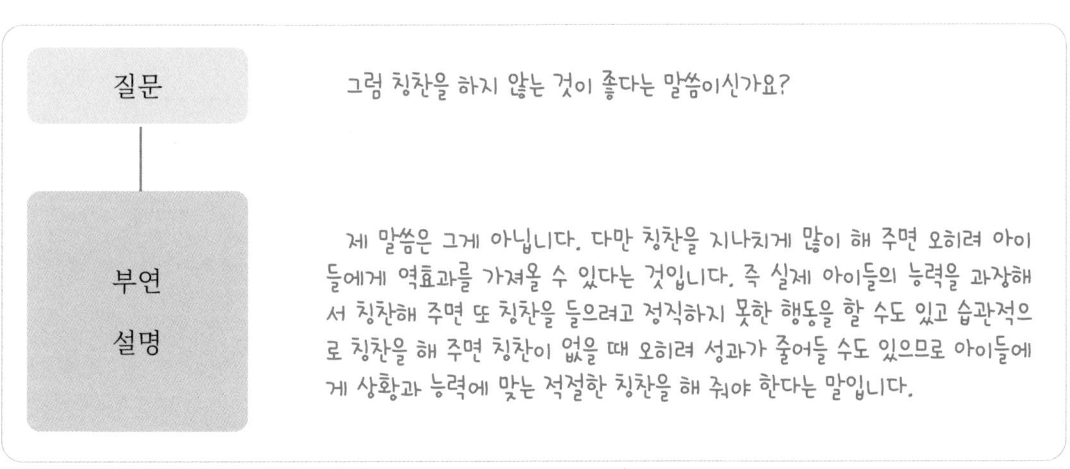

질문
그럼 칭찬을 하지 않는 것이 좋다는 말씀이신가요?
부연 설명
제 말씀은 그게 아닙니다. 다만 칭찬을 지나치게 많이 해 주면 오히려 아이들에게 역효과를 가져올 수 있다는 것입니다. 즉 실제 아이들의 능력을 과장해서 칭찬해 주면 또 칭찬을 들으려고 정직하지 못한 행동을 할 수도 있고 습관적으로 칭찬을 해 주면 칭찬이 없을 때 오히려 성과가 줄어들 수도 있으므로 아이들에게 상황과 능력에 맞는 적절한 칭찬을 해 줘야 한다는 말입니다.

4. 발표를 듣고 사례 제시와 부연 설명이 적절했는지 평가해 보세요.

	매우 좋다	좋다	보통이다	좋지 않다
▪ 적절한 사례를 제시했는가?	☐	☐	☐	☐
▪ 부연 설명이 명확했는가?	☐	☐	☐	☐
▪ 배운 표현을 잘 사용했는가?	☐	☐	☐	☐

어휘와 표현

1. 학습과 심리

● 어휘

격려(激勵)하다[경녀하다]
동 용기나 의욕이 생기도록 하다. 激勵
부모님은 대학 입학시험을 앞둔 나에게 삼계탕을 사 주며 격려해 주셨다. 父母親買了蔘雞湯鼓勵面臨大學入學考試的我。

구사(驅使)하다
동 언어나 표현 등을 익숙하게 쓰다. 運用（語言表達）
우리 가족은 일본에서 오랫동안 살아서 일본어를 일본 사람만큼 잘 구사할 수 있다. 我家人因為長期住在日本，所以日語能說得像日本人一樣。

능숙(能熟)하다[능수카다]
형 익숙하게 잘하다. 熟練
경력 사원은 신입 사원들보다 업무 처리에 능숙하다.
有經驗的員工在業務處理上比新員工來得熟練。

더디다
형 어떤 움직임이나 일을 하는 데 시간이 오래 걸리다. 緩慢
모르는 사람과 같이 있거나 관심 없는 일을 할 때는 이상하게도 시간이 더디게 간다. 與陌生人在一起或進行不感興趣的事情時，時間總很奇怪的過得緩慢。

도전(挑戰)하다
동 어려운 일이나 새로운 일에 맞서다. 挑戰
B 선수는 100m 달리기에서 8초대의 기록에 도전했다.
B選手在100公尺短跑中挑戰了8秒的紀錄。

모국어(母國語)
명 자기 나라의 말. 母語
일부 재일 교포 2세들은 모국어를 배우기 위해 방학이면 한국을 찾아온다. 部分的日本韓僑二代為了學習母語，一放假就會回來韓國。

보상(報償)하다
동 어떤 일에 의욕이 생기게끔 칭찬하거나 상을 주다. 獎勵
축구 협회는 이번 경기를 승리로 이끈 선수들의 노고를 보상하고자 상금을 지급했다. 足球協會為了獎勵在本次賽事中領軍勝利的選手而頒發了獎金。

분류(分類)하다[불류하다]
동 종류에 따라서 나누다. 分類
우체부는 우편물을 지역별로 분류해서 배달한다.
郵差根據地區將郵件分類配送。

분석(分析)하다[분서카다]
동 복잡한 것을 풀어서 논리적으로 설명하다. 分析
정부에서는 물가 상승 원인을 유가와 생필품 가격 상승으로 분석하고 있다. 政府分析物價上升的原因是油價與生活必需品的價格上升所致。

습득(習得)하다[습뜨카다]
동 배워서 자기 것으로 만들다. 學會
나이가 든 후에 어떤 외국어를 습득하려면 많은 노력이 필요하다.
上了年紀後若想要學習某種語言，需要大量的努力。

역효과(逆效果)[여쿄과]
명 기대했던 것과 정반대가 되는 효과. 反效果
건강을 위해 보약을 지어 먹었는데 오히려 역효과가 나서 설사를 했다. 為了健康製補藥來吃，卻產生反效果而腹瀉。

요인(要因)
명 어떤 것의 조건이 되는 요소. 因素、要素
김철수 씨의 성공 요인은 성실하고 근면한 생활 태도라 할 수 있다.
金哲秀先生的成功原因可以說是篤實及勤勉的生活態度。

원어민(原語民)
명 자기 나라 말을 사용하는 사람. 母語者
최근 영어 수업에서는 원어민 교사가 직접 영어를 가르치기도 한다.
最近在英語課堂中，也會由母語教師直接教授英語。

유창(流暢)하다
형 말을 하는 것이 자연스럽고 막힘이 없다. 流暢
나나 씨는 한국어 말하기 대회에서 유창한 한국어 실력을 뽐냈다.
娜娜在韓語演講比賽中展現她流暢的韓語實力

인지 능력(認知能力)[인지능녁]
명 사물을 분별하고 판단할 수 있는 능력. 認知能力
일반적으로 아동이 사춘기를 지나 성인이 되면 인지 능력이 발달하게 된다. 普遍來說，兒童過了青春期後長大成人，認知能力就會發達起來。

학습 동기(學習動機)[학씁똥기]
공부를 하게 된 이유. 學習動機
강한 학습 동기가 학습의 성공과 실패를 결정한다.
強烈的學習動機決定學習的成功與失敗。

학습 유형(學習類型)[학씀뉴형]
공부 방법에 따라 종류를 나눈 것. 學習型態
감각에 따라 학습 유형을 나눌 수 있는데 시각 자료를 선호하는 유형도 있고 청각 자료를 선호하는 유형도 있다.
依據感覺的不同可以將學習型態分類，有些型態偏好影像資料，有些型態則偏好音訊資料。

학습 전략(學習戰略)[학씁쩔략]
학습하는 데에 필요한 여러 가지 방법. 學習策略
외국어를 학습할 때 모르는 단어를 다른 사람에게 물어보거나 스스로 단어의 의미를 추측해 보는 것도 하나의 학습 전략에 속할 수 있다. 在學習外語時向他人詢問不懂的單字，或自行試著猜測單字的意義，也是屬於學習的一種策略。

● 듣기

• 들어 보세요 1

거듭되다
동 다시 반복되다. 反覆
그는 거듭되는 실패에도 불구하고 끝까지 포기하지 않고 노력해서 성공을 거뒀다. 即便反覆地失敗他還是堅持努力不懈，最終獲得成功。

거울삼다
동 어떤 일을 통해 배우다. 引以為鑒
이번 일을 거울삼아 다음에는 실수하지 않겠다.
我以這次的事為鑒，下次不再犯錯。

수행(遂行)하다
동 생각하거나 계획한 대로 일을 해내다. 執行
김 대리는 이번 행사에서 맡은 일을 성실히 수행해서 사장님의 칭찬을 받았다. 金副理腳踏實地的執行本次活動中所負責的事項，因此受到老闆的稱讚。

조련사(調練師)
명 동물을 훈련시키는 사람. 馴獸師
동물원의 호랑이가 조련사의 지시에 따라 여러 가지 재주를 보여 줬다. 動物園裡的老虎依照馴獸師的指示展示了各種才藝。

• 들어 보세요 2

재구성(再構成)하다
동 새롭게 다시 구성하다. 重組、改編
요즘 드라마는 기존의 인기 있는 소설을 재구성해서 만들기도 한다.
最近的電視劇也經常改編既有的暢銷小說來製作。

직감적(直感的)이다[직깜적]
사물이나 현상을 접했을 때 곧바로 느껴 알아차리다. 直覺的
특별한 말이 없이도 상사가 나를 신뢰하지 않는다는 것을 직감적으로 느낄 수 있었다. 即便沒有特別說出口，也能直覺感受到上司對我的不信任。

● 말하기

부연(敷演)하다
동 이해하기 쉽도록 설명하다. 補充說明
그는 자신의 이론을 설명한 후 청중들이 이해할 수 있도록 부연했다. 他在說明完自己的理論後，為了讓聽眾了解而進行補充說明。

2 사람의 심리

人類的心理

주제 主題
사람의 심리 人類的心理

어휘 詞彙
심리와 실험 心理與實驗

문법과 표현 文法與表達
- A/V-다고 치다
  就算是……也
- V-(으)ㄹ 리(가) 만무하다
  表示絕不可能、絕不會

읽기 閱讀
- 설명문 읽고 내용 종합하기
  閱讀說明文後整合內容

쓰기 寫作
- 인용 표현에 유의하며 문장 쓰기 注意引用的表達後造句
- 실험의 내용과 결과를 분석하여 글 쓰기 分析實驗的內容與結果並寫作

들어가기

이야기해 보세요

궁금한 사람의 심리

남의 떡이 더 커 보인다.

시끄러운 장소에서도 듣고 싶은 사람의 목소리는 잘 들린다.

반대하는 사람이 많을수록 더 사랑에 빠진다.

기다리는 줄이 긴 음식점에서 더 먹고 싶다.

1. 왜 이런 심리가 생길까요? 그 이유를 설명해 보세요.

2. 이유를 확인해 보고 여러분의 생각과 비교해 보세요.

어휘와 문법

읽어 보세요 10

사람의 마음은 신체에 어떤 작용을 하는가? 한 심리 실험에서 70~80대 노인들을 대상으로 20년 전으로 돌아갔**다고 치고** 생활하도록 했다. 실험 결과, 가족이나 간병인에 의지하며 힘없이 살아가던 노인들이 일주일 뒤 체중이 늘고 기억력도 좋아졌다. 그뿐만 아니라 자신이 젊다고 생각하고 생활한 노인들은 그렇지 않은 노인들보다 실제로 더 젊어 보인다는 평가를 받았다.

이 실험은 사람이 마음먹기에 따라 노화의 속도가 달라질 수 있음을 잘 보여 준다. 다시 말하면 나는 늙어서 아무것도 못한다는 생각을 가지고서는 아무리 노력해도 젊어**질 리 만무하다는** 것을 이 실험을 통해 알 수 있다.

1. 어떤 실험을 했습니까?
2. 이 실험을 통해 무엇을 알 수 있습니까?

어휘를 연습해 보세요

심리학	심리 실험	주의력	기억력	이성적이다	알아차리다
과대평가하다	관찰하다	몰두하다	왜곡하다	인식하다	입증하다
작용하다	착각하다	측정하다			

1. 서로 관계있는 것끼리 연결해 보세요.

1) 착각하다 • • 최근 방송되고 있는 역사 드라마들은 역사적인 사실과 다르게 만들어져 청소년들에게 잘못된 역사 인식을 심어줄 수 있어요.

2) 관찰하다 • • 저는 오늘이 시험인 줄 알고 열심히 공부했는데 알고 보니 오늘이 아니라 내일이었어요.

3) 왜곡하다 • • 아이가 태어나서 처음으로 나무에 걸려 있는 거미줄을 보았어요. 처음이라 아주 신기한지 계속 가만히 서서 거미줄이 어떻게 생겼는지 살펴보고 있어요.

4) 입증하다 • • 우리 아버지께서는 화가 나거나 흥분되는 일이 있어도 감정적으로 행동하지 않고 차근차근 해결하시는 편이에요.

5) 이성적이다 • • 경찰은 그가 범인이라는 것을 CCTV 분석을 통해 밝혀냈다.

문법과 표현을 연습해 보세요

1. A/V-다고 치다 就算是……也
- 돈이 많다고 쳐도 저렇게 돈을 함부로 쓰는 것은 바람직하지 않다. 就算是家財萬貫，照那樣揮霍如土也相當不可取。
- 한 사람이 피자를 두 조각씩만 먹는다고 치더라도 적어도 세 판을 주문해야 한다. 就算是一個人只吃兩片披薩，最少也要點三盤才行。

2. V-(으)ㄹ 리(가) 만무하다 表示絕不可能、沒道理做某事
- 결석이 잦은 민수가 개근상을 받을 리 만무하다. 經常缺席的民秀絕不可能獲得全勤獎。
- 그렇게 착하고 정이 많던 삼촌이 사람을 때렸을 리 만무하다. 如此善良有人情味的叔叔絕不會動手打人。

1. 다음과 같이 말해 보세요.

1)
내일도 비가 올 것 같아요.

네, 내일까지 비가 온**다고 치면** 이번 주 내내 비가 오는 거네요.

2)
한국에서 미국까지 가려면 시간이 얼마나 걸릴까요?

3)
커피값이 너무 많이 들어.

2. 다음과 같이 말해 보세요.

1) 2) 3)

마리코 씨는 장학금을 충분히 받고 있으니 경제적인 이유로 귀국했을 리 만무합니다.

읽기

준비해 보세요

1. 흰옷을 입은 사람들이 패스를 몇 번 했습니까?

2. 경기 중에 이상한 점이 있었습니까?

읽어 보세요

다음은 심리 실험에 관한 글입니다. 글을 읽고 질문에 답해 보세요.

1 고릴라를 보셨나요?

어떤 의사가 부주의로 수술용 가위를 환자 배속에 넣고 꿰매었다. 환자는 수술 이후 알 수 없는 복통에 시달렸고 세 차례나 엑스레이를 찍었지만 의사들은 원인을 찾아내지 못했다. 수많은 의사들이 엑스레이를 들여다봤지만 저마다 자기 전공에 맞는 원인을 찾는 데에만 몰두하느라 정작 사진 정면에 찍힌 수술용 가위는 보지 못했다. 왜 사람들은 눈으로 보면서도 인식하지 못하는 것일까? 이러한 주의력 부족은 일부 사람들에게만 나타나는 것일까?

농구 경기가 열리는 체육관에서 흥미로운 실험이 실시되었다. 농구 경기의 쉬는 시간에 사회자가 관중들에게 문제를 냈다. "지능 측정 실험입니다. 전광판 동영상을 봐 주세요. 흰옷 입은 사람 3명과 검은 옷 입은 사람 3명이 각자 자기들끼리 공을 주고받습니다. 흰옷 입은 사람들끼리 몇 번 패스하는지 세어 보세요."

그 후 관중들에게 보여 준 36초짜리 동영상에서는 학생 6명이 공을 주고받는 동안 검은 고릴라가 9초에 걸쳐 천천히 지나가면서 학생들 사이에서 두 차례 가슴을 두드리는 장면이 나왔다. 사회자가 낸 문제를 풀기 위해 초등학생부터 노인들까지 이날 체육관을 찾은 관중 2,280명이 열심히 패스 횟수를 세었다. 진짜 문제는 패스 횟수가 아니었다. '방금 본 동영상에 사람 말고 다른 것도 나왔나, 사람만 나왔나?'가 문제였다.

이날 관중 가운데 주최 측에 문자를 보낸 사람은 총 580명이었는데 이들 중 '고릴라를 못 봤다'는 사람이 315명(54%)에 달했고, '사람 말고 뭔가를 봤다'는 사람들 중에서 개와 곰을 보았다고 주장한 사람도 60명이나 있었다. 고릴라라고 정확히 맞힌 사람은 205명뿐이었고 이는 전체 응답자 중 35%에 불과했다. 주최 측이 느린 속도로 동영상을 다시 틀자 곳곳에서 "저걸 내가 왜 못 봤을까?" 하는 탄식이 흘러나왔다.

사람들은 보통 자신의 눈에 보이는 모든 것을 인식한다고 생각한다. 그런데 실제로는 눈앞에서 보고 있으면서도 인식하지 못하는 것들이 존재한다. 고릴라가 바로 카메라 앞까지 와서 가슴을 두드리고 걸어갔는데도 왜 못 본 것일까? 이러한 인식의 오류는 기대하지 못한 사물에 대한 주의력 부족의 결과이다.

즉, 사람들은 자신이 보고 싶은 것만 보고 자신이 관심이 있는 것에만 주의를 기울인다. 이러한 사실을 염두에 두고 세상을 바라본다면 자신의 인지 능력의 한계를 인식하고 사람들의 행동도 이해할 수 있게 될 것이다.

2 건강 용품 한번 체험해 보세요.

사람들은 일반적으로 스스로 합리적이고 이성적이라고 생각한다. 이러한 믿음처럼 사람이 동물에 비해 합리적이고 이성적인 존재라고 치더라도 언제나 이성적이고 합리적인 판단을 하는 것은 아니다.

오후 3시 어느 쇼핑몰에서 가운을 입은 연구진이 기적의 신소재로 만든 건강 용품 체험전을 열었다. 이들은 미국의 항공우주국(NASA)에서도 이 제품을 사용한다는 말을 하면서 몸에 좋다는 이상한 모양의 기구를 사람들에게 체험시켜 줬다. 개발자들로부터 기구의 효과에 대해 간단한 설명을 듣고 직접 체험한 사람들은 모두 효과가 있었다고 말했다. 한 체험자는 "아까는 너무 피곤했었는데 머리가 맑아지고 몸이 가뿐해졌어요."라고 말하기도 했다. 그러나 이 기구는 아무렇게나 만든 것으로 건강과는 관련이 없으며 미국 항공우주국 이야기도 사실이 아니었다.

이 건강 용품이 가짜라면 효과가 있었을 리 만무하다. 그러나 사람들은 이것이 가짜 제품이라는 것을 알려 줘도 좀처럼 착각에서 빠져나오지 못했다. 한 여성은 심지어 "체험하고 나서 제가 직접 느낀 거니까 진짜인 것 같은데……."라고 했다. 몸에 좋다는 믿음을 갖게 된 순간 믿음에서 벗어나는 것들은 모두 외면해 버리려고 한 것이다. 이와 같이 우리는 스스로의 착각 때문에 오히려 쉽게 속게 되고 사실이 아닌 것을 사실로 믿게 된다.

사람들은 자신도 모르는 사이에 긍정적인 착각에 빠지기도 하고 부정적인 착각에 빠지기도 한다. 이 실험에서 여러 참여자들은 긍정적 착각을 경험했다. 긍정적 착각은 사람들에게 동기를 부여하고 성공할 수 있다는 자신감을 북돋아 준다. 네 손가락의 피아니스트로 유명한 이희아 씨는 어린 시절 "다른 사람들은 불가능하다고 생각했지만 저는 제가 반드시 피아니스트가 될 거라고 착각하고 살았어요."라고 했다.

자신과 세상에 대한 긍정적인 착각은 자신의 역량을 과대평가하게 하고 미래에 대한 비현실적인 기대감을 갖게 한다. 그러나 이러한 착각은 사람들에게 동기를 부여하고 대인 관계에 긍정적 변화를 가져오기도 한다. 다시 말하면 긍정적 착각은 자신의 삶을 변화시킬 뿐만 아니라 사회를 변화시킬 수 있는 힘이 있다.

중심 내용 파악하기 1. ❶과 ❷를 종합해 다음에 알맞은 말을 순서대로 고르세요.

> 고릴라 실험에서 사람들은 관심 있는 것에만 _________을/를 기울였고 관심이 없는 것은 보면서도 인식하지 못했다. 또한 건강 용품 실험에서 사람들은 자신이 믿는 것을 사실로 _________하고 믿는 것 외에는 모두 외면해 버렸다. 이 두 실험 모두 사람들의 _________을/를 보여 주고 있다.

① 착각 ② 주의 ③ 인지 능력의 한계

세부 내용 파악하기 2. ❶과 ❷에서 실시한 실험의 목적을 찾아 메모해 보세요.

❶의 실험 목적 : ______________________________

❷의 실험 목적 : ______________________________

3. ❶과 ❷의 실험 내용에 대한 설명으로 바른 것을 고르세요.

① ❶의 실험에서는 지능 측정을 위해 농구 경기의 패스 횟수를 세게 했다.

② ❶의 실험에서는 동영상을 보고 답을 보낸 관중의 50% 이상이 고릴라를 보지 못했다.

③ ❷의 실험에서는 사람들에게 미국 항공우주국에서 개발한 건강 용품을 체험하게 했다.

④ ❷의 실험에서는 실험 참여자들이 건강 용품이 가짜라는 사실을 알고 나서 효과가 없다는 것을 바로 알아차렸다.

4. ❶에서 많은 사람들은 왜 고릴라를 보지 못했습니까?

5. ❷에서 긍정적인 착각은 사람들에게 어떤 영향을 준다고 합니까?

이야기해 보세요

1. 두 심리 실험을 통해 여러분은 어떤 것을 알게 되었습니까?

> 인간은 합리적인 존재라고 생각했는데 두 실험을 보니 직접 눈으로 보면서도 인식하지 못하고 자신의 착각에 빠지는 불완전한 존재라는 것을 알게 되었어요.

쓰기

실험 내용과 결과를 분석하여 글을 써 보세요.

준비해 보세요

다음 문장에서 어색한 부분을 찾아 바르게 고쳐 보세요.

1. 이 실험의 의의는 눈으로 보는 것을 모두 인식하는 것이 아닌 것이다.

2. 나는 이 글이 부족한 점도 많고 고쳐야 할 점도 아직 많이 있는 사실을 알고 있다.

3. 나는 노력한 일이 실패로 끝날지라도 새로운 시도를 한다는 것에 의미가 있다는 생각한다.

4. 앞으로는 공정 무역 제품을 구입해서 생산자에게 정당한 대가를 제공하는 데 도움을 줘야겠다는 마음먹었다.

5. 아무리 어려운 일이 생길지라도 지금 하고 있는 일을 포기하지 않는 한 희망이 있다고 이야기를 친구에게서 들었다.

표현을 연습해 보세요

1. 다음 실험의 목적은 무엇이라고 생각합니까? 친구와 이야기해 보세요.

가운을 입은 연구진이 사람들에게 실제로는 효과가 없는 건강 용품을 체험시키고 몸에 어떤 변화가 있었는지 조사함.

70~80대 노인들을 대상으로 한 집단은 20년 전 자신의 모습으로 상상하며 생활하도록 하고 다른 집단은 평소대로 생활하도록 함.

2. 다음은 의문문을 이용해 글의 목적을 나타낼 때 쓰는 표현입니다. 다음 표현을 사용하여 써 보세요.

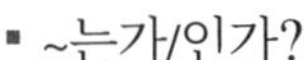

- ~는가/인가?

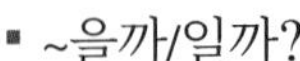

- ~을까/일까?

▶ 이 세상에 언어가 없다면 어떻게 될 것인가?

1) ▶ 유가가 오르고 있는 상황에서

2) ▶ 우뇌형 학습자에게

3) ▶ 치매 환자에게

4) ▶ 군대에 다녀온 남자에게

3. 다음은 실험 목적과 내용을 소개할 때 쓰는 표현입니다. 다음 표현을 사용하여 이야기해 보세요.

- ~(실험 주체)이[에서] ~(실험 내용)으면 어떤 효과가 있는지 실험을 했다.
- ~(실험 주체)가[에서] ~(실험 대상)에게 ~(실험 목적)는지 알아보기 위해 실험을 실시했다.

한 심리학자가 우울증 환자가 플라시보를 먹으면 어떤 효과가 있는지 실험을 했어요.

한 심리학자가 우울증 환자에게 플라시보가 효과가 있는지 알아보기 위해 실험을 실시했어요.

1)	2)	3)
•실험 주체 : 심리학자 •실험 내용 : 우울증 환자가 플라시보를 먹음.	•실험 주체 : 교육 전문가들 •실험 내용 : 중학생들이 과제를 성공할 때 상을 줌.	•실험 주체 : 방송 프로그램 •실험 내용 : 유치원 아이들이 야채 주스를 마셨을 때 칭찬을 함.
•실험 주체 : 심리학자 •실험 대상 : 우울증 환자 •실험 목적 : 플라시보가 효과가 있나?	•실험 주체 : 교육 전문가들 •실험 대상 : 중학생들 •실험 목적 : 보상이 효과가 있나?	•실험 주체 : 방송 프로그램 •실험 대상 : 유치원 아이들 •실험 목적 : 칭찬이 효과가 있나?

어휘와 표현

2. 사람의 심리

● 어휘

과대평가(過大評價)하다[과대평까하다]
동 실제보다 더 높이 평가하다. 高估
부모는 자식의 실력을 과대평가하는 경향이 있다.
父母有著高估自己子女實力的傾向。

관찰(觀察)하다
동 사물이나 현상을 자세히 살펴보다. 觀察
현미경을 이용하면 세포도 자세히 관찰할 수 있다.
借用顯微鏡的話連細胞都能細微的觀察。

기억력(記憶力)[기엉녁]
명 다시 생각해 내는 힘. 記憶力
영업부 김 부장님은 기억력이 좋아서 한 번 만난 사람의 이름도 잊어버리지 않는다. 業務部的金部長因為記憶力很好，就連只見過一次的人也不會忘記他的姓名。

몰두(沒頭)하다[몰뚜하다]
동 어떤 일에 모든 정신을 다 기울여 집중하다. 專注
시험공부에 몰두하느라 전화가 온 줄도 몰랐다.
埋頭於備考連電話響了也不知道。

심리 실험(心理實驗) [심니]
마음의 작용에 대한 실험. 心理實驗
심리 실험을 통해 사람의 마음을 연구할 수 있다.
透過心理實驗可以研究人們的內心。

심리학(心理學)[심니학]
명 마음과 행동을 연구하는 학문. 心理學
인간의 마음에 관심이 많았던 그는 대학에서 심리학을 전공했다.
對於人類心理相當感興趣的他在大學裡主修心理學。

알아차리다
동 바로 알게 되다. 察覺、意識到
어머니는 내 표정만 보시고도 내가 무슨 말을 하려는지를 알아차리셨다. 母親光是看著我的表情就能察覺到我想說什麼。

왜곡(歪曲)하다[왜고카다]
동 사실과 다르게 해석하거나 잘못되게 하다. 扭曲
그 소설가는 자신의 의도를 왜곡해서 보도했다며 신문사를 고소했다. 那位小説家控訴報社扭曲自己的用意。

이성적(理性的)이다
감정을 드러내지 않고 논리에 따르다. 理性的
흥분하면 이성적인 판단을 하기가 어렵다.
一旦激動起來就難以做出理性的判斷。

인식(認識)하다[인시카다]
동 사물이나 상황을 분석하고 판단해서 알다.
認知到（某事）
학교에서는 학생 건강의 중요성을 인식하고 체육 시간을 늘리기로 했다. 學校認知到學生健康的重要性，決定增加體育時間。

입증(立證)하다[입쯩하다]
동 증거를 들어 밝히다. 證明
그는 자신의 결백을 입증하려고 노력했다. 他為了想證明自己的清白而努力。

작용(作用)하다
동 사물이나 현상에 영향을 미치다. 影響
개인적인 친분이 합격 여부를 결정하는 데 작용해서는 안 된다.
私人關係的親疏遠密不該影響合格與否的抉擇。

주의력(注意力)[주의력 / 주이력]
명 한 가지 일에 마음을 집중하는 힘. 注意力
나는 어렸을 때 너무 산만해서 주의력이 부족하다는 말을 많이 들었다. 由於我小時候過於散漫，經常被人說注意力不足。

착각(錯覺)하다[차까카다]
동 어떤 사물이나 사실을 실제와 다르게 생각하다.
誤認、誤以為
동생과 내가 너무 닮아서 사람들은 가끔 나를 동생으로 착각한다.
弟弟與我長得太像，人們偶爾會將我誤認為弟弟。

측정(測定)하다[측쩡하다]
동 크기나 양을 재다. 測量
간호사는 온도계로 체온을 측정했다. 護理師以體溫計測量體溫。

● 읽기

● 읽어 보세요

가뿐하다

❸ 몸 상태가 가볍고 상쾌하다. 神清氣爽
늦게까지 일해서 피곤했는데 많이 자고 일어났더니 몸이 가뿐해졌다. 工作到很晚而感到疲倦，但睡一覺起來身體就神清氣爽許多。

꿰매다

❺ 바늘과 실로 옷 등을 이어 붙이다. 縫補
옷이 찢어져서 바늘로 꿰맸다. 衣服裂開了，用針線縫補。

복통(腹痛)

❸ 배의 통증. 腹痛
아침에 찬 우유를 마시고 복통과 설사로 고생했다.
因為晨間飲用冰牛奶後，腹痛和腹瀉而痛苦不堪。

부주의(不注意)[부주의/부주이]

❸ 어떤 일에 집중하지 못하고 조심하지 않음. 疏忽
운전할 때 사소한 부주의가 큰 사고를 불러올 수 있다.
駕駛開車時細微的疏忽都有可能導致重大的事故。

시달리다

❺ 괴로운 일이나 귀찮은 일을 당하다. 折磨
설날이 되면 집에 놀러 온 조카들에게 시달린다.
一到過年，就會被來家裡玩的姪子們弄得心煩。

역량(力量)[영냥]

❸ 어떤 일을 해낼 수 있는 힘. 力量、能力
우리 대학은 미래를 이끌어 갈 역량 있는 인재를 키우고 있다.
我們大學正培育擁有引領未來能力的人才。

염두(念頭)에 두다

어떤 생각이나 결정을 마음으로 해 두다. 念頭
사장님은 자신의 후계자로 아들을 염두에 두고 있었다.
社長心想要將兒子列為自己的後繼者。

체험(體驗)하다

❺ 직접 몸으로 경험하다. 體驗
도시 아이들이 주말농장을 통해 농사일을 체험했다.
城市裡的孩子們藉由假日農場體驗農務。

탄식(歎息)

❸ 한탄하여 쉬는 한숨. 嘆息
전쟁으로 폐허가 된 마을을 보고 탄식이 저절로 나왔다.
見到因戰爭變成廢墟的村子，不由自主地發出嘆息。

자기 평가

1. 다음 중 아는 어휘에 √ 하세요.

☐ 역효과	☐ 보상하다	☐ 착각하다
☐ 유창하다	☐ 습득하다	☐ 격려하다
☐ 심리 실험	☐ 작용하다	☐ 학습 전략
☐ 알아차리다	☐ 이성적이다	☐ 과대평가하다

2. 알맞은 표현을 골라서 문장을 완성해 보세요.

-다고 치다　-(으)ㄹ라치면　-(으)ㄹ 리(가) 만무하다　-다고 할 것까지는[할 것까지야] 없다

1) 가 : 다음 주가 시험인데 공부 많이 했어요?
   나 : 아니요. .... 전화가 오거나 친구가 집에 놀러 오네요.
2) 가: 저는 삼겹살을 정말 좋아하는데 소음인이라 돼지고기는 먹으면 안 된다고 해요.
   나 : 소음인이라고 해서 .... 너무 많이 먹지만 않으면 괜찮습니다.
3) 사과 한 상자를 샀는데 총 30개가 들어 있었다. .... 한 달 동안은 먹을 수 있을 것이다.
4) 우리 아버지는 보수적인 편이어서 요리는 여자의 일이라고 생각하신다. 그러므로 이런 아버지가 어머니를 위해 ....

3. 이 단원을 공부하고 여러분이 할 수 있게 된 것에 √ 해 보세요.

☐ 실험 결과나 자료를 인용해서 글을 쓸 수 있다.
☐ 사례를 소개하고 부연하여 효과적으로 설명할 수 있다.
☐ 심리학 실험에 관한 설명문을 읽고 내용을 종합할 수 있다.
☐ 토론을 듣고 주장과 근거를 구분할 수 있으며 상담 대화를 듣고 특징을 분류할 수 있다.

정답

2. 1) 공부를 할라치면 2) 돼지고기를 먹으면 안 된다고 할 것까지는 없습니다 3) 하루에 하나씩 먹는다고 치면 4) 요리를 해 주실 리 만무하다

보충 어휘

의성어 / 의태어(I) 사람의 소리, 행동과 관련된 의성어와 의태어를 익혀 봅시다.

고래고래 시끄럽게 외치거나 소리를 지르는 모양. 嘈雜的呼喊或高聲叫喊。	**쌔근쌔근** 아기가 조용히 자면서 숨을 쉬는 모양. 小孩子睡著時靜靜呼吸的模樣。
허둥지둥하다 정신없이 다급하게 서두르는 모양. 忙得不可開交，急迫匆忙的樣子。	**깜박깜박하다/거리다** 불빛 등이 자꾸 어두워졌다 밝아지는 모양.／눈을 자꾸 감았다 뜨는 모양.／무엇인가를 자주 잊어버리는 모양. 火光持續不斷明暗交替的模樣。／眼睛不斷開闔的模樣。／經常忘記什麼的樣子。
두근두근하다/거리다 불안하거나 설레서 가슴이 뛰는 모양. 胸口因不安或激動而起伏的模樣。	**싱글벙글하다/거리다** 소리 없이 환하게 웃는 모양. 無聲而燦爛的微笑。
우물쭈물하다/거리다 말이나 행동을 확실하게 하지 못하고 자꾸 망설이는 모양. 無法下定決心說出口或行動，一直猶疑不定的樣子。	**울먹울먹하다/거리다** 금방이라도 울 것 같은 모양이나 소리. 幾乎要哭出來的模樣或聲音。
꼬르륵꼬르륵하다/거리다 배가 고파서 나는 소리. 因飢腸轆轆所發出的聲音。	**후루룩후루룩하다/거리다** 라면이나 국수를 먹을 때 나는 소리. 食用泡麵或麵線時發出的聲音。

연습 1 다음 그림에 어울리는 의성어, 의태어를 찾아보세요.

1)

① 고래고래

② 두근두근

2)

① 울먹울먹

② 싱글벙글

보충 어휘

3) 

① 우물쭈물

② 쌔근쌔근

① 꼬르륵꼬르륵

② 후루룩후루룩

연습 2 다음 상황과 관련 있는 의성어와 의태어를 써 보세요.

1) 눈에 티가 들어갔을 때는 자꾸 눈을 감았다 떴다 하면 효과가 있다고 한다.

→ 깜박깜박

2) 일요일에 놀이공원에 갔다가 아이를 잃어버렸다. 나중에 경찰서에서 아이를 다시 찾았는데 아이가 나를 보자 금방이라도 울 것 같은 표정을 지었다.

→

3) 갑자기 남편 친구들이 집에 온다는 말에 몹시 서둘러서 집을 정리하고 음식을 장만했다.

→

4) 일이 너무 바빠서 점심을 못 먹고 회의에 들어갔어요. 회의하면서 계속 배 속에서 소리가 나서 창피해 혼났어요.

→

5) 이 세상에서 아이가 평온하게 자는 모습이 가장 아름다워요. 천사를 만난다면 이런 모습일 것 같아요.

→

6) 저는 어렸을 때 개한테 물린 적이 있어서 큰 개는 물론 작은 강아지만 봐도 무서워서 가슴이 막 뛰어요.

→

연습 3 다음 그림을 보고 대화를 완성해 보세요.

1)

2)

3)

4)

보충 어휘

연습 4 어울리는 표현을 골라 문장을 완성해 보세요.

허둥지둥	쌔근쌔근	울먹울먹
고래고래	후루룩후루룩	꼬르륵꼬르륵

1) 최근 경찰은 술을 마시고 사람을 폭행하거나 거리에서 .... 소리를 지르는 행위를 집중적으로 단속하기로 했습니다.

2) 고양이를 키우면서 가장 행복한 순간이 언제냐고요? 그건 아마도 제 품에서 .... 잠이 든 고양이의 평화로운 모습을 볼 때일 거예요.

3) 슈퍼마켓에서 과자를 훔치던 아이가 점원에게 잡혔는데 점원이 경찰을 부르겠다고 하자 갑자기 아이가 ....하기 시작했다.

4) 아침에 알람을 끄고 딱 10분만 자려고 했는데 한 시간이나 자 버렸다. 늦잠을 자는 바람에 .... 출근을 했고 하루 종일 정신없이 보냈다.

5) 오늘은 강원도 명물인 '콧등치기' 국수를 소개해 드리겠습니다. 메밀국수의 일종인데요. 너무 맛있어서 ....하면서 국수를 먹을 때 면발이 콧등을 치기 때문에 이런 이름이 붙여졌다고 합니다.

6) 짝사랑하던 동아리 선배와 같이 영화를 보기로 했다. 날씬하게 보이려고 하루 종일 아무 것도 안 먹었는데 계속 .... 소리가 나서 창피했다.

X

한국과 세계

韓國與世界

1 한국 속의 세계
韓國裡的世界

주제 主題
한국과 다문화 사회
韓國與多元文化社會

어휘 詞彙
다문화 사회
多元文化社會

문법과 표현 文法與表達
- A/V-던 차에[차이다]
  處於某種狀況
- V-고도
  表示前後子句內容相反，或進行補述

듣기 聽力
- 방송 듣고 평가하기
  聆聽廣播後評價
- 토의 듣고 결정 사항 파악하기
  聆聽商討後瞭解決定事項

말하기 口說
토의하기
商討

2 세계 속의 한국
世界裡的韓國

주제 主題
세계와 한국
世界與韓國

어휘 詞彙
세계 속의 한국의 위상
世界裡韓國的地位

문법과 표현 文法與表達
- A/V-(으)ㄹ 성싶다
  表推測，估計／恐怕
- (비록/차라리) A/V-(으)ㄹ 지언정
  寧願……也不／儘管……也不

읽기 閱讀
설명문 읽고 글쓴이의 관점 파악하기
閱讀說明文後掌握作者的觀點

쓰기 寫作
- 연결 어미에 유의하여 문장 쓰기 1
  注意連接語尾並造句 1
- 자신의 관점으로 글 쓰기
  以自己的觀點寫作

보충 어휘 補充詞彙
의성어 / 의태어 II
擬聲語 / 擬態語 II

1

한국 속의 세계

韓國裡的世界

주제 主題
한국과 다문화 사회
韓國與多元文化社會

어휘 詞彙
다문화 사회 多元文化社會

문법과 표현 文法與表達
- A/V-던 차에[차이다]
  正處於某種狀況
- V-고도 表示前後子句內容相反，或進行補述

듣기 聽力
- 방송 듣고 평가하기
  聆聽廣播後評價
- 토의 듣고 결정 사항 파악하기 聆聽商討後瞭解決定事項

말하기 口說
토의하기 商討

들어가기

이야기해 보세요

2008 대한민국 공익광고대상 수상작

한국인의 성씨(姓氏) 중에서

구드욘센	마르센	설리번	우르비나	채들리
고바야시	모하메드	신시아	유스케	태하다
나루아르	문타리	심머	이사이	표트르
노리스	배일리	송가	조쉬	피케
도밍게스	백웰	안데르손	주디스	하랑
라흐만	사비트리	오리코	지토	한센
류코비치	서지오	옥타비아	차베스	허지스

외국에 살면 외국인이고
한국에 살면 한국인입니다

대한민국은 이제 우리끼리만 사는 곳이 아닙니다.
우리와 언어가 조금 다르고, 피부색도 약간 다르지만,
우리땅에 사는 외국인들도 대한민국 국민입니다.
민족과 인종을 넘어 다양한 문화가 함께 공존하는 우리사회!
더 큰 대한민국으로 가는 행복한 길입니다.

kobaco 한국방송광고공사
공익광고협의회

1. 무엇에 대한 광고입니까?

2. 왜 이런 광고를 한다고 생각합니까?

어휘와 문법

읽어 보세요

얼마 전 지방에서 유명한 축제가 열린다고 해서 갔더니 놀랍게도 참가자의 반이 외국인이었다. '언제 이렇게 외국인이 많아진 거지?'라고 궁금해 하**던 차에** 한 신문 기사를 보게 되었다. 2010년 을 기준으로 한국에 체류하는 외국인 수는 125만 명이 넘었고 한국 국적을 취득한 귀화자도 10만 명이나 된다는 기사였다.

예전부터 한국 땅에 귀화자가 있었다는 것을 생각한다면 최근의 이런 변화는 놀랄 만한 일도 아니다. 역사적으로 보면 삼국 시대 이전부터 한반도에 귀화자들이 등장했고 고려 시대에는 무려 20만 명에 가까운 사람들이 귀화했다고 한다. 이로 인해 한국의 성씨 280여 개 가운데 절반은 귀화 성씨라는 주장도 있다. 최근에는 한국 국적 취득 후 새로운 성(姓)과 본(本)을 만드는 귀화자도 늘고 있어서 즙 씨, 누 씨, 묘 씨, 내 씨와 같은 새로운 성이나 독일 이 씨와 같은 본도 등장했다고 한다. 오랫동안 한국인은 단일 민족의 후손이라고 생각해 왔지만 이러한 사실들을 알**고도** 한국이 단일 민족 국가라고 주장하기는 더 이상 어려울 것 같다.

1. 한국에 체류하는 외국인 수와 귀화자 수는 몇 명입니까?

2. 한국을 단일 민족 국가라고 볼 수 없는 이유는 무엇입니까?

어휘를 연습해 보세요

다문화 사회	다민족 국가	단일 민족	영주권	이중 국적
이주 노동자	국제결혼	다문화 가정	여성 결혼 이민자	거주하다
공존하다	귀화하다	상실하다	이주하다	체류하다
취득하다	가교가 되다	이민을 가다		

1. 서로 관계있는 것끼리 연결해 보세요.

1) 이중 국적 •	• 그 축구 선수는 한국 국적이 아니었는데 한국 국가 대표가 되어 올림픽에 출전하기 위해 국적을 바꿨다고 한다.
2) 다민족 국가 •	• 김명자 씨 부부는 여생을 여유롭게 보내기 위해 은퇴 후 자연 환경이 아름답고 물가가 싼 필리핀에 가서 살기로 했다.
3) 귀화하다 •	• 우리 부모님이 미국에서 유학하던 중 내가 태어났다고 한다. 초등학교 때 부모님과 함께 한국으로 돌아왔지만 나는 한국 국적과 함께 미국 국적도 가지고있다.
4) 이민을 가다 •	• 나는 한국과 프랑스의 음식 문화를 두 나라에 소개하고 연결하는 역할을 하고 싶다.
5) 가교가 되다 •	• 중국은 인구를 구성하는 민족이 다양하기로 유명한 나라이다. 한족, 장족, 만주족 등 56개의 민족으로 구성되어 있다.

문법과 표현을 연습해 보세요

1. A/V-던 차에[차이다] 正處於某種狀況

- 배가 고프던 차에 친구가 떡을 줘서 맛있게 먹었어요. 肚子正餓的時候朋友買來米糕讓我大快朵頤一番。
- 진로를 고민하던 차에 금융업이 유망하다는 말을 듣고 그쪽으로 취업 준비를 하고 있습니다. 正煩惱未來規劃時，聽聞金融業一片榮景，便開始朝著這個方向做就業準備。
- 혼자 점심을 먹으려던 차였는데 친구에게서 같이 점심을 먹자는 전화가 왔어요. 正打算獨自吃午餐的時候，從朋友那裡來了通電話，說要一起吃午飯。

2. V-고도 表示前後子句內容相反，或進行補述

- 천적을 이용하면 농약을 사용하지 않고도 과일이나 채소를 재배할 수 있다고 해요. 據說利用天敵的話，即便不使用農藥，也能栽培蔬果。
- 그 남자는 음주 운전을 해서 사고를 내고도 오히려 잘못이 없다고 큰소리를 쳤어요. 那名男子酒後開車闖禍之後反而大聲嚷嚷認為自己毫無過錯。

1. 다음 상황에 맞게 이야기해 보세요.

2. 신문 기사를 보고 이야기해 보세요.

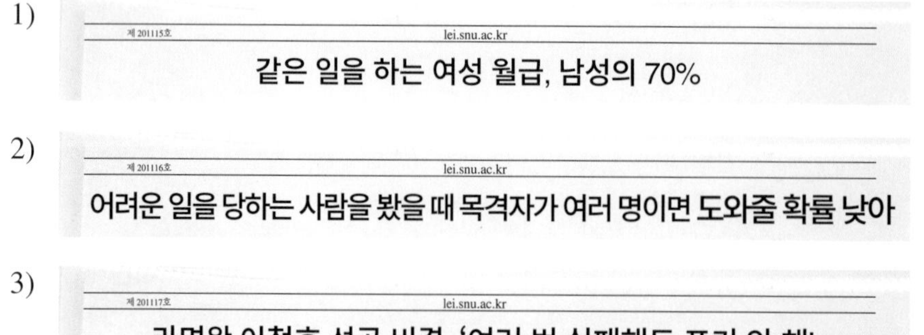
1) 제 201115호 lei.snu.ac.kr

같은 일을 하는 여성 월급, 남성의 70%

2) 제 201116호 lei.snu.ac.kr

어려운 일을 당하는 사람을 봤을 때 목격자가 여러 명이면 도와줄 확률 낮아

3) 제 201117호 lei.snu.ac.kr

라면왕 이철호 성공 비결, '여러 번 실패해도 포기 안 해'

같은 일을 하고도 여자가 남자보다 월급을 적게 받는 것은 성차별이에요. 하루빨리 이런 차별이 없어져야 한다고 생각해요.

듣기

준비해 보세요

LEI 신문

제200074호 lei.snu.ac.kr 2011년 1월 24일 (월)

10만 번째 귀화자, 로이 알록 꾸마르 교수

한국 생활 31년 만에 당당한 한국인으로

10만 번째 귀화자, 로이 알록 꾸마르 교수가 한국 생활 31년 만에 당당한 한국인으로 귀화. 10만 번째 귀화자, 로이 알록 꾸마르 교수가 한국 생활 31년 만에 당당한 한국인으로 귀화. 10만 번째 귀화자, 로이 알록 꾸마르 교수가 한국 생활 31년 만에 당당한 한국인으로 귀화한국인으로 귀화.

10만 번째 귀화자, 로이 알록 꾸마르 교수가

한국 생활 31년 만에 당당한 한국인으로 귀화.

10만 번째 귀화자, 로이 알록 꾸마르 교수가 한국 생활 31년 만에 당당한 한국인으로 귀화.

10만 번째 귀화자, 로이 알록 꾸마르 교수가 한국 생활 31년 만에 당당한 한국인으로 귀화.

1. 누구에 대한 기사입니까?

2. 여러분 나라에서는 어떤 사람이 귀화할 수 있습니까?

🎧 들어 보세요 1 (13)

다음은 새로 바뀐 법률에 대한 라디오 프로그램입니다. 잘 듣고 질문에 답해 보세요.

중심 내용 파악하기

1. 오늘 다룬 주제는 무엇입니까?

   ① 국적 제도의 변천　　② 이중 국적 제도의 실시　　③ 영주권 취득의 자격 조건

세부 내용 파악하기

2. 한국 정부는 어떤 사람에게 이중 국적을 허용합니까? 모두 고르세요.

   ☐ 해외 입양아　　☐ 분야별 우수 인재

   ☐ 장기간 유학하는 학생　　☐ 영주권을 가진 모든 사람

3. 꾸마르 씨는 왜 31년 동안 한국 국적을 취득하지 않았습니까?

4. 들은 내용과 다른 것을 고르세요.

   ① 우수 인재들은 5년 이상 한국에 거주하지 않고도 귀화할 수 있다.

   ② 이중 국적 제도는 외국의 우수한 인재를 유치하는 데 큰 도움을 준다.

   ③ 이중 국적 제도는 저출산, 고령화 문제 해결에 직접적인 효과가 있다.

   ④ 우수 인재의 유치를 위해 이미 마련되어 있는 영주권 제도를 활성화할 필요가 있다.

들어 보세요 2 14

학생들의 토의입니다. 잘 듣고 질문에 답해 보세요.

중심 내용 파악하기 1. 무엇에 대해 토의하고 있습니까?

세부 내용 파악하기 2. 어떤 대회에 참가하기로 했습니까?

① 요리 대회　② 연극 대회　③ 노래 대회　④ 말하기 대회

3. 대회를 어떻게 준비하기로 결정했습니까?

대본 내용	
대본 작성	
연습 시간	

이야기해 보세요

1. 이중 국적 제도에 대해 어떻게 생각합니까? 만약 이중 국적을 가질 수 있다면 여러분은 어느 나라의 국적을 취득하고 싶습니까?

말하기

친구들과 토의하여 문제를 해결해 보세요.

준비해 보세요

1. 이 사람들은 무엇에 대해 토의하고 있습니까?

2. 어떨 때 토의가 필요한지 구체적인 예를 들어 이야기해 보세요.

연습해 보세요

1. 다음은 토의를 시작할 때 가장 먼저 고려해야 할 사항을 제시하는 표현입니다. 다음 표현을 사용하여 이야기해 보세요.

<고려 사항 제시하기>

- 제 생각[판단]에는 ~을 먼저 고려해야 한다고 봐요.
- 저는 ~을 할 때는 가장 먼저 ~을 고려해야 한다고 생각해요.
- 저는 ~은 ~이 가장 큰 문제라고 생각해요.

제 생각에는 다문화 축제를 준비하기 위해서는 학생들이 즐겁게 참여할 수 있는지를 먼저 고려해야 한다고 봐요.

1) **다문화 축제 준비**
<고려 사항> 모든 학생들이 즐겁게 참여할 수 있는지

2) **외국인 학생을 위한 도서실 운영**
<고려 사항> 도서 대출을 허용해야 하는지

3) **생활 속의 환경 보호 방안**
<고려 사항> 쉽게 실천할 수 있는지

2. 다음은 의견을 제시할 때 쓰는 표현입니다. 다음 표현을 사용하여 이야기해 보세요.

<의견 제시하기>

- ~으면 좋겠어요.
- ~으면 어떨까 싶어요[해요].
- ~는 게 어떨까요?
- ~으면 좋지 않을까 생각해요.

다문화 축제에서 연극 공연을 하면 어떨까 싶어요.

1)

다문화 축제 준비
- 연극 공연
- 외국인 장기 자랑

2)

외국인 학생을 위한 도서실 운영
- 한 사람에 2권까지 대출
- 도서실 안에서만 열람

3)

생활 속의 환경 보호 방안
- 일회용품 사용 줄이기
- 대중교통을 이용하거나 걷기

3. 다음은 다른 사람의 의견에 동의하거나 반대할 때 쓰는 표현입니다. 다음 표현을 사용하여 이야기해 보세요.

<다른 사람 의견에 동의하기>

- 저도 그렇게 생각해요.
- 저도 ~ 씨 의견에 동의해요.

<다른 사람 의견에 반대하기>

- 저는 생각이 좀 달라요.
- ~ 씨의 의견도 좋지만 저는 ~으면 더 좋을 것 같아요.

저도 그렇게 생각해요. 직접 이야기를 만드니까 한국어 공부에 도움이 될 것 같아요.

저는 생각이 좀 달라요. 연극은 많은 사람이 참여할 수 없을 것 같아요.

1)

연극 공연
<찬성> 직접 이야기를 만드니까 한국어 공부에 도움이 됨.
<반대> 연극 공연은 많은 사람이 참여할 수 없음.

2)

한 사람에 2권까지 대출
<찬성> 도서실에 좌석이 부족하므로 대출을 허용해야 함.
<반대> 책이 분실될 가능성이 있음.

3)

커피숍에서 종이컵 사용 금지
<찬성> 환경 오염 줄이는 데 도움이 됨.
<반대> 각자 개인 컵을 들고 다녀야 하므로 불편함.

토의해 보세요

1. 다음에서 토의하고 싶은 주제를 골라 순서에 따라 토의해 보세요.

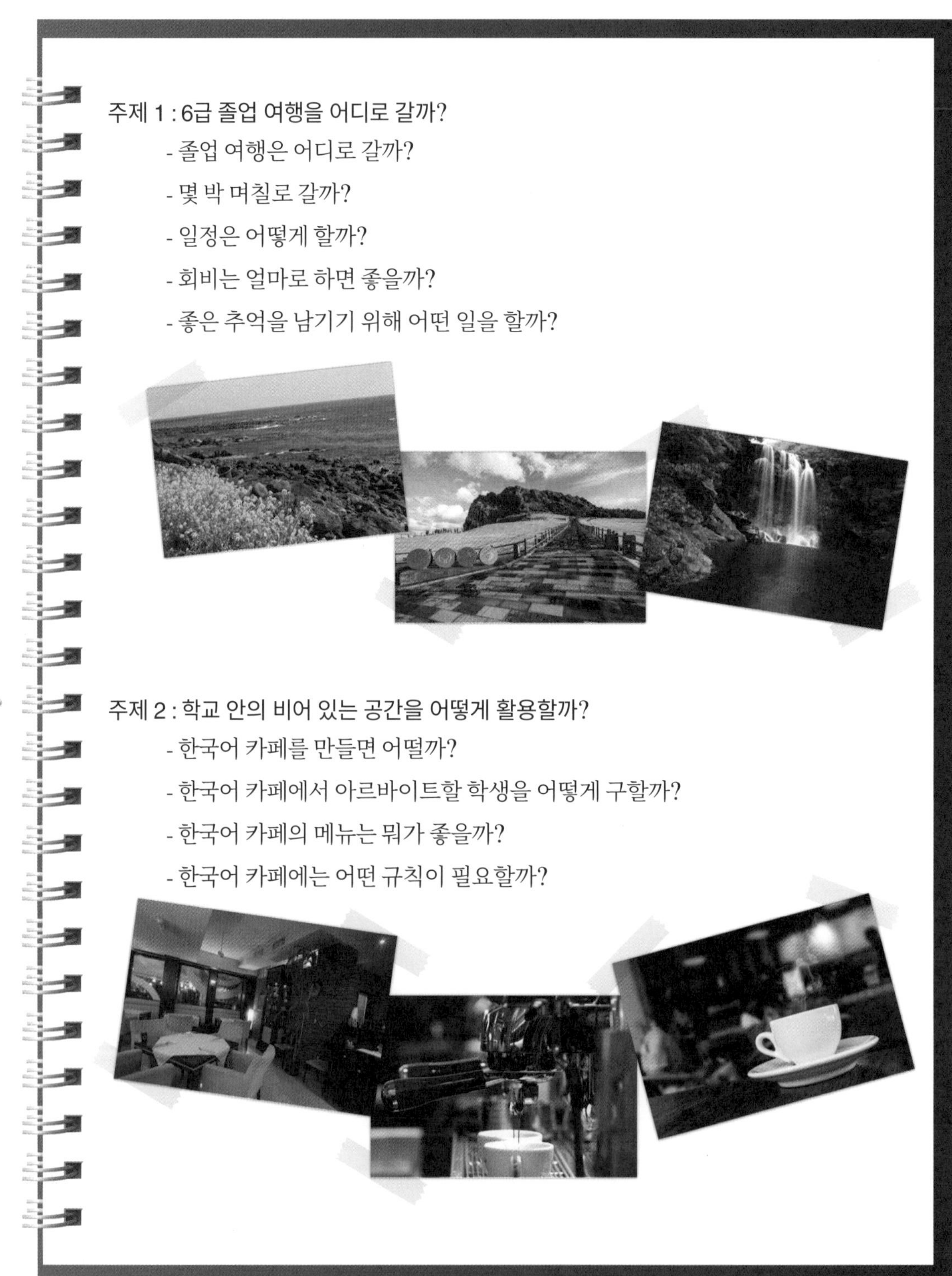

주제 1 : 6급 졸업 여행을 어디로 갈까?

- 졸업 여행은 어디로 갈까?
- 몇 박 며칠로 갈까?
- 일정은 어떻게 할까?
- 회비는 얼마로 하면 좋을까?
- 좋은 추억을 남기기 위해 어떤 일을 할까?

주제 2 : 학교 안의 비어 있는 공간을 어떻게 활용할까?

- 한국어 카페를 만들면 어떨까?
- 한국어 카페에서 아르바이트할 학생을 어떻게 구할까?
- 한국어 카페의 메뉴는 뭐가 좋을까?
- 한국어 카페에는 어떤 규칙이 필요할까?

2. 제시된 주제 중 하나를 골라 메모해 보세요.

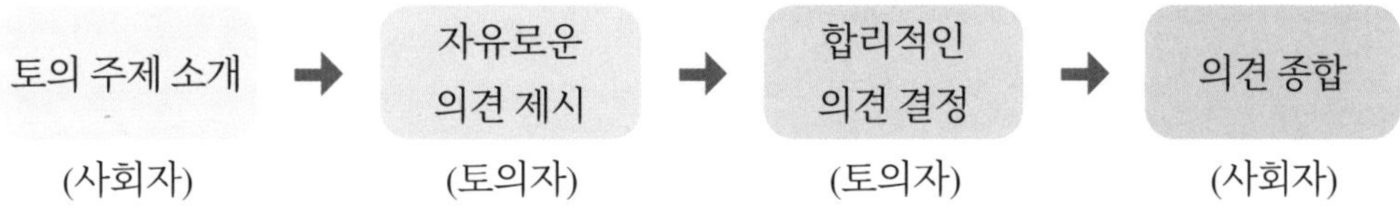

토의 주제 : 다문화 축제 준비

- 토의 주제 소개

  사회자 : 서울시에 거주하는 외국인을 위한 다문화 축제에 참가함.

- 자유로운 의견 제시

  토의자 1 : 요리 대회

  토의자 2 : 연극 대회

  …

- 합리적인 의견 결정

  한국에서의 경험을 연극 대본으로 만들어 연극을 하기로 함.

  …

- 의견 종합

  연극 대회를 위해 대본을 만들어 일주일에 두 번씩 한 달 동안 연습함.

토의 주제 :

- 토의 주제 소개

  사회자 :

- 자유로운 의견 제시

  토의자 1 :

  토의자 2 :

- 합리적인 의견 결정

  …

- 의견 종합

어휘와 표현

1. 한국 속의 세계

● 어휘

가교(架橋)가 되다
서로 떨어져 있는 것을 이어 주다. 成為連接…的橋樑
그 학생은 한국어를 공부한 후 한국과 일본의 가교가 되고 싶다고 한다. 那名學生表示在學習韓語之後想成為連接日韓的橋樑。

거주(居住)하다
동 일정한 곳에 머물러 살다. 居住
외국에서 거주하고 있는 교포들이 정부가 주최하는 행사에 참석하기 위해 한국을 찾아왔다. 居住在國外的僑胞為了參加政府舉辦的活動而回訪韓國。

공존(共存)하다
동 서로 도와서 함께 존재하다. 共存
남한과 북한이 평화롭게 공존하기 위해서는 먼저 정치 및 문화 교류가 이루어져야 한다. 為了南北韓的和平共存，必須先達成政治與文化的交流。

국제결혼(國際結婚)[국쩨결혼]
명 국적이 다른 남녀가 결혼하는 일. 跨國婚姻
외국에서 오랫동안 유학 생활을 한 김순영 씨는 미국인과 국제결혼을 하게 되었다. 長期在外留學的金純英與美國人結成跨國婚姻。

귀화(歸化)하다
동 다른 나라의 국적을 얻어 그 나라의 국민이 되다. 歸化（某國籍）
니말 씨는 한국에서 직장을 얻고 한국 여자와 결혼한 후 인도 국적을 버리고 한국에 귀화하기로 결심했다. Nimal在韓國謀得工作並與韓國女子結婚後，決心放棄印度國籍，歸化為韓國籍。

다문화 가정(多文化家庭)
서로 다른 국적, 인종, 문화를 가진 남녀가 이룬 가족이나 그런 사람들이 포함된 가족. 多元文化家庭
다문화 가정이 늘어나면서 이들의 자녀가 한국 사회에 적응할 수 있도록 돕는 단체가 늘고 있다. 隨著多元文化家庭的增加，協助多元文化家庭子女適應韓國社會的團體正在增加。

다문화 사회(多文化社會)
다민족 국가에서 여러 민족의 문화가 어울려 이루어진 사회. 多元文化社會
한국에서 사는 외국인이 증가하면서 한국은 다양한 문화가 조화를 이룬 다문화 사회가 되고 있다. 隨著在韓居住的外國人增加，韓國正日漸形成一個由多元文化互相調和的多元文化社會。

다민족 국가(多民族國家) [국까]
여러 민족으로 구성된 나라. 多民族國家
중국과 인도, 미국은 대표적인 다민족 국가로 국가를 구성하는 민족이 다양하다. 中國與印度、美國是代表性的多民族國家，其組成國家的民族相當多元。

단일 민족(單一民族)
하나의 민족으로 구성된 나라. 單一民族
외국인과 귀화자의 증가로 한국이 더 이상 단일 민족 국가가 아니라고 생각하는 사람들이 많아졌다. 由於外國人與歸化者的增加，有越來越多人認為韓國不再是單一民族國家。

상실(喪失)하다
동 어떤 것을 잃다. 失去
한국에 귀화한 샤오밍 씨는 중국 국적을 상실하게 되었다. 歸化韓國的小明喪失了中國國籍。

여성 결혼 이민자(女性結婚移民者)
한국인 남자와 결혼해 한국에서 살고 있는 외국 여성. 因結婚移民到韓國的女性
구청에서는 여성 결혼 이민자들의 한국 생활을 지원하기 위해 한국어 교실과 문화 교실을 개설하고 있다. 區公所為了協助女性結婚依親移民者的韓國生活，而開設了韓語班及文化課。

영주권(永住權)[영주꿘]
명 일정한 자격을 갖춘 외국인에게 주는, 그 나라에서 오래 살 수 있는 권리. 永久居留權
법무부에서는 한국에서 기업을 경영하며 경제 발전에 기여한 로버트 씨에게 영주권을 줬다. 法務部對於在韓經營企業對經濟發展有貢獻的羅伯特先生授予了永居權。

이민(移民)을 가다
자기 나라를 떠나 다른 나라로 사는 곳을 옮기다. 移民
자녀 교육을 위해 호주나 캐나다와 같은 영어권 국가로 이민을 가는 사람들이 늘어나고 있다. 為了子女教育而移民至澳洲或加拿大等英語系國家的人日漸增加。

이주 노동자(移住勞動者)
일자리를 찾아 사는 곳을 옮긴 사람. 移工
한국의 경제가 발전하면서 취업 목적으로 한국에 오는 이주 노동자들이 증가하고 있다. 隨著韓國經濟發展，以就業為目的來韓的移工們正在增加。

이주(移住)하다
동 원래 살던 곳에서 다른 곳으로 거처를 옮기다. 移居
인천에는 한국으로 이주해 온 중국인들이 모여 사는 중국인 마을이 있다. 在仁川有個移居韓國的中國人聚集的中國人社區。

이중 국적(二重國籍) [국쩍]

한 사람이 두 나라의 국적을 가지는 일. 雙重國籍

미국에서 태어나 이중 국적을 가지고 있던 가수 김 모 씨는 군대에 가기 위해 미국 국적을 포기했다. 在美國出生曾擁有雙重國籍的金姓歌手為了服役而放棄美國籍。

체류(滯留)하다

동 다른 곳에 가서 머무르다. 停留

우리 연구팀은 일본에서 4일간 체류한 후 미국으로 갈 계획이다. 本研究團隊預計在日本停留4天後前往美國。

취득(取得)하다[취드카다]

동 자기 것으로 만들어 가지다. 取得、獲得

월터 씨는 한국에서 박사 학위를 취득한 후 대학에서 연구를 계속하고 있다. 瓦特在韓國取得博士學位後在大學裡繼續做研究。

● 듣기

● 들어 보세요 1

보완(補完)하다

동 부족한 것을 보충하다. 改良、改善

전통 한복의 단점을 보완해서 활동하기 편한 생활한복을 만들었다. 改良傳統韓服的缺點後，製作出便利活動的生活韓服。

보유(保有)하다

동 가지고 있다. 保持、持有

그 선수는 100m 달리기에서 세계 기록을 보유하고 있다. 那位選手在100公尺短跑上保持著世界紀錄。

유치(誘致)하다

동 행사나 사업을 끌어 들이다. 招來

A 시는 지역 축제를 상품화해서 많은 관광객을 유치했다. A市將地區慶典商品化之後引來了許多觀光客。

잠재력(潛在力)

명 겉으로 드러나지 않은 힘이나 능력. 潛力

영어나 수학과 같은 과목 외의 음악, 미술, 체육과 같은 활동을 통해 아이들의 잠재력을 발견할 수 있다. 透過英語或數學這種科目以外的音樂、美術、體育等活動可以發掘孩子的潛力。

정착(定着)하다

동 한곳에 자리를 정해 머물러 살다. 定居

우리 부모님은 시골에서 농사를 짓다가 일자리를 찾아 서울에 정착하신 후 지금까지 살고 계신다. 我的父母親原本在鄉間務農，後來找工作而定居在首爾後便生活至今。

● 들어 보세요 2

끼가 많다

다른 사람보다 재주가 뛰어나다. 才藝出眾

그는 어렸을 때부터 끼가 많아서 스스럼없이 남 앞에 나서서 노래를 하곤 했다. 他自幼便多才多藝，經常能落落大方地在他人面前演唱。

실감(實感) 나다

실제로 경험하는 것 같은 느낌이 들다. 有真實感

3D 텔레비전은 실감 나는 영상을 보여 준다. 3D電視呈現出逼真的影像。

애매(曖昧)하다

형 분명하지 않다. 曖昧、模糊

그는 청문회에서 정확한 대답을 피하고 애매한 태도로 일관했다. 他在聽證會閃爍其詞，始終保持著曖昧不明的態度。

표현력(表現力)[표현녁]

명 생각이나 느낌을 언어나 몸짓으로 드러나게 나타내는 능력. 表達能力

토론은 논리적인 사고력과 언어 표현력을 기르는 데에 도움이 된다. 辯論有助於培養邏輯思考和語言表達能力。

흥미진진(興味津津)하다

형 매우 흥미롭다. 興致勃勃、趣味富饒

말솜씨가 좋은 나나가 복잡한 영화 줄거리를 흥미진진하게 이야기해 줬다. 口才極佳的娜娜將複雜的電影情節講述得趣味富饒。

2 세계 속의 한국

世界裡的韓國

주제 主題
세계와 한국 世界與韓國

어휘 詞彙
세계 속의 한국의 위상
世界裡韓國的地位

문법과 표현 文法與表達
- A/V-(으)ㄹ 성싶다
  表推測，估計／恐怕
- (비록/차라리) A/V-(으)ㄹ지언정 寧願……也不／儘管……也不

듣기 閱讀
설명문 읽고 글쓴이의 관점 파악하기 閱讀說明文後掌握作者的觀點

쓰기 寫作
- 연결 어미에 유의하여 문장 쓰기 1 注意連接語尾並造句1
- 자신의 관점으로 글 쓰기
  以自己的觀點寫作

들어가기

이야기해 보세요

" 앞으로 최소 100년 동안 이 나라에 희망은 없다."

- 전쟁으로 폐허가 된 서울을 보며 맥아더 장군이 한 말

" 한국의 발전을 기대하는 것보다 쓰레기 더미에서 장미가 피는 것을 기대하는 게 낫다."

- 한국 전쟁 직후 한 외국 언론의 평가

" 2050년, 한국이 세계 2위의 부국이 될 것이다."

- 미국 투자 은행 겸 증권 회사인 골드만삭스의 미래 예상

1. 한국에 대해 어떻게 인식하고 있습니까?

2. 여러분은 한국에 오기 전에 한국에 대해 어떻게 생각했습니까?

어휘와 문법

읽어 보세요 15

국가브랜드 위원회 공식 블로그

내 블로그 | 이웃 블로그 | 모두의 블로그 | 바로가기▼

신뢰받고 품격있는 대한민국

"한 아이가 있었습니다. 이 아이는 같은 반 친구들에게 대한민국을 설명하기 위해 언제나 지구본을 들고 다녀야 했습니다. 어느덧 세월이 흘러 청년이 된 그 아이는 이제는 더 이상 지구본을 가지고 다닐 필요가 없게 되었습니다."

이 광고는 어느 해외 주재원 자녀의 실화를 토대로 구성한 것입니다. 한국의 국가 위상 변화를 잘 보여 주고 있어서 사람들의 공감을 얻고 있습니다. 광고를 보고 난 후 한국 사람이라면 누구나 자부심과 뿌듯함에 가슴이 뭉클해집니다. 70~80년대 해외에서 유학했거나 거주했던 사람이라면 한 번쯤 이와 같은 경험을 했**을 성싶습니다**.

과거의 한국은 작고 이름 없는 가난한 나라였습니다. 그러나 비록 나라는 가난했**을지언정** 한국인의 가슴 속에는 미래에 대한 희망과 열정이 가득 차 있었습니다. 한국은 IMF 경제 위기를 최단 기간에 벗어난 나라, 원조 수혜국에서 원조국이 된 최초의 나라입니다. 이제 한국은 더 큰 대한민국으로 도약하고 있습니다.

완료 인터넷 100%

1. 광고 속의 아이는 왜 언제나 지구본을 들고 다녀야 했습니까?

2. 현재의 한국은 어떤 모습입니까?

어휘를 연습해 보세요

국민성	정체성	자부심	국가 위상	원조국 / 원조 수혜국
개방하다	경쟁하다	공감하다	당당하다	도약하다
뿌듯하다	특기할 만하다	모델이 되다	성과를 보이다 / 얻다	눈부시게 발전하다

1. 서로 관계있는 것끼리 연결해 보세요.

1) 눈부시게 발전하다 •	•	일부 저개발 국가에서는 한국의 경제 발전 과정을 배우려고 노력하고 있습니다.
2) 모델이 되다 •	•	그 사람은 3년에 걸친 연구 결과 세계 최초로 당뇨병을 유발하는 물질을 찾아냈습니다.
3) 특기할 만하다 •	•	한국의 발전 과정에서 특히 주목할 만한 것은 한국이 세계 최초로 원조 수혜국에서 원조국이 된 나라라는 것입니다.
4) 성과를 보이다 •	•	한국 전쟁 이후 외신들은 100년이 흘러도 한국은 다시 일어날 수 없다고 하였습니다. 그러나 한국은 50년 만에 세계가 놀랄 정도로 성장했습니다.

문법과 표현을 연습해 보세요

1. A/V-(으)ㄹ **성싶다** 表推測，估計／恐怕
- 오늘 커피를 다섯 잔이나 마셔서 밤에 잠이 오지 않을 성싶다. 今天喝了整整五杯咖啡，今晚怕是睡不著覺了。
- 역사에 관심이 많은 스티븐에게 한국 역사책을 선물하면 좋을 성싶다. 給熱衷於歷史的史蒂芬送本韓國歷史書當禮物我想相當合適。

2. **(비록/차라리)** A/V-(으)ㄹ**지언정** 寧願……也不／儘管……也不
- 가난할지언정 남에게 손을 벌리지는 말아야 한다. 儘管再窮也不該向他人伸手。
- 차라리 회사를 그만둘지언정 더 이상 차별을 받으며 회사를 다닐 수 없다. 寧可辭掉工作也無法忍受繼續在公司裡遭受歧視。

1. 다음 상황에 맞게 이야기해 보세요.

1)
시험 기간이니까 일주일 동안 밤새워 공부해야지.
밤새워 공부하는 것보다 적당히 수면을 취하는 것이 좋을 성싶습니다.
2)
이번 연휴 때 자동차 타고 여행 가야지.
9月
추석연휴
교통 상황실
3)
더우니까 냉면 먹고 팥빙수도 먹어야지.
한의원

2. 다음과 같이 충고를 해 주세요.

1)

저는 기자가 꿈이에요. 그런데 집안 형편이 너무 어려워서 꿈을 포기하고 싶어요.

비록 가난할지언정 꿈을 포기하면 안 됩니다. 열심히 공부하다 보면 반드시 멋진 기자가 될 수 있을 겁니다. 힘을 내세요.

2) 저는 어렸을 때부터 마라톤 선수가 되고 싶었어요. 그런데 고등학생이 되면서부터 공부와 운동을 병행하는 게 정말 힘들어요. 연습이 너무 힘들어서 꿈을 포기하고 싶어요.

3) 저는 직장에 취직해서 평범하게 살고 싶어요. 그런데 요즘 취업이 안 돼서 정말 막막해요. 아무리 지원을 해 봐도 회사에서는 저에게 면접 기회조차 주지 않아요. 취직을 포기하고 싶어요.

읽기

준비해 보세요

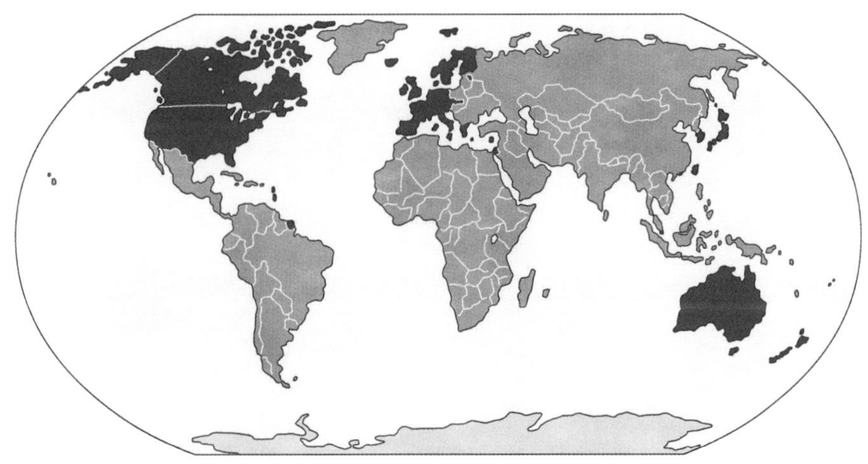

1. 무엇을 나타내는 그림입니까?

2. 어떤 나라가 선진국입니까?

읽어 보세요

다음은 선진국의 조건에 대한 설명문입니다. 글을 읽고 다음 질문에 답해 보세요.

과거에 한국은 동양의 작고 이름 없는 나라였으며 한국 전쟁 후에는 선진국의 원조로 겨우 생계를 이어 가는 나라였다. 그러나 현재의 한국은 세계 경제 규모 12위, 반도체와 조선 산업 1위, 세계에서 아홉 번째로 무역 규모 1조 달러를 달성해 내는 등 눈부시게 발전했다. 이제 한국은 저개발국에서 선진국으로 도약했다는 평가를 받고 있고 한국의 발전상은 세계 여러 개발 도상국의 모델이 되고 있다. 이런 점에서 한국인은 자부심과 뿌듯함을 느껴도 될 성싶다. 실제로 여러 경제 지표들을 이유로 한국이 선진국에 진입했다고 생각하는 사람들도 많다.

그러나 선진국의 개념을 다른 관점으로도 볼 수 있다. 물론 선진국으로 가기 위한 조건에 경제 발전은 필수적으로 포함되어야 한다. 그렇지만 경제적 여유가 많은 산유국을 선진국이라고 부르지 않듯이 부자 국가라고 해서 반드시 선진국이 되는 것은 아니다. 그렇다면 선진국의 조건은 무엇일까?

선진국의 조건에는 물질적인 측면과 정신적인 측면이 있다. 물질적인 기준은 당연히 경제와 관련된다. 그런데 앞에서 예를 든 것처럼 물질적인 기준은 단순히 돈이 많은 것과는 다르다. 국민의 소득이 높을 뿐만 아니라 고도로 발달한 산업이 있고 사회 기반 시설이 잘 갖춰진 경우 선진국의 조건에 부합한다고 볼 수 있다. 따라서 산유국처럼 자원이 풍부해 국민 소득 수준이 높은 나라를 부국이라고는 할지언정 선진국이라 부르지는 않는 것이다.

정신적인 측면에서는 국제연합개발계획(UNDP)에서 매년 발표하는 인간개발지수(Human Development Index, HDI)를 참고할 만하다. 인간개발지수란 각 국가의 국가별 실질 국민 소득, 교육 수준, 문맹률, 평균 수명 등 여러 가지 인간의 삶과 관련된 지표를 조사해 각국의 발전 정도를 평가한 것이다. 이를테면 문맹률이 낮고 교육 수준이 높다는 것은 자신의 능력을 개발할 가능성이 높고 그만큼 많은 기회를 갖게 되어 행복을 누릴 가능성이 높다는 것을 나타낸다. 또한 평균 수명이 높다는 것은 해당 국가의 의료 기술이 발달했고 국민이 건강에 대해 높은 관심이 있음을 의미하는 것이다. 대부분의 저개발 국가의 교육 수준과 평균 수명을 고려해 본다면 인간개발지수는 충분히

중심 내용 파악하기

1. 이 글의 중심 내용은 무엇입니까?

① 선진국의 조건　　② 한국인의 자부심

③ 경제 발전과 선진국　　④ 한국인의 질서 의식

세부 내용 파악하기

2 한국이 선진국이라고 생각하는 사람들의 근거는 무엇입니까?

3. 인간개발지수(HDI)란 무엇입니까?

4. 글쓴이가 선진국의 조건이라고 생각하는 것이 아닌 것을 고르세요.

① 풍부한 자원　　② 높은 교육 수준

③ 고도로 발달한 산업　　④ 국민들의 질서 의식

선진국의 조건이 될 만하다. 그러나 이것만으로는 충분하지 않다.

버스를 기다릴 때 가지런히 줄을 선 모습이나 보는 사람이 없어도 교통 신호를 지키는 어느 나라의 거리 풍경은 선진국의 조건이 무엇인지 다시 한번 생각하게 한다. 공공질서와 같은 사회 질서가 바로 선 나라, 그 질서를 지키는 국민이 있는 나라가 바로 선진국이다. 나만 잘 사는 데 급급하지 않고 다른 사람을 배려하는 높은 문화 의식이 있는 사회가 질서가 바로 선 나라이며 선진국인 것이다.

이런 조건들을 고려해 한국의 경우를 살펴보면 여러 경제 지표들은 한국이 경제적으로 선진국의 조건을 만족하고 있음을 보여 준다. 또한 교육 수준이나 평균 수명을 고려한 인간개발지수를 기준으로 할 때도 한국은 충분히 선진국이라 부를 만하다. 그러나 문화 의식 측면에서는 아직 부족한 것이 사실이다. 빨리 가지 않는다고 경적을 울리고 바쁘다는 이유로 앞사람을 밀치며 정신없이 뛰는 한국인을 보면 남을 배려하는 마음이 조금은 부족해 보인다. 경제 발전을 위해 항상 빨리빨리 뛰어야만 했던 한국인, 이제는 경제가 발전한 만큼 여유를 갖고 남을 먼저 생각하는 마음을 가지면 어떨까? 남을 좀 더 배려하고 공공질서를 지키고자 노력할 때 한국은 명실상부한 선진국이 될 수 있을 것이다.

글쓴이의 관점 파악하기

5. 이 글에 드러난 글쓴이의 관점이 아닌 것은 무엇입니까?
   ① 경제 발전만으로는 선진국인지 아닌지를 결정할 수 없다.
   ② 선진국은 발전된 산업이 있고 사회 기반 시설도 갖추고 있어야 한다.
   ③ 평균 수명이 높다는 것은 선진국인지 아닌지를 결정할 기준이 될 수 있다.
   ④ 한국인의 질서 의식을 고려해 보면 한국은 충분히 선진국이라 할 수 있다.

이야기해 보세요

1. 여러분이 생각하는 선진국의 조건은 무엇입니까?
2. 그 조건을 고려해 봤을 때 한국이 선진국이라고 생각합니까? 또한 여러분 나라는 어떻다고 생각합니까?

쓰기

주제에 대해서 자신의 관점을 가지고 글을 써 보세요.

준비해 보세요

다음 문장에서 어색한 부분을 찾아 바르게 고쳐 보세요.

1. 그 사람을 만나자마자 첫눈에 반했는데 한 달 만에 결혼했다.
2. 국내 경제가 좋지 않아서 왜 이런 문제까지 만드는지 이해가 잘 안된다.
3. 사랑하는 사람과 귀여운 동물들을 키우려고 매일 재미있게 살고 싶습니다.
4. 기온도 떨어졌고 바람이 아주 세게 불고 있지만 옷을 더 따뜻하게 입는 게 어떨까?

표현을 연습해 보세요

1. 다음을 새로운 관점으로 다르게 볼 수 있습니까? 왜 그렇게 생각하는지 친구들과 이야기해 보세요.

1) 선진국은 경제적으로 발전한 나라이다. → (경제 조건뿐만 아니라 문화 의식도 갖춘 나라이다.)

2) 결혼은 사랑의 완성이다. → ( )

3) 부자는 재산을 많이 가진 사람이다. → ( )

2. 다음은 새로운 관점을 나타낼 때 사용하는 표현입니다. 다음 표현을 사용하여 이야기해 보세요.

- ~을 다른 관점으로 볼 수 있다.
- ~을 다른 시각으로 보면 다음과 같다.
- 흔히 ~다고 생각하지만 다른 각도로 이 문제에 접근할 수 있다.

보통 한국인은 조급하다는 말을 많이 하는데 한국인의 성격을 **다른 관점으로 볼 수 있다.** 한국인은 조급하다기보다는 부지런하다고 보는 게 맞을 것 같다.

1) 한국인의 성격
- 조급하다
- 부지런하다

2) 결혼 적령기
- 나이가 기준이다
- ______________

3) 유학의 목적
- 전공 지식을 습득하는 게 목적이다
- ______________

써 보세요

1. 다음 주제에 대한 일반적인 관점과 나의 관점을 메모하고 그 이유를 친구들과 이야기해 보세요.

결혼의 의미　　선진국의 조건　　부자의 정의

주제	일반적인 관점	나의 관점

2. 메모를 바탕으로 자신의 관점이 분명히 드러나는 글을 써 보세요.

Note

결혼은 사랑의 완성이 아니다.

흔히 사람들은 결혼을 사랑의 결과 혹은 사랑의 완성이라고 생각하지만 결혼은 다른 관점으로 볼 수 있다.

나는 결혼이 사랑의 완성이 아니라 시작이라고 본다. 왜냐하면 연애할 때 한 번도 싸운 적이 없는 연인도 결혼하고 나면 자주 싸울 뿐만 아니라 여러 가지 갈등을 경험하기 때문이다.

내 친구의 신혼 이야기를 들으니 정말 그랬다. 치약 짜는 방법과 같은 사소한 일로 남편과 부딪치면서 '이 사람이 내가 사랑했던 사람이 맞나?'이런 고민을 할 때도 있다고 한다. 오랜 시간을 함께 하신 부모님의 이야기를 들으면 더욱 그렇다. 결혼 생활은 결혼 전의 기대와 달리 치열한 갈등의 현장이 될 수 있는 것이다. 그런데 이 결혼 생활을 통해 자신을 더욱 알아 가고 서로의 부족함을 채워 줄 수 있는 더 깊은 사랑을 하게 되는 것이 아닐까? 그러므로 나는 연애 기간이 사랑의 예비 과정이라면 결혼하는 순간은 진정한 사랑을 만들어 가는 출발점이라고 말하고 싶다.

어휘와 표현

2. 세계 속의 한국

● 어휘

개방(開放)하다

동 자유롭게 드나들거나 교류하게 하다. 開放

두 나라는 경제 협력 관계를 맺고 전자 제품과 공산품 시장을 개방했다. 兩國締結經濟合作關係之後開放了電子產品與工業製品的市場。

경쟁(競爭)하다

동 이기려고 서로 겨루다. 競爭

여러 대기업이 중남미 시장에 진출해 치열하게 경쟁하고 있다. 許多大企業進軍中南美市場展開激烈的競爭。

공감(共感)하다

동 남의 감정, 의견, 주장 등에 대해 자기도 그렇다고 느끼다. 有同感、共鳴

내 말을 듣고 동생이 고개를 끄덕이는 것을 보니 내 말에 공감하는 눈치였다. 聽完我的話後弟弟點點頭，看起來對我的言論很有同感的樣子。

국가 위상(國家位相) [국까]

한 나라가 다른 나라와의 관계 속에서 가지는 위치나 상태. 國際地位

한국 경제가 발전하면서 국제 사회에서 한국의 국가 위상이 높아졌다. 因著韓國經濟發展，韓國在國際社會中的國際地位提升了。

국민성(國民性)[국민썽]

명 한 나라의 국민에게 공통적으로 나타나는 가치관, 사고방식, 기질 등의 특징. 國民性、國民特質

한국이 눈부신 경제 성장을 할 수 있었던 가장 큰 이유는 한국인의 근면한 국민성 때문이다. 韓國之所以能有耀眼的經濟成長，最主要的理由是韓國人勤勉的國民性。

눈부시게 발전(發展)하다 [발쩐하다]

아주 빠르고 뛰어나게 발전하다. 飛速發展

한국 경제는 지난 60여 년 동안 눈부시게 발전해 왔다. 韓國的經濟於過去的60餘年間飛速發展。

당당(堂堂)하다

형 남 앞에서 자랑할 만큼 모습이나 태도가 떳떳하다. 堂堂正正、光明磊落、抬頭挺胸的樣子

나는 실수나 잘못을 해도 자신 있고 당당한 그의 태도가 늘 부러웠다. 我總是羨慕他那即使犯錯也能昂首闊步的態度。

도약(跳躍)하다[도야카다]

동 더 높은 단계로 발전하다. 躍進、發展

우리 회사는 기술 혁신으로 세계 최정상의 기업으로 도약하겠습니다. 本公司將因技術革新躍身為世界最頂尖的企業。

모델(model)이 되다

어떤 일의 모범이 되다. 成為典範

아이돌 스타 A 씨는 겸손한 자세로 꾸준히 노력하고 기부 활동을 열심히 해서 청소년들에게 좋은 모델이 되고 있다. 偶像明星A秉持著謙遜的態度努力不懈，並熱心參與捐獻活動成為青少年的優良典範。

뿌듯하다[뿌드타다]

형 기쁨이나 감격이 마음에 가득 차서 벅차다. 滿足、欣慰

건강하게 자란 아들을 보니 나도 모르게 마음이 뿌듯했다. 看著健康成長的兒子，我的內心也不自主地感到欣慰。

성과(成果)를 보이다 [성꽈]

일의 좋은 결과가 드러나다. 顯現成果、見效

청년 실업자를 위한 정부의 정책이 서서히 성과를 보이기 시작했다. 政府針對青年失業的政策慢慢地開始見效。

성과(成果)를 얻다 [성꽈]

어떤 일에서 좋은 결과를 얻다. 獲得成果

이번 올림픽에서 한국 대표팀은 3위라는 큰 성과를 얻었다. 在本次奧運中，韓國代表隊獲得季軍的豐碩成果。

원조국(援助國)

명 저개발국에 돈이나 물건 등으로 도움을 주는 나라. 提供援助的國家

한국은 이제 경제적으로 어려운 나라들을 도와주는 원조국이 되었다. 韓國現今成為在經濟上幫助貧困國家的援助國。

원조 수혜국(援助受惠國)

다른 나라로부터 돈이나 물건 등으로 도움을 받는 저개발국. 接受援助的國家

한국 전쟁 직후 한국은 여러 나라로부터 도움을 받는 원조 수혜국이었다. 韓戰後，韓國是接受來自許多國家援助的受援國。

자부심(自負心)

명 자기 자신을 믿고 당당히 여기는 마음. 自豪感、自信心

그의 자신감 있는 태도에서 직업에 대한 자부심을 엿볼 수 있었다. 從他自信的態度中可以窺探出他對其本業的自豪感。

정체성(正體性)[정체썽]

명 다른 것과 구별할 수 있는 자신의 변하지 않는 본모습. 本體性、本質、獨特性

우리를 모방한 프로그램이 마구 생겨나고 있다. 다른 프로그램과 차별화하기 위해서 우리만의 정체성을 확립하는 것이 중요하다. 模仿我們的節目如雨後春筍般出現。為了與友台節目做出差別，重要的是確立我們獨有的特色。

특기(特記)할 만하다 [특끼할]

특별히 주목할 만하다. 值得特別紀錄

세종대왕의 특기할 만한 업적은 한글 창제일 것이다.
世宗大王值得特別紀錄的功績是創制韓文字。

● 읽기

● 읽어 보세요

경적(警笛)

명 다른 사람이 조심하도록 큰 소리를 내는 장치. 警笛

도로 한가운데서 걷고 있는 남자를 발견한 자동차들이 경적을 울려댔다. 發現走在路中央的男子，許多車子按了警告的喇叭。

달성(達成)하다[달썽하다]

동 목표나 계획한 것을 이루다. 達成

우리 회사가 매출 100억이라는 목표를 달성할 수 있었던 것은 여러분의 노력 덕분이었습니다. 本公司之所以能達成100億營業額的目標，是托各位之福。

명실상부(名實相符)하다

형 이름과 실제 상황이 서로 꼭 들어맞다. 名符其實

금년 올림픽에는 100여 개국이 참가해 명실상부한 세계인의 축제라 평가를 받고 있다. 今年奧運會上有100餘國參與，而被評為名符其實的地球人慶典。

문맹률(文盲率)[문맹뉼]

명 한 나라의 인구 중 글을 읽거나 쓸 줄 모르는 사람들이 차지하는 비율. 文盲率

먹고 살기가 어렵던 시절에는 학교에 갈 수 있는 사람이 별로 없었기에 문맹률이 매우 높았다. 在難以溫飽的時期能夠上學的人相當稀少，因此文盲率很高。

부합(符合)하다[부하파다]

동 어떤 것이 다른 것에 잘 들어맞다. 符合、契合

그 여배우의 세련되고 신선한 외모가 제품의 이미지와 잘 부합하기 때문에 광고 모델로 선정되었다. 那位女演員俐落清新的外貌與產品的形象十分契合，因此被選作廣告模特兒。

산유국(産油國)

명 원유를 생산하는 나라. 產油國

산유국의 석유 생산 제한에 따라 국제 유가가 급등했다.
隨著產油國的石油限產，國際油價跟著爆漲。

자기 평가

1. 다음 중 아는 어휘에 √ 하세요.

☐ 자부심 ☐ 공존하다 ☐ 귀화하다

☐ 공감하다 ☐ 도약하다 ☐ 취득하다

☐ 국가 위상 ☐ 단일 민족 ☐ 이중 국적

☐ 다문화 사회 ☐ 원조 수혜국 ☐ 눈부시게 발전하다

2. 알맞은 표현을 골라서 문장을 완성해 보세요.

-던 차에[차이다]　-고도　-(으)ㄹ 성싶다　(비록/차라리) -(으)ㄹ지언정

1) 가 : 새로 나온 도서관 검색 기능 이용해 보셨어요?

   나 : 네, 예전에는 도서관에서 책을 찾느라 시간이 많이 걸렸는데 요즘엔 .... 집에서 검색할 수 있으니까 정말 편해요.

2) 가 : 커피 한 잔 마실래?

   나 : 그래. 할 일이 많은데 자꾸 졸려서 나도 ....

3) 외국인에게 소개하고 싶은 한국의 명소로 나는 제주도를 소개하고 싶다. 세계 어디에도 제주도만큼 경치가 아름다운 곳은 ....

4) 사회생활을 하다 보면 정직하게 살다가 손해를 보는 경우가 많다. 하지만 나는 .... 거짓되게 살지는 않을 것이다.

3. 이 단원을 공부하고 여러분이 할 수 있게 된 것에 √ 해 보세요.

☐ 어떤 주제에 대해서 자신의 관점을 가지고 글을 쓸 수 있다.

☐ 선진국의 조건에 대한 설명문을 읽고 글쓴이의 관점을 파악할 수 있다.

☐ 라디오 프로그램과 토의를 듣고 내용을 평가하거나 결정 사항을 파악할 수 있다.

☐ 토의에서 자신의 의견을 제시하고 다른 사람의 의견에 동의하거나 반대할 수 있다.

정답

2. 1) 도서관에 직접 가지 않고도 2) 마시려던 차였어 3) 없을 성싶다 4) 정직하게 살다가 손해를 볼지언정

보충 어휘

의성어 / 의태어(II) 모음의 변화에 따라 어감이 달라지는 의성어와 의태어를 익혀 봅시다.

말랑말랑하다
젤리와 같이 보드라운 느낌.
如同果凍般柔軟的感覺。

물렁물렁하다
매우 부드럽고 단단하지 않은 느낌.
相當柔軟而不堅硬。

말똥말똥하다
눈빛이나 정신이 생기가 있는 모양.
眼神或精神炯炯的樣子。

멀뚱멀뚱하다
이유나 사정을 몰라서 빤히 보는 모양.
不解緣由或情況而楞楞盯著的模樣。

반짝반짝하다
작은 빛이 이어서 잠깐 나타났다가 사라지는 모양. 微光接連短暫出現又消失的模樣。

번쩍번쩍하다
큰 빛이 이어서 잠깐 나타났다가 사라지는 모양.
強光接連短暫出現又消失的模樣。

알록달록
점이나 무늬가 여기저기 밝게 흩어져 있는 모양.
斑點或紋路鮮明四散的樣子。

얼룩덜룩하다
점이나 무늬가 여기저기 어둡게 흩어져 있는 모양. 斑點或紋路晦暗四散的樣子。

짭짤하다
음식 등이 약간 짜면서 맛있다.
食物等，稍鹹而美味。

찝찔하다
조금 짜면서 불쾌하다. 有點鹹而不悅

도란도란거리다
서로 정답게 약간 조용히 이야기하는 소리나 모양.
彼此深情而悄聲說話的聲音或模樣。

두런두런거리다
여러 사람이 모여 이야기하는 소리나 모양 ('도란도란'보다 약간 큰 느낌). 許多人聚集聊天的聲音或模樣（比「도란도란」稍強大的感覺）

깡충깡충
아이나 작은 동물이 다리를 모아 귀엽게 뛰어가는 모양. 孩子或小動物併腳可愛跳動的模樣。

껑충껑충
어른이나 큰 동물이 다리를 모아 크게 뛰어가는 모양. 大人或大型動物併腳奮力跳躍的樣子。

졸졸
가는 물줄기 등이 부드럽게 흐르는 소리나 모양. 細細的水柱等緩緩流動的聲音或模樣。

줄줄
수돗물 등이 새는 소리나 모양.
自來水等洩漏的聲音或模樣。

찰싹찰싹
물이나 파도 등이 단단한 물체에 마구 부딪치는 소리. 水或波浪等混亂拍打堅固物體的聲音。

철썩철썩
아주 많은 양의 물이나 큰 파도 등이 자꾸 단단한 물체에 부딪치는 소리. 極大量的水或波浪等頻頻混亂拍打在堅固物體上的聲音。

팔짝팔짝
가볍게 위로 뛰어오르는 모양. 輕輕往上跳的模樣。

펄쩍펄쩍
화가 나서 뛰는 모양. 氣得跳腳的樣子。

연습 1 다음 그림에 어울리는 표현을 연결해 보세요.

1)
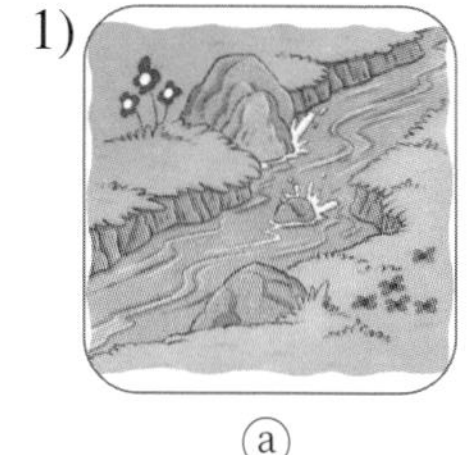
ⓐ

ⓑ

① 졸졸 ② 줄줄

2)

ⓐ

ⓑ

① 반짝반짝 ② 번쩍번쩍

보충 어휘

연습 2 다음 상황과 관련 있는 의성어와 의태어를 고르세요.

1) 소녀가 소년에게 돌을 던지고는 징검다리를 (팔짝팔짝, 펄쩍펄쩍) 건너갔다.

2) 태풍이 불어서 큰 파도가 바닷가 바위에 (찰싹찰싹, 철썩철썩) 부딪히며 흰 거품을 만들었다.

3) 딱딱했던 떡을 불에 구우니까 금방 (말랑말랑, 물렁물렁)해졌다.

4) 다이어트 한다고 계속 샐러드만 먹었더니 (짭짤한, 찝찔한) 감자칩이 먹고 싶어졌다.

5) 우리 아이는 빨갛고 노란 꽃무늬가 새겨진 (얼룩덜룩, 알록달록)한 옷을 좋아한다.

6) 오랜만에 만난 두 자매들은 사이좋게 소파에 앉아 시간 가는 줄 모르고 (도란도란, 두런두런) 이야기를 나누었다.

연습 3 다음 그림을 보고 대화를 완성해 보세요.

1)

너 감기 걸렸구나.

응, 어제부터 콧물이 (줄줄, 졸졸) 흘러.

2)

시골 오니까 정말 좋다.

저것 봐, 별이 (반짝반짝, 번쩍번쩍) 빛나네.

3)

생일 선물이야.

민지가 좋아서 (팔짝팔짝, 펄쩍펄쩍) 뛰는구나.

4)

뭐가 이렇게 (찝질하지, 짭짤하지)?

어, 코피가 나네.

보충 어휘

연습 4 어울리는 표현을 골라 문장을 완성해 보세요.

말랑말랑 / 물렁물렁	찰싹찰싹 / 철썩철썩	말똥말똥 / 멀뚱멀뚱
알록달록 / 얼룩덜룩	도란도란 / 두런두런	깡충깡충 / 껑충껑충

1) 우리 할머니는 이가 빠지셔서 두부처럼 .... 음식만 잡수신다.

2) 남동생이 계속 아버지에게 반항하자 아버지는 화가 난 나머지 남동생의 등을 .... 때리셨다.

3) 제주도에 갔는데 한 할머니가 제주도 사투리로 나에게 말을 거셨다. 할머니의 말을 이해하지 못한 나는 할머니를 .... 바라볼 수밖에 없었다.

4) 비 오는 날, 길을 걸어가는데 빠르게 지나가던 버스가 흙탕물을 튀겨서 하얀 치마가 .... 더럽혀졌다.

5) 여행 마지막 날 밤에 캠프파이어를 하며 새벽이 되기까지 친구들과 .... 이야기를 나눴다.

6) TV에서 '동물의 왕국'이라는 프로그램을 보았는데 키가 큰 기린이 .... 초원을 뛰어가고 있었다.

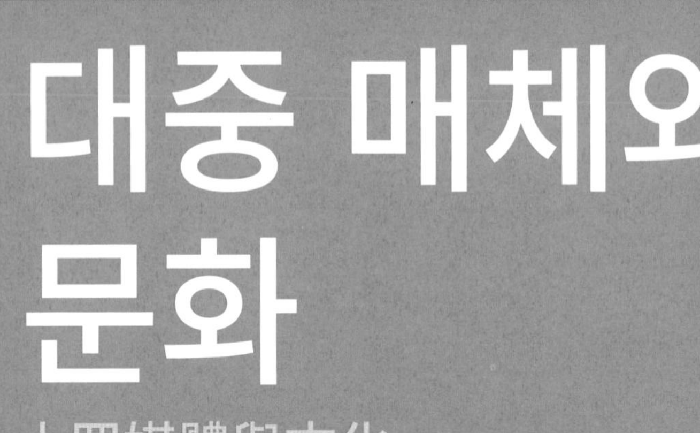

XI 대중 매체와 문화

大衆媒體與文化

1 표현의 자유와 공공성
表達的自由與公共性

주제 主題
대중문화와 공공성
大眾文化與公共性

어휘 詞彙
대중문화의 표현의 자유와 규제
大眾文化的表達自由與管制

문법과 표현 文法與表達
- V-ㄴ/는답시고
  說要做某事但結果不盡人意而對此嘲諷。
- A/V-(으)ㄹ 턱이 없다
  認為絕對不可能。

듣기 聽力
- 논평 듣고 주장 파악하기
  聆聽評論後掌握其主張
- 찬반 토론 듣고 주장과 근거 파악하기
  聆聽正反討論後掌握其主張與根據

말하기 口說
- 토론하기 1
  討論 1
  (토론 시작하기, 주장하기, 근거 제시하기)
  （開始討論、論述主張、提出根據）

2 대중문화의 위상
大眾文化的地位

주제 主題
대중문화의 위상
大眾文化的地位

어휘 詞彙
대중문화의 영향력
大眾文化的影響力

문법과 표현 文法與表達
- N(으)로 말미암아
  因為／由於
- N에 지나지 않다
  不過是

읽기 閱讀
설명문 읽고 인과 관계 파악하기
閱讀說明文後掌握人物與其關係

쓰기 寫作
- 연결 어미에 유의하며 문장 쓰기 2
  注意連結語尾並造句 2
- 원인과 결과를 분석하여 글 쓰기
  分析原因和結果並寫作

보충 어휘 補充詞彙
연어 I
疊字 I

1

표현의 자유와 공공성

表達的自由與公共性

주제 主題
대중문화와 공공성
大眾文化與公共性

어휘 詞彙
대중문화의 표현의 자유와 규제 大眾文化的表現自由與管制

문법과 표현 文法與表達
· V-ㄴ/는답시고 說要做某事但結果不盡人意而對此嘲諷。
· A/V-(으)ㄹ 턱이 없다 認為絕對不可能。

듣기 聽力
· 논평 듣고 주장 파악하기 聆聽評論後掌握其主張
· 찬반 토론 듣고 주장과 근거 파악하기 聆聽正反討論後掌握其主張與根據

말하기 口說
토론하기 1 討論 1
(토론 시작하기, 주장하기, 근거 제시하기) (開始討論、論述主張、提出根據)

들어가기

이야기해 보세요

1. 두 노래의 심의 결과에 대해 이야기해 보세요.

2. 심의 결과가 타당하다고 생각합니까?

어휘와 문법

읽어 보세요 17

LEI 아고라

SEARCH GO 질문하기

LEI 아고라 홈 | 아고라 Q&A | 토론 | 이야기 | 청원

정부의 과도한 대중문화 심의에 반대합니다

요즘 음반이나 영화에 대한 정부의 심의가 강화되고 있는데요. 저는 이러한 심의가 너무 지나치다고 생각합니다. 예를 들어 노래 가사에 술, 담배가 나온다고 해서 무조건 19금 판정을 하는 것은 표현의 자유를 제한하는 것이 아닐까요?

또 영화의 내용이 좀 선정적이거나 폭력적이라고 해서 상영이 금지되거나 제한되는 경우도 있는데 정부가 이렇게 심하게 간섭하는 것은 대중문화의 발전에 악영향을 준다고 생각합니다.

RE : [잔다르크] 저도 동감입니다. 청소년을 보호**한답시고** 이러한 심의를 하는 것 같은데 과연 효과가 있을까요?

↳ RE : [만복이] 맞습니다. 19금 심의 기준도 애매하기 짝이 없습니다. 똑같이 노래 가사에 술이 나왔어도 어떤 것은 그냥 통과되고 어떤 것은 19금이 되고 있잖아요.

RE : [중딩맘] 위 의견에도 일리가 있습니다. 하지만 선정적이거나 폭력을 미화한 대중가요나 영화가 청소년들에게 교육적으로 좋**을 턱이 없겠지요**. 저는 이런 심의를 아예 없애기보다는 모두가 인정할 만한 합리적이고 정확한 기준을 마련하는 것이 더 바람직하다고 봅니다.

1. 어떤 문제에 대해 토론하고 있습니까?

2. 이 문제에 대한 사람들의 생각은 어떻습니까?

어휘를 연습해 보세요

익명	모방 범죄	찬반 논란	표현의 자유	사회적 영향력
선정적이다	폭력적이다	규제하다	반박하다	심의하다
악용되다	유해하다	폭행을 당하다	조치를 취하다	반론을 제기하다
범행을 저지르다	악영향을 미치다	여론을 수렴하다	감수성이 예민하다	

1. 서로 관계있는 것끼리 연결해 보세요.

1) 모방 범죄 •	• 대중가요 심의에 대해 찬성하는 사람들과 반대하는 사람들의 의견이 분분해 결론을 내리지 못하고 있다.
2) 익명 •	• 정부는 앞으로 길거리에서 담배를 피울 경우 흡연자에게 벌금을 내도록 하겠다는 방침을 발표했다.
3) 규제하다 •	• 폭력적인 영화를 보고 나서 그대로 따라 하는 청소년들이 늘고 있어서 사회적인 문제가 되고 있다.
4) 찬반 논란 •	• 인터넷 게시판에 자신이 누구인지 밝히지 않는 것을 악용해 남을 근거 없이 비방하는 경우가 늘고 있다.

문법과 표현을 연습해 보세요

1. V-ㄴ/는답시고 說要做某事但結果不盡人意而對此嘲諷。
· 시험 준비한답시고 책만 잔뜩 사더니 하나도 안 보는구나. 說是要準備考試，光是買了一堆書卻一本都沒看啊。
· 철수는 선배랍시고 돈도 없으면서 후배들에게 매일 밥을 사 줘요. 哲秀說是學長，明明沒有錢卻還是每天請學弟妹們吃飯。

2. A/V-(으)ㄹ 턱이 없다 認為絕對不可能。
· 이십 년 동안이나 믿고 지낸 친구가 나를 속일 턱이 없어요. 20年來互信的朋友沒騙我的理由。
· 가 : 재 민수 아냐? 那不是民秀嗎？
 나 : 무슨 말이야? 지난달에 일본으로 유학 갔는데 한국에 있을 턱이 없잖아. 什麼啊？他上個月到日本去留學了，沒有在韓國的道理啊。

1. 다음 상황을 보고 이야기해 보세요.

1) 도와주려고 설거지를 하다가 접시를 깨뜨림.

2) 위로하려고 한 말에 오히려 친구가 상처를 받음.

3) 생활비를 아끼려고 매일 삼각 김밥만 먹다가 병이 났음.

> 유치원생인 딸이 엄마를 도와**준답시고** 설거지를 하다가 접시를 깨뜨리고 말았어요.

2. 다음과 같이 이야기해 보세요.

1) 내년에 서울의 집값이 내릴까요?
> 여전히 집을 구하는 사람들이 많으니까 내년이라고 해서 서울의 집값이 내릴 **턱이 없**지요.

2) 민수가 이번 주말에 기숙사에 있을까?
> 민수는 밖에서 친구들과 어울려 노는 것을 좋아하는 활발한 성격이니까…….

3) 앞으로 환경 오염이 줄어들까요?
> 세계 여러 나라가 여전히 경제 발전에 더 집중하고 있으니까…….

듣기

준비해 보세요

서울대학교 온라인 설문 조사

조사기간 : 2015. 2. 15.~2015. 3. 15.

응답 진행률 : 20%

조사표 표지 | 가구원 | 가구

정부에 의한 인터넷 언론 규제

[설문 1] 귀하의 연령은 어떻게 되십니까?

☐ 10대 ☐ 20대 ☐ 30대 ☐ 40대 이상

[설문 2] 귀하의 성별은 어떻게 되십니까?

☐ 여자 ☐ 남자

[설문 3] 정부의 인터넷 언론 규제가 필요하다고 보십니까?

☐ 반드시 필요하다.

☐ 부분적으로 필요하다.

☐ 거의 필요하지 않다.

☐ 전혀 필요하지 않다.

다음

1. 무엇에 대한 설문 조사입니까?

2. [설문 3]에 대한 여러분의 생각은 어떻습니까?

들어 보세요 1 18

다음은 최근 일어난 사건에 대한 논평입니다. 잘 듣고 질문에 답해 보세요.

중심 내용 파악하기

1. 이 사람의 주장은 무엇입니까?
   ① 폭행당하는 급우에게 관심을 가져야 한다.
   ② 학교 폭력 방지를 위한 대책이 마련되어야 한다.
   ③ 학교 내에서 발생하는 폭력은 교사가 책임져야 한다.
   ④ 폭력 영화는 사회적 영향력이 크므로 적절한 규제가 필요하다.

세부 내용 파악하기

2. 김 군은 어떤 범행을 저질렀습니까? 그 이유는 무엇입니까?

3. 김 군은 어떻게 범행을 계획하고 실행에 옮겼습니까?

들어 보세요 2

다음은 대중문화 심의에 대한 찬반 토론입니다. 잘 듣고 질문에 답해 보세요.

중심 내용 파악하기

1. 영상 매체 심의에 대한 토론을 듣고 질문에 답해 보세요. 19
   1) 빈칸에 알맞은 말을 써 보세요.

표현의 자유　　사회적 영향력과 책임　　필요하다　　불필요하다

① 남자는 영상 매체의 __________ 이/가 크므로 심의가 __________ 고 생각한다.

② 여자는 영상 매체에서 __________ 이/가 보장되어야 하므로 심의가 __________ 고 생각한다.

주장의 근거 듣기

2) 다음은 누구의 주장에 대한 근거인지 써 보세요.

(남자) 영상 매체의 폭력적인 장면은 모방 범죄를 부추긴다.

(   ) 폭력성이 있는 사람은 폭력적인 영화를 보지 않고도 범죄를 저지른다.

(   ) 예술적 완성도를 높이기 위해 여러 가지 소재가 선택될 수 있다.

(   ) 선정적·폭력적인 소재와 예술적 완성도는 관련성이 깊지 않다.

주장의 근거 파악하기

2. 인터넷과 SNS 규제에 대한 토론을 듣고 질문에 답해 보세요. 20

1) 다음은 누구의 주장과 근거인지 연결해 보세요.

인터넷과 SNS에 대한 규제 찬성 •	• 남자 •	• 민주 사회 발전에 긍정적인 영향을 미칠 수 있음.
인터넷과 SNS에 대한 규제 반대 •	• 여자 •	• 잘못된 여론 형성으로 국가나 사회를 위협하는 요소가 될 수 있음.

세부 내용 파악하기

2) 인터넷과 SNS는 우리 사회에 어떤 영향을 미치고 있습니까?

긍정적인 영향	부정적인 영향

이야기해 보세요

1. 대중문화 심의에 대해 입장을 정하고 이야기해 보세요.

저는 대중문화에 대한 심의가 필요하다고 생각해요. 폭력적인 영화와 모방 범죄의 발생은 관련성이 깊기 때문에 대중 매체의 사회적 영향력을 생각해 볼 때 반드시 심의가 필요하다고 생각해요.

저는 대중문화에 대한 심의는 필요하지 않다고 생각해요. 대중 매체나 인터넷 및 SNS에서 표현의 자유가 가장 중요한 가치라고 생각하기 때문이에요.

말하기

주장과 근거를 제시해서 토론해 보세요.

준비해 보세요

1. 다음 중 토론에서 중요하다고 생각하는 것에 √ 하고 그 이유를 이야기해 보세요.

- ☐ 자신의 발언 순서와 시간을 꼭 지킨다.
- ☐ 주제와 관련 없는 이야기를 하지 않는다.
- ☐ 자신의 주장과 반론에 일관성을 유지해야 한다.
- ☐ 무조건 다른 사람보다 많이 말하도록 노력한다.
- ☐ 상대방 주장의 잘못된 점을 찾아서 끝까지 비판한다.
- ☐ 자신의 주장을 명확하게 이야기하고 충분한 근거를 제시한다.

표현을 연습해 보세요

1. 다음은 사회자가 토론의 주제를 제시할 때 쓰는 표현입니다. 신문 제목을 보고 다음 표현을 사용하여 이야기해 보세요.

<주제 제시하기>

- 지금부터 ~이라는 주제를 가지고 이야기해 보겠습니다.
- 이제부터 ~에 대한 토론을 시작하겠습니다.
- 그럼 이제부터 ~에 대한 토론을 진행하도록 하겠습니다.

지금부터 대중 매체 규제라는 주제를 가지고 이야기해 보겠습니다.

1) 대중 매체 규제　　2) 언론 매체의 성범죄자 신상 공개　　3) 지하철 여성 전용 칸 도입

2. 다음은 주장을 제시할 때 쓰는 표현입니다. 다음 표현을 사용하여 이야기해 보세요.

<주장 제시하기>

- 제가 생각하기에는 ~은 ~는 것 같습니다.
- ~에 대한 제 생각을 말씀드리자면 ~다고 생각합니다.
- 저는 ~을 해야 한다고 봅니다.

제가 생각하기에는 대중 매체를 규제하는 것은 청소년 보호를 위해 필요한 일인 것 같습니다.

대중 매체 규제에 대한 제 생각을 말씀드리자면 저는 이것이 표현의 자유를 침해하는 것이라고 생각합니다.

1) 대중 매체 규제

<찬성> 청소년보호위해 필요.
<반대> 표현의 자유를 침해하는 것.

2) 언론 매체의 성범죄자 신상 공개

<찬성> 국민의 알 권리 위해 필요.
<반대> 범죄자와 가족의 인권을 침해하는 것.

3) 지하철 여성 전용 칸 도입

<찬성> 성범죄 예방 위해 필요.
<반대> 남성에 대한 역차별이 될 수 있음.

3. 다음은 주장의 근거를 제시하는 표현입니다. 다음 표현을 사용하여 이야기해 보세요.

<주장의 근거 제시하기>

- ~에서도 알[확인할] 수 있듯이
- ~ 사례를 보더라도
- ~에 따르면[의하면]
- 제가 ~은 바에 의하면[바로는]
- 대표적인 예로 ~을 들 수 있습니다.
- ~이 ~의 필요성을 증명하고 있습니다.

19금으로 판정받은 영화가 작년 대비 30% 증가한 것에서도 알 수 있듯이 선정적이고 폭력적인 영화가 크게 증가하고 있으므로 대중 매체를 규제하는 것은 꼭 필요한 일이라고 생각합니다.

1) 대중 매체 규제

<찬성 근거>
19금 판정 영화 작년 대비 30% 증가.

<반대 근거>
15세 등급 판정 위해 영화 내용 편집 사례 증가.

2) 언론 매체의 성범죄자 신상 공개

<찬성 근거>
성범죄자 재범률 61.7%

<반대 근거>
범죄자 가족의 피해 사례 증가.

3) 지하철 여성 전용 칸 도입

<찬성 근거>
지하철 성범죄자 1년 사이 77.6% 증가.

<반대 근거>
외국의 경우, 여성 전용 칸을 도입했으나 지하철 성추행이 줄지 않았음.

토론해 보세요

1. 신문 기사의 일부입니다. 다음 문제에 대해 자신의 주장을 정하고 근거를 메모해 보세요.

1)

한국신문

대중 매체 심의 후 청소년 접근 금지

표현의 자유 침해 논란. 학부모 단체는 환영

2)

한국신문

군필자에게 취업 시 가산점 주기로

남성들은 환영, 여성·장애인 우려의 목소리

3)

한국신문

트위터나 페이스북 등 SNS 규제 예정

트위터에 허위 사실 올려 사생활 침해하는 경우 증가, 표현의 자유 침해라는 주장 엇갈려

주제 : 영화 심의

▪ 주장 : 영화 내용을 심의한 후 청소년 에게 맞지 않는 것은 규제해야 한다.

<근거>

① 대중 매체는 청소년에게 큰 영향을 미친다는 연구 결과 나옴.

② 실제로 청소년의 모방 범죄 발생.

주제 :

▪ 주장 :

<근거>

①

②

2. 같은 토론 주제를 가진 팀끼리 모여서 자신의 주장과 근거를 이야기해 보고 상대 팀의 주장에 대한 반박 논거를 준비해 보세요.

> 제가 생각하기에는 영화가 대중에게 공개되기 전에 미리 내용을 확인하고 규제하는 것은 꼭 필요한 일인 것 같습니다. 청소년이 영화를 모방해 살인을 저지른 사건에서도 확인할 수 있듯이 영화가 청소년에게 미치는 영향은 아주 크기 때문입니다.

3. 사회자, 토론자로 역할을 나누어 선택한 주제에 대해 토론해 보세요.

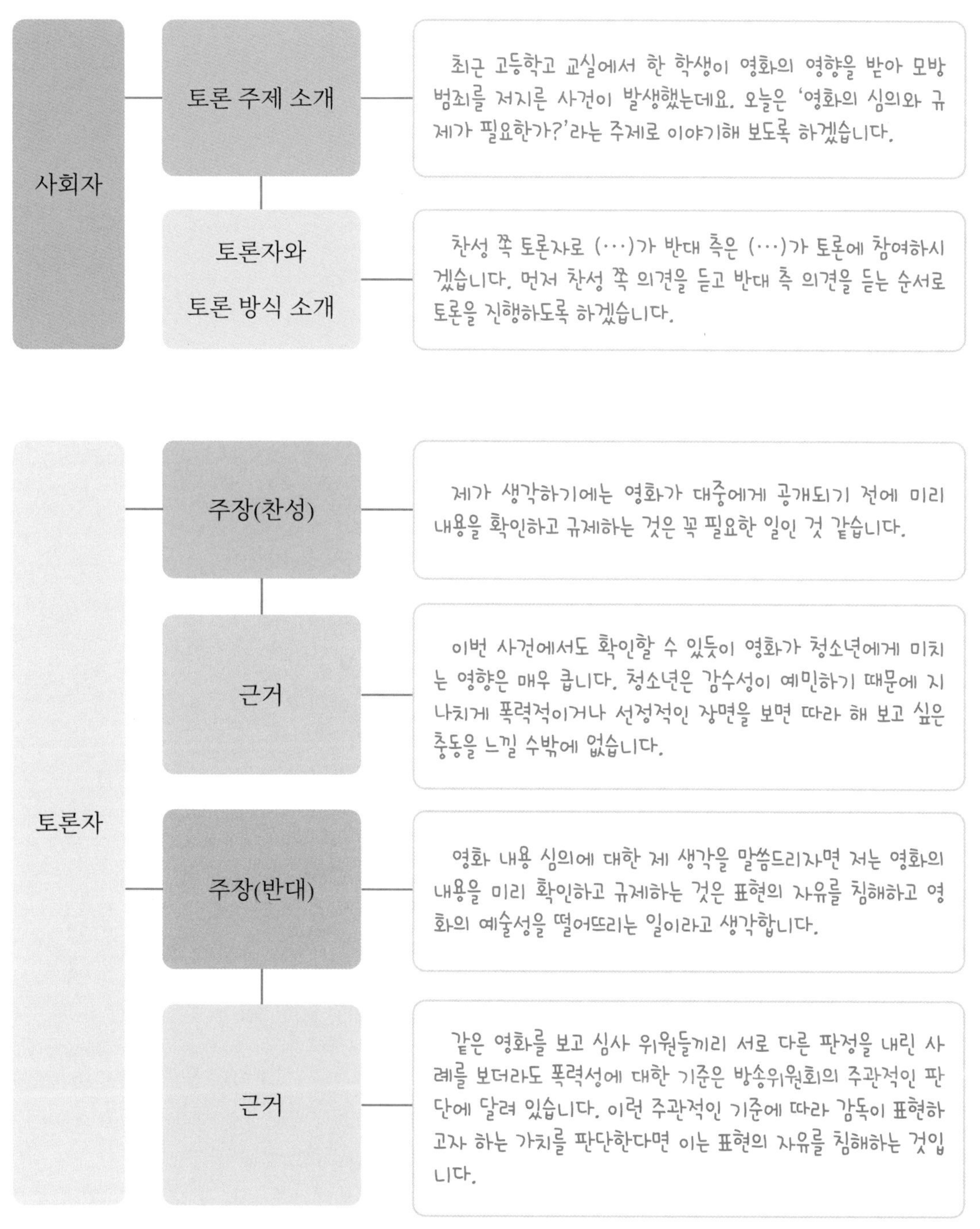

사회자
토론 주제 소개
최근 고등학교 교실에서 한 학생이 영화의 영향을 받아 모방 범죄를 저지른 사건이 발생했는데요. 오늘은 '영화의 심의와 규제가 필요한가?'라는 주제로 이야기해 보도록 하겠습니다.
토론자와 토론 방식 소개
찬성 쪽 토론자로 (…)가 반대 측은 (…)가 토론에 참여하시겠습니다. 먼저 찬성 쪽 의견을 듣고 반대 측 의견을 듣는 순서로 토론을 진행하도록 하겠습니다.
토론자
주장(찬성)
제가 생각하기에는 영화가 대중에게 공개되기 전에 미리 내용을 확인하고 규제하는 것은 꼭 필요한 일인 것 같습니다.
근거
이번 사건에서도 확인할 수 있듯이 영화가 청소년에게 미치는 영향은 매우 큽니다. 청소년은 감수성이 예민하기 때문에 지나치게 폭력적이거나 선정적인 장면을 보면 따라 해 보고 싶은 충동을 느낄 수밖에 없습니다.
주장(반대)
영화 내용 심의에 대한 제 생각을 말씀드리자면 저는 영화의 내용을 미리 확인하고 규제하는 것은 표현의 자유를 침해하고 영화의 예술성을 떨어뜨리는 일이라고 생각합니다.
근거
같은 영화를 보고 심사 위원들끼리 서로 다른 판정을 내린 사례를 보더라도 폭력성에 대한 기준은 방송위원회의 주관적인 판단에 달려 있습니다. 이런 주관적인 기준에 따라 감독이 표현하고자 하는 가치를 판단한다면 이는 표현의 자유를 침해하는 것입니다.

어휘와 표현

1. 표현의 자유와 공공성

● 어휘

감수성(感受性)이 예민(銳敏)하다 [감수썽]
어떤 것을 민감하게 느끼다. 敏感、感受力敏銳
그는 감수성이 예민해서 작은 일에 울기도 잘하고 웃기도 잘한다.
由於他的感受力相當敏銳，所以容易在小事上容易悲傷也容易歡喜。

규제(規制)하다
동 규칙을 세워 제한하다. 管制
정부는 서울광장과 청계천에서의 흡연을 규제하기로 했다.
政府下定決心管制首爾廣場與清溪川的吸菸行為。

모방 범죄(模倣犯罪)
어떤 것을 따라 하는 범죄. 模仿犯罪
한 청소년이 추리 소설 내용대로 모방 범죄를 저질러 사람들에게 큰 충격을 주고 있다. 一位青少年模仿推理小說的內容犯下罪刑，給人們帶來莫大的衝擊。

반론(反論)을 제기(提起)하다 [발론]
반대 의견을 내놓다. 提出反對意見
토론회에서 철수는 군 가산점제가 필요하다는 주장에 대해 반론을 제기했다. 在討論會上對於贊成軍人加分制度的主張，哲秀提出了反對意見。

반박(反駁)하다[반바카다]
동 다른 의견에 반대하는 주장을 펴다. 反駁
한국의 통일이 불필요하다는 샤오밍의 주장에 민수가 타당한 근거를 들어 반박했다. 對於認為韓國沒必要統一的小明的主張，民秀引述妥適的根據進行反駁。

범행(犯行)을 저지르다
범죄를 저지르다. 犯罪
그 남자는 빚에 시달리다가 아이를 유괴하는 범행을 저질렀다.
那名男子在飽受債務的折磨下，犯下誘拐孩童的罪刑。

사회적 영향력(社會的影響力) [영향녁]
사회에 미치는 힘. 社會影響力
한국에서는 대통령에게 많은 권한이 집중되어 있어서 대통령의 사회적 영향력이 매우 크다. 在韓國，因為有眾多權限集於總統一身，所以總統的社會影響力相當大。

선정적(煽情的)이다
성적 욕구를 불러일으키다. 煽情的
10대 아이돌의 선정적인 옷차림이 문제가 되고 있다.
10來歲偶像身上的煽情衣著是個問題。

심의(審議)하다
동 조사하고 논의해서 결정하다. 審議
국회에서는 매년 정부의 예산안을 심의한다.
國會裡每年審議政府預算案。

악영향(惡影響)을 미치다
나쁜 영향을 주다. 產生負面影響
담배를 피우는 것은 건강에 악영향을 미친다.
抽菸會對健康產生負面影響。

악용(惡用)되다
동 알맞지 않게 쓰이거나 나쁜 일에 쓰이다. 被濫用
과학 기술이 인류의 안전을 위협하는 수단으로 악용될 수도 있다.
科技也有可能被濫用為威脅人類安全的手段。

여론(輿論)을 수렴(收斂)하다
많은 사람들의 의견을 하나로 모아 정리하다.
整合輿論
진정한 지도자는 여론을 수렴할 줄 알아야 한다.
真正的領導者應該要懂得整合輿論。

유해(有害)하다
형 해가 되다. 有害的
모기나 바퀴벌레는 사람에게 유해한 곤충이다.
蚊子與蟑螂是對人類有害的昆蟲。

익명(匿名)[잉명]
명 이름을 숨김. 匿名
익명으로 불우 이웃 돕기 성금 1억을 낸 사람이 있어 화제가 되고 있다. 有位匿名捐助低收戶1億元的人因此成為話題。

조치(措置)를 취하다
문제를 잘 살펴서 필요한 대책을 마련하다. 採取措施
교통사고가 났을 때 빨리 조치를 취할수록 부상자를 살릴 확률이 높아진다. 發生交通事故時越快採取措施，傷患存活的機率越高。

찬반 논란(贊反論難) [놀란]
의견이나 주장이 찬성과 반대로 나누어짐. 正反論辯
요즘 정부의 SNS 규제에 관한 찬반 논란이 인터넷을 뜨겁게 달구고 있다. 近日有關政府對SNS管制的正反論辯使網路沸沸揚揚。

폭력적(暴力的)이다[퐁녁쩍]
폭력을 다룬 내용이 많다. 充滿暴力的
조직폭력배의 생활을 다룬 영화의 내용이 너무 폭력적이라서 상영이 금지되었다. 因為描繪黑道組織生活的電影內容太過暴力，而被禁止上映。

폭행(暴行)을 당하다[포캥]

거칠고 심한 행동을 당하다. 遭受暴力對待

요즘 경찰관들이 업무 중에 술취한 사람들에게 폭행을 당하는 사례가 늘고 있다. 警官們近日於業務上受到酒醉民眾們暴力相向的案例正在持續增長。

표현(表現)의 자유(自由)

생각과 느낌을 표현할 수 있는 자유. 表達的自由

예술가에게는 자신의 생각을 자유롭게 표현할 수 있도록 표현의 자유를 보장해 주어야 한다. 為了讓藝術家能夠自由表達其自身的想法，應該保障其表達的自由。

● 듣기

• 들어 보세요 1

구타(毆打)

명 사람을 때리고 침. 毆打

한 고등학생이 학교에서 친구들에게 구타를 당하고 그 충격으로 정신 병원에 입원했다. 某位高中生於校內遭到同學毆打，並因為那次的衝擊而進入精神醫院就醫。

끔찍하다[끔찌카다]

형 정도가 지나쳐 놀랍다, 어떠한 모습이나 광경이 참혹하다. 駭人聽聞的

범인은 끔찍한 살인 사건을 저지르고도 태연하게 현장을 벗어났다. 犯人即便犯下駭人聽聞的殺人案件，依然能泰然自若地逃離現場。

당국(當局)

명 어떤 업무를 담당하는 국가 기관. 當局

교육 당국은 공교육을 정상화하기 위한 대책을 시급히 마련해야 한다. 教育當局必須儘速策畫使公教正常化之對策。

여실(如實)히

부 사실과 같게 如實地

그 디자이너의 작품은 전통을 지키면서도 현대적 감각을 여실히 드러낸다는 점에서 인정을 받고 있다. 那位設計師的作品在維護傳統的同時，更如實嶄露現代感的特點上受到肯定。

유념(留念)하다

동 마음에 두고 잘 생각하다. 留意

정부는 이번 선거에 대한 국민의 우려가 크다는 것을 유념해야 한다. 政府須留意國人對本次選舉的憂慮重重。

• 들어 보세요 2

공약(公約)

명 정부나 입후보자 등이 어떤 일에 대해 국민에게 약속한 것. 政見

선거 때마다 후보들은 국민들에게 많은 공약을 제시하지만 선거가 끝나면 누구도 지키려고 하지 않는다. 每當選舉時，候選人們對國民提出許多政見，然而一旦選舉結束卻沒有人想遵守那些政見。

부추기다

동 감정이나 상황이 더 심해지도록 영향을 미치다. 鼓吹、助長

광고는 일반적으로 소비 심리를 부추겨 과소비를 하게 한다. 一般來說會鼓動消費心理致使人過度消費。

위협(威脅)하다[위혀파다]

동 힘이나 말로 겁을 주다. 威脅

강도는 빨리 돈을 내놓으라고 은행 직원을 위협했다. 強盜威脅銀行職員盡快將錢交出。

● 말하기

일관성(一貫性)[일관썽]

명 태도나 방법 등에서 처음부터 끝까지 같은 성질. 一致性

다른 사람의 말만 듣고 따라 하는 사람은 행동에 일관성이 없기 마련이다. 只聽從他人的話照做的人，行為上自然沒有一貫性。

재범률(再犯律)[재범뉼]

명 다시 범죄를 저지르는 비율. 再犯率

성범죄는 재범률이 아주 높다고 알려져 있다. 眾所皆知性犯罪的再犯率相當高。

2 대중문화의 위상
大眾文化的地位

주제 主題
대중문화의 위상
大眾文化的地位

어휘 詞彙
대중문화의 영향력
大眾文化的影響力

문법과 표현 文法與表達
- N(으)로 말미암아
  因為/由於
- N에 지나지 않다
  不過是

읽기 閱讀
- 설명문 읽고 인과 관계 파악하기 閱讀說明文後掌握人物與其關係

쓰기 寫作
- 연결 어미에 유의하며 문장 쓰기 2
  注意連結語尾並造句 2
- 원인과 결과를 분석하여 글쓰기 分析原因和結果並寫作

들어가기

이야기해 보세요

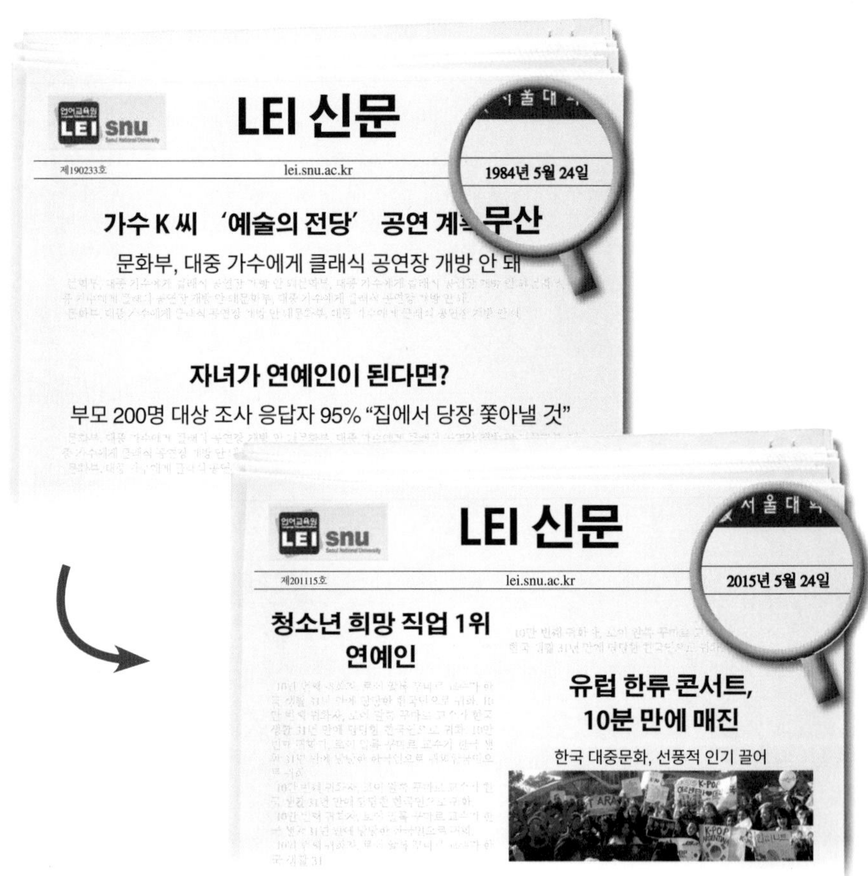

LEI 신문

제190233호 lei.snu.ac.kr 1984년 5월 24일

가수 K 씨 '예술의 전당' 공연 계획 무산

문화부, 대중 가수에게 클래식 공연장 개방 안 돼

자녀가 연예인이 된다면?

부모 200명 대상 조사 응답자 95% "집에서 당장 쫓아낼 것"

LEI 신문

제201115호 lei.snu.ac.kr 2015년 5월 24일

청소년 희망 직업 1위 연예인

유럽 한류 콘서트, 10분 만에 매진

한국 대중문화, 선풍적 인기 끌어

1. 무엇에 대한 기사입니까?

2. 이렇게 변화한 이유는 무엇이라고 생각합니까?

어휘와 문법

읽어 보세요 21

> 얼마 전 청소년을 대상으로 한 희망 직업 조사에서 연예인이 교사, 의사 등을 제치고 1위를 차지했다고 한다. 스타처럼 화려하게 살고 싶다는 것이 그 이유였다. 연예인의 이미지가 대중에게 미치는 파급력은 매우 크다. 연예인이 사용하는 제품은 선풍적인 인기를 끌고 대중들은 대중 매체로 전해지는 연예인의 화려한 삶을 보며 대리 만족을 느낀다. 이제 연예인은 모두가 선망하는 대상이 되었다.
>
> 대중 매체의 발달과 대중문화의 가치 상승**으로 말미암아** 대중문화와 이를 대표하는 연예인도 과거와는 위상이 크게 달라졌다. 과거 연예인은 광대처럼 대중에게 즐거움을 주는 존재**에 지나지 않았다**. 그러나 이제는 연예인을 무시하거나 대중문화를 저속한 것으로 여기는 사람은 거의 없다. 오페라나 오케스트라 공연만 하던 클래식 음악 전용 공연장에서 대중 가수가 공연을 하게 된 것이나 대중가요가 교과서에 실리는 사례를 보더라도 대중문화의 위상은 확실히 과거와 달라졌다.

1. 대중들에게 연예인은 어떤 존재입니까?
2. 대중문화와 연예인의 위상에 어떤 변화가 있었습니까?

어휘를 연습해 보세요

폭발적인 반응	상업적이다	획일적이다	선망하다	열광하다
저속하다	동질감을 형성하다	분위기를 조성하다	사회상을 반영하다	외면을 당하다
위상이 달라지다	파급력이 크다	선풍적인 인기를 끌다	큰 파장을 일으키다	대리 만족을 느끼다

1. 서로 관계있는 것끼리 연결해 보세요.

1) 위상이 달라지다 •	•	드라마 주인공이 열심히 노력해서 성공하는 것을 보면 저도 모르게 힘이 나요. 그리고 나쁜 사람들이 나중에 벌을 받는 것을 보면 통쾌함을 느끼게 돼요.
2) 사회상을 반영하다 •	•	과거에는 연예인을 한다고 하면 집에서 쫓겨날 정도로 부모님의 반대가 심했어요. 그런데 요즘은 자녀의 외모가 예쁘거나 노래를 잘 하면 부모들이 나서서 함께 오디션을 보러 다닌대요.
3) 대리 만족을 느끼다 •	•	제가 좋아하는 한류 스타의 신곡이 발표되자마자 1위를 차지했어요. 이 노래는 아시아, 미국, 유럽에서도 발표되었는데 세계 각국에서도 이 노래에 대한 반응이 뜨거운 것 같아요.
4) 선풍적인 인기를 끌다 •	•	어제 본 영화는 다문화 가정의 아이가 겪는 어려움을 다룬 영화였어요. 국제결혼이 늘면서 다문화 가정이 늘어나는 추세라고 하던데 현재의 사회 문제를 영화에서 잘 다루고 있는 것 같아요.

문법과 표현을 연습해 보세요

1. N(으)로 말미암아 因為／由於

· 작은 실수로 말미암아 큰 사고가 날 수도 있으니 항상 조심해야 한다. 微小的疏失都可能釀成大禍，因此必須時常謹慎小心。

· 이 영화는 전쟁으로 말미암아 파괴되는 인간의 모습을 그리고 있다. 這部電影描繪出因戰爭而崩壞的人性面貌。

2. N에 지나지 않다 不過是

· 네가 자신의 잘못에 대해 아무리 여러 이유를 갖다 대도 그건 변명에 지나지 않는다. 你對自己的過錯找再多的理由那也不過是辯詞罷了。

· 지금은 개성 있는 작품을 만들고 있지만 그 작가의 첫 작품은 유명 작가의 것을 모방한 것에 지나지 않았다. 雖然他現在能創作出有個人風格的作品，但那位作家的第一件作品也不過是在模仿有名作家的作品罷了。

1. 다음을 보고 이야기해 보세요.

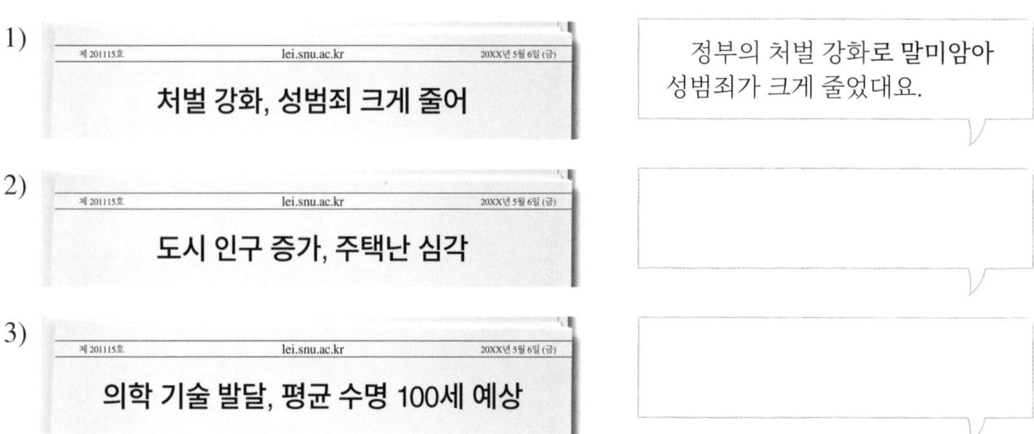

처벌 강화, 성범죄 크게 줄어
정부의 처벌 강화로 말미암아 성범죄가 크게 줄었대요.

도시 인구 증가, 주택난 심각

의학 기술 발달, 평균 수명 100세 예상

2. 다음 상황을 보고 이야기해 보세요.

1)
친구가 저한테 가수보다 노래를 잘한대요. 공부 그만두고 가수가 될까 봐요.
예의상 한 말 같은데…….
그런 칭찬은 예의상 한 말에 지나지 않아요. 어렵게 해 온 공부니까 끝까지 열심히 해 보세요.
2)
새로 만든 제도에 대해 시민들의 불만이 많아요. 다시 원래대로 바꿔야겠어요.
일시적인 불만일 것 같은데…….
3)
오늘 저녁에 뭘 먹을지 나만 빼놓고 정한 거야? 그렇게 중요한 문제를 왜 미리 의논하지 않은 거야?
내가 보기에는 사소한 문제인 것 같은데…….

읽기

준비해 보세요

1. 어떤 상황인지 이야기해 보세요.

2. 여러분이 좋아하는 스타는 누구입니까? 그 이유는 무엇입니까?

읽어 보세요 22

다음은 대중문화에 대한 설명문입니다. 글을 읽고 질문에 답해 보세요.

사람들은 왜 스타에게 열광하는가?

가 수많은 사람들이 스타가 되고 싶어 하고 또 수많은 사람들이 스타 만들기에 진력하는 것은 물론 스타가 엄청난 경제적 효과를 가진 상품이기 때문이다. 그리고 스타가 그렇게 엄청난 경제적 효과를 가질 수 있는 것은 많은 사람들이 스타를 동경하고 스타에 열광하기 때문이다. 스타를 보기 위해, 스타의 노래를 듣기 위해 기꺼이 비용을 지불하는 대중이 있기 때문이다.

나 사람들은 왜 스타에게 열광하는가? 그것은 일단 스타가 대중이 가지고 있는 어떤 욕망을 충족시켜 주는 역할을 하기 때문이다. 스크린과 TV 화면에 비친 스타는 화려하고 강하고 영웅적이며 성적 매력이 풍부하고 매력적인 인물이다. 그리고 그것은 모든 사람이 꿈꾸는 이상적 인간형이기도 하다. 사람들은 스타에 열광하는 순간 스타와 자신을 무의식적으로 동일시한다. 즉 스타는 사람들이 스스로 결여되어 있다고 느끼는 부분을 환상적으로 충족시켜 주는 대상이다. 그런 과정이 가장 전형적으로 드러나는 장르가 영화이다.

다 영화는 어떤 환상도 쉽게 먹혀들어 갈 수 있는 조건에서 수용된다. 영화는 기술적으로 완벽한 이미지를 구현한다. 게다가 화면이 크기 때문에 압도적인 이미지로 관객을 빨아들인다. 컴컴한 극장 안에서 관객은 부동자세로 숨죽인 채 영화에 집중하게 되며 자연스럽게 영화가 제공하는 이미지에 빠져든다. 이런 상황에서는 스크린에서 벌어지는 어떤 상황도 진짜처럼 받아들여진다. 영화에서 보이는 내용이 정말 그럴싸한 것인가 아닌가 하는 판단은 실제 생활의 기준을 따르지 않는다. 관객은 영화를 보는 그 순간에는 사람이 날아다니고 과거를 여행하고 유령과 대화를 나누고 로봇과 사랑에 빠지는 것을 진짜처럼 믿게 되는 것이다.

그런 식으로 영화에 빠져들면서 관객은 영화에서 보이는 주인공의 근사한 모습에 매료될 수밖에 없다. 그리고 그 순간 무의식적으로 자신을 영화 속의 주인공과 동일시하게 된다. 그렇게 매력적인 대상과 자신을 동일시하면서 사람들은 자신의 진짜 모습, 그 약하고 초라하고 별 볼일 없는 현실의 모습을 잊고 그 순간 이상적인 인간형을 간접 체험하게 되는 것이다.

라 대중음악 스타의 경우도 마찬가지이다. 화려한 무대에서 노래 부르는 스타의 모습에 열광하는 순간 대중은 그 스타가 표상하는 강력한 힘(그것은 곧 권력이다)에 스스로를 스타와 동일시한다. 그 동일시의 순간은 자신의 고달프고 초라한 현실로부터 벗어나는 해방의 순간이기도 하다.

마 결국 스타에 대한 대중의 열광은 기본적으로 스크린과 TV 화면에 비친 허구적인 이미지에 대한 것이지 ⓐ 자연인으로서의 배우나 가수에 대한 것이 아니다. 그러나 대중에게 그 둘은 하나로 간주된다. 사실 어쩌면 스타는 대중 한 사람 한 사람과 스타의 관계가 기본적으로 익명적일 수밖에 없다는 데서 가능해진다. 사람들은 스타 역시 어쩔 수 없는 한 인간, 약점과 한계를 안고 사는 한 인간일 수밖에 없다는 사실을 아주 쉽게 잊어버린다.

바 스타가 무대에서 노래 부르고 있다. 수많은 팬들이 소리를 지르고 환호하는 가운데 스타는 공연을 마치고 황급히 무대 뒤로 사라진다. 그 뒤를 한 소녀 팬이 꽃다발을 든 채 뒤쫓아 간다. 무대 뒤로 간 스타는 화장실로 들어간다. 잠시 후 용변을 마친 스타가 시원하다는 표정을 짓고 화장실을 나와 대기실로 사라진다. 꽃다발을 든 소녀는 순간 꽃을 전달하는 것조차 잊은 채 망연자실해한다.

ⓑ "아, 오빠도……."

언젠가 본 적이 있는 코미디의 한 장면이다. 물론 코미디이기는 하지만 스타에 대한 대중의 동경은 그 소녀 팬의 착각과도 같은 속성을 가지고 있는 것이다.

<김창남, 대중문화의 이해, 2003>

인과 관계 파악하기

1. 원인과 결과를 찾아 다음 표를 채워 보세요.

단락	원인	결과
가		스타가 엄청난 경제적 효과를 가짐.
나	스타가 대중의 욕망을 충족시켜 줌.	
다		관객들이 영화에 빠져들게 됨.

세부 내용 파악하기

2. 대중에게 비치는 스타의 모습은 어떻습니까? 모두 고르세요.

☐ 화려하다 ☐ 강하다 ☐ 약점이 있다 ☐ 초라하다
☐ 영웅적이다 ☐ 성적 매력이 풍부하다 ☐ 이상적인 인간형이다 ☐ 별 볼일 없다

3. 관객의 반응 중 ⓐ와 관련되지 않은 것은 무엇입니까?

① 저 가수의 고등학교 졸업 사진을 봤는데 지금과는 정말 다르더라.

② 저 가수가 지난주에 교통사고를 당했는데 많이 다쳐서 병원에 입원 중이래.

③ 저 배우는 어린 시절에 아버지가 안 계셔서 경제적으로 어렵게 지냈다고 해.

④ 저 배우는 영화에 나왔듯이 외모도 뛰어나고 성격도 좋고 다 완벽한 것 같아.

4. ⓑ에 어떤 말이 생략되었을까요? 추측해서 이야기해 보세요.

이야기해 보세요

여러분 나라에서는 대중문화의 영향력이 어느 정도입니까? 구체적인 예를 들어 이야기해 보세요.

쓰기

원인과 결과를 분석하여 글을 써 보세요.

준비해 보세요

다음 문장에서 어색한 부분을 찾아 바르게 고쳐 보세요.

1. 길을 가다가 구두가 예쁘기에 친구가 하나 샀어요.
2. 친구가 도와준 탓에 어려운 일을 쉽게 해결할 수 있었어요.
3. 제 생일에 친구가 예쁜 꽃을 사 주는 바람에 기분이 아주 좋았어요.
4. 회사에서 새로운 업무를 맡느라고 부모님께 연락을 자주 드리지 못해요.

표현을 연습해 보세요

1. 공정 무역이 등장하게 된 원인과 그 결과를 찾아 밑줄 쳐 보세요.

다국적 기업들은 저개발국에서 물건을 싸게 구입해 더 비싸게 팔아 큰 이익을 얻으려고 한다. 이로 인해 저개발국의 농민들은 생계를 유지할 수 없을 정도로 다국적 기업에 싸게 물건을 팔아야 한다. 이런 문제를 해결하기 위해 공정 무역이 등장하게 되었다. 공정 무역 수입업자는 물건을 시장 가격보다 높은 가격으로 사서 유통 과정을 줄여 소비자에게 판다. 저개발국의 농부는 이로 인해 생계를 유지할 수 있게 된다.

2. 원인을 먼저 제시하고 결과를 나중에 제시하는 표현입니다. 다음 표현을 사용하여 연습해 보세요.

- ~이다[하다]. 이로 인해[~으로 말미암아] ~이다[하다].
- ~이다[하다]. 그래서[그러므로] ~
- ~기 때문에[~이 원인이 되어] ~이다.

다국적 기업이 물건을 싸게 구입해 저개발국 농민들은 생계를 유지할 수 없었다. 이로 인해 공정 무역이 등장하게 되었다.

1)

<원인> 다국적 기업이 물건을 싸게 구입해서 저개발국 농민들은 생계를 유지할 수 없음.
<결과> 공정 무역이 등장.

2)

<원인> 삶이 고달프고 초라해서 이러한 현실에서 벗어나고 싶어 함.
<결과> 사람들이 스타에게 열광함.

3)

<원인> 독신 가구 증가와 고령화로 인해 독거노인 가구가 증가함.
<결과> 소형 주택의 인기가 많아짐.

3. 결과를 먼저 제시하고 원인을 나중에 제시하는 표현입니다. 다음 표현을 사용하여 2의 문제를 연습해 보세요.

- ~이다[하다]. 왜냐하면 ~기 때문이다.
- ~이다[하다]. 그 까닭은 ~기 때문이다.
- ~은 것은 ~이기 때문이다.

새로운 형태의 무역인 공정 무역이 등장하였다. **왜냐하면** 다국적 기업이 물건을 싸게 구입해서 저개발국 농민들은 생계를 유지할 수 없었기 때문이다.

4. 원인에 대한 메모를 보고 글을 완성해 보세요.

1) 교육 대학교 남학생 정원제

____

____

____

이로 말미암아 남자 선생님의 비율을 늘리기 위해 교육 대학교에서는 한쪽 성별의 입학생 수가 정원의 75%를 넘지 못하도록 하고 있다. 결과적으로 교단의 여성화를 어느 정도는 막을 수 있게 되었으나 여학생의 입학 기회를 빼앗는 역차별이 되었다는 논란을 불러일으키게 되었다.

원인

초등학교에 여자 선생님의 비율이 높아서 성 역할에 대한 올바른 교육이 어려움.

2) 성형 수술

____

____

____

이로 인해 많은 젊은 여성들이 성형 수술을 선택하고 있다. 여성들은 자신의 내면을 가꾸고 능력을 키울 시간을 자신의 외모를 가꾸는 데에 사용하고 있다.

원인

외모를 중시하는 사회 풍조가 여성들에게 아름다움을 강요함.

5. 결과에 대한 메모를 보고 글을 완성해 보세요.

1) 길거리 흡연 금지

____

____

____

왜냐하면 많은 시민들이 길거리에서 간접흡연에 무방비로 노출되어 있기 **때문이다**. 청소년과 어린이, 임산부와 노약자 등은 면역력이 약해서 간접흡연이 치명적이다. 그뿐만 아니라 담뱃재로 인한 화상과 화재 위험도 있기 때문에 길거리 흡연에 반대하는 목소리가 점점 커지고 있다.

결과

서울시에서는 간접흡연을 막기 위한 법 제정.

2) 한국 문화와 한류

____

____

____

그 까닭은 한국에서 만든 문화 상품이 사람들에게 보편적인 즐거움과 감동을 주기 **때문이다**. 앞으로도 한류를 지속적으로 이끌어 가기 위해서는 다른 문화와 소통하고 교류할 수 있는 핵심 문화 내용이 무엇인지 파악해야 한다.

결과

한류가 세계적으로 확산되고 있음.

써 보세요

1. 하나의 주제를 골라서 인터넷으로 자료를 조사해 보세요. 그리고 원인과 결과를 메모해 보세요.

- 대중이 스타에게 열광하는 이유
- 외모 중시 풍조와 성형 수술
- 일회용품 사용과 환경 오염

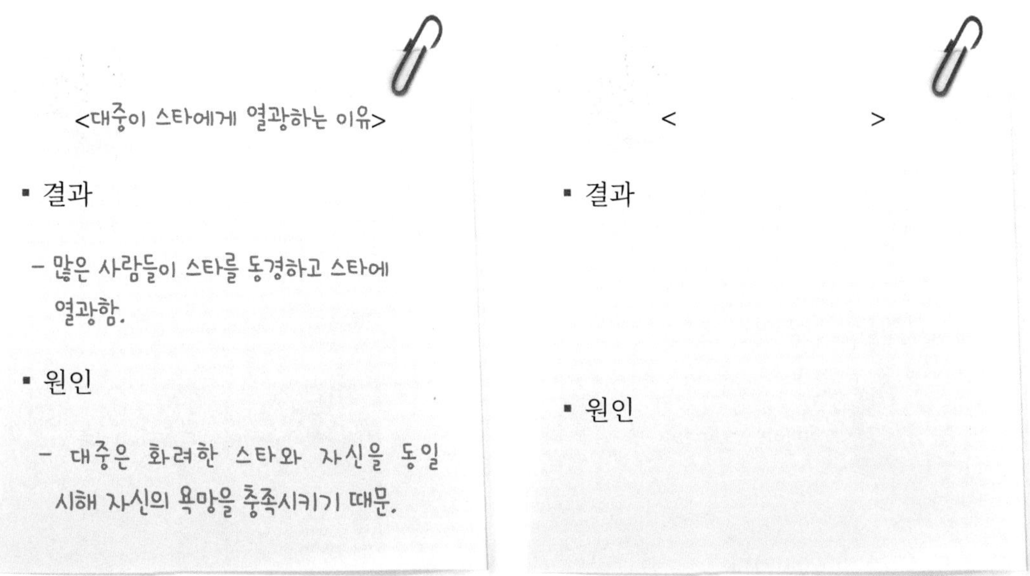

<대중이 스타에게 열광하는 이유>
▪ 결과
- 많은 사람들이 스타를 동경하고 스타에 열광함.
▪ 원인
- 대중은 화려한 스타와 자신을 동일시해 자신의 욕망을 충족시키기 때문.
< >
▪ 결과
▪ 원인

2. 같은 주제를 선택한 친구와 메모를 보며 이야기해 보세요.

3. 원인과 결과가 드러나게 글을 써 보세요.

대중이 스타에 열광하는 이유		
원인 - 결과 (결과 - 원인)	결과	대중들은 스타에 열광한다. 많은 사람들이 스타가 되고 싶어 하고 또 수많은 사람들이 스타 만들기에 힘을 들이는 것은 모두 대중이 스타에 열광하기 때문이며 이로 인해 엄청난 경제적 효과를 가져오기 때문이다.
	원인	그렇다면 사람들이 스타에 열광하는 이유는 무엇일까? 그 까닭은 대중들은 스타와 자신을 동일시하기 때문이다. 스크린이나 텔레비전에 비추어진 스타는 화려하고 강하고 영웅적이며 성적 매력이 풍부하고 매력적이다. 이러한 스타의 이미지는 모든 사람들이 꿈꾸는 이상적인 인간형이다. 사람들은 매력적인 스타와 자신을 동일시하며 나약하고 초라한 자신의 진짜 모습을 잊게 되며 이상적인 인간형을 간접 체험하게 된다.

어휘와 표현

2. 대중문화의 위상

어휘

대리 만족(代理滿足)을 느끼다

다른 사람의 성공에서 자신이 간접적으로 만족을 느끼나. 從別人的成功中間接獲得滿足

현실이 힘들수록 사람들은 성공하는 드라마 주인공을 보며 대리 만족을 느끼게 된다. 現實中越辛苦，人們越會從電視劇主角的成功中獲得間接滿足。

동질감(同質感)을 형성(形成)하다

다른 사람과 성질이나 배경이 같다고 느끼다. 營造同質感、形成同溫層

나는 직장에서 같은 고향 사람을 만나면 동질감을 형성하기 위해 일부러 사투리를 쓴다. 我若是在職場上遇到同鄉，為了要營造親切感會故意使用方言。

분위기(雰圍氣)를 조성(造成)하다

어떤 분위기를 만들다. 營造氛圍

우리 학교에서는 독서를 생활화하는 분위기를 조성하기 위해 책을 많이 읽은 학생에게는 한 달에 한 번씩 문화 상품권을 주기로 했다. 本校為了營造我們習慣讀書的氛圍，決定每個月一次贈與商品禮券給大量閱讀書籍的學生。

사회상(社會相)을 반영(反映)하다

사회의 모습이나 성격을 드러내다. 反映社會現象

최근 행운을 가져다주는 휴대폰 줄이나 나쁜 일을 막아 준다는 팔찌가 유행하고 있다. 이런 물건들은 앞날을 예측하기 어려운 불안한 사회상을 반영하고 있다. 最近流行會帶來幸運的手機繩或者是能夠阻擋厄運的手環。而這些物品反映出對難以預測未來的不安的社會現象。

상업적(商業的)이다[상업쩍]

상품을 사고파는 일로 이익을 얻다. 商業性的

대부분의 광고는 상업적인 목적으로 만들어지기 때문에 대중의 취향을 고려하기 마련이다. 因為大部分的廣告都是以商業性目的為出發點所製作，必然會考量大眾的喜好。

선망(羨望)하다

동 부러워하며 자기도 그렇게 되기를 바라다. 羨慕

지금은 연예인이라는 직업을 선망하는 청소년들이 많지만 10년 전만 해도 연예인이 되려는 사람이 별로 없었다. 雖然現在很多青少年欣羨演藝人員這項職業，但不過僅僅在10年前，卻鮮少有人想當藝人。

선풍적(旋風的)인 인기(人氣)를 끌다 [인끼]

사회에 큰 영향을 미치거나 관심을 끌 만한 인기를 얻다. 獲得爆棚的人氣

70년대 청소년들의 일상을 소재로 한 이 영화는 남녀노소를 불문하고 선풍적인 인기를 끌었다. 以70年代青少年的日常為題材製作的這部電影，不論男女老少之間皆獲得爆棚的人氣。

열광(熱狂)하다

동 너무 흥분해 미친 듯이 행동하다. 狂熱的

가수 A 씨가 콘서트에서 열정적인 무대를 선보이자 팬들이 매우 열광했다. A歌手在演唱會上展現熱血的舞台，粉絲們也相當狂熱。

외면(外面)을 당하다

피하거나 받아들여지지 않다. 遭到冷落

실현 가능성이 낮은 복지 정책은 국민들로부터 외면을 당하기 마련이다. 難以兑現的福利政策自然會遭到國民的冷落。

위상(位相)이 달라지다

어떤 사람이나 일의 위치나 상태가 달라지다. 地位改變

과거에는 한국 자동차가 서민용 차로 인식되었지만 기술 개발로 성능이 좋아짐에 따라 한국 자동차의 위상이 달라지고 있다. 韓國汽車在過去被視為庶民用的車種，但隨著技術開發、性能改善，韓國汽車的地位也在改變。

저속(低俗)하다[저소카다]

형 품위가 낮고 고상하지 않다. 低俗的

뉴스를 전달하는 아나운서들은 시청자들에게 뉴스에 대한 믿음을 줘야 하기 때문에 방송에서 저속한 표현을 쓰지 않도록 조심해야 한다. 由於播報新聞的主播們必須給予閱聽者對新聞的信任，因此必須小心不要在播報時使用低俗的詞彙。

큰 파장(波長)을 일으키다

어떤 일이 크게 영향을 미치다. 引發軒然大波

인기 연예인의 자살이 잇달아 보도되자 일반인이 이를 모방하는 등 큰 파장을 일으키고 있다. 隨著人氣演藝人員的自殺被接二連三的報導，一般民眾隨之模仿而引發軒然大波。

파급력(波及力)이 크다 [파금녁]

어떤 일이 영향을 미치는 힘이 크다. 影響力甚大

트위터나 페이스북 같은 SNS가 선거에 미치는 파급력이 크다는 조사 결과가 나왔다. 研究結果顯示，如推特或臉書等網路社群媒體對於選舉的影響力相當強大。

폭발적(爆發的)인 반응(反應) [폭빨쩍]

굉장히 뜨거운 반응. 爆炸性的反應

드라마에서 연예인이 이 옷을 입고 나오자 일주일 만에 매진되는 등 폭발적인 반응을 보이고 있다. 電視劇中演員身穿這件衣服亮相後在一周內便售罄，展現出爆炸性的迴響。

획일적(劃一的)이다[획길쩍]

다른 것과 구별되지 않고 모두 같다. 整齊劃一的

교복을 입고 획일적인 머리 모양을 한 학생들 사이에서 빨간 코트에 긴 생머리를 한 젊은 선생님은 눈에 띌 수밖에 없었다. 在穿著校服，並留著齊一髮型的學生中間，一位穿著紅色大衣且留著長直髮年輕老師相當引人注目。

읽기

읽어 보세요

구현(具現)하다

동 어떤 사실을 구체적으로 나타내다. 具體實現

이번에 새롭게 도입한 장애인 관련 제도는 복지 사회를 구현하는 데 꼭 필요한 제도이다. 本次新引進有關於身障人士的制度是具體實現福利社會所必要的制度。

동경(憧憬)하다

동 어떤 것을 간절히 바라며 그것만을 생각하다. 憧憬

민수는 어릴 때부터 외국에서 공부하는 것을 동경해 왔는데 올해 드디어 그 꿈을 이루게 되었다. 民洙從小時候起就憧憬著在國外念書，這個夢想今年總算如願以償。

동일시(同一視)하다[동일씨하다]

동 같은 것으로 여기다. 視為同樣

엄마들은 딸의 모습을 보면서 젊은 시절 자신의 모습과 동일시하는 경향이 있다. 媽媽們會有個傾向，看著女兒的模樣就等同於看到自己年輕時代的模樣。

매료(魅了)되다

동 마음을 모두 사로잡히다. 傾心

처음 본 순간 그녀의 아름다움에 매료되어 한참 동안 물끄러미 쳐다보았다. 初遇的那瞬間就為那女子的美麗所傾倒呆愣著看了老半天。

부동자세(不動姿勢)

명 움직이지 않고 똑바로 서 있는 자세. 立正、挺直不動的站姿

군대에서 훈련을 받게 된 그는 상사의 명령에 따라 오랫동안 움직이지 않고 부동자세로 서 있었다. 在軍隊中受訓的他，聽從長官的命令長時間一動也不動，挺直不動地站著。

진력(盡力)하다[질려카다]

동 있는 힘을 다하다. 盡力、竭力

물가 상승으로 서민들의 생활이 어려운 이 상황에서 정부는 경제 살리기에 진력하고 있다. 因物價上升而導致平民百姓們的生活困頓的情況下，政府正竭力於經濟紓困。

충족(充足)시키다

동 넉넉해서 모자람이 없게 하다. 使滿足

아이들을 정서적으로 안정된 사람으로 키우기 위해서는 우선 아이들의 욕구를 어느 정도 충족시켜 주는 것이 중요하다. 為了將孩子們培養成情緒穩定的人，首先在某種程度上滿足孩子們的需求是很重要的。

자기 평가

1. 다음 중 아는 어휘에 √ 하세요.

- [ ] 규제하다
- [ ] 반박하다
- [ ] 심의하다
- [ ] 악용되다
- [ ] 찬반 논란
- [ ] 획일적이다
- [ ] 표현의 자유
- [ ] 외면을 당하다
- [ ] 사회상을 반영하다
- [ ] 대리 만족을 느끼다
- [ ] 큰 파장을 일으키다
- [ ] 선풍적인 인기를 끌다

2. 알맞은 표현을 골라서 문장을 완성해 보세요.

-답시고 　 -(으)ㄹ 턱이 없다 　 (으)로 말미암아 　 에 지나지 않다

1) 가 : 몸살이 난 것 같아. 열도 좀 나고.

   나 : .... 잠을 제대로 안 자니 몸살이 날 만도 하지.

2) 가 : 오늘은 미나가 제시간에 올까?

   나 : 언제나 약속 시간에 10분씩 늦으니까 ....

3) 1950년부터 1953년까지 한반도에서는 6·25 전쟁이 벌어졌다. .... 수많은 사람들이 죽거나 부상을 당했다.

4) 학교 축제에서 기타를 연주해서 칭찬을 받았다. 다들 나에게 전문 연주자 같다고 말했지만 사실 내 연주 실력은 ....

3. 이 단원을 공부하고 여러분이 할 수 있게 된 것에 √ 해 보세요.

- [ ] 원인과 결과를 분석하여 글을 쓸 수 있다.
- [ ] 논평과 찬반 토론을 듣고 주장과 근거를 파악할 수 있다.
- [ ] 대중문화에 대한 설명문을 읽고 인과 관계를 파악할 수 있다.
- [ ] 주제를 소개하고 주장과 근거를 제시하면서 토론을 할 수 있다.

정답

2. 1) 운동 좀 한답시고 2) 제시간에 올 턱이 없지 3) 이 전쟁으로 말미암아 4) 초보자에 지나지 않는다

보충 어휘

연어(Ⅰ) 상황을 과장해서 표현하는 연어를 익혀 봅시다.

꽁꽁 얼다 얼음이나 몸 등이 단단히 얼다. 冰塊或身體等，冰凍得硬梆梆。	**끙끙 앓다** 몸이 너무 아프거나, 어려운 일이 있어서 매우 괴로워하다. 因身體劇痛或有困擾的事而相當難受
벌벌 떨다 무섭거나 두려워서 몸을 떨다. 身體因害怕或懼怕而顫抖。	**빙빙 돌다** 일정한 범위를 자꾸 돌다. 在一定範圍內不斷徘徊。
슬슬 피하다 남이 모르게 살짝 피하다. 偷偷地稍稍閃躲。	**술술 풀다** 문제를 어려움 없이 해결하다. 問題迎刃而解。
질질 끌다 해야 되는 일이나 계획 등을 계속 미루다. 必須完成的事情或計劃不斷往後延宕。	**펑펑 울다** 눈물을 많이 흘리며 크게 울다. 淚如雨下且嚎啕大哭。
푹푹 찌다 온도와 습도가 높아서 심하게 덥다. 因溫度與溼度高而相當炎熱。	**훌훌 털다** 고민을 잊거나 먼지를 가볍게 털어 내다. 忘卻煩惱或者將灰塵輕輕抖落。

연습 1 다음 그림을 보고 연어의 의미를 찾아보세요.

1)

① 문제를 쉽게 풀다

② 문제가 어려워 고생하다

2)

① 날씨가 너무 건조하다

② 사우나에 있는 것처럼 덥다

보충 어휘

3)

① 아픈 척하다

② 아파서 괴로워하다

4)

① 어지럽다

② 몸이 가볍다

연습 2 다음 상황과 관련 있는 연어를 써 보세요.

1) 우리 집 강아지가 천둥소리가 나자 무서워하며 떨었다.

→ 벌벌 떨다

2) 영화를 보다가 너무 슬퍼서 눈물을 많이 흘리며 큰 소리로 울었다.

→

3) 그동안 나를 괴롭히던 일들을 모두 잊어버리고 새로운 마음으로 다시 시작하려고 한다.

→

4) 내일까지 숙제를 끝내야 하지만 하기 싫어서 자꾸 미루고 있다.

→

5) 부장님이 오늘 기분이 나쁘신지 작은 일에도 화를 내신다. 직원들은 부장님의 기분을 살피면서 부장님의 눈치를 보면서 피해 다녔다.

→

6) 날씨가 너무 추워서 호수가 너무 단단하게 얼었다.

→

연습 3 다음 그림을 보고 대화를 완성해 보세요.

1)

2)

3)

4)

보충 어휘

연습 4 어울리는 표현을 골라 대화를 완성해 보세요.

벌벌 떨다　　펑펑 울다　　푹푹 찌다　　술술 풀다　　빙빙 돌다　　끙끙 앓다

1) 가 : 혼자 유학을 가는데 잘할 수 있을까?

나 : 무슨 일이 생기면 혼자서 ....지 말고 주위 사람들한테 도와 달라고 해.

2) 가 : '귀신의 집' 어땠어? 재미있었어?

나 : 말도 마. 너무 무서워서 ....다가 나왔어. 다시는 안 갈 거야.

3) 가 : 1시간 전에 도착한다더니 왜 이렇게 늦었어?

나 : 길을 잃어서 같은 곳을 ....다가 간신히 찾아온 거야. 너무 화내지 마.

4) 가 : 어려운 문제도 ....는 걸 보니 공부를 많이 했나 보구나.

나 : 응. 일주일 전부터 열심히 준비했어.

5) 가 : 날씨가 정말 ....

나 : 이렇게 더울수록 건강 관리에 신경 써야 돼.

6) 가 : 왜 그렇게 ....? 무슨 일 있어?

나 : 갑자기 돌아가신 엄마 생각이 나서 그래.

XII 과학과 생활

科學與生活

1 환경과 대체 에너지
環境與替代能源

주제 主題
환경과 에너지
環境與能源

어휘 詞彙
환경 보호와 대체 에너지
環境保護與替代能源

문법과 표현 文法與表達
- A/V-기로서니
  再怎麼……難道（反問）……
- V-아/어 주십사 (하고)
  恭敬而謹慎地請對方幫忙（向對方提出要求）

듣기 聽力
- 라디오 대담 듣고 내용 파악하기
  聆聽廣播對話並掌握內容
- 토론 듣고 찬반 의견 파악하기
  聆聽討論並掌握正反意見

말하기 口說
토론하기 2
討論 2
(동의하기, 반박하기)
（贊成、反對）

2 생활 속 과학 이야기
生活中的科學現象

주제 主題
과학과 생활
科學與生活

어휘 詞彙
자연 현상과 관련된 과학 용어
自然現象與相關科學用語

문법과 표현 文法與表達
- N인지라
  表示原因、根據
- V-자니
  前子句動作結果有意外事實出現

읽기 閱讀
- 칼럼 읽고 내용 요약하기
  閱讀專欄並摘要內容
- 설명문 읽고 읽은 내용 적용하기
  閱讀說明文並運用其內容

쓰기 寫作
- 어휘에 유의하여 문장 쓰기 2
  注意詞彙並造句2
- 요약하는 글 쓰기
  摘要寫作

보충 어휘 補充詞彙
관용어 IV
慣用語

1 환경과 대체 에너지

環境與替代能源

주제 主題
환경과 에너지 環境與能源

어휘 詞彙
환경 보호와 대체 에너지
環境保護與替代能源

문법과 표현 文法與表達
· A/V-기로서니
再怎麼……難道（反問）……
· V-아/어 주십사 (하고)
恭敬而謹慎地請對方幫忙（向對方提出要求）

듣기 聽力
· 라디오 대담 듣고 내용 파악하기 聆聽廣播對話並掌握內容
· 토론 듣고 찬반 의견 파악하기 聆聽討論並掌握正反意見

말하기 口說
토론하기 2 討論 2
(동의하기, 반박하기)
（贊成、反對）

들어가기

이야기해 보세요

1. 무슨 일이 생겼습니까? 사람들이 어떤 어려움을 겪고 있습니까?

2. 왜 이런 일이 생겼다고 생각합니까?

어휘와 문법

읽어 보세요 23

<원자력 발전소 건립> 공청회

| 일시 : 2014년 6월 16일 오후 2시
| 주최 : ㈜한국수력원자력
| 후원 : 지식경제부

초청의 말씀

안녕하십니까? 신록이 날로 짙어 가는 계절에 두루 평안하시길 빕니다. ㈜한국수력원자력은 전력량 부족과 여름철 불안정한 전기 수급 문제를 해결하기 위해 새 원자력 발전소를 건립하려는 계획을 추진해 왔습니다.

그러나 지역 주민들께서는 아무리 에너지 개발이 절실하**기로서니** 주민 안전보다 중요한 것은 아니므로 발전소 건설에 동의하기 어렵다는 의견을 제기하신 바 있습니다.

이에 따라 ㈜한국수력원자력에서는 지난 3년간 <원자력 발전소의 경제성과 안전성 조사>를 수행했으며 이번 공청회를 통해 그 결과를 발표할 예정입니다.

바쁘시더라도 부디 참석하시어 원자력 발전소 건립에 대한 지역 주민 여러분의 관심을 보**여 주십사** 부탁드립니다. 감사합니다.

2014년 5월 20일 (주)한국수력원자력 사장 서경식

1. 무엇에 대한 공청회입니까?

2. 지역 주민들은 무엇을 걱정하고 있는 것 같습니까?

어휘를 연습해 보세요

단전 / 정전	석유 / 석탄	화석 연료	대체 에너지	핵폐기물
온실가스	이산화탄소	이상 기후	원자력 발전소 / 원전	지구 온난화
경제적이다	방사능이 누출되다	방사능에 오염되다	탄소 가스를 배출하다	

수력 / 화력 / 원자력 / 풍력 / 조력 / 태양광

1. 서로 관계있는 것끼리 연결해 보세요.

1) 이상 기후 •	•	석탄과 석유, 천연가스와 같은 연료는 그 양이 무한하지 않기 때문에 언젠가는 고갈되고 말 것입니다.
2) 온실가스 •	•	여름인데도 갑자기 눈이 내려서 농작물 피해가 심각합니다.
3) 화석 연료 •	•	석유가 고갈되기 전에 새로운 에너지를 찾으려는 노력을 하고 있습니다. 태양열이나 바람, 파도 등을 이용한 에너지 개발이 진행 중입니다.
4) 대체 에너지 •	•	여러 국가에서 이산화탄소와 메탄, 프레온 가스의 배출량을 줄이기 위해 노력하고 있습니다.

문법과 표현을 연습해 보세요

1. A/V-**기로서니** 再怎麼……難道（反問）……
- 아무리 바쁘기로서니 부모님 생신에 전화할 시간도 없어요? 你再怎麼忙，難道連在父母親生日的時候打通電話的時間也沒有嗎？
- 신입 사원이 실수를 좀 했기로서니 너무 심하게 화를 내는 거 아니에요? 儘管新員工稍稍犯了點錯，這個脾氣不會發得有點過火了嗎？

2. V-아/어 주십사 (하고) 恭敬而謹慎地請對方幫忙（向對方提出要求）
- 연말 모임에 참석해 주십사 연락을 드립니다. 謹此聯絡恭請您出席年末聚餐。
- 이번 공청회에 늦지 않게 도착해 주십사 하고 안내 메일을 드립니다. 謹以此信敬請您準時抵達參與本次公聽會。

1. 다음과 같이 이야기해 보세요.

1) 아직도 사형 제도가 유지되고 있습니다. 이에 대해 어떻게 생각하십니까?

아무리 흉악한 범죄를 저질렀**기로서니** 사람의 생명까지 빼앗을 권리가 우리에게 있습니까? 사형 제도는 하루 빨리 폐지되어야 한다고 생각합니다.

2) 법원에서 성범죄자의 신상을 공개하기로 결정했습니다. 이번 결정에 대해 어떻게 생각하십니까?

____________________ 신상을 공개하는 것은 너무 심하지 않은가요? 사람이라면 누구나 인권을 존중받을 권리가 있습니다.

3) 군 가산점제를 부활시켜야 한다는 주장이 제기되고 있습니다. 이에 대해 어떻게 생각하십니까?

2. 다음 메모를 보고 이야기해 보세요.

1) 잠시 외출 중입니다. 용건이 있으신 분은 휴대 전화로 연락 주세요.

2) 폭우로 인해 회의가 취소되었습니다. 회의 날짜가 다시 잡힐 때까지 기다려 주십시오.

3) 원고 마감일은 다음 주 월요일입니다. 기한을 꼭 지켜 주십시오.

잠시 외출 중입니다. 용건이 있으신 분은 휴대 전화로 연락해 주십사 부탁드립니다.

듣기

준비해 보세요

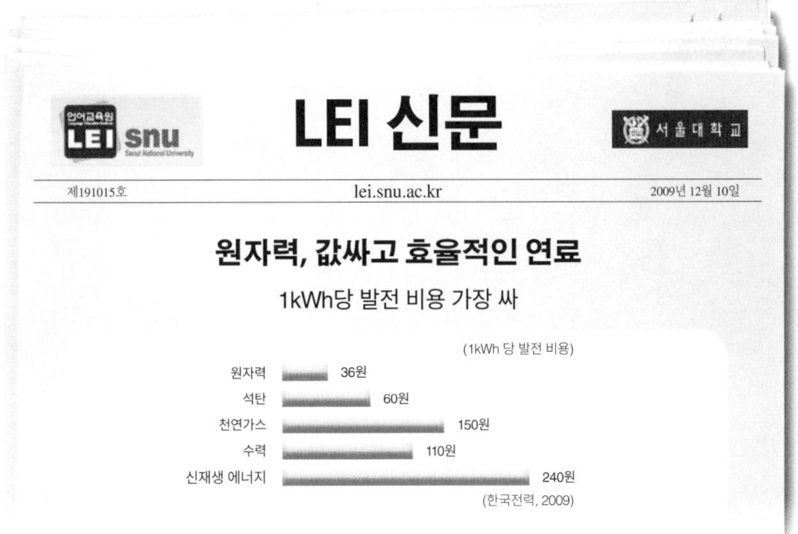

언어교육원 LEI snu Seoul National University

LEI 신문

서울대학교

제191015호 lei.snu.ac.kr 2009년 12월 10일

원자력, 값싸고 효율적인 연료

1kWh당 발전 비용 가장 싸

(1kWh 당 발전 비용)

원자력	36원
석탄	60원
천연가스	150원
수력	110원
신재생 에너지	240원

(한국전력, 2009)

언어교육원 LEI snu Seoul National University

LEI 신문

서울대학교

제201118호 lei.snu.ac.kr 2015년 4월 26일

체르노빌 원전 사고 29주년

체르노빌은 여전히 죽음의 땅

1. 무엇에 대한 기사입니까?

2. 이 기사를 보고 원자력에 대해 어떤 생각이 듭니까?

🎧 들어 보세요 1 (24)

다음은 환경 문제에 대한 라디오 대담입니다. 잘 듣고 질문에 답해 보세요.

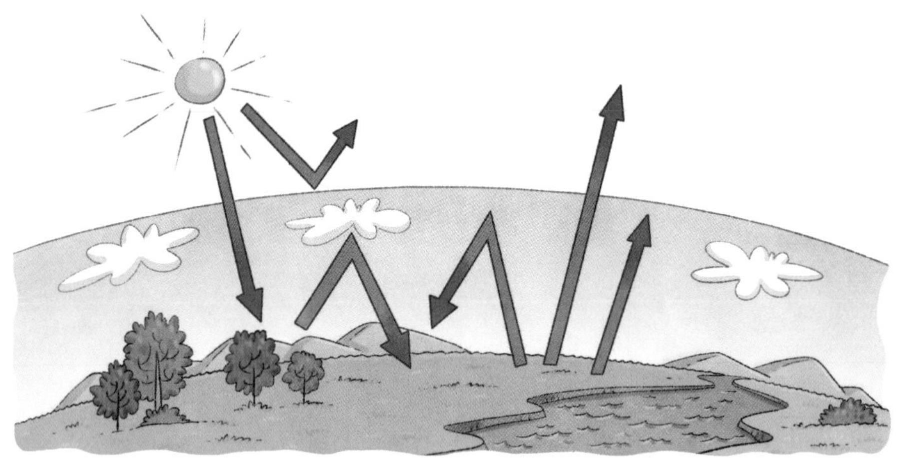

중심 내용 파악하기 1. 무엇에 대해 이야기하고 있습니까?

① 화석 연료의 필요성

② 지구 온난화의 심각성

③ 온실가스의 문제와 감축 방법

④ 대체 에너지 개발의 필요성과 방법

세부 내용 파악하기 2. 왜 온실가스를 지구 온난화의 주범이라고 합니까?

3. 온실가스가 증가한 원인은 무엇입니까?

들어 보세요 2

다음은 에너지에 대한 찬반 토론입니다. 잘 듣고 질문에 답해 보세요.

중심 내용 파악하기 1. 무엇에 대한 토론입니까?

세부 내용 파악하기 2. 원자력 발전의 경제성에 대한 찬성 측과 반대 측 의견은 어떻습니까?

찬성 •

반대 •

- 적은 연료와 비용으로 많은 에너지를 생산할 수 있다.
- 발전소 폐쇄 비용이 많이 든다.
- 발전 과정에서 비용이 적게 들어서 경제성이 높다.
- 발전소 유지 비용과 핵폐기물 처리 비용을 고려하면 경제적이지 않다.

3. 원자력 발전의 안전성에 대한 찬성 측과 반대 측 의견은 어떻습니까?

찬성 •

반대 •

- 원전에서 사고가 날 확률은 아주 낮고 관리를 잘하면 사고 발생률이 더 낮아진다.
- 원전은 온실가스를 배출하지 않을 뿐만 아니라 주변 생태계에 영향을 주지도 않는다.
- 체르노빌 원전 사고처럼 원전은 한번 사고가 나면 피해가 매우 심각하다.
- 발전 과정뿐만 아니라 핵폐기물을 처리하는 과정에서도 안전을 보장할 수 없다.

이야기해 보세요

1. 온실가스를 줄이기 위해 생활 속에서 실천할 수 있는 방법은 무엇입니까?

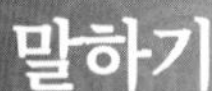

말하기

다른 사람의 의견에 동의하거나 반박하면서 토론해 보세요.

준비해 보세요

토론에서 다른 사람의 의견에 동의하거나 반박할 때 어떻게 표현하는지 이야기해 보세요.

표현을 연습해 보세요

1. 다음은 다른 사람의 의견에 동의할 때 쓰는 표현입니다. 다음 표현을 사용하여 이야기해 보세요.

<동의하기>

- ~다는 의견에 전적으로 동의합니다.
- 저도 같은 입장[생각 / 의견] 입니다.
- 제가 말씀드리고자 하는 것도 바로 그 점입니다.

범죄를 예방하기 위해서는 흉악범 신상 공개가 필요합니다.

저도 흉악범의 신상 정보를 공개해야 한**다는 의견에 전적으로 동의합니다.**

1) 흉악범 신상 공개

범죄 예방 위해 흉악범의 신상 공개가 필요합니다.

2) 성형 수술 규제 반대

미를 추구하는 것은 인간 의 본성이기 때문에 성형 수술을 규제해서는 안 됩 니다.

3) 원전 폐기

핵폐기물 처리 문제가 발생하므로 원전을 폐기해야 합니다.

2. 다음은 다른 사람의 의견을 반박할 때 쓰는 표현입니다. 다음 표현을 사용하여 이야기해 보세요.

<반박하기>

- 제 의견은 좀 다릅니다[저는 좀 다른 생각을 가지고 있습니다].
- 일리가 있기는 하지만 ~다는 점에서는 문제가 있습니다.
- 저는 그렇게 생각하지 않습니다.
- 제 생각에는 반드시 ~는 것 같지는 않습니다.
- 한편으로는 그럴 수도 있겠지만 ~다는 점에서는 받아들이기가 어렵습니다.

범죄를 예방하기 위해서는 흉악범 신상 공개가 필요합니다.

범죄를 예방하기 위해서 흉악범 신상 공개가 필요하다고 하셨는데요. **제 의견은 좀 다릅니다**. 아무리 범죄자라고 해도 인권은 존중되어야 한다고 생각합니다.

1) 흉악범 신상 공개

범죄 예방.

아무리 범죄자라고 해도 그들의 인권도 존중받아야 함.

2) 성형 수술 규제 반대

미를 추구하는 것은 인간의 본성.

성형 수술의 부작용, 외모 중시 풍조를 심화시킴.

3) 원전 폐기

핵폐기물의 처리 문제.

더 효율적인 대체 에너지가 아직 개발되지 않았음.

토론해 보세요

1. 다음의 주제 중 토론하고 싶은 주제를 한 가지 골라 입장을 정하고 근거를 메모해 보세요.

원전 건설

원전이 꼭 필요한가?

성형 수술 규제

성형 수술을 규제해야 하는가?

군 가산점제 재도입

군 가산점제를 부활시켜야 하는가?

주제 : 원자력 발전소 건설

▪ 입장 : 찬성

<근거>

① 적은 원료로 많은 에너지를 생산해 경제적임.

② 온실가스 발생 적어 환경적인 면에서 좋음.

③ 관리 철저히 하면 사고 위험률 낮음.

주제 : ____________________

▪ 입장 :

<근거>

①

②

③

2. 같은 입장을 가진 친구들과 모여서 주장의 근거를 이야기해 보고 예상되는 반론에 대해 준비해 보세요.

예상 반론

- 원자력 발전소 사고에서도 알 수 있듯이 안전을 보장할 수 없다.
- ______________________
- ______________________

➡

반론에 대한 의견 제시

- 원전 사고가 날 확률은 백만분의 일에 불과하다. 안전 관리를 더 잘 하면 된다.
- ______________________
- ______________________

3. 자신의 입장을 정해 선택한 주제에 대해 토론해 보세요.

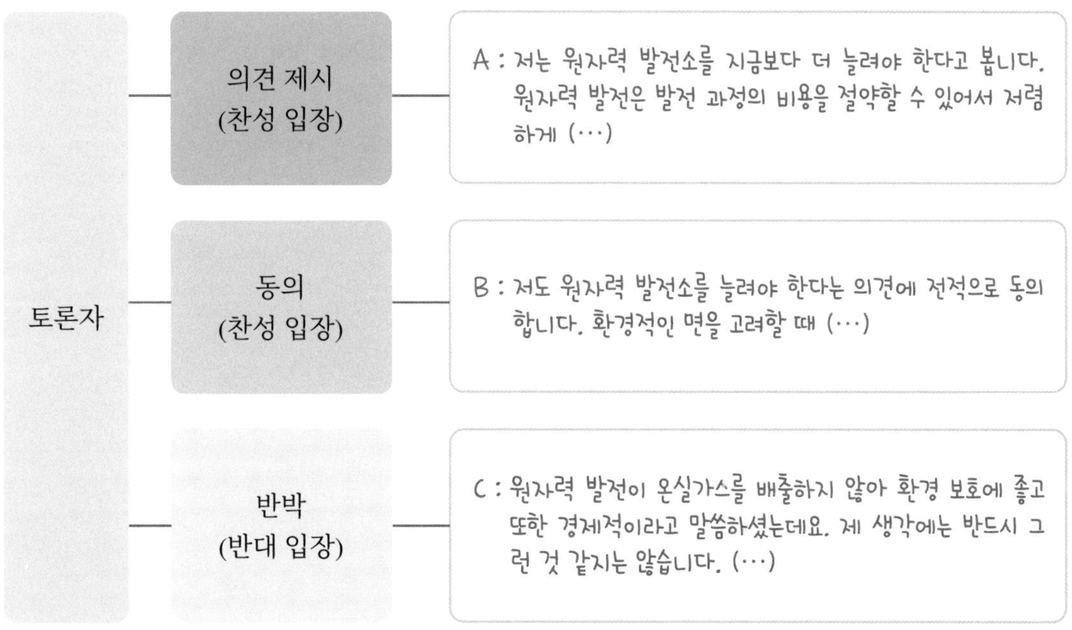

토론자
의견 제시
(찬성 입장)
A : 저는 원자력 발전소를 지금보다 더 늘려야 한다고 봅니다. 원자력 발전은 발전 과정의 비용을 절약할 수 있어서 저렴하게 (…)
동의
(찬성 입장)
B : 저도 원자력 발전소를 늘려야 한다는 의견에 전적으로 동의합니다. 환경적인 면을 고려할 때 (…)
반박
(반대 입장)
C : 원자력 발전이 온실가스를 배출하지 않아 환경 보호에 좋고 또한 경제적이라고 말씀하셨는데요. 제 생각에는 반드시 그런 것 같지는 않습니다. (…)

어휘와 표현

1. 환경과 대체 에너지

● 어휘

경제적(經濟的)이다

투자하는 노력, 시간, 돈에 비해 이득이 크다.
划算的、經濟實惠的

물건을 살 때는 경제적인 선택을 해야 한다. 디자인보다는 그 물건이 실용적인지를 고려해서 골라야 한다. 買東西時應做經濟的選擇。相較於設計感，更該考量物品是否實用來做選擇。

단전(斷電)

명 전기를 끊음. 斷電

회사 사정이 어려워서 3개월 동안 전기세를 내지 못해 단전이 되었다. 因為公司營運不善連續三個月未能繳交電費，於是遭到斷電。

대체(代替) 에너지(energy)

석유, 석탄과 같은 연료를 대신할 에너지. 替代能源

환경 오염이 심각해지고 석유와 석탄이 전점 고갈되는 가운데 이를 대신할 대체 에너지의 개발에 관심이 높다. 隨著環境污染的日漸嚴峻，石油與煤炭的逐漸枯竭，對於替代能源的開發是眾所矚目的焦點。

방사능(放射能)에 오염(汚染)되다

방사성 먼지나 방사성 물질에 접촉해 해를 입다. 受輻射汙染

지진으로 인해 원자력 발전소가 폭발하면서 도시 전체가 방사능에 오염되었다. 因地震導致核電廠爆炸，城市全域皆為輻射所汚染。

방사능(放射能)이 누출(漏出)되다

방사선이 밖으로 새어 나오다. 輻射外洩

원자력 발전소를 건설할 때 외부로 방사능이 누출되지 않도록 해야 한다. 興建核電廠時務必防止輻射外洩。

석유(石油)

명 지하에서 나오는 검은 기름. 石油

중동 지역은 석유가 많이 나는 지역이다.
中東地區是富產石油的地區。

석탄(石炭)

명 지하에서 나오는 검은 광물. 煤炭

석유와 도시가스가 가정용 난방 연료로 보급되면서 연탄의 원료였던 석탄은 점점 사라지게 되었다. 隨著石油與家用天然氣普及為家用暖氣的燃料，曾經作為煤球原料的煤炭已日漸消失。

수력(水力)

명 물이 높은 곳에서 떨어질 때 발생하는 에너지. 水力

강 주변에 댐을 건설해 수력 발전소를 세웠다.
在河邊築起水壩後興建了水力發電廠。

온실(溫室)가스(gas)

명 이산화탄소(CO2), 메탄(CH4), 프레온(CFC) 등과 같이 공기 중에 있으면서 땅에서 복사되는 에너지를 흡수해 온실 효과를 일으키는 기체. 溫室氣體

정부는 대형 건물이나 공공 기관들의 온실가스 배출량을 줄이도록 했다. 政府致力於減少高樓大廈、公家機關的溫室氣體排放量。

원자력(原子力)

명 원자핵의 붕괴나 핵반응으로 발생하는 에너지. 核能

원자력은 평화적으로 이용되기도 하고 무기 제조와 같이 악용되기도 한다. 核能既可以被和平運用，亦可能被濫用為武器製造。

원자력 발전소(原子力發電所) / 원전 [발쩐소]

원자력 에너지를 이용해 발전기를 돌려 전력을 생산하는 시설. 核電廠

지역에 원자력 발전소를 건설하겠다는 시장의 결정에 해당 지역 주민들이 강력하게 반발했다. 針對要建造地區核能發電廠的市長決定，該地區的居民強力反對。

이산화탄소(二酸化炭素)

명 탄소와 산소 화합물. 二氧化碳

콜라, 사이다와 같은 탄산음료에는 이산화탄소가 많이 녹아 있다.
可樂、雪碧等碳酸飲料裡溶有大量的二氧化碳。

이상 기후(異狀氣候)

기온이나 강수량 등이 정상적인 상태를 벗어난 기후.
異常氣候

사막에 비가 많이 내리거나 열대 지역에 눈이 내리는 등 이상 기후 현상이 자주 나타나고 있다. 沙漠裡降下大雨或熱帶下雪等異常氣候現象經常發生。

정전(停電)

명 전기가 일시적으로 끊어짐. 停電

갑작스런 정전으로 지하철이 멈추는 사고가 발생했다.
突如其來的停電導致了地鐵停駛的事故。

조력(潮力)

명 밀물과 썰물의 차이로 발생하는 에너지. 潮汐能

밀물과 썰물의 차이가 큰 서해는 조력 발전소를 세우기에 적합하다.
在漲退潮差異甚大的西海岸適合建造潮汐發電廠。

지구 온난화(地球溫暖化)

지구가 점차 따뜻해지는 현상. 地球暖化

이산화탄소가 증가하면 지구 온난화가 더 가속화된다.
二氧化碳持續增加的話，地球暖化會更加速。

탄소(炭素) 가스(gas)를 배출(排出)하다
탄소 가스를 밖으로 내보내다. 碳排放
정부는 환경 오염을 막기 위해 일정량 이상의 탄소 가스를 배출하는 기업에 벌금을 부과하기로 했다. 政府為了防止環境汙染，而決定對於超量碳排放的企業科予罰鍰。

태양광(太陽光)
명 태양에서 발생하는 에너지. 太陽能
최근 태양광 전지로 달리는 자동차가 개발되었다. 近來已開發出搭載太陽能電池的汽車。

풍력(風力)[풍녁]
명 바람이 불 때 발생하는 에너지. 風力
풍차는 풍력을 이용해 곡식을 가루로 만들거나 낮은 곳의 물을 높은 곳으로 끌어올리는 기구이다. 風車是一種利用風力將穀物磨成粉或將流水帶往高處的工具。

핵폐기물(核廢棄物)
명 원자력 발전에 쓰고 난 후에 남은 방사능 물질. 核廢料
원자력 발전소가 많아지면서 거기에서 나오는 핵폐기물의 처리 문제가 심각해졌다. 隨著核電廠的增加，其產出的核廢料處理問題也更為嚴重。

화력(火力)
명 석탄 등이 탈 때 발생하는 에너지. 火力
석탄이나 석유를 이용한 화력 발전은 탄소 가스를 많이 배출한다. 使用煤炭或石油的火力發電排放大量的碳氣。

화석 연료(化石燃料)[화성녈료]
탄소를 포함하고 있는 석탄, 석유, 천연가스와 같은 자원. 石化燃料
산업이 발전하면서 석유, 천연가스와 같은 화석 연료의 수입은 계속 증가하고 있다. 隨著產業發展，石油、天然氣等石化燃料的進口逐漸成長。

듣기

들어 보세요 1

감축(減縮)
명 양이나 수를 줄임. 縮減
재정난이 심각해지자 정부는 야당이 제시한 예산 감축에 동의했다. 隨著財政困境的日益擴大，政府同意了在野黨所提出的預算刪減。

주범(主犯)
명 나쁜 결과의 주된 원인. 主因
칼로리만 높고 영양은 부족한 패스트푸드가 고혈압이나 당뇨병과 같은 성인병의 주범이라고 알려져 있다. 光是熱量高卻營養不足的速食是高血壓及糖尿病等成人病的主因，已為眾所皆知。

지표(地表)
명 지구의 표면. 地表
여름에는 강한 햇빛으로 인해 지표의 온도가 매우 높아지게 된다. 夏季時因強烈的陽光，地表的溫度大幅增高。

해수면 상승(海水面上昇)
극지방의 얼음이 녹아 바다의 높이가 높아지는 현상. 海平面上升
지구가 점점 따뜻해지면서 북극이나 남극의 얼음이 녹아 해수면 상승 문제가 심각해지고 있다. 隨著地球漸漸暖化，北極與南極的冰層融化，海平面上升的問題日益嚴重。

들어 보세요 2

무턱대고[무턱때고]
부 잘 생각하거나 따져 보지 않고. 輕率地、不假思索地
프린트를 할 때는 무턱대고 인쇄부터 하지 말고 미리 보기를 해서 종이의 낭비를 줄여야 한다. 列印時不要不假思索地列印，而應先預覽過以減少紙張的浪費。

생태계(生態系)
명 어느 환경 안에서 살아가는 생물 집단과 그 생물들을 통제하는 요인을 포함하는 복합 체계. 生態系
바다를 땅으로 만드는 것은 농사지을 땅을 넓혀 경제 발전에 도움을 주기도 하지만 바다 주변의 생태계를 파괴할 위험도 있다. 填海造陸雖然能拓展農地有益於經濟發展，卻存在著破壞生邊生態系的風險。

폐쇄(閉鎖)하다
동 어떤 기관이나 시설을 닫거나 없애다. 關閉、封閉
본사에서는 계속해서 적자를 내고 있는 지점을 폐쇄하기로 결정했다. 總公司決定將不斷虧損的分店關閉。

2

생활 속 과학 이야기

生活中的科學現象

주제 主題
과학과 생활 科學與生活

어휘 詞彙
자연 현상과 관련된 과학 용어
自然現象與相關科學用語

문법과 표현 文法與表達
- N인지라 表示原因、根據
- V-자니 前子句動作結果有意外事實出現

읽기 閱讀
- 칼럼 읽고 내용 요약하기 閱讀專欄並摘要內容
- 설명문 읽고 읽은 내용 적용하기 閱讀說明文並運用其內容

쓰기 寫作
- 어휘에 유의하여 문장 쓰기 2 注意詞彙並造句2
- 요약하는 글 쓰기 摘要寫作

들어가기

이야기해 보세요

컵 속의 젓가락은 왜 휘어 보일까?
버스가 정지하거나 출발할 때 왜 몸이 한쪽으로 쏠릴까?

1. 이러한 현상이 생기는 이유는 무엇입니까?

굴절 원심력 중력 관성

2. 우리 주변에서 일어나는 일 중 과학적 설명이 가능한 예를 찾아보세요.

어휘와 문법

읽어 보세요

뜨거운 여름날 강원도 산골에서 친구와 캠핑을 하고 있는데 갑자기 빗소리가 들렸다. 소나기였다. 십 분 정도 마구 쏟아지더니 곧 하늘이 맑아졌다. 그리고는 산속에 무지개 하나가 걸려 있었다. 직접 무지개를 보는 것이 처음**인지라** 참 신비로웠다. 그런데 무지개를 보고 있**자니** 갑자기 궁금한 게 생겼다. 무지개는 왜 생기는 것일까? 어떻게 빨강부터 보라까지 다양한 색깔이 나타나는 것일까?

나는 집에 돌아오자마자 백과사전에서 무지개의 원리를 찾아보았다. 무지개는 태양 광선이 공기 중의 물방울 안에서 반사되고 굴절되어 나타나는 현상이다. 학교에서 배운 과학은 어렵게만 느껴졌는데 일상에서 과학을 경험하게 되니 정말 흥미로웠다.

1. 캠핑을 가서 무슨 일이 있었습니까?

2. 무지개는 왜 나타납니까?

어휘를 연습해 보세요

관성	중력	구심력 / 원심력	밀도	파동	대기
수증기	고체 / 액체 / 기체	월식 / 일식	포화 상태	굴절되다	반사되다
분산되다	승화하다	직진하다	흡수하다	열전도율이 높다 / 낮다	

1. 알맞은 말을 넣어 보세요.

1) 

물이 끓으면 하얀 연기 같은 것이 보입니다. 이것은 물이 기체 상태가 된 것으로 ______(이)라고 부릅니다.

2) 

쇠로 만든 냄비나 젓가락은 쉽게 뜨거워집니다. 이것은 쇠가 ____________기 때문입니다.

3) 

낮에 갑자기 깜깜해지는 경우가 있습니다. 이것은 달이 해를 가려서 ____________이/가 일어났기 때문입니다.

문법과 표현을 연습해 보세요

1. N**인지라** 書面語，表示原因、根據
- 나도 한국 생활이 처음인지라 처음 만난 사람을 어떻게 불러야할지 잘 모르겠다. 我也是首次在韓國生活，因此不太曉得該如何稱呼初次見面的人。
- 아무리 나이가 많이 들었다고 해도 어머니도 여자인지라 꽃다발을 받고 무척 좋아하셨다. 雖說歲數再大，母親也是女人，收到花束後總是喜不自勝。

2. V-**자니** 前子句動作結果有意外事實出現
- 어린 자식을 두고 출근하자니 발이 떨어지지 않았다. 想放下年幼的孩子出門上班，卻一直跨不出去。
- 혼자 빈집을 지키고 있자니 사꾸만 무서운 생각이 든다. 自個獨守空屋，卻一直出現恐怖的感覺。

1. 다음과 같이 이야기해 보세요.

   1) 한국 회사가 만든 스마트폰이 유럽에서 날개 돋친 듯이 팔리고 있어요.

한국 스마트폰이 세계 최고인지라 그럴 수밖에 없지요.

   2) 요즘 부모들이 아이들 교육에 신경을 정말 많이 쓰는 것 같아요.

   3) 어제 내과에 갔는데 환자가 너무 많아서 두 시간이나 기다렸어요.

2. 다음 상황을 보고 이야기해 보세요.
   1) 맛있는 음식을 먹을 때 고향에 계신 부모님 생각이 났음.
   2) 한국어로 된 소설책을 혼자 읽고 이해하기가 힘들었음.
   3) 환율이 올라 집에서 보내 주시는 용돈만으로 생활하기가 어려웠음.

맛있는 음식을 혼자 먹**자니** 고향에 계신 부모님 생각이 나서 왈칵 눈물이 쏟아졌다.

읽기

준비해 보세요

1. 이것은 무엇일까요?

2. 어떤 용도로 이용되고 있습니까?

읽어 보세요 1

다음은 과학 상식에 대한 칼럼입니다. 글을 읽고 질문에 답해 보세요.

퇴근길에 집에 그냥 가자니 왠지 섭섭해서 동네 아이스크림 가게에 들르게 되었다. 아내와 아이들이 좋아하는 아이스크림을 골라 포장을 부탁했다. 점원이 집까지 얼마나 걸리느냐고 묻길래 10분 정도면 집에 도착한다고 대답했다. '가지고 가는 동안 녹지 않게 포장해 주려는구나.'라고 생각하며 점원이 포장해 준 아이스크림을 들고 나왔다.

집에 도착하자 네 살 된 아들이 기뻐하며 아이스크림 포장을 뜯었는데 갑자기 손이 아프다며 울기 시작했다. 놀라서 보니 아이스크림이 녹는 것을 방지하기 위해 넣은 드라이아이스를 아이가 맨손으로 잡은 것이었다. 아이의 상처는 그리 심하지는 않았지만 상처 난 손을 보니 속이 상했다.

드라이아이스란 ⓐ 기체 이산화탄소를 영하 80도의 저온에서 압축시켜 만든 고체 이산화탄소이다. 드라이아이스는 물의 고체 상태인 얼음보다 가볍다. 냉장 포장에 얼음을 사용하면 얼음이 녹아 제품을 상하게 하거나 물이 흘러 불편하다. 그러나 드라이아이스는 이런 문제가 없어 냉장 포장에 많이 사용된다. 이산화탄소는 1기압에서는 액체 상태로 존재하지 않고 고체와 기체로만 존재하므로 녹아서 ⓑ 액체가 되지 않고 바로 기체로 승화하기 때문이다. 그래서 드라이아이스, 즉 마른 얼음이라고 불리는 것이다. 드라이아이스에서 승화한 기체는 가까이에 있는 공기를 급격히 냉각시켜 냉장 효과를 낸다.

드라이아이스는 섭씨 영하 80도인데도 실제로 만지면 그다지 차게 느껴지지 않는다. 그 이유는 열전도가 낮은 이산화탄소 기체가 드라이아이스와 손가락 사이에 생기기 때문이다. 그러나 차게 느껴지지 않는다고 하더라도 표면은 영하의 온도인지라 드라이아이스를 꽉 잡으면 동상을 입을 수도 있으므로 각별히 조심해야 한다.

내용 요약하기

1. 글을 요약하기 위해 필요한 내용을 ⓐ~ⓔ에서 찾아 넣으세요.

특징 •		• ⓐ
정의 •		• ⓑ
용도 •		• ⓒ
		• ⓓ
		• ⓔ

ⓒ 드라이아이스는 음식물을 저온으로 유지시켜 주기 때문에 음식물의 보관에도 이용된다. 이산화탄소 기체는 미생물의 발생을 방지해서 부패를 막아 주거니와 곰팡이가 생기는 것도 막는다. 드라이아이스에서 승화하는 이산화탄소 기체가 보관 용기 내에 꽉 차면 산소를 필요로 하는 미생물이나 벌레들이 살 수 없기 때문이다.

ⓓ 드라이아이스는 결혼식장이나 가수들의 콘서트장에서 환상적인 분위기를 자아내는 데도 이용된다. 결혼식이 끝난 후 신랑과 신부가 퇴장할 때 음악과 함께 바닥에 깔리거나 가수들의 무대를 장식하는 데 이용되는 하얀 연기가 바로 그것이다. 이 연기는 드라이아이스가 승화열(고체가 기체로 변할 때 필요한 열)을 흡수하는 과정에서 주변 공기의 수증기를 액화시키면서 생긴 것이다.

ⓔ 드라이아이스는 불을 끄는 데에도 효과적이다. 불이 났을 때 드라이아이스 조각을 던져 넣으면 승화한 이산화탄소 가스가 불을 덮고 공기를 차단해 불을 끄는 데 도움을 준다. 이와 같이 우리가 아이스크림 포장용으로만 무심코 사용하던 드라이아이스는 그 용도가 매우 다양하다.

세부 내용 파악하기

2. 드라이아이스를 맨손으로 만지게 되면 어떻게 됩니까? 그 이유는 무엇입니까?

3. 드라이아이스에서 발생하는 하얀 연기는 무엇입니까?

4. 드라이아이스가 불을 끄는 데 도움이 되는 이유는 무엇입니까?

읽어 보세요 2

다음은 과학 상식에 대한 설명문입니다. 글을 읽고 질문에 답해 보세요.

소음은 왜 밤에 더 크게 들릴까?

우리는 매일 수많은 소리를 들으면서 살아간다. 그 소리 중에는 듣고 싶은 소리도 있지만 그렇지 않은 소음도 섞여 있기 마련이다. 소리는 밤과 낮에 따라 다르게 들리는데 같은 크기의 소리라도 밤에 더 잘 들린다. ______ⓐ______ 밤에는 자동차의 소음이나 밖에서 아이들이 떠드는 소리도 더 시끄럽다고 느낄 때가 많다.

같은 크기의 소리라도 왜 밤에 더 크게 들리는 것일까? 그것은 공기의 온도와 밀도 차이 때문이다. 공기는 온도가 높을수록 입자의 운동이 활발해 밀도가 낮아지고 온도가 낮을수록 입자의 운동이 활발하지 못해 밀도가 높아진다. 낮에는 태양열로 인해 지표면의 온도가 높아져 지표면 근처의 공기 밀도가 낮고 상대적으로 차가운 상공은 공기의 밀도가 높다. ______ⓑ______ 해가 지는 밤에는 지표면이 식게 되므로 지표면 근처의 공기 밀도가 높아지고 지표면보다 따뜻한 상공은 공기 밀도가 낮아지게 된다.

공기의 온도와 밀도는 소리의 속도에 영향을 미치게 된다. ______ⓒ______ 온도가 높아져 밀도가 낮아지면 소리의 속도가 빨라지게 되고, 온도가 낮아져 밀도가 높아지면 소리의 속도가 느려지게 된다. 만약 지표면 근처와 상공의 온도가 차이가 나면 소리의 굴절이 일어나게 된다. 낮에는 지표면이 상공보다 온도가 높아 지표면의 소리의 속도가 빠르므로 소리가 위쪽으로 굴절된다. 그래서 낮에는 소리가 잘 들리지 않는다. 밤에는 지표면이 상공보다 온도가 낮아 속도가 느리므로 소리가 아래쪽으로 굴절된다. 그래서 밤에는 낮보다 주변의 소리가 더 잘 들리게 되는 것이다. 한국 속담에 "낮말은 새가 듣고 밤말은 쥐가 듣는다."는 말이 있다. 이것도 소리의 굴절로 설명될 수 있다. 즉 ______ⓓ______.

중심 내용 파악하기 1. 빈칸에 알맞은 말을 넣어 보세요.

밤에 자동차의 소음이 더 크게 들리는 이유는 ____________의 차이로 인한 소리의 굴절 현상 때문이다.

① 공기의 온도와 밀도　　② 공기의 입자 크기　　③ 지표면과 태양열

세부 내용 파악하기 2. ⓐ~ⓒ에 알맞은 말을 넣어 보세요.

즉　　반면에　　그런데도　　예를 들면

3. 그림을 보고 ⓓ에 들어갈 내용을 말해 보세요.

이야기해 보세요

1. 우리 생활 속에서 볼 수 있는 과학의 원리에 대해 이야기해 보세요.

- 왜 주전자나 냄비의 손잡이는 플라스틱으로 되어 있을까?
- 왜 스키장에 가면 얼굴이 더 쉽게 탈까?
- 왜 심한 커브 길에서 사고가 자주 날까?
- 왜 높은 산에 올라가면 숨쉬기가 어려울까?

주전자나 냄비는 열전도율이 높은 알루미늄이나 쇠로 되어 있는데 손잡이 부분은 뜨겁지 않도록 열전도율이 낮은 플라스틱으로 만들어요.

쓰기

글을 읽고 핵심적인 내용을 찾아 요약해 보세요.

준비해 보세요

다음 문장에서 어색한 부분을 찾아 바르게 고쳐 보세요.

1. 나는 비가 올 때 지붕에서 나오는 소리를 좋아한다.
2. 나는 앞으로 중국과 한국의 문화 교류를 위해 자기 일생을 바치겠다.
3. 민수는 용기가 있다. 또는 다른 사람을 잘 도와주는 착한 성격을 가졌다.
4. 그녀의 열심히 살아가는 모습을 보고 아무 일이나 해낼 수 있다는 용기가 샘솟았다.

표현을 연습해 보세요

1. 다음은 문장을 요약하는 방법입니다. 다음과 같이 한 문장으로 요약해 보세요.

- 이어 주는 말, 수식하는 말, 중요하지 않은 말이나 반복되는 내용은 빼고 문장 구성에 필요한 기본적인 내용만 남긴다.

사람들은 왜 스타에 열광하는가? 무엇보다도 중요한 이유는 사람들은 스스로 부족하다고 느끼는 부분을 보완하고자 하는데 스타가 대중이 가지고 있는 이런 욕망을 충족시켜 주는 역할을 하기 때문이다.

사람들은 왜 스타에 열광하는가? 왜 ~는가? = 이유

⋯› 사람들이 스타에 열광하는 이유는 ~기 때문이다.

사람들은 스스로 부족하다고 느끼는 부분을 보완하고자 한다 = 이런 욕망

⋯› 대중의 욕망을 충족시켜 주는 역할

▷ 사람들이 스타에 열광하는 이유는 스타가 대중의 욕망을 충족시켜 주는 역할을 하기 때문이다.

1) 같은 크기의 소리라도 왜 밤에 더 크게 들리는 것일까? 그것은 공기의 온도와 밀도 차이 때문이다. 밤에는 지표면과 상공의 온도와 밀도 차이로 인해 소리가 지표면 쪽으로 굴절되므로 더 멀리까지 소리가 전달될 수 있다.

▷ ______________________________

______________________________.

▪ 자세하게 부연 설명이 된 경우 중심 내용을 바탕으로 하나의 문장으로 정리한다.

예술 치료의 가장 큰 특징은 자신의 내면을 들여다보며 표현하는 데 예술이 매개체가 된다는 것이다. 이를테면 그림을 그리거나 몸을 움직이면서 자신의 감정을 표현할 수 있고 이런 과정을 통해 스트레스가 완화되고 마음이 정화될 수 있다.

예술 치료의 특징, 자신의 감정을 표현하는 데 예술이 매개체가 됨. ⋯▸ **중심 내용**

이를테면 (예를 들면, 다시 말하면, 즉 ⋯) ⋯▸ **부연 설명**

▷ 예술 치료의 특징은 자신의 감정을 표현하는 데 예술이 매개체가 된다는 것이다.

2) 소리는 밤과 낮에 따라 다르게 들리는데 같은 크기의 소리라도 밤에 더 잘 들린다. 예를 들어 밤에는 자동차의 소음이나 밖에서 아이들이 떠드는 소리가 낮보다 더 시끄럽다고 느낄 때가 많다.

▷ ______________________________

______________________________.

2. 다음은 설명하는 글과 주장하는 글을 요약할 때 중심이 되는 내용입니다. 밑줄 친 중심 내용을 바탕으로 요약문을 만들어 보세요.

<설명하는 글을 요약할 때>

▪ 설명하려고 하는 대상을 찾아 요약한다.

▪ 새로 나온 용어의 정의를 찾아 요약한다.

▪ 부연 설명이나 예시는 요약하지 않는다.

1) 사회생활을 하면서 가끔씩 무엇이 **차별이고 무엇이 차별이 아닌지**(설명 대상) 고민하게 될 때가 있다. 남녀 화장실을 따로 만들었다면 서로의 신체적 차이를 인정한 것으로 화장실을 따로 씀으로써 특별한 이득이나 손해를 보지 않으므로 차별이 아니다. 그러나 차이가 나는 것을 이유로 기회를 주지 않는다면 특별히 손해를 보거나 이득을 보는 사람이 있으므로 이것은 차별이다. 예를 들어 능력에는 차이가 없지만 여자라는 이유로 취직이나 승진을 제한한다면 차별이 되는 것이다.

➜ 차이를 인정해 다른 대우를 했을 때 특별한 이득이나 손해를 보지 않으면 차별이 아니지만 차이가 나는 것을 이유로 특별히 손해를 보거나 이득을 보는 사람이 생긴다면 이것은 차별이다.

2) 또 다른 선진국의 조건으로 국제 연합 개발 계획(UNDP)에서 매년 발표하는 인간 개발지수를 참고할 만하다. 인간개발지수란 각 국가의 국가별 실질 국민 소득, 교육 수준, 문맹률, 평균 수명 등 여러 가지 인간의 삶과 관련된 지표를 조사해 각국의 발전 정도를 평가한 것이다. 이를테면 문맹률이 낮고 교육 수준이 높다는 것은 자신의 능력을 개발할 가능성이 높고 그만큼 많은 기회를 갖게 되어 행복을 누릴 가능성이 높아질 수 있음을 나타낸다. 또한 평균 수명이 높다는 것은 해당 국가의 의료 기술이 발달했고 국민이 건강에 대해 높은 관심을 갖고 있음을 의미하는 것이다.

➡ ______________________________.

<주장하는 글을 요약할 때>

- 문제 제기한 부분을 찾아 요약한다.
- 주장과 근거를 찾아 요약한다.
- 주장을 뒷받침하기 위해 인용된 자료의 수치나 예시는 요약하지 않는다.

1) 원자력 발전이 경제적이라고 주장하는 사람들이 많지만(문제 제기) 과연 그럴까? 물론 발전 과정에서는 비용이 적게 들지만 발전 시설 건설과 유지, 사용 후 핵폐기물 처리 비용을 고려한다면(근거) 경제적이라고 말할 수 있는지 의문이다. 수명이 다한 원전 1기를 폐쇄하는 데 최소 3000억 원이 든다는 연구 결과도 있는데 이런 비용까지 고려한다면 원전은 결코 경제적이지 않다(주장).

➡ 원전이 경제적이라고 주장하지만 발전소 건설, 유지 비용과 핵폐기물 처리 비용을 고려하면 원전은 경제적이지 않다.

2) 초등학교 교사의 대다수가 여자 선생님이라서 학생들에게 성 역할의 고정 관념을 심어 줄 수 있다는 점에서 교육 대학교에서 신입생 선발 시에 남학생 할당제를 실시하고 있다. 즉 교육 대학교 입학생의 30%를 남학생으로 선발하는 것인데 이것은 여학생들의 입학 기회를 빼앗는 역차별이 될 수 있다. 그러므로 교육 대학 입시에서 남학생 할당제는 폐지되어야 한다.

➡ ______________________________.

3. 다음 글에서 중심이 되는 내용에 밑줄을 쳐 보고 요약문을 써 보세요.

1) 전 세계적으로 공정 무역에 대한 관심이 높아지는 가운데 한국에서도 공정 무역 제품이 소개되고 있다. 국내 한 식품 회사는 이달 초 커피 전문점 사업을 새롭게 시작하면서 드립 커피를 제외한 모든 커피 음료에 공정 무역 커피 원두를 쓰고 있다. 가까운 곳에 커피 전문점을 두고도 일부러 찾는 사람들이 있을 만큼 소비자들의 반응도 좋다고 한다. 그러나 스위스에서 공정 무역 바나나가 시장의 50%를 차지하는 것과 비교하면 국내의 움직임은 아직 미미한 수준에 불과하다.

____

____

____

____

____.

2) 군 가산점 제도는 장애인과 여성, 군대에 갈 수 없는 남자들에게 차별적인 제도이다. 장애가 있거나 시력이 나쁘거나 체중이 지나치게 많이 나가는 사람은 군대에 가고 싶어도 갈 수 없다. 군 가산점 제도가 부활되면 자신의 의지와 상관없이 군대에 가지 못한 사람들은 공무원 시험 등 입사 시험을 볼 때 차별을 받게 된다. 누구나 공평한 기회를 가질 권리가 있는데 군대에 가지 않았다는 이유로 차별하는 것은 공정하지 않다. 따라서 군 가산점 제도가 부활되어서는 안 된다.

____

____

____

____

____.

써 보세요

1. 드라이아이스에 대해 설명한 글입니다. 중심 문장에 밑줄을 치고 이것을 바탕으로 요약문을 써 보세요.

드라이아이스란 기체 이산화탄소를 영하 80도의 저온에서 압축시켜 만든 고체 이산화탄소이다. 드라이아이스는 물의 고체인 얼음보다는 가벼워서 냉장 포장에 많이 사용된다. 냉장 포장에 얼음을 사용하면 얼음이 녹아 물로 액화되면서 제품을 상하게 하거나 물이 흘러 불편하게 된다. 그러나 드라이아이스는 이런 문제가 없다. 이산화탄소는 1기압에서는 액체 상태로 존재하지 않고 고체와 기체로만 존재하므로 녹아서 액체가 되지 않고 바로 기체로 승화하기 때문이다. 그렇기 때문에 드라이아이스, 즉 마른 얼음이라고 불리는 것이다. 드라이아이스에서 승화한 기체는 가까이에 있는 공기를 급격히 냉각시키며 냉장 효과를 낸다.

드라이아이스란 기체 이산화탄소를 저온에서 압축시켜 만든 고체 이산화탄소로 __________

______________________________.

드라이아이스는 음식물을 저온으로 유지할 수 있게 할 뿐만 아니라 미생물의 발생을 방지해서 부패를 막아 주거니와 곰팡이가 생기는 것을 막는다. 드라이아이스에서 승화하는 이산화탄소 기체로 꽉 차면 산소를 필요로 하는 미생물이나 벌레들도 그곳에서 살 수 없기 때문이다.

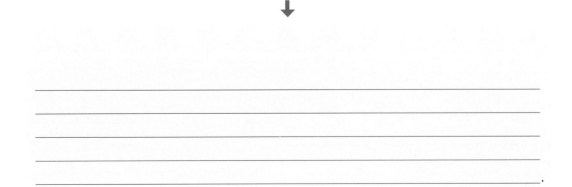

드라이아이스는 결혼식장이나 가수들의 콘서트장에서 환상적인 분위기를 자아내는 데도 이용된다. 결혼식이 끝난 후 신랑과 신부가 퇴장할 때 음악과 함께 바닥에 깔리거나 가수들의 무대를 장식하는 데 이용되는 하얀 연기가 바로 그것이다. 이 연기는 드라이아이스가 승화열을 흡수하는 과정에서 주변 공기의 수증기를 액화시키면서 생긴 것이다.

↓

____

____

____

____

____.

드라이아이스는 불을 끄는 데에도 효과적이다. 일반적으로 물질이 타려면 공기, 즉 산소가 필요하다. 불붙은 기름에다 드라이아이스 조각을 던져 넣으면 승화한 이산화탄소 가스가 불을 덮고 공기를 차단해 불을 끄는 데 도움을 준다.

↓

____

____

____

____

____.

어휘와 표현

2. 생활 속 과학 이야기

● 어휘

고체(固體)

명 나무, 돌 등과 같이 일정한 모양과 부피가 있는 물질의 상태. 固體

상온에서 고체 상태인 지방으로는 버터와 마가린이 있다.
常溫下為固態脂肪的有奶油與人造奶油。

관성(慣性)

명 움직이던 물체는 계속 움직이려 하고 정지하고 있던 물체는 계속 정지해 있으려는 성질. 慣性

버스가 갑자기 출발할 때 몸이 뒤로 쏠리는 것은 관성 때문이다.
公車出發的瞬間身體向後傾倒是慣性的緣故。

구심력(求心力)[구심녁]

명 원운동을 하는 물체에 작용하는 원의 중심으로 향하는 힘. 중심으로 모이는 힘. 向心力

전문가들은 이번 선거에서 패배한 이유를 정당의 구심력 약화에서 찾고 있다. 專家們由政黨向心力的弱化中尋找本次選舉失敗的理由。

굴절(屈折)되다[굴쩔되다]

동 휘어서 꺾이다. 折射

수영장 안에서는 빛이 굴절되어서 평소보다 다리가 짧고 굵어 보인다. 游泳池裡光線經折射後，雙腳比平常看起來還要粗短。

기체(氣體)

명 공기, 산소 등과 같이 일정한 모양과 부피를 갖지 않는 물질의 상태. 氣體

그 개그맨은 풍선에 들어있던 헬륨(Helium) 기체를 마시고 재미있는 목소리를 냈다. 那位搞笑藝人吸入填充氣球的氦氣後發出逗趣的聲音

대기(大氣)

명 지구를 둘러싸고 있는 공기. 大氣

공장의 매연과 자동차의 배기가스로 인해 대기 오염이 날로 악화되고 있다. 因工廠的煤煙與汽車所排放的廢氣，大氣汙染日漸惡化。

밀도(密度)[밀또]

명 공간에 어떤 것이 빽빽한 정도. 密度

서울은 인구 밀도가 높아서 주택 문제나 교통난이 심각하다.
首爾因人口稠密，住居及交通問題相當嚴重。

반사(反射)되다

동 한 방향으로 나가던 빛이나 소리 등이 반대로 방향이 바뀌다. 反射、倒映

타지마할은 건물 자체도 아름답지만 해가 지는 시간에 수로에 반사된 모습이 신비롭기 이를 데 없다. 雖然泰姬瑪哈陵該建築本身就相當美輪美奐，但在黃昏時分倒映在水面上的姿態卻是神祕得無法言喻。

분산(分散)되다

동 갈라져 흩어지다. 分散、散開

서울 주변에 위성 도시를 만든 덕분에 서울에 집중되었던 인구가 어느 정도 분산되었다. 托在首爾周邊打造衛星城市之賜，使集中在首爾的人口在某種程度上得以分散。

수증기(水蒸氣)

명 기체 상태의 물. 水蒸氣

사우나에 들어갔더니 수증기 때문에 앞이 뿌옇게 보였다.
進入三溫暖裡頭水蒸氣令眼前朦朧不明。

승화(昇華)하다

동 드라이아이스나 나프탈렌과 같이 고체가 곧바로 기체로 변하는 현상. 昇華

드라이아이스는 액체가 되지 않고 바로 고체 상태에서 기체로 승화하는 성질을 가졌다. 乾冰具有不會變成液體，而直接從固體昇華為氣體的特性。

액체(液體)

명 물과 같이 일정한 부피는 가졌으나 일정한 형태를 가지지 못한 물질의 상태. 液體

물에 잘 섞이는 액체 세제가 인기를 끌고 있다.
易溶於水的液態洗衣精大受歡迎。

열전도율(熱傳導率)이 낮다

물체에 열이 잘 전달되지 않는다. 導熱性低

플라스틱은 열전도율이 낮아서 손잡이로 많이 이용된다.
塑膠的導熱性差，因而多被運用在手把上。

열전도율(熱傳導率)이 높다 [놉따]

물체에 열이 잘 전달된다. 導熱性高

양은 냄비는 열전도율이 높아서 라면을 빨리 끓일 수 있다.
鎳鍋的導熱性低，因此能快速煮熟泡麵。

원심력(遠心力)[원심녁]

명 원운동을 하는 물체에 작용하는 원의 바깥으로 나아가려는 힘. 離心力

급커브 길에서 속도를 줄이지 않으면 원심력 때문에 도로 밖으로 튕겨 나갈 수 있다. 在急彎道上若不減速，就有可能因離心力而飛出道路外。

월식(月蝕)[월씩]

명 달이 지구의 그림자에 가려 전부나 일부가 보이지 않는 현상. 月蝕

동생은 월식을 관찰하려고 밤늦게까지 잠을 자지 않았다.
妹妹為了觀察月蝕，到深夜還不睡覺。

일식(日蝕)[일씩]

명 달이 태양의 일부나 전부를 가리는 현상. 日蝕

일식을 맨눈으로 관찰하면 시력이 손상될 수 있다.
以肉眼觀察日蝕視力會受損。

중력(重力)[중녁]

명 지구 중심으로부터 물체를 끌어당기는 힘. 重力

높은 곳에서 공을 손에서 놓으면 아래로 떨어지는 것은 중력이 작용했기 때문이다. 在高空將球從手中鬆開往下掉即因為重力作用。

직진(直進)하다[직찐하다]

동 앞으로 곧게 나아가다. 直行、直走

두 번째 교차로에서 직진한 후에 좌회전하면 서점이 보일 거예요.
在第二個交叉路口直走後左轉就會看到書店。

파동(波動)

명 음파, 빛과 같은 것이 둘레로 퍼져 나가는 현상. 波動

콘서트에서 스피커 앞에 앉았는데 소리의 파동이 너무 커서 몸이 뒤로 밀리는 것 같았다. 演唱會上坐在音響前方卻因為聲波過強身體彷彿被向後推似的。

포화 상태(飽和 狀態)

더 이상 수용할 수 없이 가득 찬 상태. 飽和狀態

휴가철을 맞아 주요 관광지의 숙박 시설이 포화 상태가 되었다.
到休假時期，知名觀光景點的旅宿呈現飽和狀態。

흡수(吸收)하다[흡쑤하다]

동 냄새나 물 등을 빨아들이다. 吸收

냉장고에 커피 가루나 식빵을 넣어 두면 음식 냄새를 흡수한다.
在冰箱裡放入咖啡粉或麵包的話會吸收食物的異味。

읽기

읽어 보세요 1

동상(凍傷)

명 심한 추위로 피부가 상처를 입는 일. 凍傷

김민호 씨는 손과 발에 동상을 입었음에도 불구하고 남극 탐험을 계속했다. 金民浩先生即便手腳凍傷仍舊繼續他的南極探險。

무심(無心)코

부 아무 의도나 생각 없이. 無心的

무심코 한 말이 친구에게 상처를 줬다. 無心說的話卻給朋友帶來傷害。

방지(防止)하다

동 어떠한 일이나 현상이 일어나지 못하도록 막다. 防止

지구 온난화를 방지하기 위해서는 프레온 가스와 탄소 가스 배출을 규제해야 한다. 為防止地球暖化，需限制氟氯碳化合物與碳的排放。

용기(容器)

명 물건을 담는 그릇. 容器

환경을 보호하기 위해서는 종이 접시나 종이컵과 같은 일회용 용기의 사용을 줄여야 한다. 為保護環境，須減少紙盤或紙杯等免洗用具的使用。

차단(遮斷)하다

동 막거나 끊어서 통하지 못하게 하다.
切斷、阻隔、（網路社群的）封鎖

커튼은 장식 효과도 있지만 햇빛이나 소음을 차단하는 효과도 있다.
窗簾既有著裝飾的效果外，也具有阻隔陽光與噪音的效果。

읽어 보세요 2

상공(上空)

명 높은 하늘. 高空、上空、空中

서울 상공에 수천 마리의 새 떼가 나타나 시민들을 놀라게 했다.
首爾上空出現數千隻的鳥群，讓市民們驚訝不已。

입자(粒子)[입짜]

명 물질을 구성하는 아주 작은 물체. 顆粒 、粒子

경포대 해수욕장의 모래는 입자가 작아서 피부에 닿는 느낌이 보드랍다. 鏡浦臺海水浴場的沙粒細緻，觸及皮膚的感覺細柔。

자기 평가

1. 다음 중 아는 어휘에 √ 하세요.

- [ ] 관성
- [ ] 승화하다
- [ ] 핵폐기물
- [ ] 반사되다
- [ ] 온실가스
- [ ] 직진하다
- [ ] 분산되다
- [ ] 포화 상태
- [ ] 지구 온난화
- [ ] 대체 에너지
- [ ] 원자력 발전소 / 원전
- [ ] 방사능이 누출되다

2. 알맞은 표현을 골라서 문장을 완성해 보세요.

-기로서니 -아/어 주십사 (하고) -자니 인지라

1) 가 : 생활고에 시달리던 20대 엄마가 아이를 고아원 앞에 버렸대요.

   나 : 아무리 ______________ 아이를 버려서야 되겠어요? 어떻게 해서든 책임을 져야지요.

2) 가 : 어젯밤에 집에 아무도 없어서 무섭지 않았어?

   나 : 그래. ______________ 좀 무섭더라.

3) 외국 유학을 가는 데 추천서가 필요해서 오랜만에 교수님을 찾아뵙고 ______________ 부탁드렸다.

4) 채소를 싫어하는 아이들도 자신이 직접 만든 ______________ 비빔밥을 정말 잘 먹었다.

3. 이 단원을 공부하고 여러분이 할 수 있게 된 것에 √ 해 보세요.

- [ ] 글을 읽고 핵심적인 내용을 찾아 요약할 수 있다.
- [ ] 다른 사람의 의견에 동의하거나 반박하면서 토론할 수 있다.
- [ ] 과학 상식에 대한 칼럼과 설명문을 읽고 내용을 요약하거나 내용을 적용할 수 있다.
- [ ] 라디오 대담을 듣고 내용을 파악할 수 있으며 토론을 듣고 찬반 의견을 파악할 수 있다.

정답

2. 1) 생활이 힘들기로서니 2) 혼자 집에 있자니 3) 추천서를 써 주십사 4) 음식인지라

보충 어휘

관용어(IV) 한국 문화와 사회를 이해하는 데 도움이 되는 관용어를 익혀 봅시다.

돼지 목에 진주
맞지 않거나 어울리지 않음, 혹은 가치를 모르는 사람에게 아무 소용이 없음.
不相符或不適合，或是對於不知其價值的人來說毫無用處。

꿔다 놓은 보릿자루
여럿이 모여 웃고 떠드는 가운데 혼자 조용히 앉아 있는 사람. 眾人聚在一起打鬧談笑之時，獨自靜靜地坐在一旁的人。

눈엣가시
몹시 밉거나 마음에 들지 않아서 눈에 거슬리는 사람.
因極度怨恨或不滿而看不順眼之人。

닭똥 같은 눈물
뚝뚝 떨어지는 눈물. 滴滴答答落下的眼淚。

물과 기름
성격이 너무 달라서 함께 어울리지 못하는 상태. 因個性差異極大難以相處的狀態

빙산의 일각
어떠한 큰 사건이나 일의 일부만 드러난 상태.
某件大事或事情僅露出一部分的狀態。

새 발의 피
일이 아주 하찮거나 양이 아주 적음.
事情極其無關緊要或者份量寡少

새빨간 거짓말
전혀 근거 없는 거짓말.
毫無根據的謊言。

엎질러진 물
이미 일어난 일이라 되돌릴 수 없음.
已發生的事情而無轉圜的餘地。

옥에 티
아주 좋은 것에 있는 사소한 문제점.
美好事物上的一點微小缺陷。

연습 1 다음 상황과 어울리는 관용어를 찾아보세요.

1)

① 닭똥 같은 눈물

② 돼지 목에 진주

2)

① 새빨간 거짓말

② 꿔다 놓은 보릿자루

보충 어휘

3)

① 옥에 티

② 엎질러진 물

① 눈엣가시

② 새 발의 피

연습 2 다음 상황과 관련 있는 관용어를 써 보세요.

1) 내 동생은 아직 어려서 글자를 읽을 줄 모른다. 그런 동생에게 재미있는 이야기 책을 사 주더라도 필요 없을 것이다.

→ 돼지 목에 진주

2) 김복남 씨는 돈을 빌려주면 일주일 후 2배로 주겠다고 속여 사람들에게 돈을 뜯어냈다.

→

3) 김 과장님은 꼼꼼하시고 완벽하게 일 처리를 하신다. 반면 박 과장님은 추진력이 있어 무슨 일이든 빨리 처리하신다. 두 분은 이번 프로젝트를 함께 하게 되었는데 성격이 전혀 달라 결과가 어떨지 걱정이다.

→

4) A 중학교에서 학교 폭력으로 학생 5명이 구속되었다. 경찰 관계자는 이번 사건은 밝혀지지 않은 많은 학교 폭력의 극히 일부일 것이라고 말했다.

→

5) 뮤지컬 배우가 되고 싶어서 이번에 오디션을 봤는데 준비한 것에 비해 결과가 좋지 않았다. 이미 끝난 일을 후회해 봤자 아무 소용이 없으니 다음에 열심히 해야겠다.

→

6) 시누이는 언제나 나를 마음에 들어 하지 않는다. 내가 하는 일마다 트집을 잡고 혹시 잘못하는 일은 없나 하고 늘 감시한다.

→

연습 3 다음을 보고 대화를 완성해 보세요.

1)

2)

3)

4)

보충 어휘

연습 4 어울리는 표현을 골라 문장을 완성해 보세요.

물과 기름	돼지 목에 진주	꿔다 놓은 보릿자루
빙산의 일각	닭똥 같은 눈물	새빨간 거짓말

1) 200년 전에 만든 조선 백자 항아리를 며느리에게 선물했다. ....라더니 유물의 가치도 모르고 연필꽂이로 사용하고 있었다.

2) 평소 뛰어난 연기력을 인정받은 배우 서미나 씨는 감독의 큐 사인이 떨어지자마자 연기에 몰입해 ....을/를 흘렸다.

3) 멋진 무대를 보여 주었던 그룹 '가나다'가 해체를 선언해 충격을 주고 있습니다. 이 그룹의 주요 해체 이유는 A 씨와 B 씨의 성격 문제인 것으로 드러났습니다. 두 사람은 3년 전 활동 당시부터 ....같이 서로 어울리지 못했다고 합니다.

4) 경찰이 연쇄 살인범을 잡아 조사를 진행 중이다. 그는 다섯 건의 살인 사건을 자백했지만 경찰은 그것은 ....에 불과할 것이라고 판단하고 있다.

5) 남한은 쌀이나 옥수수로 대북 원조를 해 주려고 하지만 북한은 곡물 대신 돈으로 지원해 줄 것을 요구하고 있습니다. 또한 북한은 이 돈을 무기 구입 등으로 절대 사용하지 않을 것이라며 ....을/를 하고 있습니다.

6) 삼촌은 마흔이 넘도록 결혼을 못 했어요. 외모면 외모, 직업이면 직업 어느 것 하나 빠지는 게 없는데 맘에 드는 여자 앞에만 가면 말도 못 하고 눈도 마주치지 못해요. 선보러 나가서 매번 ....처럼 가만히 있으니 여자가 좋아할 턱이 없지요.

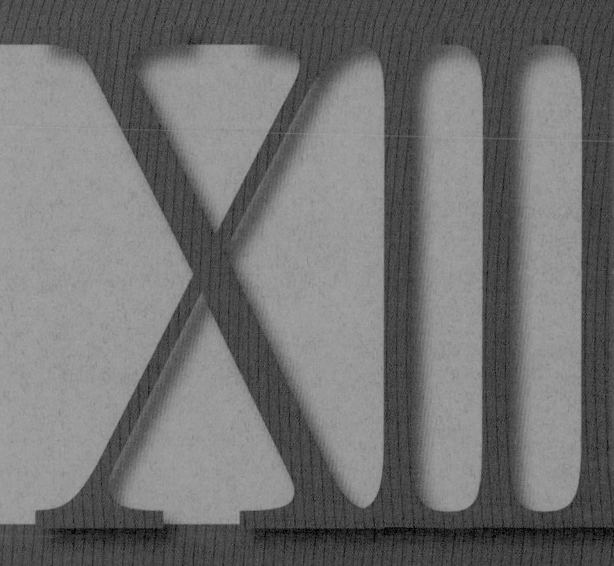

한국 사회의 문제

韓國社會的問題

1 대학 교육의 정체성
大學教育的本質

주제 主題 대학 교육관
高等教育觀

어휘 詞彙 교육의 목적과 내용
教育的目的與內容

문법과 표현 文法與表達
- V-(으)ㄴ 끝에
  表示行動的終點／最終……
- 어디 N뿐인가(요)?
  豈止是……／何止是……

듣기 聽力
- 뉴스 듣고 요지 파악하기
  聆聽新聞並掌握要旨
- 토론 듣고 인과 관계 파악하기
  聆聽討論並掌握人際關係

말하기 口說
- 토론하기 3
  討論 3
  (의견 확인하기, 정리 및 요약하기)
  （確認意見、整理及概括）

2 인구와 사회 문제
人口與社會問題

주제 主題 인구와 사회
人口與社會

어휘 詞彙 인구 변화와 사회 문제
人口變化與社會問題

문법과 표현 文法與表達
- V-느니만 못하다
  表某事不如某動作來得好
- V-아/어 봤자[봤댔자]
  即便……也

읽기 閱讀 사설 읽고 개요 파악하기
閱讀社論並掌握綱要

쓰기 寫作
- 피동과 사동 표현에 유의하여 문장 쓰기
  注意被動與使動表達造句
- 주장하는 글 쓰기 3
  論說文寫作 3
  (개요 작성하여 글 쓰기)
  （擬出綱要後寫作）

보충 어휘 補充詞彙 혼동하기 쉬운 말 I
易混淆詞句 I

1 대학 교육의 정체성

大學教育的本質

주제 主題
대학 교육관 高等教育觀

어휘 詞彙
교육의 목적과 내용
教育的目的與內容

문법과 표현 文法與表達
- V-(으)ㄴ 끝에 表示行動的終點/最終……
- 어디 N뿐인가(요)? 豈止是……/何止是……

듣기 聽力
- 뉴스 듣고 요지 파악하기
聆聽新聞並掌握要旨
- 토론 듣고 인과 관계 파악하기
聆聽討論並掌握人際關係

말하기 口說
토론하기 3 討論 3
(의견 확인하기, 정리 및 요약하기) (確認意見、整理及概括)

들어가기

이야기해 보세요

OO대학교 신입생 모집

미래 사회를 이끌 리더 양성
학문과 연구의 중심 OO대학교

- 올바른 사고와 실천적 지혜를 갖춘 인재 양성
- 창조적이고 비판적인 사고 능력 배양
- 다양한 학문이 어우러진 학문 연구 기관
- 최고의 교육 환경 제공

OO대학교 신입생 모집
8년 연속 취업률 95%
취업의 산실, 취업사관학교 OO대학교

- 전문 분야 자격증 2개 이상 취득
- 4학기 컴퓨터 의무 교육
- 외국어 6학기 이상 연속 이수
- 637개 기업에 현장 실습

1. 두 대학의 신입생 모집 광고에 어떤 차이가 있습니까?

2. 여러분이 대학을 간다면 어느 대학을 선택하겠습니까? 그 이유는 무엇입니까?

어휘와 문법

읽어 보세요 29

LEI 시사 토론
대학 교육이 나아가야 할 방향은?

대학생 "대학은 현실 사회에 적응할 수 있게끔 스펙을 쌓고 경쟁력을 갖추는 곳."

대학 교수 "대학은 진리를 탐구하고 비판적인 사고력을 기르는 곳."

기업인 "대학은 인성 교육과 능력 개발을 통해 기업에 필요한 인재를 양성하는 곳."

•방송 시간 : 2014년 7월 3일(토) 오후 3시

•방송 내용 : 치열한 입시 경쟁을 치른 **끝에** 합격한 대학. 그러나 학생과 학부모는 대학 교육에 만족하지 못한다. **어디** 학생과 학부모**뿐인가**? 기업도 대학도 불만을 토로하는 대학 교육의 현실. 진정한 대학 교육이란 무엇인가? 대학생, 대학 교수, 기업인이 모여 바람직한 대학 교육의 방향을 모색해 본다.

1. 토론의 주제는 무엇입니까?

2. 토론회에 참석하는 사람들은 대학 교육에서 무엇이 중요하다고 생각합니까?
   - 대학생 :
   - 대학 교수 :
   - 기업인 :

어휘를 연습해 보세요

가치관 창의력 인성 교육 사원 연수 실무 능력 취업률
부실하다 채용하다 경쟁력을 갖추다 사고력을 기르다 스펙을 쌓다 인재를 양성하다
지식을 습득하다 진리를 탐구하다 전문성을 갖추다

1. 서로 관계있는 것끼리 연결해 보세요.

1) 인성 교육 •	•	우리 대학에서는 미래 환경 전문가를 키우기 위해 해당 학과에 진학 하는 대학생에게 장학금을 지원하고 각종 교육 프로그램을 제공하고 있습니다.
2) 실무 능력 •	•	저는 좋은 학점을 받으려고 애쓰고 있어요. 또 앞으로 좋은 직장에 취업하기 위해서는 학점뿐만 아니라 어학 점수를 높이고 자격증을 따는 것도 중요하다고 생각해요.
3) 사고력을 기르다 •	•	우리 회사에서는 신입 사원을 채용할 때 이론적인 지식보다는 실제 업무를 처리하는 능력을 높이 평가합니다. 아무리 지식이 많아도 그것을 업무에 적용하지 못한다면 아무 소용이 없기 때문입니다.
4) 스펙을 쌓다 •	•	우리 학교에서는 학생들에게 좋은 성적을 받는 것보다 바른 마음을 갖고 무엇이 옳은 것인지를 알며 사람들과 원만한 관계를 유지하는 것이 더 중요하다고 교육하고 있습니다.
5) 인재를 양성하다 •	•	저는 아이가 질문을 하면 답을 바로 알려 주기보다는 어떻게 생각하 는지, 왜 그렇게 생각하게 되었는지를 물어봐요. 아이가 문제에 대해 다양한 측면에서 생각해 보도록 하기 위해서지요.

문법과 표현을 연습해 보세요

1. V-(으)ㄴ **끝에** 表示行動的終點／最終……

· 앞으로의 진로에 대해 결정을 하지 못하다가 고민한 끝에 유학 을 가기로 했습니다. 一直無法決定自己往後的發展方向，在煩惱過後決定去留學。

· 한밤중에 낯선 시골길을 두 시간 넘게 걸은 끝에 겨우 마을을 찾을 수 있었습니다. 午夜時分裡在陌生的鄉間路上步行超過兩個小時，好不容易才看見村落

2. **어디 N뿐인가(요)?** 豈止是……／何止是……

· 군 가산점제는 군대에 가지 않는 여자에게 차별이 된다. 어디 여자뿐인가? 장애인이나 군대에 가지 못하는 남자들에게도 차별로 작용할 수 있다. 軍人加分制對不需當兵的女性形成一種歧視。而又豈止是女性呢？對身心障礙人士或無法從軍的男性來說也會是種歧視。

· 영화는 청소년들에게 큰 영향을 미칩니다. 電影給青少年們帶來莫大的影響。

- 어디 영화뿐인가요? 드라마, 노래 같은 대중 매체의 영향력도 무시할 수 없지요. －又何止是電影呢？像是電視劇、歌曲等大眾媒體的影響力是不可小覷的。

1. 신문 제목을 보고 이야기해 보세요.

1) 포기하지 않고 다섯 번째 도전, 신기술 개발 성공

2) 일주일을 찾아 헤매다 잃어버린 아이 찾아

3) 인기 가수 K 씨, 유학 간 첫사랑 10년 동안 기다려 드디어 결혼

포기하지 않고 도전한 **끝에** 신기술 개발에 성공할 수 있었어요.

2. 다음과 같이 이야기해 보세요.

1)

한국신문

식료품비에 이어 전기, 가스 등 공공요금도 크게 올라

식료품비가 올라서 생활비가 너무 많이 들어요.

어디 식료품비**뿐인가요**? 공공요금도 인상돼서 서민들의 삶이 더 힘들어졌어요.

2)

한국신문

한국 가요뿐만 아니라 드라마도 전 세계적으로 큰 인기

한국 가요가 전 세계에서 큰 인기를 끌고 있군요.

3)

한국신문

한국 거주 외국인 크게 늘어, 귀화자도 증가

한국에 사는 외국인이 크게 증가했어요.

듣기

준비해 보세요

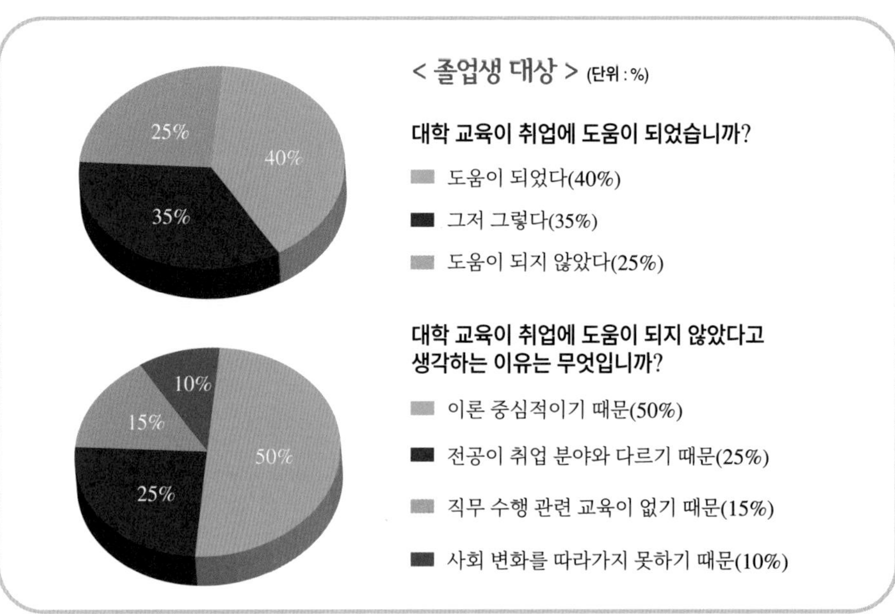

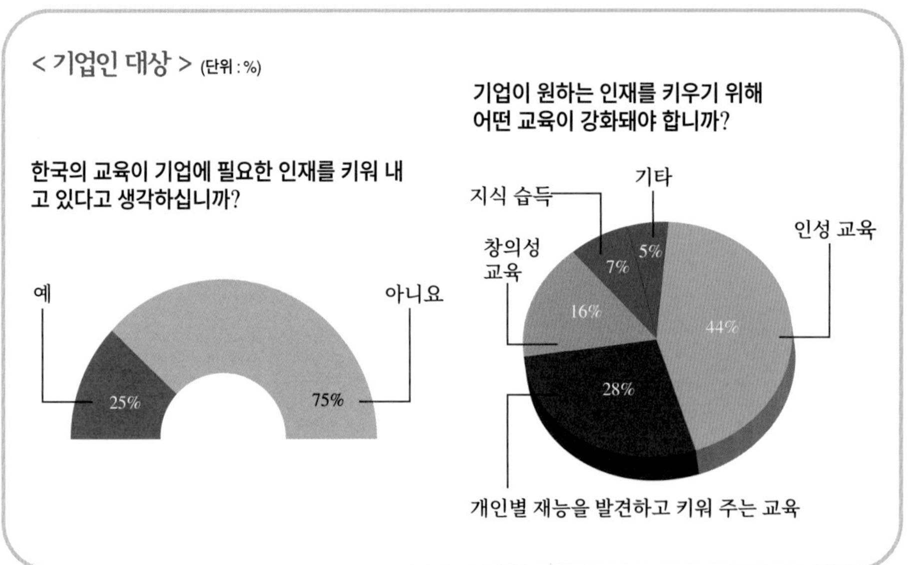

1. 무엇에 대해 조사했습니까?

2. 같은 질문에 대해 여러분은 어떻게 응답하겠습니까?

🎧 들어 보세요 1 30

다음은 대학 교육 문제에 관한 뉴스입니다. 잘 듣고 질문에 답해 보세요.

중심 내용 파악하기

1. 무엇에 대해 보도하고 있습니까?

세부 내용 파악하기

2. 들은 내용과 다른 것은 무엇입니까?

   ① 대학 교육이 취업에 도움이 되었다고 생각하는 응답자는 과반수이다.

   ② 대학 졸업생을 대상으로 대학 교육이 취업에 도움을 주었는가를 조사했다.

   ③ 응답자들은 대학의 이론 중심적인 교육이 취업에 도움이 되지 못한다고 생각한다.

   ④ 전공과 취업 분야가 다르거나 직무 수행 관련 교육이 없어서 대학 교육에 만족하지 못하는 경우도 있었다.

3. 이 뉴스에서 언급된 대학생들의 스펙은 무엇입니까? 모두 고르세요.

   ☐ 학점 ☐ 외모 ☐ 자격증 ☐ 군대 경험

   ☐ 동아리 ☐ 어학 능력 ☐ 봉사 활동 ☐ 해외 연수

🎧 들어 보세요 2 (31)

대학 교육에 대한 토론입니다. 잘 듣고 질문에 답해 보세요.

중심 내용 파악하기 1. 토론의 주제는 무엇입니까?

① 취업난과 학력 차별　　② 대학 교육의 정체성　　③ 대학생들의 진로 선택

인과 관계 파악하기 2. 두 사람은 대학 교육 문제의 원인과 결과를 어떻게 보고 있습니까?

	원인	결과
여자		현재 대학생들이 스펙 쌓기에만 열중함.
남자		

세부 내용 파악하기 3. 다음은 누구의 주장인지 √ 하세요.

주 장	여자	남자
▪ 대학은 지식을 습득하고 진리를 탐구하는 학문 연구 기관이다.		
▪ 대학에서 학생들의 실력을 키우고 인성 교육을 해야 한다.		
▪ 대학은 사회에서 경쟁력을 갖춘 인재를 길러 내는 곳이 되어야 한다.		
▪ 기업에서 필요한 기술은 신입 사원 교육을 통해서 기업이 가르쳐야 한다.		
▪ 대학은 가치관과 인생의 목표를 설정하는 매우 중요한 곳이다.		

이야기해 보세요

여러분 나라의 대학 교육에서 중요시하는 것은 무엇입니까?

실무 능력 교육　　인성 교육　　창의력 교육　　전공 지식 교육

말하기

의견을 확인하거나 정리, 요약하면서 토론해 보세요.

준비해 보세요

의견을 간단하게 정리하여 말해 보세요.

1. 대학은 이론만을 탐구하는 곳이 아닙니다. 대학은 사회가 원하는 인재를 양성해야 합니다. 졸업 후 진출하게 될 사회에서 경쟁력을 갖춘 인재를 길러 내는 곳이어야 합니다.

> 대학은 사회에 필요한 인재를 길러 내는 곳이어야 합니다.

2. 지금의 대학 교육은 많은 문제점을 가지고 있습니다. 특히 독창성과 창의력을 가진 인재를 길러 내지 못한다는 점이 가장 큰 문제입니다. 대학은 독창성과 창의력 교육은 하지 않고 지식만을 전달하는 기관이 되어 버렸습 니다.

표현을 연습해 보세요

1. 다음은 다른 사람의 의견을 확인할 때 쓰는 표현입니다. 다음 표현을 사용하여 이야기해 보세요.

<상대방 의견 확인하기>
- 즉, ~다는 말씀이시죠?
- 그러니까(결국) ~다는 말씀이지요?
- ~다고 말씀하셨는데, 이것을 ~으로 받아들여도 되겠습니까?

> 대학이란 곳은 직업 교육을 하는 곳이 아니라 진리를 탐구하는 곳이 되어야 한다고 봅니다.

> 즉, 대학에서 진리를 탐구하는 교육을 해야 한다는 말씀이시죠?

1)
> 대학이란 곳은 직업 교육을 하는 곳이 아니라 진리를 탐구하는 곳이 되어야 한다고 봅니다.

2)
> 군대에 다녀왔다고 해서 혜택을 주는 것은 불합리하다고 봅니다.

3)
> 영화나 드라마에 대한 규제는 표현의 자유를 침해합니다.

2. 다음은 의견을 요약하거나 정리할 때 쓰는 표현입니다. 다음 표현을 사용하여 이야기해 보세요.

<요약, 정리하기>

- 한마디로 말씀드리자면 ~다는 것으로 [~다 이렇게] 요약할 수 있습니다[~다고 정리할 수 있습니다].
- 지금까지의 논의는 ~다는 것으로[~다 이렇게] 정리해 볼 수 있겠습니다.

한마디로 말하자면 대학이 직업 교육도 담당해야 한다는 것으로 요약할 수 있습니다.

1)

대학은 사회와 기업에 필요한 인재를 양성하는 곳입니다. 대학이 직업 교육을 소홀히 해서는 안 됩니다.

2)

다국적 기업은 저개발국의 값싼 노동력과 농산물을 착취하고 있습니다. 저개발국 농민들을 보호하기 위해서 공정 무역이 필요합니다.

3)

석탄과 석유와 같은 화석 연료는 고갈되어 가고 있습니다. 지금처럼 화석 연료에 의존하는 생활은 얼마 남지 않았습니다. 대체 에너지 개발이 시급합니다.

토론해 보세요

1. 다음 중 관심 있는 주제를 선택해 자신의 입장을 정해 보세요.

대학 교육의 목적은 무엇인가?	☐ 대학 교육의 목적은 사회와 기업이 필요로 하는 인재를 양성하 는 것이다. ☐ 대학 교육의 목적은 다양한 경험과 폭넓은 사고로 학생들이 가 치관을 정립하게 하는 것이다.
학교에서 체벌이 필요한가?	☐ 아이의 올바른 가치관 정립을 위해서 체벌은 필요하다. ☐ 아이의 인격 형성에 나쁜 영향을 미칠 수 있으므로 체벌을 금지 해야 한다.
사형 제도는 폐지되어야 하는가?	☐ 사형 제도는 인간의 존엄성과 인권에 위배되는 형벌이다. ☐ 사형 제도는 범죄를 예방하고 범죄율을 낮추는 데에 효과적 이다.

2. 같은 주제를 선택한 친구와 의견을 나누면서 근거를 보충해 보세요.

> 어느 기관이든 기관의 목적에 충실해야 합니다. 대학은 올바른 가치관 정립과 학문 탐구의 장이지 취업을 위한 장소가 아닙니다. 대학에서 기업에 맞는 인재를 기르라는 것은 대학 목적과 취지에도 맞지 않습니다.

> 저도 같은 생각이에요. 대학 4년은 자신의 전공 탐구에 바쳐도 부족한 시간입니다. 직업 교육을 희망하는 사람은 전문계고나 전문 대학으로 진학했어야 했습니다.

3. 사회자, 토론자로 역할을 나누어 선택한 주제에 대해 토론해 보세요.

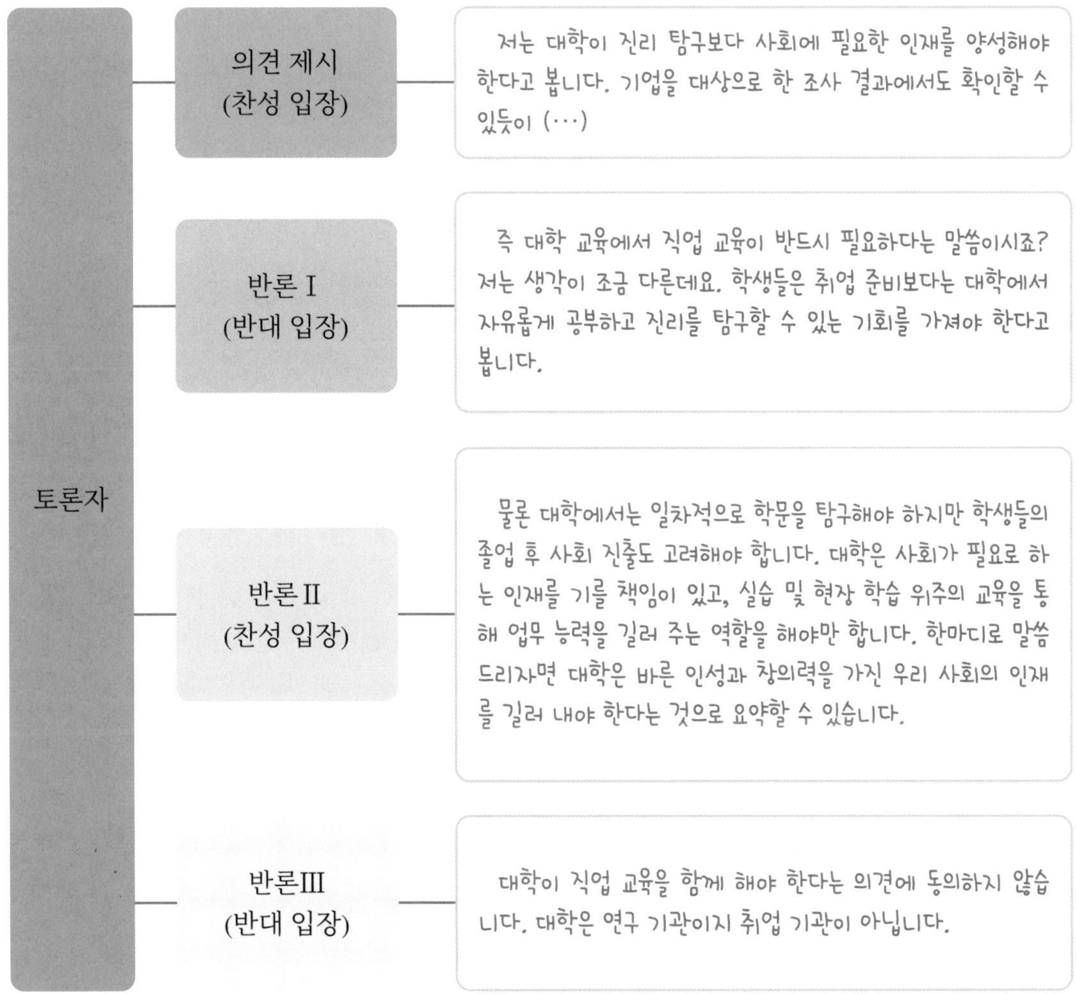

토론자		
	의견 제시 (찬성 입장)	저는 대학이 진리 탐구보다 사회에 필요한 인재를 양성해야 한다고 봅니다. 기업을 대상으로 한 조사 결과에서도 확인할 수 있듯이 (···)
	반론 I (반대 입장)	즉 대학 교육에서 직업 교육이 반드시 필요하다는 말씀이시죠? 저는 생각이 조금 다른데요. 학생들은 취업 준비보다는 대학에서 자유롭게 공부하고 진리를 탐구할 수 있는 기회를 가져야 한다고 봅니다.
	반론 II (찬성 입장)	물론 대학에서는 일차적으로 학문을 탐구해야 하지만 학생들의 졸업 후 사회 진출도 고려해야 합니다. 대학은 사회가 필요로 하는 인재를 기를 책임이 있고, 실습 및 현장 학습 위주의 교육을 통해 업무 능력을 길러 주는 역할을 해야만 합니다. 한마디로 말씀드리자면 대학은 바른 인성과 창의력을 가진 우리 사회의 인재를 길러 내야 한다는 것으로 요약할 수 있습니다.
	반론 III (반대 입장)	대학이 직업 교육을 함께 해야 한다는 의견에 동의하지 않습니다. 대학은 연구 기관이지 취업 기관이 아닙니다.

어휘와 표현

1. 대학 교육의 정체성

● 어휘

가치관(價值觀)

명 인간이 세계나 사물을 보는 입장이나 시각. 價值觀

집안일은 여자가 해야 한다는 남성 중심적인 가치관이 아직도 사라지지 않고 있다. 家事就是要由女性來操持的男性中心價值觀至今猶存。

경쟁력(競爭力)을 갖추다 [경쟁녁]

상대와 경쟁해 이길 수 있는 힘을 갖고 있다. 競爭力

우리 회사 제품은 성능이 뛰어날 뿐만 아니라 가격도 비싸지 않아서 어느 회사의 제품과 비교해 봐도 경쟁력을 갖추고 있다. 本公司的產品不僅性能卓越，價格也相當實惠，因此不管與哪家公司的產品相比都有競爭力。

부실(不實)하다

형 충실하지 않고 모자라다. 不充實

새로 나온 요리책은 겉표지는 화려하지만 내용이 부실해서 그런지 인기가 없다. 新出版的烹飪書籍或許是封面華麗內容卻不充實，而乏人問津。

사고력(思考力)을 기르다

사물의 이치를 생각하고 깨닫는 힘을 키우다. 思考力

우리 학교에서는 학생들의 사고력을 기르기 위해 신문과 책을 읽게 하고 이를 바탕으로 토론 수업을 하고 있다. 本校為了培養學生們的思考力，讓學生閱讀新聞與書籍，並以此為基礎進行討論課程。

사원 연수(社員研修) [사원년수]

직원을 대상으로 업무 능력을 키우기 위해 하는 교육. 員工訓練

올해 우리 회사의 신입 사원 연수를 내일부터 열흘 동안 실시할 예정이다. 本公司今年的新進員工訓練預計從明日起實施為期十日。

스펙을 쌓다 [싸타]

직업을 구하기 위해 학력, 학점, 자격증과 같은 조건을 갖추다. 累積學經歷背景

요즘 대학생들은 전공 공부보다는 취업에 필요한 좋은 학점, 어학 점수, 자격증 등 스펙을 쌓기 위해 열심히 노력하는 것 같다. 最近的大學生們似乎努力於累積就業所需的好學分、語言分數、證照等學歷而勝於專業課程。

실무 능력(實務能力) [능녁]

실제로 업무를 해내는 능력. 實務能力

평사원 출신인 우리 회사 사장님은 경험이 풍부하고 실무 능력이 뛰어나다는 평가를 받고 있다. 從普通員工做起的本公司老闆，受到經驗豐富、實務能力卓越的評價。

인성 교육(人性教育)

좋은 인품을 갖추도록하는 교육. 品德教育

학생들에게 성적만을 강조하고 인성 교육을 하지 않는다면 자기만 잘되려고 하는 이기적인 사람이 될 것이다. 若只對學生們強調成績而疏忽品德教育，學生們就會變成獨善其身而自私自利的人。

인재(人材)를 양성(養成)하다

능력 있는 사람으로 키우다. 培育人才

우리 대학에서는 사회에 필요한 인재를 양성하기 위해 노력하고 있다. 我們大學正努力培育社會所需的人材。

전문성(專門性)을 갖추다 [전문썽]

어떤 분야에 대한 깊이 있는 지식과 경험을 갖다. 具備專業性

어떤 분야에서 성공하려면 뛰어난 실력과 전문성을 갖추는 것이 중요하다. 若想在某個領域成功，具備出類拔萃的實力與專業性是相當重要的。

지식(知識)을 습득(習得)하다 [습뜨카다]

교육이나 경험 등을 통해 지식을 배우고 익히다. 獲取知識

우리 병원에서는 예비 부모들을 대상으로 <1일 부모 교실>을 열어 육아에 대한 기본적인 지식을 습득할 수 있도록 돕고 있다. 本院以準爸爸、準媽媽為對象開設＜一日父母教室＞，助其習得有關育兒的基本知識。

진리(眞理)를 탐구(探究)하다 [질리]

보편적인 원리나 지식을 깊이 연구하다. 探究真理

대학은 이익이나 목적을 따지지 않고 진리를 탐구하는 곳이다. 大學是一處不計利益與目的而探求真理的地方。

창의력(創意力)[창의력/창이력]

명 새로운 생각을 해내는 능력. 創造力

우리 회사는 교과서적 지식을 가진 사람보다 창의력을 가진 사람을 필요로 합니다. 相較於具備學科知識的人，本公司更需要擁有創造力的人。

채용(採用)하다

동 사람을 뽑아서 쓰다. 錄用

신문을 읽다가 대기업에서 주부 사원을 채용한다는 광고를 보게 되었다. 讀報看見大企業要錄用主婦員工的廣告。

취업률(就業率)[취엄뉼]

명 전체 인원 중 취업한 사람의 비율. 就業率

대학 졸업자 중 여성보다 남성의 취업률이 더 높은 편이다. 大學畢業者中男性的就業率比女性更高。

듣기

들어 보세요 1

인사(人事)

명 직원을 뽑거나 그만두게 하거나 평가하는 일. 人事

박 부장은 회사에서 인사를 담당하고 있어서 사람을 잘 다루고 평가할 수 있다. 朴部長在公司裡負責人事，而能夠有效管理並考核人員。

치열(熾烈)하다

형 기운이 불같이 심하다. 激烈

한국은 대학 입시 경쟁이 매우 치열해 고등학교 3학년이 되면 힘들게 지낸다. 韓國的入學考試競爭極其激烈，一旦升上高中三年級就會過得很辛苦。

험난(險難)하다

형 매우 고생스럽다. 艱難危險

자기 분야에서 최고가 되는 길은 매우 험난하므로 끈기를 가지고 노력하지 않으면 안 된다. 在自己的領域內出類拔萃的路途十分艱險，若不堅毅努力是達不到的。

말하기

사형(死刑)

명 범인의 목숨을 빼앗는 형벌. 死刑

끔찍한 살인과 성폭행을 저지른 범인에게 사형이 선고되었다. 犯下驚世駭俗殺人、性侵案件的兇手被宣判死刑。

체벌(體罰)

명 잘못된 행동을 고쳐 주려고 학생이나 자녀에게 신체적인 고통을 줌. 體罰

일부 학부모들은 교사의 체벌이 학생 지도에 필요하다고 생각한다. 部分的家長們認為教師的體罰在指導學生上是必要的。

2

인구와 사회 문제

人口與社會問題

주제 主題
인구와 사회 人口與社會

어휘 詞彙
인구 변화와 사회 문제
人口變化與社會問題

문법과 표현 文法與表達
- V-느니만 못하다
  表某事不如某動作
- V-아/어 봤자[봤댔자]
  即便……也……

읽기 閱讀
사설 읽고 개요 파악하기
閱讀社論並掌握綱要

쓰기 寫作
- 피동과 사동 표현에 유의하여 문장 쓰기
  注意被動與使動表達造句
- 주장하는 글 쓰기 3
  論說文寫作 3
  (개요 작성하여 글 쓰기)
  (擬出綱要後寫作)

들어가기

이야기해 보세요

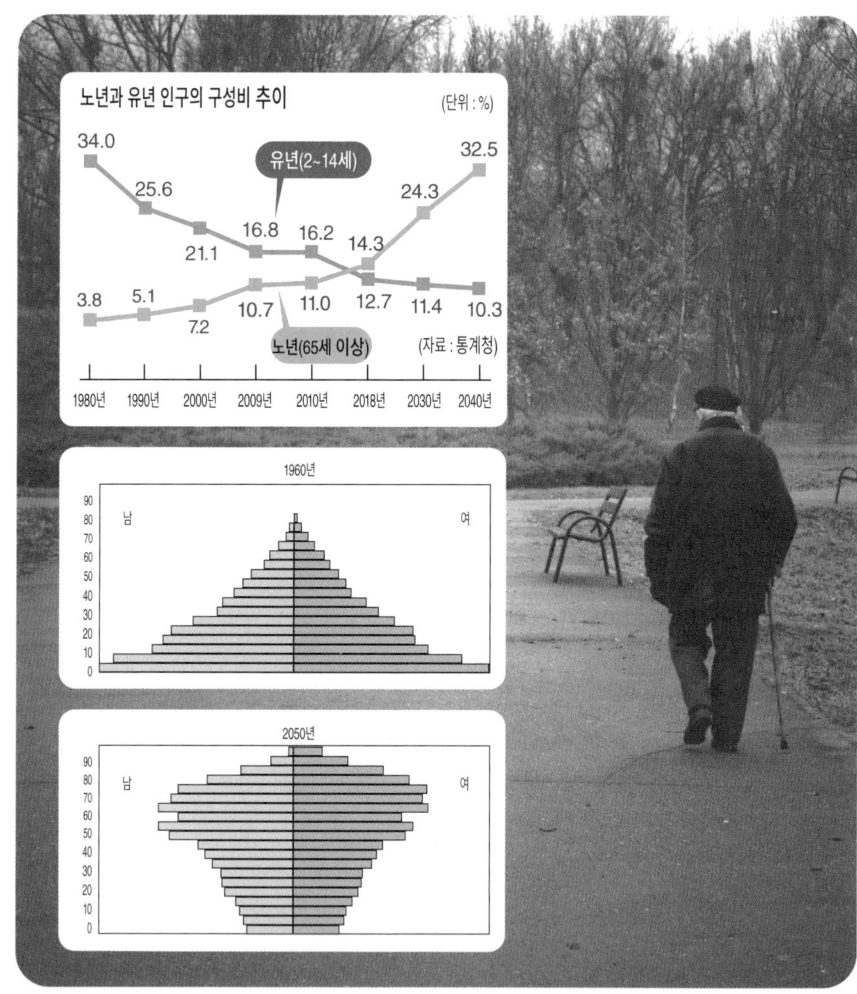

1. 한국 인구에서 노인 인구의 비중은 어떻습니까?

2. 앞으로 한국 사회에는 어떤 문제가 예상됩니까?

읽어 보세요 32

명사와의 만남

당신의 미래는 안녕하십니까? 고령화로 보는 우리 사회의 미래

강연회

명사와의 만남 다섯 번째 시간입니다. 이번 수요일에 서울노인연대 서재덕 대표를 모시고 <고령화와 미래 사회>라는 주제로 강연회를 열게 되었습니다.

서울대학교 사회복지학과 교수를 지낸 서 대표는 정부가 새롭게 내놓은 노인 복지 정책은 안 하느니만 못한 정책이며 그러한 정책을 실행해 봤자 예산 부족으로 오래가지 못할 것이라고 강력히 비판해 왔습니다.

이번 강연회에서는 노동 생산성 감소, 고령 인구의 의료비 급증 등 고령화에 따른 사회 문제를 소개하고 바람직한 노인 복지 정책도 제안할 예정입니다. 많은 참여 바랍니다.

일시 2015년 7월 5일 일요일
장소 푸른숲 빌딩 3층 회의실
참여 선착순 마감. 댓글로 이름을 남겨 주세요.

☐ 오늘은 이 창을 열지 않습니다. ☒

1. 무엇에 대한 강연회입니까?

2. 이 강연회의 강사는 어떤 제안을 할 예정입니까?

어휘를 연습해 보세요

출산율	저출산	평균 수명	고령화 사회	복지 정책	복지 제도
노동력	생산성	연금	실버산업	경로 우대	노후 대책
부양하다	퇴직하다	일자리가 줄어들다	출산을 장려하다	생계를 꾸려 나가다	정년을 연장하다

1. 서로 관계있는 것끼리 연결해 보세요.

1) 실버산업 •		• 노인들의 인구가 증가하면서 건강 용품, 요양 시설 등과 같이 노년층을 대상으로 하는 산업이 발달하고 있어요.
2) 저출산 •		• 인구에서 노인이 차지하는 비율이 14% 이상이 되면서 노인을 위한 다양한 복지 정책이 세워져야 한다는 목소리가 커지고 있습니다.
3) 경로 우대 •		• 저는 꽃을 좋아해서 퇴직 후에 작은 꽃집을 하려고 돈을 모으고 있습니다. 꽃집을 운영하면 퇴직 후에 심심하지도 않고 돈도 벌 수있으니까요.
4) 고령화 사회 •		• 최근 젊은 부부들이 아이를 낳지 않거나 하나만 낳아 인구가 감소하고 있어서 큰일이에요.
5) 노후 대책 •		• 만 65세 이상의 노인들에게는 박물관이나 고궁과 같은 공공시설의 입장료, 대중교통 요금 등이 할인되거나 무료입니다.

문법과 표현을 연습해 보세요

1. V-느니만 못하다 與其……不如……來得好

· 진심이 없는 사과는 아예 안 하느니만 못하다.
與其沒有誠意地道歉，不如乾脆不說。

· 맛없는 음식을 먹는 것은 굶느니만 못하다. 與其味同嚼蠟不如餓肚子。

2. V-아/어 봤자[봤댔자] 即便……也

· 외국인이 사투리를 알아들어 봤자 얼마나 이해하겠어요?
即便外國人聽得懂方言，又能理解多少呢？

· 시험이 내일인데 오늘 밤부터 열심히 공부해 봤댔자 좋은 성적을 받을 리 만무하다. 考試在即，就算今晚開始認真拼命念書也絕無獲得好成績的道理。

1. 신문 제목을 보고 이야기해 보세요.

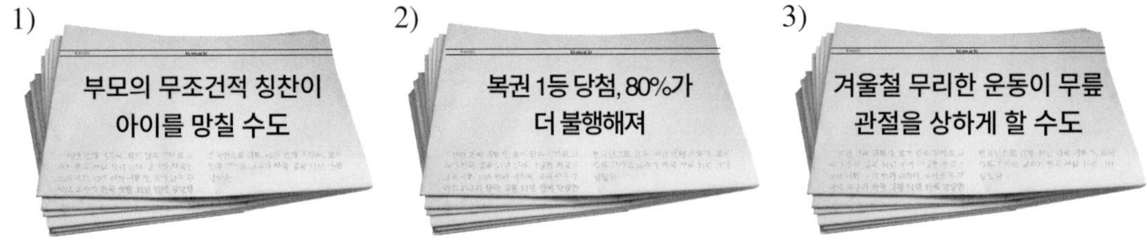

1)
부모의 무조건적 칭찬이
아이를 망칠 수도
2)
복권 1등 당첨, 80%가
더 불행해져
3)
겨울철 무리한 운동이 무릎
관절을 상하게 할 수도

칭찬이 아이에게 언제나 좋은 것은 아닙니다. 무조건적인 칭찬은 안 하**느니만 못합니다**.

2. 다음 상황을 보고 이야기해 보세요.

1) "외국인이 한국어를 잘한다고 해도……."

외국인이 한국말을 잘해 **봤자** 얼마나 잘하겠느냐고 하던 심사위원들이 참가자들의 한국어 실력에 깜짝 놀랐습니다.

2) "공사가 빨리 끝난다고 해도 예산 낭비……."

3) "아이가 많이 먹는다고 해도 어른보다는……."

읽기

준비해 보세요

1. 무엇에 대한 기사입니까?

2. 이 기사에 대한 여러분의 생각은 어떻습니까?

읽어 보세요

다음은 고령화 사회에 대한 사설입니다. 글을 읽고 질문에 답해 보세요.

가 대한민국이 급속도로 고령화 사회로 바뀌고 있다. 한국은 2026년에 인구의 20%가 65세 이상인 초고령 사회가 될 것으로 예상된다. 급속한 인구 변화만큼 국가의 재정 부담이 가속화되고 국가 경쟁력도 떨어질 수밖에 없다. 국가의 재정 부담을 줄이려면 노인들이 스스로 살아갈 수 있도록 일할 기회를 주어야 하는데 현실은 그렇지가 않다.

나 기업의 정년을 조사한 결과에 따르면 95.3%의 기업에 정년 제도가 있고 평균 정년은 56.8세라고 한다. 퇴직자들 대부분이 노후를 국민연금에 의존하고 있는데 한국의 상당수 근로자는 연금 지급 개시 연령인 60세 이전에 정년을 맞는다. 또한 한국의 남녀 평균 수명은 80세 전후이니 정년 후 20년을 일 없이 연금으로만 지내야 하는 것이다. 평균 수명이 늘어나 충분히 일할 수 있는 나이임에도 불구하고 노동력을 활용할 수 없다는 것은 큰 국가적 손실이다. 미래에 저출산으로 인구가 줄어들어 노동력이 부족해질 것을 고려한다면 정년을 연장하는 것은 고령화 사회에 꼭 필요한 일이다.

다 그러나 기업들은 인건비 부담과 인사 적체를 이유로 정년 연장을 꺼리고 있다. 인건비 증가 문제는 임금 피크제로 해결할 수 있다. 임금 피크제란 경력이 일정 기간을 넘으면 임금 인상을 제한하는 것이다. 또한 일정 연령이 되면 임원을 맡지 않는 것으로 인사 적체 문제도 충분히 해결할 수 있다.

만약 정년 연장을 하게 되면 신규 인력 채용이 줄어 젊은이들의 일자리가 감소할 것이라는 우려의 목소리도 있다. 그러나 정년을 몇 년 연장해 봤자 젊은 층의 일자리가 줄어드는 것은 고작 2~3년뿐으로 장기적인 관점에서 보면 신규 채용에 영향을 주지는 않을 것이다. 정년 연장의 혜택을 받은 사람들도 2~3년 후에는 퇴직을 하게 되고 그러면 다시 새로운 일자리가 젊은 층에게 돌아가기 때문이다.

라 고령화·저출산 시대의 가장 효과적인 해결책은 은퇴 속도를 늦추는 것이다. 정년을 연장 하게 되면 국가는 노인층에 들이는 복지 비용을 줄일 수 있고 세금을 더 걷어 재원을 마련할 수 있게 된다. 근로자는 자신의 힘으로 생계를 꾸려 나갈 수 있으며 기업은 숙련된 경력 사원을 별도의 교육 없이 활용할 수 있다는 장점이 있다. 젊은 층이 노인 인구를 부양하는 부담도 감소할 것이다.

마 급속도로 고령화가 진행되는 현 상황에서 아직도 충분히 일할 수 있는 노인층을 연금 생활자로 만드는 것은 비효율적이다. 정부의 부족한 노인수당 지급은 노인층에게 일자리를 제공하느니만 못한 일이다. 확실하게 정년을 보장하고 노후를 좀 더 생산적으로 보낼 수 있게 해 주는 것이 고령화 사회를 대비하는 지혜가 될 것이다.

개요 파악하기

1. 다음은 이 글의 개요입니다. 알맞은 내용을 연결해 보세요.

가 문제 상황	•	• 한국 기업의 평균 정년은 57세로 노동력을 활용하기 위해 정년 연장이 필요함.
나 자신의 입장 제시	•	• 일자리 제공보다 좋은 복지는 없으므로 정년 연장을 통해 고령화 사회를 대비해야 함.
다 반대 입장 반박	•	• 고령화 사회가 되면 국가의 재정 부담이 늘어나므로 노인이 스스로 생활할 수 있도록 일자리를 보장해야 함.
라 자신의 주장과 근거 제시	•	• 정년을 연장하면 복지 비용과 노인 부양 부담이 감소하고 기업은 숙련된 노동력을 제공받을 수 있음.
마 제언	•	• 인건비 부담과 인사 적체, 신규 채용 감소를 우려하고 있지만 임금 피크제와 임원의 연령 제한 등으로 해결할 수 있음.

중심 내용 파악하기

2. 글쓴이가 주장하는 것은 무엇입니까?

① 임금을 인상해야 한다. ② 정년을 연장해야 한다.

③ 청년 실업 문제를 해결해야 한다. ④ 연금 개시 연령을 연장해야 한다.

세부 내용 파악하기

3. 글쓴이의 주장에 대한 근거는 무엇입니까? 모두 고르세요.

☐ 인건비가 증가한다. ☐ 신규 인력 채용이 줄어든다.

☐ 복지 비용 지출을 줄일 수 있다. ☐ 젊은 층의 노인 인구 부양 부담이 감소한다.

4. 정년 연장에 대해 반대하는 사람들의 주장과 이에 대한 글쓴이의 반론은 무엇입니까?

▪ 기업 ▪ 젊은 층

이야기해 보세요

1. 여러분 나라의 인구는 몇 명입니까? 인구와 관련된 정책에는 어떤 것이 있습니까?
2. 여러분 나라 사람들의 평균 정년은 몇 살입니까? 여러분은 정년 연장에 대해 어떻게 생각합니까?

쓰기

개요를 작성하여 주장하는 글을 써 보세요.

준비해 보세요

다음 문장에서 어색한 부분을 찾아 바르게 고쳐 보세요.

1. 저는 저녁을 조금 먹고 자면 항상 밤에 배가 고파서 깨웠어요.
2. 내 동생은 영수증을 한 달 동안 모여서 월말에 한꺼번에 처리한다.
3. 이 화초는 물을 자주 주지 않으면 금방 말라질 테니 신경 써서 관리하세요.
4. 좋은 경치를 보면 기분도 좋고 스트레스도 푸니까 주말에 같이 여행 가기로 했어요.

연습해 보세요

1. 다음 개요를 보고 관계있는 것끼리 연결한 후 주장하는 글의 서론, 본론, 결론에는 어떤 내용이 들어가는지 이야기해 보세요.

<개요>			<내용>
1. **서론** 1) 전기 사용량이 늘어나면서 에너지 위기가 다가오고 있다.	•	•	문제 상황
2) 앞으로 원자력 발전을 늘려야 한다.	•	•	나의 입장
2. **본론** 1) 원자력 발전이 위험하다는 주장이 있지만 관리만 잘하면 안전에는 위험이 없다.	•	•	제언
2) 원자력 발전은 발전 과정의 비용을 절약할 수 있어서 매우 경제적이고 효율적이다.	•	•	나의 주장과 근거 제시
3. **결론** 원자력 발전은 에너지 문제를 해결할 수 있는 최선의 방법이다.	•	•	반대 입장 근거 비판

2. 다음 개요를 보고 빈칸의 내용을 예상하여 이야기해 보세요.

1)

1. **서론**

문제 상황	외모만을 중시하는 사회가 되었다.
나의 입장	사람을 평가할 때 외모보다는 실력을 더 중시해야 한다.

2)

1. **서론**

문제 상황	환경 오염이 심각해지고 있다.
나의 입장	______________________________.

3)

1. **서론**

문제 상황	저출산, 고령화 문제가 심각해지고 있다.
나의 입장	______________________________.

3. 다음 개요를 보고 빈칸의 내용을 예상하여 이야기해 보세요.

1)

2. 본론

반대 입장 근거 비판	외모도 경쟁력이라는 말이 있지만 외모로 사람을 평가하는 것은 외모 중시 풍조를 부추기고 비합리적이다.
나의 주장과 근거 제시	외모가 아닌 실력으로 사람을 평가하게 되면 사람이 공평한 기회를 가질 수 있게 된다.

2)

2. **본론**

반대 입장 근거 비판	환경 보호를 위해서는 국가적인 정책이 가장 중요하다는 주장이 있지만 개개인의 생활 습관을 고치지 않고서는 환경 오염 문제를 해결할 수 없다.
나의 주장과 근거 제시	______________________________.

3)

2. **본론**

반대 입장 근거 비판	출산 문제는 개인의 의식을 바꾸는 운동이 더 필요하다는 의견도 있는데 현실적인 정부 정책이 없으면 큰 효과가 없다.
나의 주장과 근거 제시	______________________________.

4. 결론의 내용을 예상하여 이야기해 보세요.

1) **3. 결론**

(제언) 외모보다 실력과 내면을 중시하는 사회를 만들어야 한다.

2) **3. 결론**

(제언) ______________________________.

3) **3. 결론**

(제언) ______________________________.

써 보세요

1. 주장하는 글을 쓰려고 합니다. 아래에서 주제를 골라 자신의 의견을 이야기해 보세요.

제 201115호 20XX년 5월 6일 (금)

경로 우대인가, 지나친 복지 제도인가?

65세 이상의 많은 노인들이 무료로 지하철을 이용하게 됨에 따라 지하철 운영의 적자 상태가 계속되고 있다. 계속해서 이 제도를 운영하는 것이 바람직한가 하는 문제가 논란이 되고 있다.

제 201115호 20XX년 5월 6일 (금)

교육적 체벌은 가능한가?

학교 폭력, 집단 따돌림 문제 등이 심각해지면서 학교에서 교육적인 체벌이 허용되어야 한다는 의견이 제기되고 있다. 교육적인 의미의 체벌은 가능할지, 가능하다면 그 기준은 어떻게 정할지가 논란이 되고 있다.

제 201115호 20XX년 5월 6일 (금)

폭력 영화와 모방 범죄의 상관성은?

폭력 영화는 단순히 영화로 끝나는가? 아니면 범죄로 이어질 수 있는가? 폭력 영화와 모방 범죄의 상관성에 대한 논란이 끊임없이 제기되고 있다.

2. 서론, 본론, 결론으로 나누어 개요를 작성해 보세요.

개요

1. **서론**

1) 전기 사용량이 늘어나고 있다.

2) 앞으로 원자력 발전을 늘려야 한다.

2. **본론**

1) 원자력 발전이 위험하다는 주장이 있지만 관리만 잘하면 안전에는 위험이 없다.

2) 원자력 발전은 발전 과정의 비용을 절약할 수 있어서 매우 경제적이고 효율적이다.

3. **결론**

원자력 발전은 에너지 문제를 풀 수 있는 최선의 방법이다.

개요

1. **서론**

2. **본론**

3. **결론**

3. 위의 개요를 보고 주장하는 글을 써 보세요.

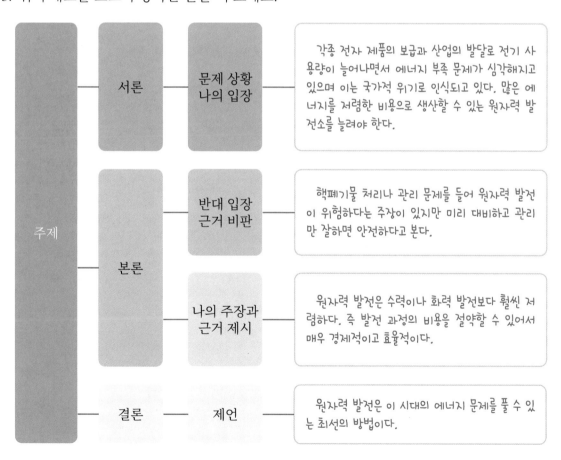

주제			
	서론	문제 상황 나의 입장	각종 전자 제품의 보급과 산업의 발달로 전기 사용량이 늘어나면서 에너지 부족 문제가 심각해지고 있으며 이는 국가적 위기로 인식되고 있다. 많은 에너지를 저렴한 비용으로 생산할 수 있는 원자력 발전소를 늘려야 한다.
	본론	반대 입장 근거 비판	핵폐기물 처리나 관리 문제를 들어 원자력 발전이 위험하다는 주장이 있지만 미리 대비하고 관리만 잘하면 안전하다고 본다.
		나의 주장과 근거 제시	원자력 발전은 수력이나 화력 발전보다 훨씬 저렴하다. 즉 발전 과정의 비용을 절약할 수 있어서 매우 경제적이고 효율적이다.
	결론	제언	원자력 발전은 이 시대의 에너지 문제를 풀 수 있는 최선의 방법이다.

어휘와 표현

2. 인구와 사회 문제

어휘

경로 우대(敬老優待) [경노우대]
노인을 잘 대우함. 敬老優惠
노인들은 미술관이나 박물관에서 경로 우대로 요금을 할인받을 수 있다. 長者可於美術館或博物館獲取敬老門票優惠折扣。

고령화 사회(高齡化社會)
노인 인구의 비율이 전체 인구 비율에서 7%를 차지하는 사회. 高齡化社會
고령화 사회에서는 노동 생산성의 감소와 복지비의 상승 등의 문제가 나타난다. 在高齡化社會中會出現勞動力減少與福利支出上升的問題。

노동력(勞動力)[노동녁]
명 어떤 것을 만들어 내는 인간의 정신적, 육체적 능력과 힘. 勞動力
1970년대 한국은 값싸고 풍부한 노동력으로 경제 발전을 이룰 수 있었다. 1970年代的韓國以大量廉價的勞動力促成經濟發展。

노후 대책(老後對策)
나이가 들었을 때를 대비하기 위한 방법. 養老計畫
대부분의 장년층이 노후 대책을 세우지 못하고 퇴직을 맞는 경우가 많다. 大多數的壯年人口沒能建立養老計畫便面臨退休的情況很多。

복지 정책(福祉政策) [복찌]
건강하고 행복한 생활을 할 수 있도록 정부나 사회가 사람들을 돕는 방법이나 수단. 福利政策
정부는 가난한 사람들에게 골고루 혜택이 돌아가도록 새로운 복지 정책을 내놓았다. 政府為了讓貧困的民眾均享有優遇，頒布了新的福利政策。

복지 제도(福祉制度) [복찌]
건강하고 행복한 생활을 할 수 있도록 돕는 정부나 사회의 규칙이나 법률. 福利制度
북유럽 국가들은 복지 제도가 잘 되어 있지만 그 복지 제도를 유지하기 위해 국민들에게 높은 세금을 부과한다. 北歐國家的福利制度雖完備，但為了維持該福利制度，而向國民課予高稅額。

부양(扶養)하다
동 스스로 생활할 수 없는 사람을 돌보다. 撫養
한국의 전통 사회에서는 장남은 부모를 부양할 의무가 있었다.
在韓國傳統社會中，長男有著撫養雙親的義務。

생계(生計)를 꾸려 나가다
삶을 이어 나가다. 維持生計
아버지가 돌아가시자 어머니는 식당 일로 어렵게 생계를 꾸려 나가셨다. 父親過世後母親靠著餐館的工作艱辛地維持生計。

생산성(生産性)[생산썽]
명 생산의 효율성. 生產效率、產能
대기업에서는 근로자의 일할 의욕과 생산성을 높이기 위해 성과급 제도를 실시하고 있다. 大企業為了提升勞工的工作意願及產能而實施績效制度。

실버산업(silver産業)
명 노인을 위한 상품을 만들거나 판매하거나 의료, 복지 시설을 세우는 등의 산업. 銀髮產業
고령화 사회가 되면 노인을 대상으로 하는 실버산업이 발전할 것이다. 步入高齡化社會後以老人為對象的銀髮產業將會蓬勃發展。

연금(年金)
명 정부나 회사에서 개인의 퇴직 후를 대비하기 위해 주는 돈. 年金
국가 경제가 어려워지면서 정부가 연금을 줄이겠다고 발표하자 국민들이 거세게 반발했다. 隨著國家經濟的窘迫下，政府一發布要調降年金，國民便強力地反對。

일자리가 줄어들다 [일짜리]
일할 수 있는 직업의 수가 줄다. 就業機會減少
경제가 어려워지자 일자리가 줄어들어 서민들이 생계를 유지하기가 어려워졌다. 經濟不景氣以來就業機會減少，庶民們也難以維持生計。

저출산(低出産)[저출싼]
명 일정 수준보다 아이를 적게 낳음. 低出生率
1950년대에는 가임 여성 한 명당 5명의 아이를 낳았으나 최근에는 1.3명으로 크게 줄어 저출산 문제가 심각하다. 1950年代的一名可生育女性約生5名孩子，而近年來卻大幅下降為1.3名，低出生率問題嚴重。

정년(停年)을 연장(延長)하다
직장에서 직원이 퇴직하도록 정해져 있는 나이를 늦추다. 延長退休年齡
한 공기업이 65세까지 정년을 연장하기로 하자 노동계는 환영했다. 一家國營企業決定延後強迫退休年齡至65歲後，勞方表示歡迎。

출산율(出産率)[출싼뉼]
명 아기를 낳는 비율. 出生率
한국 전쟁 이후 출산율이 급등해 베이비 붐이 일어나기도 하였다. 韓戰後出生率劇增，也出現了戰後嬰兒潮。

출산(出産)을 장려(奬勵)하다 [출싼] [장녀하다]

아이를 낳도록 권하거나 북돋다. 奬勵生育

정부는 출산을 장려하기 위해서 출산 비용과 보육비를 적극적으로 지원하고 있다. 政府為了鼓勵生育，正積極補助分娩及育兒費。

퇴직(退職)하다[퇴지카다]

동 회사를 그만두다. 退休

아버지는 퇴직하신 후에 조그마한 가게를 운영할 계획이다. 父親計畫退休後開一家小店。

평균 수명(平均壽命)

사람들이 평균적으로 사는 기간. 平均壽命

생활이 편리해지고 의학이 발달하면서 평균 수명이 늘고 있다. 隨著生活變得更加便利且醫學發達後，平均壽命正在延長。

읽기

읽어 보세요

국민연금(國民年金)[궁민년금]

명 나이가 들어 퇴직하거나 질병으로 인해 소득이 없을 때를 대비해 매달 소득의 일부분을 내고 노후에 그 돈을 매달 받는 한국의 연금 제도. 國民年金

소득이 일정하지 않은 사람들은 매달 돈을 내는 것에 부담을 느끼기 때문에 국민연금에 가입하기가 쉽지 않다. 收入不穩定的人在每月固定納保上倍感壓力，因此要他們加入國民年金不是件簡單的事。

숙련(熟練)되다[숭년되다]

동 어떤 일을 반복적으로 해서 몸에 익숙하게 되다. 熟練

처음에는 익숙하지 않아서 실수도 하겠지만 일단 숙련되면 어렵지 않게 할 수 있다. 初次難免生疏犯錯，但熟練後就能輕鬆做到了。

인사 적체(人事積滯)

어떤 조직에서 승진할 사람은 많은데 자리가 적어서 승진을 못 하고 있는 현상 또는 그러한 상태. 人事塞車

우리 회사에서는 인사 적체 현상을 막기 위해 일정 시간이 지나도 승진을 못 하는 직원들에게 사직을 권하기로 결정했다. 我們公司裡為了避免人事塞車，便打算對那些經過好段時間也沒能陞遷的員工勸其退職。

임금 피크제(賃金 peak制)

일정 연령이 된 근로자의 임금을 줄이는 대신 정년까지 고용을 보장하는 제도. 薪資遞減制

임금 피크제가 도입되면서 퇴직하지 않고 일을 계속할 수 있는 고령자들이 늘어나고 있다. 隨著薪資遞減制的引入，能延後退休並繼續工作的高齡族群正在增加。

재정(財政)

명 정부의 과세와 행정 비용 등과 관련된 모든 경제 활동. 財政

복지 비용이 증가하면서 국가의 재정 부담이 증가하고 있다. 福利費用增加的同時，國家的財政負擔也日益沉重。

자기 평가

1. 다음 중 아는 어휘에 √ 하세요.

- ☐ 정년
- ☐ 양육비
- ☐ 취업률
- ☐ 퇴직하다
- ☐ 채용하다
- ☐ 노후 대책
- ☐ 육아 휴직
- ☐ 스펙을 쌓다
- ☐ 고령화 사회
- ☐ 경쟁력을 갖추다
- ☐ 사고력을 기르다
- ☐ 인재를 양성하다

2. 알맞은 표현을 골라서 문장을 완성해 보세요.

어디 뿐인가(요)? -(으)ㄴ 끝에 -아/어 봤자[봤댔자] -느니만 못하다

1) 가 : 가을이라 날씨가 좋아서 산에 등산객이 많았어요.
   나 : ....? 오늘 놀이공원에도 사람들이 많았어요.

2) 가 : 줄리앙 씨, 내년에도 한국에 있을 거예요? 요즘 고민 중이라면서요?
   나 : 네, ... 내년에도 한국에서 공부를 계속하기로 했어요.

3) 한국어능력시험을 앞두고 몇 주 동안 아파서 공부를 하지 못했다. 내일이 시험인데 .... 별 소용이 없을 것 같아서 마음을 비우고 편히 시험을 보기로 했다.

4) 엄마는 성격이 꼼꼼해서 내가 설거지를 대충 하는 것을 싫어하신다. 그렇게 대충 하는 것은 ....고 생각하신다.

3. 이 단원을 공부하고 여러분이 할 수 있게 된 것에 √ 해 보세요.

- ☐ 개요를 작성하여 주장하는 글을 쓸 수 있다.
- ☐ 의견을 확인하거나 정리, 요약하면서 토론할 수 있다.
- ☐ 고령화 사회에 대한 사설을 읽고 주장을 파악할 수 있다.
- ☐ 대학 교육에 관한 뉴스와 토론을 듣고 요지와 인과 관계를 파악할 수 있다.

정답
2. 1) 어디 등산객뿐인가요 2) 오랫동안 고민한 끝에 3) 지금 공부해 봤자 4) 안 하느니만 못하다

보충 어휘

혼동하기 쉬운 말(Ⅰ) 의미가 비슷하면서도 다르게 쓰이는 말들을 익혀 봅시다.

마련하다
기회나 자리, 모임 등을 갖게 하다.
使有機會、位置、聚會等。

준비하다
식사, 시험 등 곧 있을 일에 대해 구체적인 행동으로 대비하다. 對將會有的餐飲、考試等，用具體的行動預備。

사용하다
도구나 물건, 언어 등을 쓰다.
使用道具、物品或語言等。

이용하다
지하철이나 도서관 등의 시설을 쓰다.
使用地下鐵或圖書館等設施。

기르다
어떤 습관을 가지게 하다. 손톱, 머리, 수염 등을 길게 하다. 동식물이나 사람을 자라게 하다. 능력이나 어떤 마음을 가지게 하다. 使擁有某種習慣。留長指甲、頭髮或鬍子等。使動植物或人類成長。使具備能力或某種心理。

키우다
능력이나 어떤 마음을 가지게 하다. 동식물이나 사람을 자라게 하다. 使具備能力或某種心理。使動植物或人類成長。

얇다
옷, 고기 등의 두께가 두껍지 않다. ↔ 두껍다.
衣物、肉類等厚度不厚。↔ 두껍다.

가늘다
발목, 허리, 실 등 긴 물체의 굵기나 너비가 좁다. ↔ 굵다. 腳踝、腰、絲線等長條物的粗度或寬窄↔ 굵다.

연기하다
어떤 모임이나 일의 기한을 뒤로 하다.
將聚會或事情的期限往後推遲。

미루다
해야 할 일을 나중으로 넘기거나 남에게 넘기다. 將必須做的事情向後推遲或推諉他人。

중지하다
하던 일을 중간에서 그만두다.
正在做的事情中途停止。

정지하다
자동차 등과 같이 움직이던 것이 멈추다.
如汽車等之類，運動中的事物停下。

은은하다
빛, 소리, 향기 등이 강하지 않고 약하고 부드럽다. 光線、聲音、香氣等不強烈而柔弱。

희미하다
빛, 소리, 기억 등이 분명하지 않고 흐릿하다. 光線、聲音、記憶等不甚鮮明而模糊。

다루다
기계나 악기를 잘 사용하다. 어떤 것을 취급하다. 글이나 영화 등에서 어떤 것을 소재로 삼다.
器械操作或樂器演奏得很好。辦理某事。文章或電影中以某事作為題材。

처리하다
일이나 사건 등을 정리하여 마무리를 짓다.
將工作或案件等整理並收尾。

서럽다
분하고 억울하면서 마음이 아프다.
既氣憤又委屈並感到心痛。

슬프다
죽음이나 이별 등으로 마음이 아프고 괴롭다. 因死亡或離別等而心痛、難受。

아쉽다
필요할 때 없거나 모자라서 안타깝고 미련이 남다. 當需要的時候沒有或不足，因此感到可惜而心存芥蒂。

섭섭하다
기대했던 것과 달라 마음이 서운하다.
與原本期望的不同而有所依戀、惆悵。

보충 어휘

연습 1 다음 상황과 어울리는 표현을 찾아보세요.

1)

오늘 할 일을 내 일로 ________ 말아야지!

① 미루지
② 연기하지

2)

기억나니? 네가 어릴 적 살았던 집이란다.
어릴 때 기억이 ________ 잘 모르겠어요.

① 은은해서
② 희미해서

3)

휴, 버스가 ________ 다행이네.

① 중지해서
② 정지해서

4)

옷을 ________ 입어서 춥겠구나. 이 옷 입어.

① 얇게
② 가늘게

연습 2 다음 상황과 관련 있는 표현을 고르세요.

1) 민수가 여자 친구가 없는 나를 위해 소개팅 자리를 (마련했다 / 준비했다).

2) 오늘이 내 생일인데 가장 친한 친구가 선물을 안 줘서 (아쉽다 / 섭섭하다).

3) 남자와 같은 일을 하고도 여자라는 이유로 월급을 적게 받으니 매우 (서럽다 / 슬프다).

4) 이 신문 기사는 어제 일어난 살인 사건을 자세히 (다루고 있다 / 처리하고 있다).

5) 나는 오늘부터 일찍 자고 일찍 일어나는 습관을 (기르려고 한다 / 키우려고 한다).

6) 서울대학교 셔틀버스는 서울대 재학생은 물론 일반인도 누구나 무료로 (이용할 / 사용할) 수 있다.

연습 3 다음 그림을 보고 대화를 완성해 보세요.

1)

2)

3)

4)

보충 어휘

연습 4 어울리는 표현을 골라 문장을 완성해 보세요.

서럽다 / 슬프다	기르다 / 키우다	중지하다 / 정지하다
은은하다 / 희미하다	다루다 / 처리하다	연기하다 / 미루다

1) 계획 없이 돈을 써 버렸더니 금방 용돈이 바닥났다. 그래서 이제부터는 돈을 쓸 때에는 계획을 세워 바르게 쓰는 습관을 .... 한다.

2) 나는 형이랑 같이 자취를 하고 있는데 청소를 돌아가며 하기로 했다. 하지만 형은 자꾸 청소를 나에게 ....

3) 나는 여동생과 함께 놀이공원에 놀러 갔다. 자이로드롭을 타려고 기다렸는데 고장이 났는지 갑자기 공중에서 .... 바람에 탈 수 없게 됐다.

4) 생일 선물로 받은 장미 한 다발을 거실에 꽂아 놓았다. 몇 시간이 지나자 .... 향기가 집안에 가득 퍼졌다.

5) 나는 주말 저녁에 가족들과 함께 집에서 쉬고 있었다. 갑자기 회사에서 급한 연락이 왔는데 한 시간 이내로 일을 .... 달라고 해서 아주 난감했다.

6) <로미오와 줄리엣>은 세계적으로 알려진 남녀 간의 .... 사랑 이야기이다.

한국의 정치와 경제

韓國的政治與經濟

1 한국의 정치와 민주화

韓國的政治與民主化

주제 主題
한국 민주주의의 발달
韓國民主主義的發展

어휘 詞彙
독재와 민주화 운동
獨裁與民主化運動

문법과 표현 文法與表達
- V-(으)랴 V-(으)랴
  表奔忙事項的列舉
- V-(으)ㄹ세라
  表擔心的事項

듣기 聽力
- 대화 듣고 사건 정리하기
  聆聽對話並整理事件
- 뉴스 듣고 내용 파악하기
  聆聽新聞並掌握內容

말하기 口說
인터뷰하고 결과 논의하기
進行訪談後討論結果。

2 한국의 경제와 성장 과정

韓國的經濟與發展過程

주제 主題
한국의 경제 발전
韓國的經濟發展

어휘 詞彙
빈곤과 경제 발전 과정
貧困與經濟發展過程

문법과 표현 文法與表達
- N을/를 불문하고
  不拘某個事項
- V-(으)ㄴ/는 이상
  既然……（已成為事實條件）就……

읽기 閱讀
설명문 읽고 시대별로 주요 사건 요약하기
閱讀說明文後依各時期概括主要事件

쓰기 寫作
- '때문에'와 '기 때문에'에 유의하며 쓰기
  注意「때문에」與「기 때문에」並寫作
- 서사적 과정 쓰기
  撰寫敘事性的過程

보충 어휘 補充詞彙
혼동하기 쉬운 말 II
易混淆詞句II

1

한국의 정치와 민주화

韓國的政治與民主化

주제 主題
한국 민주주의의 발달
韓國民主主義的發展

어휘 詞彙
독재와 민주화 운동
獨裁與民主化運動

문법과 표현 文法與表達
- V-(으)랴 V-(으)랴
  表奔忙事項的列舉
- V-(으)ㄹ세라
  表擔心的事項

듣기 聽力
- 대화 듣고 사건 정리하기
  聆聽對話並整理事件
- 뉴스 듣고 내용 파악하기
  聆聽新聞並掌握內容

말하기 口說
인터뷰하고 결과 논의하기
進行訪談後討論結果。

들어가기

이야기해 보세요

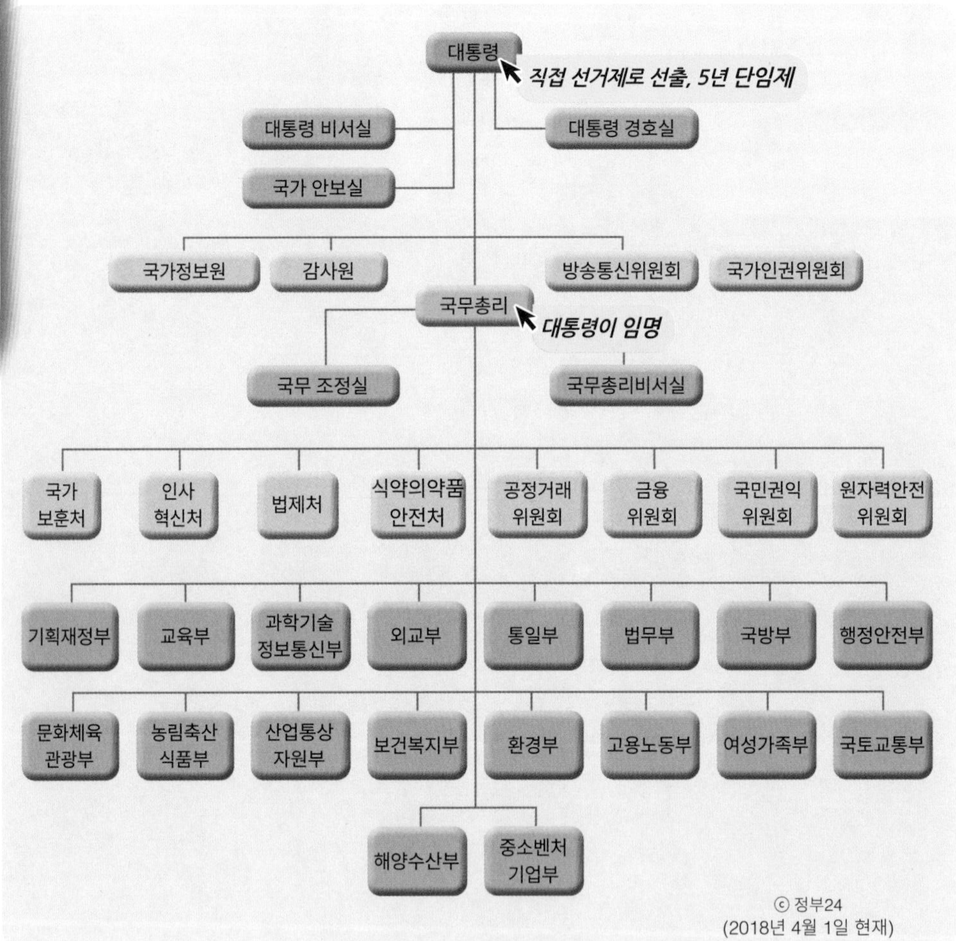

1. 한국의 대통령 선출 방법, 임기에 대해 말해 보세요.

2. 여러분 나라의 정치 제도(대통령제, 의원 내각제)에 대해 소개해 보세요.

어휘와 문법

읽어 보세요 34

대한민국 역대 대통령

1~3대 이승만
재임 1948. 07.~1960. 04.
정무 공무원, 독립운동가

4대 윤보선
재임 1960. 08.~1962. 03.
정무 공무원, 국회 의원

5~9대 박정희
재임 1963. 12.~1979. 10.
정무 공무원, 군인

10대 최규하
재임 1979. 12.~1980. 08.
정무 공무원

11, 12대 전두환
재임 1980. 09.~1988. 02.
정무 공무원, 군인

13대 노태우
재임 1988. 02.~1993. 02.
정무 공무원, 군인

14대 김영삼
재임 1993. 02.~1998. 02.
정무 공무원, 국회 의원

15대 김대중
재임 1998. 02.~2003. 02.
정무 공무원, 정치인

16대 노무현
재임 2003. 02.~2008. 02.
정무 공무원, 변호사

17대 이명박
재임 2008. 02.~2013. 02.
기업가, 정치인

18대 박근혜
재임 2013. 02.~2017. 03.
정치인

19대 문재인
재임 2017. 05. 10.~

RE : 박정희 대통령이야말로 한국 경제를 발전시키고 국민들에게 희망과 꿈을 안겨 준 진정한 대통령입니다. 그 당시는 먹고 살**랴** 가난 속에서도 자식 공부시키**랴** 얼마나 힘든 시기였습니까? 박정희 대통령이 없었다면 한국이 지금과 같은 경제 발전을 이루지 못했을 것입니다.

RE : 그때는 남에게 뒤**질세라** 앞만 보고 달리던 시기였지요. 박 대통령이 집권한 시기에 경제는 발전되었지만 인권과 자유는 그만큼 억압받았다는 생각이 드는군요.

완료 인터넷 100%

1. 박정희 전 대통령은 어떤 평가를 받고 있습니까?
   - 긍정적 평가
   - 부정적 평가

어휘를 연습해 보세요

임기	자질	혁명	독재자	장기 집권
간접 선거 / 직접 선거	민주화 운동	물러나다	개헌하다	검열하다
고문하다	선출되다	지배하다	취임하다	시위하다 / 데모하다
언론을 통제하다	쿠데타를 일으키다	부정을 저지르다	정권을 연장하다	정권을 잡다 / 집권하다

1. 서로 관계있는 것끼리 연결해 보세요.

1) 집권하다 •	•	어제 우리 반 반장 선거가 있었어요. 공부도 잘하고 성격도 좋아 인기가 많은 민수를 반장으로 뽑았어요.
2) 선출하다 •	•	이번 선거에서 자유국민당에서 대통령이 나왔어요. 자유국민당에서 정권을 잡게 되면 물가나 부동산 가격이 안정될까요?
3) 취임하다 •	•	동물보호협회에서 시청 앞 서울 광장에 모여서 모피 코트 판매에 반대하는 운동을 벌이고 있어요.
4) 시위하다 •	•	다음 달에는 새로운 대통령이 5년 동안의 대통령 임기를 시작할 예정이에요.

문법과 표현을 연습해 보세요

1. V-(으)랴 V-(으)랴 表奔忙事項的列舉

· 철수는 아르바이트하랴 공부하랴 힘든 상황에서도 꿈을 포기하지 않고 열심히 살았다. 哲秀在忙著打工又一面忙著學習的艱辛下也從不放棄夢想，並腳踏實地地生活著。

· 두 달 전부터 작은 식당을 여신 어머니는 주말이면 주문 받으랴 음식 만들랴 정신없이 바쁘시다. 兩個月前起，經營小餐館的母親每到周末便是忙著接單又忙著備餐，忙得不可開交。

2. V-(으)ㄹ세라 表擔心的事項

· 민수는 누가 볼세라 은행에서 찾은 돈을 옷 속에 감추었다. 民秀生怕被人看到他從銀行提領出的現金，便將其掩藏在衣兜裡。

· 시상식에 참석한 여배우들은 치마를 밟을세라 조심조심 입장하기 시작했다. 參與頒獎典禮的女演員們深怕踩到裙襬，便小心翼翼地步入會場。

1. 다음을 보고 이야기해 보세요.

1) 한류 스타 A 씨는 일본에서 콘서트와 영화 촬영 등으로 바쁘게 지내고 있습니다.

2) 아이들이 영어 학원은 물론 미술 학원까지 다니는 등 과도한 사교육에 시달리고 있습니다.

3) 맞벌이를 하는 여성들은 집안일과 회사 일로 쉴 틈이 없습니다.

한류 스타 A 씨는 일본에서 콘서트 하랴 영화 촬영하랴 바쁜 일정을 보내고 있대요.

2. 신문 표제를 보고 이야기해 보세요.

1)

호랑이 엄마가 대세, 경쟁에서 뒤질까 봐 인자함보다는 엄격함 택해

2)

20년 경력 형사, 범인 놓칠까 봐 근무 중 밤새 화장실도 안 가

3)

오페라 가수 정은성 씨, 감기 걸릴까 봐 더운 여름에도 따뜻한 물만 마셔

호랑이 엄마들은 아이가 경쟁에 뒤**질세라** 엄격한 교육을 시킨다고 합니다.

듣기

준비해 보세요

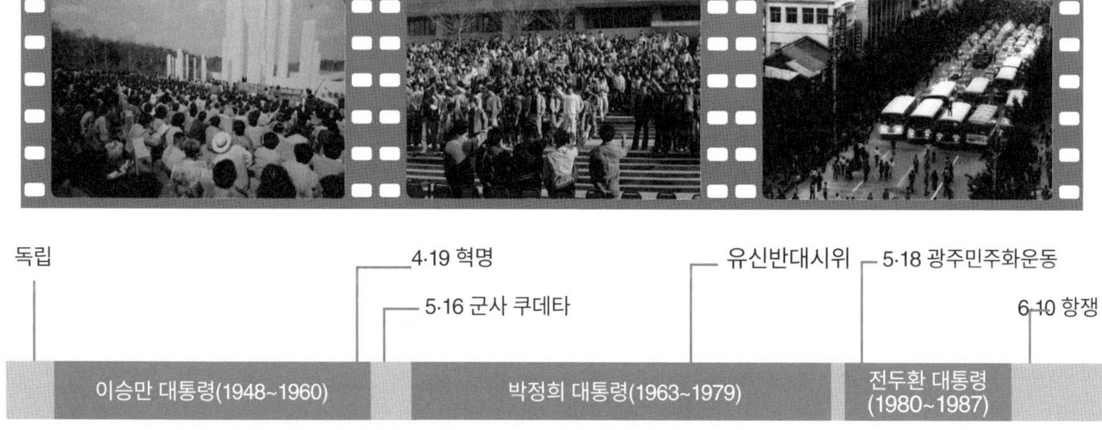

1. 가장 오래 집권한 대통령은 누구입니까?
2. 그동안 어떤 일들이 있었습니까?

들어 보세요 1

35

다음은 한국의 정치에 대한 대화입니다. 잘 듣고 질문에 답해 보세요.

1. 무엇에 대해 이야기하고 있습니까?

중심 내용 파악하기

① 한국의 선거 방법 ② 한국의 정치 제도
③ 4·19 혁명의 의의 ④ 한국의 민주화 과정

세부 내용 파악하기

2. 각 대통령과 관계된 설명을 모두 고르세요.

ㄱ. 10년 이상 장기 집권했다.
ㄴ. 경제를 발전시켰다는 평가를 받는다.
ㄷ. 정권을 연장하기 위해 헌법을 개정했다.
ㄹ. 민주화를 요구하는 시위를 무력으로 진압했다.
ㅁ. 군인 출신으로 쿠데타를 일으켜 정권을 잡았다.

이승만 대통령 ________________

박정희 대통령 ________________

전두환 대통령 ________________

듣고 사건 정리하기

3. 다음 중 사건의 성격이 다른 것은 무엇입니까?

① 4·19 혁명 ② 6·10 항쟁
③ 5·16 군사 쿠데타 ④ 5·18 광주민주화운동

4. 다음 사건에 대해 간단히 이야기해 보세요.

1960년	1972년	1987년
4·19 혁명	유신 헌법	6·10 항쟁

들어 보세요 2

다음은 뉴스의 일부분입니다. 잘 듣고 질문에 답해 보세요.

중심 내용 파악하기

1. 무엇에 대한 인터뷰입니까?

세부 내용 파악하기

2. 학생들이 지도자의 자질이라고 응답한 것을 모두 고르세요.

- ☐ 국민과 소통하는 능력
- ☐ 애국심
- ☐ 지식
- ☐ 공정성
- ☐ 리더십
- ☐ 융통성

3. 학생들이 지도자가 경계해야 할 점이라고 응답한 것을 모두 고르세요.

- ☐ 자신만 옳다고 생각하는 것
- ☐ 여러 사람의 의견을 경청하는 것
- ☐ 자신에게 반대하는 사람들도 포용하는 것
- ☐ 자신을 지지하는 사람들에게 유리한 정책을 만드는 것

이야기해 보세요

1. 여러분 나라에서 있었던 정치적으로 큰 사건에 대해 소개해 보세요.

2. 여러분이 알고 있는 정치인 중 지도자의 자질을 갖춘 사람이 있습니까? 친구들에게 소개해 보세요.

말하기

인터뷰를 하고 그 결과에 대해 논의해 보세요.

준비해 보세요

1. 무엇에 대해 인터뷰를 하고 있습니까? 여러분은 어떻게 대답하겠습니까?

표현을 연습해 보세요

1. 다음은 인터뷰를 요청할 때 쓰는 표현입니다. 다음 표현을 사용하여 이야기해 보세요.

<인터뷰를 요청할 때>

- 저는 ~입니다. ~에 대해서 인터뷰를 하고 싶은데, 부탁드려도 될까요?
- 괜찮으시다면 ~에 대한 인터뷰를 해 도 될까요?
- ~에 대한 인터뷰를 실시하고 있는데 요, 괜찮으시면 잠깐 시간 내 주실 수 있으신지요?

> 저는 언어교육원에서 한국어를 공부하고 있는 스티븐이라고 **합니다**. 바람직한 지도자상에 **대해서 인터뷰를 하고 싶은데, 부탁드려도 될까요?**

1) 인터뷰 내용 : 바람직한 지도자상

2) 인터뷰 내용 : 진로 선택의 기준

3) 인터뷰 내용 : 한국어 학습 방법

2. 다음은 인터뷰를 할 때 쓰는 표현입니다. 다음 표현을 사용하여 이야기해 보세요.

<인터뷰를 할 때>

- ~에 대해서 어떻게 생각하십니까?
- ~에 대해 어떻게 보시는지요?
- ~에 대한 생각은[의견은] 어떠신지요?
- ~다는 말씀이시죠?
- ~다는 말씀으로 이해해도 될까요?

지도자의 자질**에 대해서 어떻게 생각하십니까?**

지도자는 다른 생각을 가지고 있는 사람들의 의견을 존중할 수 있어야 합니다. (…)

지도자의 자질로서 포용력이 중요하**다는 말씀이시죠?**

1)

지도자의 자질은?

다른 생각을 가지고 있는 사람들의 의견을 존중할 수 있어야 한다. (…)

2)

남북 관계는?

지금은 긴장 관계이지만 앞으로 조금씩 북한이 개방되지 않을까 생각한다. (…)

3)

유교 문화의 영향력은?

유교 문화는 한국인의 의식과 생활 방식에 많은 영향을 미쳤다. (…)

3. 다음은 인터뷰를 마칠 때 쓰는 표현입니다. 다음 표현을 사용하여 이야기해 보세요.

<인터뷰를 마칠 때>

- 바쁘실 텐데 끝까지 친절하게 말씀해 주셔 서 대단히 감사합니다.
- 많이 분주하신데도 인터뷰에 응해 주셔서 정말 감사합니다.
- 여러 가지 질문에 성의껏 답변해 주셔서 정말 감사드립니다.

김 선생님, 많이 **바쁘실 텐데 끝까지 친절하게 말씀해 주셔서 대단히 감사합니다.**

1) 인터뷰 대상 : 김 선생님 2) 인터뷰 대상 : 최미숙 씨 3) 인터뷰 대상 : 박 교수님

이야기해 보세요

1. 다음 주제에 대해 인터뷰 질문을 만들어 보세요.

주제 : 바람직한 지도자상

<예상 질문>

1. 지도자에게 필요한 자질은 무엇인가?

2. 현재 지도자를 어떻게 평가하는가?

3. 지도자는 어떤 것을 경계해야 하는가?

주제 : 바람직한 지도자상

● 인터뷰 대상 : 서울대 학생

<질문 내용>

① 지도자에게 필요한 자질은 무엇인가?

② 현재 지도자를 어떻게 평가하는가?

③ 지도자는 어떤 것을 경계해야 하는가?

주제 :

● 인터뷰 대상 : ________________

<질문 내용>

①

②

③

2. 실제로 인터뷰를 해 보세요.

3. 인터뷰 결과를 정리하고 '바람직한 지도자상'에 대해 친구들과 이야기해 보세요.

제가 생각하기에 한 나라의 최고 지도자가 갖춰야 할 자질은 다음과 같이 세 가지가 있습니다.

우선, 리더로서 카리스마가 있어야 합니다. 카리스마가 있어야 국민들이 따라가고 싶어 하고 자기 나라가 앞으로 더 발전하고 좋아진다는 것을 믿으며 정부가 정한 정책을 잘 지지해 열심히 일할 것입니다. 카리스마가 있는 사람이 최고의 지도자가 된다면 나라 안 분위기가 좋게 변할 수도 있습니다.

둘째, 한 나라의 최고 지도자가 되고 싶으면 자기를 희생할 각오가 필요합니다. 가족과 같이 지내는 시간이나 생활을 여유 있게 누릴 기회가 없어지는 것은 물론이고 많은 사람들로부터 오해를 받는 경우도 있을 것입니다. 나라를 발전시키다 보면 모든 국민의 이익을 보호할 수 없고 나라의 장기적인 발전을 위해서 대부분의 국민들의 단기적인 이익을 침해할 수도 있습니다. 이런 경우에 지도자가 심하게 비판을 받습니다. 그런데 자기를 희생할 각오를 가지고 있으면 나라를 위해 억울해도 자기가 올바르다고 생각하는 정책을 계속 밀고 나갈 수 있습니다. 이렇게 해야 나라가 빨리 발전할 수 있습니다.

마지막으로, 자기 나라에 맞는 결단을 내리기 위해 풍부한 지식을 가져야 합니다. 자기가 올바르다고 생각한 정책을 끝까지 실천해 가는 결심만 있고 판단을 잘못해서 나라의 발전에 좋지 않은 정책을 실시한다면 큰일입니다. 지식이 있어야 나라의 상황을 정확하게 파악하고 올바른 결정을 내릴 수 있습니다.

(위여, 중국, 2012년 봄학기 6급)

어휘와 표현

1. 한국의 정치와 민주화

● 어휘

간접 선거(間接選擧)
일반 유권자가 특정 수의 중간 선거인을 뽑고 그 중간 선거인이 대표자를 뽑는 제도. 間接選擧
인구가 많고 영토가 넓은 나라에서는 간접 선거 제도를 채택하기도 한다. 在人口數龐大，領土廣闊的國家裡，也會採取間接選擧的制度。

개헌(改憲)하다
동 헌법을 고쳐서 다시 정하다. 修憲
과거에 일부 정당에서 대통령제에서 의원 내각제로 개헌하자는 주장이 일기도 했다. 在過去，部分的政黨也曾提出主張說要由總統制改為議院內閣制。

검열(檢閱)하다
동 언론이나 출판물 등의 내용을 미리 조사해 통제하다. 審查
군사 독재 시절에는 예술과 창작 활동도 검열하고 제한했다. 軍事獨裁時期連藝術與創作活動都受到審查與限制。

고문(拷問)하다
동 어떤 사람이 숨기고 있는 것을 강제로 알아내기 위해 육체적, 정신적 고통을 주다. 拷問
80년대 군부 독재 시절에는 수사 과정에서 범죄 혐의가 있는 사람을 고문하는 경우도 있었다. 在80年代的軍事獨裁時期，也曾有在偵查過程中拷問過犯罪嫌疑者的情況。

독재자(獨裁者)[독째자]
명 절대 권력을 쥐고 마음대로 정치를 하는 사람. 獨裁者
부장님은 모든 결정을 혼자서 내리고 마음대로 일을 처리하기 때문에 직원들이 독재자라고 부른다. 因部長單獨下所有決策，且隨心所欲地處事，因此員工們稱其為獨裁者。

물러나다
동 하던 일을 내놓고 나오다. 退出、辭去職務
그는 이번 대회 성적이 좋지 않은 것에 책임을 지고 감독에서 물러나겠다고 말했다. 他說要為本次競賽差強人意的成績負起責任，並要從教練退出。

민주화 운동(民主化運動)
민주적인 정치 체제를 요구하는 시위나 활동. 民主化運動
학생들과 시민들의 민주화 운동이 한국 정치 발전에 큰 기여를 했다. 學生與市民們的民主化運動對韓國的經濟發展有莫大的貢獻。

부정(不正)을 저지르다
옳지 않거나 바르지 않은 일을 하다. 舞弊、犯規
수학능력시험에서 3명이 스마트폰과 무전기 등으로 부정을 저지르다가 적발되었다. 在數學能力測驗中，有3名學生利用智慧型手機與無線電等舞弊而被揭發。

선출(選出)되다
동 여러 명 가운데서 뽑히다. 被選為、選出
평소 성실하고 책임감이 강한 영수가 우리 반 반장으로 선출되었다. 素日裡實在且責任感強烈的英秀被選為本班班長。

시위(示威)하다
동 많은 사람들이 모여 공개적인 장소에서 자신들의 주장을 펴다. 示威
노동자들이 임금 인상을 요구하며 3일째 공장 앞에서 시위하고 있다. 勞工們要求調漲薪資，在工廠前的示威也來到第三天。

언론(言論)을 통제(統制)하다 [얼론]
신문이나 방송 등의 보도 행위를 제한하다. 管制言論
정부가 자유로운 언론 보도를 막는 것은 민주주의에 어긋나는 행동이다. 언론을 통제하는 것은 비판을 통제하겠다는 것인데 이 비판은 민주주의의 출발점이기 때문이다. 政府阻擋自由的言論報導是有違民主主義的行為。因為管制言論即是管制批判，而批判正是民主主義的起點。

임기(任期)
명 업무를 하는 기간. 任期
한국 대통령의 임기는 5년이다. 韓國總統的任期為5年。

자질(資質)
명 어떤 일에 필요한 능력과 실력. 資質
지도자로서의 자질을 묻는 질문에 많은 사람들이 '국민과의 소통 능력'이라고 대답했다. 對於領袖的資質為何的詢問，許多人答道「與國民的溝通能力」。

장기 집권(長期執權) [집꿘]
오랫동안 권력을 잡음. 長期執政
박정희 대통령은 18년 동안 장기 집권을 했다. 朴正熙總統長期執政了18年。

정권(政權)을 연장(延長)하다 [정꿘]
나라를 다스리는 권력을 오랫동안 가지기 위해 기간을 늘린다. 延長執政權
독재자들은 정권을 연장하기 위해 헌법을 개정하고 국민의 자유를 억압한다. 獨裁者為了延長執政權，便修改憲法壓制人民的自由。

정권(政權)을 잡다 [정꿘]

나라를 다스리는 권력을 가지다. 掌權
여당이 오랫동안 정권을 잡고 있었으나 이번 총선거에서 야당이 승리했다. 雖然執政黨長期掌握政權，但本次大選卻由在野黨勝出。

지배(支配)하다

동 복종시키고 다스리다. 統治
히틀러는 세계를 지배하려는 야심을 가지고 있었다.
希特勒曾有著統治世界的野心。

직접 선거(直接選擧)[직쩝]

국민들이 직접 대통령 및 국회 의원 등의 정치인을 뽑는 제도. 直接選舉
한국의 대통령은 국민들의 직접 선거로 선출되고 임기는 5년으로 정해져 있다. 韓國總統由國民直接選舉，任期則定為5年。

집권(執權)하다[집꿘하다]

동 권력이나 정권을 잡다. 執政
새로운 대통령이 집권하면서 시민들은 경제가 좋아질 것이라고 기대하고 있다. 隨著新任總統執政，市民們都殷切盼望經濟的復甦。

취임(就任)하다

동 어떤 직무를 수행하기 위해 그 자리를 맡다. 上任
새 교육부 장관이 취임하자마자 사교육을 막고 공교육을 강화하는 방안을 내놓았다. 教育部新任長官一上任，即抛出打壓私教，並強化公教的方針。

쿠데타(coup d'E´tat)를 일으키다

국민의 의사와 관계없이 일부 지배 권력이 정권을 억지로 빼앗다. 發動政變
군인이었던 박정희 대통령은 쿠데타를 일으켜 정권을 잡았다.
軍人出身的朴正熙總統發動政變後掌握了執政權。

혁명(革命)[형명]

명 이전의 사회 체제를 바꾸기 위해 일어난 시민들의 권력 교체. 革命
4·19는 1960년 4월에 학생들이 중심이 되어 일으킨 민주주의 혁명이다. 419運動是一場發生於1960年4月以學生們為核心所發起的民主主義革命。

듣기

들어 보세요 1

부정 선거(不正選擧)

옳지 못한 방법으로 치러진 선거. 選舉舞弊
독재자들은 오랫동안 자신의 정치권력을 유지하기 위해서 부정 선거를 저지르기도 한다. 獨裁者們為長期維持自己的政權，甚至會在選舉中舞弊。

암살(暗殺)당하다

동 정치적인 이유로 다른 사람들이 모르게 죽임을 당하다. 被暗殺
야당 지도자가 주도하던 민주화 운동이 그가 암살당한 뒤에는 많이 약화되었다. 在野黨領袖所主導的民主化運動，在其遭到暗殺後便大幅沉寂。

진압(鎭壓)하다[지나파다]

동 폭동이나 시위 등을 강압적이고 물리적인 힘으로 눌러 가라앉히다. 鎮壓
시위를 무력으로 진압해서 시민들의 반발이 거세졌다.
以武力鎮壓示威後，市民們的反彈變得更強烈。

투옥(投獄)되다[투옥뙤다]

동 감옥에 갇히다. 被捕入獄
우리 할아버지는 독립운동을 하다 투옥되셨고 해방이 된 후에야 감옥에서 풀려나셨다. 我爺爺因參與獨立運動而入獄，直到光復後才從監獄裡釋放出來。

들어 보세요 2

경계(警戒)하다

동 옳지 않은 일이나 잘못된 일들을 하지 않도록 주의하다. 警惕
보다 살기 좋은 사회를 만들기 위해서는 지나친 가족 이기주의를 경계해야 한다. 為了創造更美滿宜居的社會，須警惕過度維護家族利益的利己主義。

독선(獨善)[독썬]

명 자기 혼자만 옳다고 생각하고 행동함. 妄自尊大
야당은 국민의 목소리에 귀를 기울이지 않는 정부의 독선을 견제해야 한다며 야당을 지지해 줄 것을 호소했다. 在野黨表示該牽制無意聽取民意而妄自尊大的政府，並呼籲支持在野黨。

어휘와 표현

분열(分裂)되다

동 갈라져 나뉘게 되다. 分裂

해방 직후 한국은 우익과 좌익으로 사회가 분열되어 큰 혼란을 겪었다. 在光復後韓國社會分裂為左翼與右翼，並歷經過一段劇烈的動盪。

소통(疏通)하다

동 다른 사람과 의견이 서로 잘 통하다. 溝通

건강한 마음을 갖기 위해서는 가족들과 대화를 통해 소통하는 것이 중요하다. 為了保持健康的心靈，透過與家人的對話來溝通是件重要的事情。

편애(偏愛)하다

동 어느 한 사람이나 한쪽만을 특별히 사랑하다. 偏心

교사는 한 아이만을 편애해서는 안 된다. 教師不得偏心於某個孩子。

포용(包容)하다

동 남을 너그럽게 감싸고 받아들이다. 包容

부모는 자식의 잘못을 모두 포용하는 넓은 바다와 같은 존재이다. 父母是一個能全面包容子女，猶如遼闊大海般的存在。

2

한국의 경제와 성장 과정

韓國的經濟與發展過程

주제 主題
한국의 경제 빌진
韓國的經濟發展

어휘 詞彙
빈곤과 경제 발전 과정
貧困與經濟發展過程

문법과 표현 文法與表達
- N을/를 불문하고
  不拘某個事項
- V-(으)ㄴ/는 이상
  既然……（已成為事實條件）就……

읽기 閱讀
설명문 읽고 시대별로 주요 사건 요약하기 閱讀說明文後依各時期概括主要事件

쓰기 寫作
- '때문에'와 '기 때문에'에 유의하며 쓰기 注意「때문에」與「기 때문에」並寫作
- 서사적 과정 쓰기
  撰寫敘事性的過程

들어가기

이야기해 보세요

한국 1인당 국민 소득(GNP)의 변화

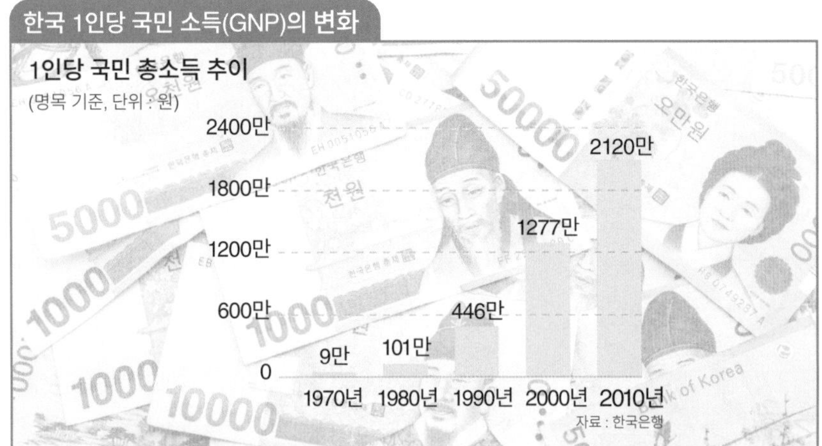

한국 무역 규모의 변화

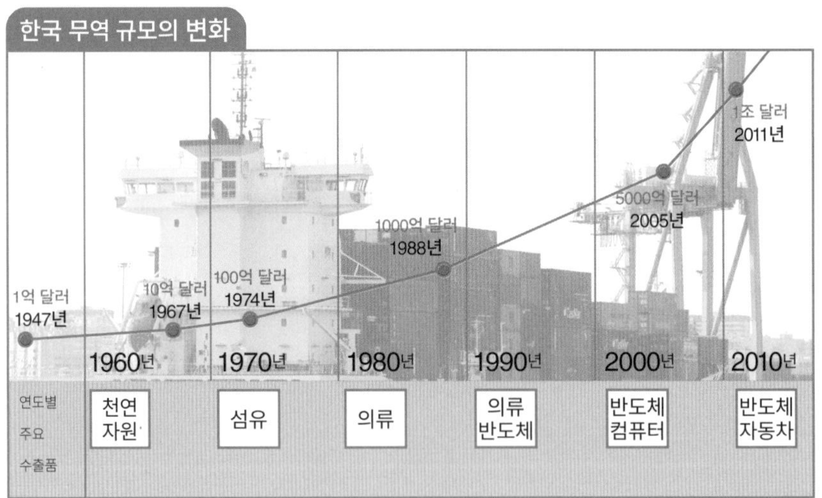

1. 한국의 1인당 국민 소득과 무역 규모는 어떻게 변화했습니까?

2. 여러분 나라의 국민 소득과 무역 규모는 어떻습니까?

어휘와 문법

읽어 보세요 37

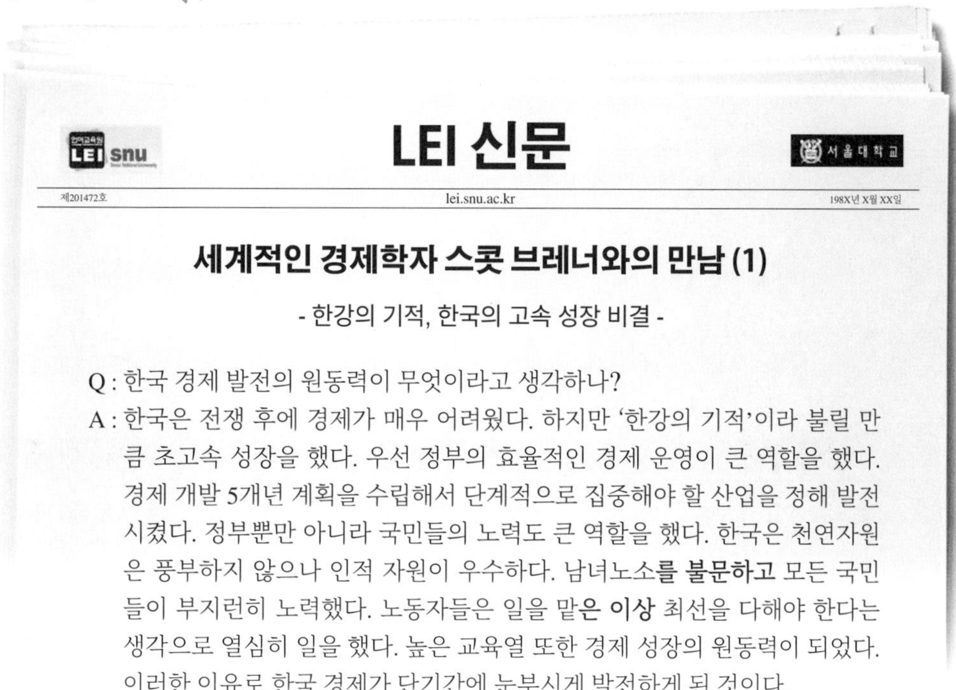
LEI 신문

LEI snu

서울대학교

제201472호 lei.snu.ac.kr 198X년 X월 XX일

세계적인 경제학자 스콧 브레너와의 만남 (1)

- 한강의 기적, 한국의 고속 성장 비결 -

Q : 한국 경제 발전의 원동력이 무엇이라고 생각하나?

A : 한국은 전쟁 후에 경제가 매우 어려웠다. 하지만 '한강의 기적'이라 불릴 만큼 초고속 성장을 했다. 우선 정부의 효율적인 경제 운영이 큰 역할을 했다. 경제 개발 5개년 계획을 수립해서 단계적으로 집중해야 할 산업을 정해 발전시켰다. 정부뿐만 아니라 국민들의 노력도 큰 역할을 했다. 한국은 천연자원은 풍부하지 않으나 인적 자원이 우수하다. 남녀노소를 **불문하고** 모든 국민들이 부지런히 노력했다. 노동자들은 일을 맡**은 이상** 최선을 다해야 한다는 생각으로 열심히 일을 했다. 높은 교육열 또한 경제 성장의 원동력이 되었다. 이러한 이유로 한국 경제가 단기간에 눈부시게 발전하게 된 것이다.

1. 한국 경제 발전의 원동력을 무엇이라고 보고 있습니까?

▪

▪

▪

어휘를 연습해 보세요

산업화	경제 개발 5개년 계획	부익부 빈익빈 현상	실업률
이농 현상	빈민층	고소득층 / 중산층 / 저소득층	IMF 경제 위기
외화 획득	인적 자원	상류층 / 중류층 / 하류층	분배하다
원동력	절대적 / 상대적 빈곤	국민 소득	중화학 공업 / 경공업
농업 / 수산업 / 공업 / 서비스업 / 첨단 산업		빈부 격차	빈곤의 악순환

1. 서로 관계있는 것끼리 연결해 보세요.

1) 부익부 빈익빈 현상 •	• 상대적으로 수입이 많은 계층
2) 실업률 •	• 1997년 11월 이후 한국 경제가 매우 어려웠던 시기
3) 고소득층 •	• 부유한 사람은 더 부유해지고 가난한 사람은 더 가난해지는 현상
4) IMF 경제 위기 •	• 일할 의사와 능력이 있지만 일자리를 갖지 않거나 갖지 못한 사람들의 비율

문법과 표현을 연습해 보세요

1. N을/를 불문하고 不拘某個事項

· 당뇨병과 고혈압은 남녀를 불문하고 성인에게 많이 나타난다. 糖尿病與高血壓不分男女，皆好發於成人身上。

· 공공 기업과 민간 기업을 불문하고 구조 조정은 고통스러운 일이다. 不論是國營事業或民間企業，組織再造都是件痛苦的事。

2. V-(으)ㄴ/는 이상 既然……（已成為事實條件）就……

· 한 나라의 대통령으로 선출된 이상 끝까지 책임을 다해야 한다. 既然已經被選為一國的總統，就得全權負責到底。

· 북한이 핵 개발을 하는 이상 식량 지원을 하지 말아야 한다는 의견도 있다. 也有人提議道，既然北韓正在進行核子開發，就應該停止糧食援助。

1. 신문 표제를 보고 이야기해 보세요.

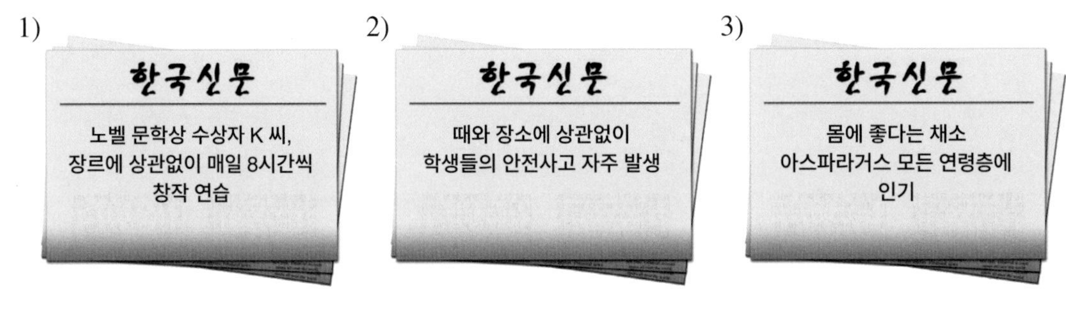

1)
한국신문
노벨 문학상 수상자 K 씨,
장르에 상관없이 매일 8시간씩
창작 연습
2)
한국신문
때와 장소에 상관없이
학생들의 안전사고 자주 발생
3)
한국신문
몸에 좋다는 채소
아스파라거스 모든 연령층에
인기

노벨 문학상 수상자 K 씨는 장르를 불문하고 매일 8시간씩 창작 연습을 했다고 합니다.

2. 다음과 같이 조언해 주세요.

1) 유학을 왔는데 외롭기도 하고 공부도 많이 힘들어요.

이미 유학을 온 **이상** 어려움을 잘 이겨 내고 공부도 잘 마치는 게 좋겠어요.

2) 선생님의 추천으로 한국어 말하기 대회에 나가게 되었는데 긴장돼요.

3) 회사를 옮기기로 결정했는데 갑자기 제가 잘한 일인지 불안해요.

읽기

준비해 보세요

자원의 종류

인적 자원 (노동력)

천연자원

토지

자본

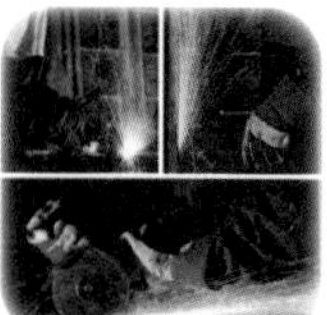
기술

산업의 종류

농업

수산업

임업

축산업

공업

경공업 - 섬유, 식료품, 의류, 제지 등
중화학 공업 - 철강, 조선, 기계 등

첨단 산업

반도체, 컴퓨터, 우주 개발, 원자력 등

서비스업

교육, 상업, 금융, 통신, 의료, 행정 등

1. 자원의 종류에는 어떤 것이 있습니까? 여러분 나라에는 어떤 자원이 많습니까?

2. 산업의 종류에는 어떤 것이 있습니까? 여러분 나라는 어떤 산업이 발달했습니까?

읽어 보세요 38

다음은 한국의 경제 발전에 대한 설명문입니다. 글을 읽고 질문에 답해 보세요.

가 **1950년대 : 절대적 빈곤의 땅, 한국**

한국 전쟁으로 공장과 도로 등의 기반 시설이 모두 파괴되어 한국인들은 남녀노소를 불문하고 모두 절대적 빈곤에 시달렸다. 그 당시 한국 경제는 농업 중심의 산업 구조, 부존자원의 부족, 과잉 인구 등으로 빈곤의 악순환이 지속되는 상황이었다. 산업 기반 시설과 기술이 전무해 수출을 한다는 것은 거의 불가능했고 밀가루, 옥수수와 같은 해외 원조에 전적으로 의존하고 있었다. 당시 산업이란 원조 물자인 밀가루, 옥수수, 설탕 등을 가공해 파는 것이 대부분이었고 수출품은 흑연, 철광석, 중석 등 광산물이 대부분이었다.

나 **1960년대 : 계획 경제와 경공업**

한국의 본격적인 산업화는 1960년대 경제 개발 5개년 계획이 실시되면서부터이다. 박정희 대통령은 1962년에 제1차 경제 개발 5개년 계획을 실시하면서 값싼 노동력을 활용해 수출 주도형 산업 구조를 마련했다. 1968년 구로동에 수출 산업 공단인 구로 공단을 준공하면서 수출량은 더욱 늘어나 경제가 빠르게 성장하기 시작했다. 1960년대에는 합판, 가발, 신발 등 경공업 제품의 수출이 총 수출 규모의 80%를 차지했다. 급속한 산업화로 인해 일자리를 찾아 농촌 인구가 대거 도시로 이동하는 이농 현상이 심화되면서 도시 빈민층이 생겨나고 도시 변두리에는 '판자촌, 달동네'가 형성되었다.

다 **1970년대 : 중화학 공업의 시작**

1970년대에는 경공업에서 중화학 공업으로 산업 구조가 점차 바뀌었다. 이때 처음으로 철강을 생산했고 조선소를 세워 배를 만들기 시작했다. 같은 시기에 반도체 조립을 시작해 현재와 같은 성장의 기반을 마련했다. 이때도 여전히 의류와 섬유가 수출 품목 1위를 차지하기는 했지만 철강과 선박, 기계류도 수출품 중 35%의 비중을 차지했다. 1977년 한국은 아시아에서 일본에 이어 두 번째로 수출 100억 달러를 달성했다. 서울과 부산을 연결하는 경부고속도로 개통은 한국 경제 발전에 큰 기여를 했다. 경부고속도로의 개통으로 생산품을 소비 시장과 신속하게 연결할 수 있게 된 것이다. 1970년대 후반에는 국내 건설사들이 중동에 진출한 후 외화를 획득해 한국 경제 발전에 많은 도움을 주었다.

라 **1980~90년대 : 고속 성장과 산업 구조의 다변화**

1980년대에 들어서면서 한국 경제는 13%의 고속 성장으로 상당한 호황을 누리게 되었다. 1인당 국민

소득 1만 달러를 달성하면서 중산층이 증가하게 되었고 실제로도 자신을 중산층이라고 생각하는 사람이 국민의 70%를 넘었다. 자동차를 100만 대 이상 팔아 자동차 수출국의 이름을 얻게 되었고 냉장고, 세탁기 등 가전제품의 수출로 세계 시장을 넓혀 갔다. 1990년대 한국 산업의 주역은 단연 반도체였다. 1998년에는 일본 업체를 추월해 세계 1위 반도체 수출국으로 자리 잡게 되었다. 그러나 그동안 정부가 실시한 대기업 중심의 '선 성장, 후 분배' 정책의 부작용이 드러나기 시작했다. 이후 정부의 시장 개입이 지속적인 성장을 저해한다고 판단한 정부는 민간 주도의 경제 발전 체제를 확립할 수 있도록 경제 자율화의 기반을 마련하고자 했다.

마 1997년 IMF 외환 위기

한국의 고속 성장은 여러 가지 문제점을 내포하고 있었고 이는 1997년 IMF 외환 위기로 나타났다. IMF 경제 위기로 많은 기업들이 부도로 쓰러졌고 정리 해고와 구조 조정으로 실업자가 크게 증가하게 되었다. 하루아침에 생활 기반을 잃은 사람들은 노숙자로 전락했다. 국민들은 '금 모으기 운동'으로 힘을 합쳐 IMF 위기를 이겨 냈지만 사람들의 의식은 많은 변화를 겪었다. 경제를 계속 발전하는 것으로 여겼던 사람들의 생각이 달라졌으며 자신을 더 이상 중산층이라고 생각하지 않게 되었다. 정부가 지속적으로 추진해 온 '선 성장, 후 분배' 정책으로 빈부 격차가 심해졌고 IMF 경제 위기 이후에는 부익부 빈익빈 현상이 더욱 심화되었다. 이제는 절대적 빈곤이 아니라 상대적 빈곤을 해결해야 할 시기가 되었다.

바 2000년대 이후 : 경제 구조 개편 및 무역국의 다변화

IMF 위기 이후 한국 정부는 경제 선진화의 필요성을 느끼고 공공 부문, 금융, 노동 분야의 구조 조정을 통해 합리적이고 효율적인 경제 구조로 개편하고자 했다. 한국은 IMF에서 빌린 195억 달러를 2001년 8월에 전액 상환하면서 IMF 관리 체제에서 벗어날 수 있었다. 현재 한국의 대외 무역 규모는 세계 12위 수준이며 2011년에는 세계 아홉 번째로 무역 1조 달러를 달성했다. 여러 나라와 FTA를 체결하면서 미국, 일본 등 특정국에 편중되어 있던 무역 상대국도 유럽, 아시아로 점차 다변화되었다. 그뿐만 아니라 수출 상품도 경제 발전 초기의 가발, 봉제, 신발 등의 제품에서 반도체, 선박, 자동차, 전자 기기, 컴퓨터 등 첨단 기술이 요구되는 제품으로 바뀌어 상당한 수준의 기술 선진화를 이루고 있다.

중심 내용 파악하기

1. 시기와 한국 경제의 특징을 연결해 보세요.

1) 1950년대	•	•	**경제 개발 계획 실시** 가발, 신발 등의 경공업 제품 중심
2) 1960년대	•	•	**절대 빈곤의 시기, 해외 원조에 의존** 광물 등을 일부 수출
3) 1970년대	•	•	**한국 경제의 호황기** 자동차, 전자 산업 제품을 수출
4) 1980~90년대	•	•	**중화학 공업으로 산업 구조 변화** 아시아 2번째로 무역 100억 달러 달성
5) 2000년대 이후	•	•	**경제 구조 개편 및 무역국의 다변화** 반도체, IT 제품 수출

세부 내용 파악하기

2. 1950년대에 경제 발전이 어려웠던 요인이 아닌 것을 고르세요.

① 부존자원의 부족

② 농업 중심의 산업 구조

③ 노동 인구의 절대 부족

④ 전쟁으로 인한 산업 기반 시설 파괴

3. 1960년대 도시에 빈민촌이 형성된 이유는 무엇입니까?

4. 1997년 IMF 외환 위기로 한국 경제 구조와 한국인에게 어떤 변화가 있었습니까?

관련 자료 보충하며 읽기

5. 다음 자료는 어느 단락에 보충되어야 합니까?

1) IMF 전후 중산층의 비율	•	• 다
2) 다양한 무역국 관련 자료	•	• 라
3) 선박과 철강의 수출액 자료	•	• 마
4) 국가별 반도체 점유율 순위	•	• 바

이야기해 보세요

1. 한국의 경제 발전 과정을 요약해서 이야기해 보세요.

1950년대	전쟁 후 절대적 빈곤의 시대. 해외의 원조
1960년대	경제 개발 5개년 계획 시작. 공단 건설. 경공업 중심 수출, 이농 현상 시작
1970년대	급속한 경제 성장. 중화학 공업, 수출 중심 산업 발달
1980~90년대	13%의 고속 성장. 중산층 증가
1997년	IMF 외환 위기. 정리 해고와 구조 조정으로 실업자와 노숙자 증가, 중산층 몰락
2000년대	상대적 빈곤의 시대. 부익부 빈익빈 현상 심화 반도체, 자동차, 전자 기기 수출. 무역 10조 달러 달성

쓰기

여러분 나라의 경제 발전 과정에 대해 써 보세요.

준비해 보세요

다음 문장에서 어색한 부분을 찾아 바르게 고쳐 보세요.

1. 연예인은 대중의 관심을 받는 존재 때문에 사생활 침해라는 어려움을 겪는다.
2. 1997년에는 외환 위기이기 때문에 환율이 오르고 문을 닫는 회사가 증가했다.
3. 원자력 발전소는 안전 문제이기 때문에 건설 여부에 대해 신중히 논의해야 한다.
4. 남북한 문제는 한국과 북한 두 나라 간의 문제 때문에 다른 나라는 간섭하지 말아야 된다.

연습해 보세요

1. 다음은 특징을 소개할 때 쓰는 표현입니다. 다음 표현을 사용하여 말해 보세요.

<특징을 소개할 때>

- ~의 특징으로 ~다는 점을 들 수 있다.
- ~의 두드러진 특징은 ~다는 것이다.

한국 경제 성장 과정**의 특징으로** 값싼 노동력으로 수출 중심 산업을 육성했**다는 점을 들 수 있다.**

1) 한국 경제 성장 과정
- 값싼 노동력으로 수출 중심 산업을 육성함.

2) 원자력 발전
- 탄소 가스가 발생하지 않음.

3) 한국의 민주화 과정
- 정권 연장을 막는 데 학생들이 큰 역할을 했음.

2. 다음은 문제점을 제시할 때 쓰는 표현입니다. 다음 표현을 사용하여 이야기해 보세요.

<문제점을 제시할 때>

- ~은 ~과 같은 문제를 낳았다.
- ~는 ~의 문제점으로 지적되고 있다.

정부의 선 성장 후 분배 정책**은** 빈부 격차**와 같은 문제를 낳았다.**

빈부 격차**는** 정부의 선 성장 후 분배 정책**의 문제점으로 지적되고 있다.**

1) 정부의 선 성장 후 분배 정책 → 빈부 격차

2) 화석 연료 사용 → 지구 온난화

3) 대통령에게 국가 권력 집중 → 독재 정권 등장

써 보세요

1. 다음 항목을 중심으로 친구에게 여러분 나라의 경제 발전 과정에 대해 소개해 보세요.

- 경제 개발 계획이 있었는가?
- 경제의 특징과 경제 발전의 원동력은 무엇인가?
- 주요 산업과 수출품은 무엇인가?
- 한국의 경제 발전 과정과 유사한 점이 있는가?
- 한국의 경제 발전 과정과 차이점은 무엇인가?
- 경제 발전 과정에서 나타난 문제점은 무엇인가?

2. 여러분 나라의 경제 발전 과정을 조사하고 메모해 보세요.

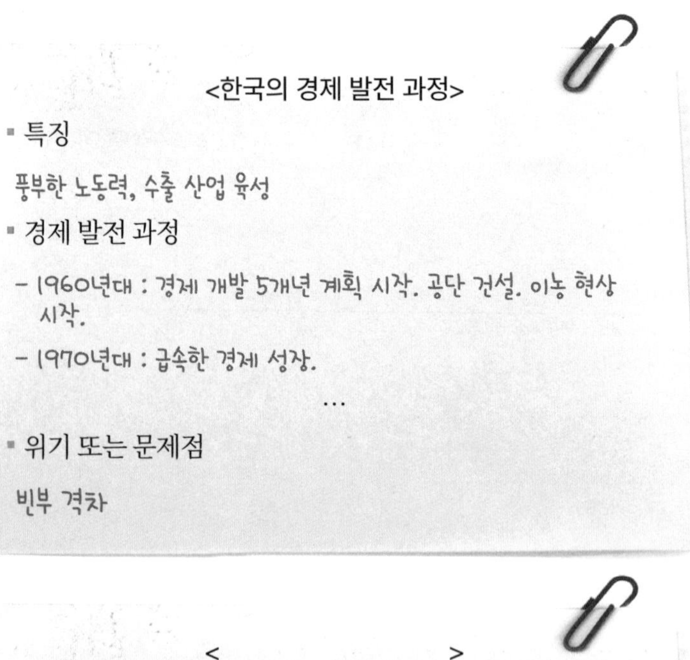

<한국의 경제 발전 과정>
▪ 특징
풍부한 노동력, 수출 산업 육성
▪ 경제 발전 과정
– 1960년대 : 경제 개발 5개년 계획 시작. 공단 건설. 이농 현상 시작.
– 1970년대 : 급속한 경제 성장.
…
▪ 위기 또는 문제점
빈부 격차

<　　　　　　>

▪ 특징

▪ 경제 발전 과정

…

▪ 위기 또는 문제점

3. 위에서 소개한 내용을 바탕으로 여러분 나라의 경제 발전 과정에 대한 글을 써 보세요.

도입	한국은 6·25 전쟁으로 인해 절대적 빈곤을 경험했다. 전쟁 후 미국과 같은 선진국의 원조에 의존할 수밖에 없었던 한국이 현재와 같은 눈부신 발전을 하게 된 원동력은 무엇일까?
특징	한국 경제 발전 과정의 특징으로 값싼 노동력으로 수출 중심 산업을 육성했다는 점을 들 수 있다. 천연자원이 부족했기 때문에 값싼 노동력을 이용해 경제 발전의 기초를 마련한 것이다.
경제 발전 과정	1962년에 경제 개발 5개년 계획이 시작되었다. 정부는 공단을 건설하고 경공업 중심으로 수출 산업을 육성하기 시작했다. 1970년대에는 중화학 공업에 지원과 투자를 아끼지 않았다. 그 결과 1980년대에는 13%의 고속 성장을 이루게 되었다.
위기 또는 문제점	그러나 정부의 선 성장 후 분배 정책은 빈부 격차와 같은 문제를 낳았다. 또한 대기업 중심 정책으로 인해 대기업과 중소기업 간 격차는 날로 커졌다. 이 같은 문제들로 인해 사회적 갈등은 심화되고 있다.
결론과 제언	한국은 짧은 기간 동안 눈부신 경제 발전을 이뤄 냈다. 앞으로 한국이 계속 성장해 나가기 위해서는 경제 발전 과정에서 생긴 빈부 격차와 대기업과 중소기업 간 격차 문제를 해결해야 할 것이다.

어휘와 표현

2. 한국의 경제와 성장 과정

● 어휘

경공업(輕工業)

명 부피에 비하여 무게가 가벼운 물건을 만드는 공업. 輕工業

섬유 산업은 대표적인 경공업으로 1960~70년대 수출품의 대부분을 차지했다. 紡織業是代表性的輕工業，佔了1960~1970年代輸出品的最大宗。

경제 개발 5개년 계획(經濟開發五個年計劃)

한국 정부의 주도로 1962년부터 5년 단위로 이루어진 경제 개발 계획. 五年經濟發展計劃

한국은 경제 개발 5개년 계획 덕분에 경제가 고속 성장을 할 수 있었다. 韓國賴於5年經濟發展計劃，經濟得以快速成長。

고소득층(高所得層)

명 상대적으로 생활 수준이 높거나 소득이 많은 계층. 高所得階層

최근 고소득층의 지나친 과소비가 문제가 되고 있다. 近日來高所得階層的過度消費成為一大問題。

공업(工業)

명 원료를 인력이나 기계력으로 가공해 유용한 물자를 만드는 산업. 工業

공업이 발달하면서 수많은 공장이 생기고 많은 사람들이 공장에 취직했다. 隨著工業的發達，工廠林立，許多的人在工廠就業。

국민 소득(國民所得)[궁민소득]

1년 동안 한 나라의 국민이 생산 활동의 결과로 얻은 최종 생산물의 총액. 國民所得

국민 소득이 작년에 비해 2.9% 늘었지만 오랜 불경기로 인해 국민들은 경제 성장률을 피부로 느끼지 못하고 있다. 國民所得雖相較去年增長2.9%，但由於長期的不景氣，國民們無法切身感受到經濟的成長。

농업(農業)

명 땅을 이용하여 인간 생활에 필요한 식물을 가꾸거나 동물을 기르는 산업. 農業

산업이 발달하면서 농업에 종사하던 사람들이 다른 직업을 갖는 경우가 늘어났다. 隨著產業發達，務農者擁有其他職業的情況增加。

부익부 빈익빈 현상(富益富貧益貧現狀)

부유한 사람은 더 부유해지고 가난한 사람은 더 가난해지는 현상. 富者越富，貧者越貧

자본주의 사회에서는 부익부 빈익빈 현상이 큰 사회 문제가 된다. 資本主義社會裡「富益富，貧益貧」的現象是個重大的社會問題。

분배(分配)하다

동 생산 과정에 참여한 개개인이 생산물을 나누다. 分配

그 기업에서는 이익을 사원들에게 고르게 분배했다. 那家企業將利潤平均分配給員工。

빈곤(貧困)의 악순환(惡循環) [악쑨환]

가난하기 때문에 자본이 형성되지 않고, 자본이 형성되지 않기 때문에 생산력을 높일 수 없어 가난이 계속 심해지는 현상. 貧困的惡性循環

가난해서 교육을 받을 수 없는 저개발국의 학생들은 다시 가난하게 살게 되는 경우가 많기 때문에 결국 빈곤의 악순환이 계속되고 있다고 볼 수 있다. 因貧困而無法受教育的低度開發國家學子，大多會再過上貧窮的日子，因此可以視為貧困的惡性循環仍持續著。

빈민층(貧民層)

명 가난한 사람들이 속하는 계층. 貧民階層

불황이 계속되면서 생계를 유지하기 힘든 빈민층이 급증하고 있다. 隨著不景氣持續，難以維持生計的貧民階級急速增長。

빈부 격차(貧富隔差)

경제적인 면에서 볼 때 가난한 사람과 부유한 사람의 큰 경제적 차이. 貧富差距

빈부 격차가 심해지면 사회가 안정되지 못한다. 若貧富差距擴大社會就無法安定。

산업화(産業化)[사너퐈]

명 산업의 형태가 됨. 工業化

한국은 1960년대 이후 산업화가 급속히 진행되었다. 韓國在1960年代後急速工業化。

상대적 빈곤(相對的貧困)

다른 사람과 비교해서 느끼는 빈곤. 相對貧困

요즘은 다른 사람과 비교하면서 상대적 빈곤에 시달리는 사람들이 많다. 最近拿自己和他人做比較，而在相對貧困中煎熬的人很多。

상류층(上流層)[상뉴층]

명 신분이나 생활 수준이 높은 계층. 上流階層

그녀는 어릴 때부터 상류층이 되는 것이 소원이었다. 她自幼起躋身上流階層就是她的願望。

서비스업(Service業)

명 물자의 생산 대신에 서비스를 제공하는 산업. 服務業

시대가 변화함에 따라 서비스업에 종사하는 인구가 크게 늘어났다. 隨著時代轉變，從事服務業的人口大幅成長。

수산업(水産業)

명 수산물의 어획, 양식, 제조, 가공 등에 관한 산업. 水產業、漁業

부산은 바다와 접해 있어서 수산업이 매우 발달되어 있다. 釜山因毗鄰大海，水產業十分發達。

실업률(失業率)[시럼뉼]

명 일할 의사와 능력이 있지만 일자리를 갖지 않거나 갖지 못한 사람의 비율. 失業率

요즘엔 청년 실업률도 높아져서 문제가 되고 있다. 近來青年失業率也升高而成為（社會）問題。

외화 획득(外貨獲得) [획뜩]

외국 돈을 벌어 옴. 獲取外匯

중동 진출로 인한 외화 획득이 국가 경제 발전에도 큰 도움을 주었다. 進軍中東外匯的取得，國家的經濟發展上也給予莫大的助益。

원동력(原動力)[원동녁]

명 근본이 되는 힘. 原動力

강한 정신력이 이번 시합에서 승리의 원동력이 되었다. 強悍的精神力在這回合的賽事中成為勝利的原動力。

이농 현상(離農現狀)

농민이 농사일을 그만두고 농촌을 떠나는 현상. 離農現象

이농 현상은 농촌 인구의 부족 문제를 불러일으켰다. 離農現象引發農村人口不足的問題。

인적 자원(人的資源)[인쩍짜원]

사람의 노동력을 생산 자원의 하나로 이르는 말. 人力資源

기업의 성공과 실패는 인적 자원을 어떻게 활용하느냐에 달려 있다. 企業的成敗關乎如何運用人力資源。

저소득층(低所得層)

명 상대적으로 생활 수준이 낮거나 소득이 적은 계층. 低收入戶

정부는 저소득층 가정의 자녀들을 대상으로 무상 급식을 지원하기로 했다. 政府決定以低收入戶子女為對象補助免費的膳食。

절대적 빈곤(絶對的貧困) [절때적]

인간의 생존에 필요한 최소한의 물자조차 부족한 극도의 빈곤. 絕對貧困

한국은 한국 전쟁 후에 절대적 빈곤 상태에 있었다. 韓國在韓戰後曾處於絕對貧困狀態。

중류층(中流層)[중뉴층]

명 신분이나 생활 수준이 중간 정도 되는 계층. 中等階層

IMF 경제 위기 이후에 자신을 중류층이라고 생각하는 사람들이 줄어들었다. IMF金融危機後認為自己是中間階層者減少了。

중산층(中産層)

명 상대적으로 소득이나 생활 수준이 중간 정도 되는 계층. 中產階級

IMF 경제 위기 이후에 자신을 중산층이라고 생각하는 사람들이 줄어들었다. IMF金融危機後認為自己是中產階級者逐漸減少。

중화학 공업(重化學工業)

중공업과 화학 공업을 이르는 말. 重工業、化工產業

경제 개발 계획에 따라 점차 중화학 공업의 비중이 높아졌다. 隨著經濟發展計劃，重工業、化工產業的所占比重增高了。

첨단 산업(尖端産業)

컴퓨터, 전자 산업과 같이 고도의 기술이 필요하고, 관련 산업에 미치는 효과가 큰 산업. 高科技產業

정부는 첨단 산업을 집중적으로 지원하겠다는 계획을 발표했다. 政府發布了未來將集中支援高科技產業的計劃。

하류층(下流層)

명 신분이나 생활 수준이 낮은 계층. 下階層

하류층으로 내려오면 물가 상승에 대해 더 심각하게 느낀다. 愈往下階層，對物價上升的感受愈加深刻。

IMF 경제 위기(經濟危機)

1997년 11월에 한국이 외화 부족으로 경제적으로 어려워 국제통화기금(IMF)으로부터 210억 달러를 빌린 사건. 韓國金融危機

한국은 1997년 IMF 경제 위기를 맞아 많은 어려움을 겪었으나 국민 모두가 힘을 모아 위기를 극복했다. 韓國在1997年遭遇金融危機時，而歷經許多磨難，但藉由全體國民合力克服了危機。

● 읽기

● 읽어 보세요

개편(改編)하다

동 조직 등을 바꾸어 다시 고치다. 改組、重組、改編

새로 취임한 회장은 기업의 조직을 개편하고 경영 쇄신을 위한 일단의 조치를 취하라고 지시했다. 新上任的會長為了重組企業組織並革新管理，下達採取暫時措施的命令。

기반(基盤)

명 기초가 되는 바탕. 基礎

사업을 할 때에 기반이 튼튼하지 못하면 회사가 오래가지 못한다. 經營事業時若基礎未能穩固，公司就無法長久經營。

어휘와 표현

다변화(多邊化)
명 방법이나 양상이 단순하지 않고 여러 갈래로 복잡해짐. 多角化

한국 경제가 지속적으로 발전하기 위해서는 수입국과 수출국의 다변화가 반드시 필요하다. 為了讓韓國經濟持續發展，與進、出口國的多邊化是必要的。

달성(達成)하다[달썽하다]
동 목표나 계획을 이루어 목적에 다다르다. 達成

인생의 목표를 정하고 그 목표를 달성하기 위해 열심히 나아가야 한다. 訂定人生目標後，為達成該目標須努力奮進。

대거(大擧)
부 한꺼번에 아주 많이. 大批

이번 회의에서 각국의 정상들이 대거 참석하여 세계 평화에 대해 논의할 예정이다. 在本次會議中，預計將有各國的首腦大舉參與，對世界和平進行討論。

부도(不渡)
명 어음이나 수표 따위에 적힌 기한에 지급인으로부터 지급액을 받지 못하는 일. 無力償還（債務）、破產

회사가 부도가 나서 직원들은 월급을 받지 못하고 있다. 因公司無力償還債務，員工領不到薪水。

부존자원(賦存資源)
명 금, 석탄과 같이 땅 속에 묻혀 있는 경제적 가치가 있는 자원. 天然資源

한국은 부존자원이 별로 없는 나라이기 때문에 인적 자원 육성이 필요하다. 韓國是一個天然資源匱乏的國家，因此需要人力資源的培育。

빈민촌(貧民村)
명 가난한 사람들이 모여 사는 마을. 貧民窟

IMF로 실직하게 된 그는 돈이 없어 빈민촌을 떠도는 처지가 되었다. 因IMF金融危機而失業的他由於身無分文，結果淪落到流連貧民窟的地步。

선진화(先進化)
명 발전 단계나 정도가 다른 것보다 앞선 상태가 됨. 前衛

이번 모터쇼에서 한국의 자동차 산업은 기술과 디자인 면에서 선진화를 이루었다는 평가를 받았다. 在本次車展中韓國的汽車產業在技術及設計面上獲得頗具前衛性的評價。

자율화(自律化)
명 외부의 구속이나 제약을 받지 않고 자기의 행동을 스스로 제어함. 自治

정부는 1983년 교복 자율화를 실시했다. 그 시기 학생들은 교복 대신 자유로운 복장으로 학교에 다녔다. 政府在1983年時實施了校服自治的政策，當時學生們身著便服代替校服上學。

전락(轉落)하다[절락카다]
동 나쁜 상태로 떨어지게 되다. 淪落、墮落

한 대학 교수가 토론 프로그램에 나와서 대학이 직업소개소 또는 기업의 인재 양성소로 전락했다고 비판했다. 一名大學教授在談話性節目中批判大學已經淪為職業介紹所或企業的人才養成所。

전무(全無)하다
형 전혀 없다. 全無

나는 대학에서 철학을 전공했기 때문에 공학과 관련된 지식이 전무했다. 由於我在大學裡主修哲學，因此毫無半點與工程相關的學識。

정리 해고(整理解雇)[정니해고]
경영난을 겪는 기업이 경쟁력 강화 등을 위해 구조 조정을 할 때 종업원을 해고하는 것. 裁員

요즘 나라 경제가 어려워져서 기업들이 과감하게 정리 해고를 단행하고 있다. 近來國家經濟不景氣，企業紛紛果斷地裁員。

조립(組立)
명 부품을 하나의 구조물로 짜 맞춤. 裝配、組合

나는 대학을 졸업한 후 자동차 조립 공장에서 일을 배우기 시작했다. 我自大學畢業後就開始在汽車裝配工廠裡學習工作。

준공(竣工)하다
동 공사를 다 끝내다. 竣工

회사 본관 건물은 준공하기에 앞서 건물의 안전성을 다시 점검하기로 했다. 公司本館大樓在竣工之前，要再次驗收建築的安全性。

중동(中東)
명 사우디아라비아 등 서아시아의 여러 나라. 中東

중동은 1960년에 산유국을 중심으로 석유수출기구를 만들었다. 中東於1960年以產油國為中心組成了石油輸出國家組織。

추월(追越)하다
동 앞에 가는 사람이나 차 등을 뒤에서 따라잡다, 그보다 앞서 나아가다. 超車

A 씨는 앞차를 추월하려고 무리하게 속도를 내다가 사고가 났다. A先生為了超車加速過猛而釀成車禍。

확립(確立)하다[황니파다]
동 체계나 의견 등을 흔들리거나 변형되지 않도록 확고한 것으로 만들다. 確立

경제적으로 안정되고 공정한 사회가 되려면 합리적인 분배 체제를 확립해야 한다. 若要形塑一個經濟安定且公平的社會，就必須確立合理分配的體系。

자기 평가

1. 다음 중 아는 어휘에 √ 하세요.

☐ 혁명	☐ 실업률	☐ 지배하다
☐ 시위하다 / 데모하다	☐ 고소득층	☐ 빈부 격차
☐ 간접 선거	☐ 이농 현상	☐ 민주화 운동
☐ 상대적 빈곤	☐ 정권을 연장하다	☐ 부익부 빈익빈 현상

2. 알맞은 표현을 골라서 문장을 완성해 보세요.

-(으)랴 -(으)랴　　-(으)ㄹ세라　　을/를 불문하고　　-(으)ㄴ/는 이상

1) 가 : 아기한테 왜 이렇게 옷을 많이 입혔어요?
   나 : 아기가 ________ 걱정이 돼서 할머니가 많이 입히신 것 같아요.
2) 가 : 요즘 유학 생활이 어때요?
   나 : ________ 정신이 없어요. 어쩔 수 없이 아르바이트를 하게 되었는데 공부만 할 수 있었으면 좋겠어요.
3) 요즘 주말 저녁에 방송되는 드라마가 ________ 모두에게 인기를 끌고 있다. 인기의 비결은 가족들 간의 사랑을 자연스럽게 그려 냈다는 것이다.
4) 회사에서 중요한 프로젝트의 팀장을 맡게 되었다. 처음에는 부담이 되어서 맡기 싫었지만 이왕 ________ 최선을 다할 생각이다.

3. 이 단원을 공부하고 여러분이 할 수 있게 된 것에 √ 해 보세요.

☐ 바람직한 지도자상에 대한 인터뷰를 하고 그 결과에 대해 논의할 수 있다.
☐ 대화를 듣고 사건을 정리할 수 있으며 뉴스를 듣고 내용을 파악할 수 있다.
☐ 한국의 경제 발전에 대한 설명문을 읽고 시대별로 주요 사건을 요약할 수 있다.
☐ 자국의 경제 발전 과정의 특징을 소개하고 문제점을 제시하는 글을 쓸 수 있다.

정답
2. 1) 감기라도 걸릴세라 2) 아르바이트를 하랴 수업 들으랴 3) 남녀노소를 불문하고 4) 일을 맡은 이상

보충 어휘

혼동하기 쉬운 말(II) 형태가 비슷하면서도 의미가 다른 말을 익혀 봅시다.

감격하다
상대가 어떤 일을 해서 마음에 깊이 고마움을 느끼다.
因對方做了某事而打從心底的感激。

감동하다
영화를 보거나 책을 읽고 느끼는 점이 있다. 觀賞電影或閱讀書本時有所感觸。

늘리다
사이즈, 시간, 양 등을 많게 하다.
讓尺寸、時間或數量等變大、變多。

늘이다
고무줄 등을 원래보다 더 길게 하다.
使橡皮筋等物拉得比原來更長。

늘어나다
인구나 재산 등 부피나 분량 등이 원래보다 커지거나 길어지거나 많아지다. 人口、財產等的體積、分量相較原來擴大或延展、增加。

늘어지다
나뭇가지 등이 아래로 당기는 힘 때문에 길어지다. 樹枝等因往下拉扯的力量而延展。

맞추다
옷이나 안경, 시간 등을 어떤 기준에 맞게 하다. 將衣物、眼鏡、時間等配合至某個基準。

맞히다
문제의 정답이나 과녁 등을 맞게 하다.
使正中問題的答案或靶心。

부치다
소포나 편지 등을 보내다.
寄送包裹或信件。

붙이다
메모지나 안내문 등을 벽에 붙게 하다. 將便條紙或公告黏貼於牆上。

분류하다
종류에 따라 나누다. 依種類分撿。

분석하다
복잡한 것을 풀어서 개별적인 요소나 성질로 나누어 설명하다. 將複雜的事物解開，並依個別要素或性質分類說明。

수리하다
자동차나 가전제품 등의 고장 난 곳을 고치다. 修理汽車或家電產品等故障的部分。

수선하다
옷이나 구두 등의 헌 물건을 고치다.
修理衣物或皮鞋等老舊的物品。

안쓰럽다
안 좋은 일을 당한 사람을 보고 불쌍한 마음을 갖다. 看到遭遇壞事的人而產生憐憫之心。

안타깝다
뜻대로 되지 않아서 가슴이 아프고 답답하다. 無法稱心如意而心痛且悶悶不樂。

풍부하다
자원이나 감정 등이 넉넉하고 많다.
資源或情感充沛滿盈。

풍족하다
자원 등이 부족함이 없어서 만족하다. 資源等無匱乏而滿足。

허무하다
인생이 무가치하고 무의미하게 느껴지다.
對人生感到無意義且無價值。

허전하다
주위에 아무것도 없거나 무엇을 잃어버려서 서운한 느낌이 있다.
周遭空無一物或丟失某樣東西而產生傷感之情。

연습 1 다음 그림에 어울리는 표현을 찾아보세요.

1) 

① 맞추다
② 맞히다

2) 

① 늘리다
② 늘이다

3) 

① 수리하다
② 수선하다

4) 

① 부치다
② 붙이다

연습 2 다음 상황과 관련 있는 표현을 고르세요.

1) 그 성악가는 성량이 (풍부하기 / 풍족하기) 때문에 마이크 없이도 훌륭한 공연을 할 수 있을 것이다.

2) 나는 주말에 영화 <광해, 왕이 된 남자>를 보면서 (감동해서 / 감격해서) 눈물을 흘렸다.

3) 실패하더라도 포기하지 말고 실패한 이유를 (분석한 / 분류한) 후에 다시 도전한다면 좋은 결과를 얻을 수 있다.

4) 친한 친구가 다른 나라로 유학을 갔다. 마음이 너무 (허전하다 / 허무하다).

5) 내가 응원하는 야구팀이 연장전까지 가서 1점 차로 진 걸 보니 아주 (안타까웠다 / 안쓰러웠다).

6) 가지가 땅에 (늘어날 / 늘어질) 정도로 사과나무에 사과가 많이 달렸다.

보충 어휘

연습 3 다음 그림을 보고 대화를 완성해 보세요.

1)

셔츠에 빨간 물이
들었어.

다음부터는 색깔 별로 옷을
________ 세탁해 보세요.

2)

구두 굽이…….

________고 나니
까 새 구두 같구나.
구두 수선

3)

커피 마실 데 없
나?

일 년 사이에 가게가
정말 많이 ________.
Coffee
Coffee shop

4)

어디에 뭐가 있는지 잘
모르겠어요.

그릇에 이름표를 ________면 어떤
걸 넣어 뒀는지 쉽게 알 수 있어요.
아!

연습 4 다음 빈칸에 어울리는 표현을 찾아 대화를 완성해 보세요.

늘리다 / 늘이다	맞추다 / 맞히다	감동하다 / 감격하다
분석하다 / 분류하다	허전하다 / 허무하다	안타깝다 / 안쓰럽다

1) 가 : 요즘 10년 넘게 봉사 활동을 해 온 부부가 화제라면서?
   나 : 응. 텔레비전에 나온 부부의 이야기를 보고 사람들이 ....

2) 가 : 애지중지 키우던 딸이 시집가고 나니까 마음이 너무 ....
   나 : 등산이나 퀼트 같은 새로운 취미를 가져 보세요.

3) 가 : 아이가 태어나서 앞으로 돈이 많이 필요할 텐데……. 저축을 많이 해야 할 것 같아.
   나 : 그래. 지금부터라도 지출을 줄이고 저축을 ....야겠어.

4) 가 : 눈이 나빠져서 안경 써야 하는데 요즘 안경 비싸지 않아?
   나 : 남대문 시장에 한번 가 봐. 안경을 싸게 .... 수 있대.

5) 가 : 민수한테 무슨 일 있나? 요즘 너무 피곤해 보여.
   나 : 회사에 일이 많아서 요즘 계속 야근한대. 잠도 못 자고 계속 일하는 걸 보니까 너무 ....

6) 가 : 이 화장품을 바르면 주름이 없어진다면서?
   나 : 글쎄. 성분을 .... 보니까 주름을 없애는 데 효과가 별로 없다는 것 같던데…….

XV 지형과 방언

地形與方言

1 지형과 사회
地形與社會

주제 主題
한국의 지형과 사회
韓國的地形與社會

어휘 詞彙
지형적 특색 표현하기
地形特色的表達

문법과 표현 文法與表達
- A/V-(으)니/느니 A/V-(으)니/느니 (하다)
  引用內容的列舉
- A/V-건만
  表示對立

듣기 聽力
- 강의 듣고 4대 문명의 특징 파악하기
  聆聽課程後掌握四大文明的特徵
- 강의 듣고 한국의 지형적 특색 파악하기
  聆聽課程後掌握韓國的地形特色

말하기 口說
- 소감 발표하기
  發表心得感想

2 다양한 한국어의 모습
韓語的多元風貌

주제 主題
한국의 언어 문화
韓國的語言文化

어휘 詞彙
한국의 지역 방언
韓國的地區方言

문법과 표현 文法
- V-는 게 고작이다
  充其量、頂多、也就……
- A/V-(으)ㄹ 따름이다
  只能……／僅僅是……

읽기 閱讀
- 조사 보고서 읽고 내용 파악하기
  閱讀調查報告後掌握內容
- 조사 보고서의 구조 이해하기
  理解調查報告的結構

쓰기 寫作
- 조사 계획 세우기
  安排調查計畫
- 조사 보고서 쓰기
  撰寫調查報告

보충 어휘 補充詞彙
지명 관련 표현
地名相關表達

1

지형과 사회

地形與社會

주제 主題
한국의 지형과 사회
韓國的地形與社會

어휘 詞彙
지형적 특색 표현하기
地形特色的表達

문법과 표현 文法與表達
· A/V-(으)니/느니 A/V-(으)니/느니 (하다) 引用內容的列舉
· A/V-건만 表示對立

듣기 聽力
· 강의 듣고 4대 문명의 특징 파악하기 聆聽課程後掌握四大文明的特徵
· 강의 듣고 한국의 지형적 특색 파악하기 聆聽課程後掌握韓國的地形特色

말하기 口說
소감 발표하기 發表心得感想

들어가기

이야기해 보세요

1. 각 지역은 어떠한 지형적 특색을 가지고 있습니까?

2. 여러분 고향의 지형적 특색에 대해 이야기해 보세요.

어휘와 문법

읽어 보세요 (39)

외국인의 눈에 비친 백두 대간… LEI '다큐 스페셜'

방송 시간 2013년 12월 21일(토) 밤 11시 20분

방송 내용

뉴질랜드 경찰이었던 로저 셰퍼드 씨. 그는 백두 대간의 거대한 산줄기에 매료돼 2007년 남한의 백두 대간 전 구역을 종주했다. 그리고 2011년 10월 북한의 초청을 받아 북한의 백두 대간을 걷기 시작했다. 그는 당시 3주에 걸쳐 북한 가이드의 도움을 받아 금강산에서 문필봉까지 걸었으며, 이듬해 4월 다시 북한을 방문해 나머지 구역을 종주하는 데 성공했다. LEI가 정전 60주년을 맞아 준비한 특집 프로그램으로 외국인의 눈에 담긴 북한 지역 백두 대간 모습이 전파를 탄다.

댓글 8개 | 등록순▼ | 조회수 89 | 0

일리무무 백두 대간이 뭐예요?^^;;;

RE : **콩콩** 백두산에서 지리산까지 이어지는 한반도의 가장 크고 긴 산줄기를 백두 대간이라고 해요.

장남 백두 대간이 저렇게 아름답**건만** 한국 사람들은 백두 대간에 다 가 볼 수 없겠네요.

RE : **산토끼** 그렇지요. 통일이 되면 갈 수 있겠죠.

투어 박사 에베레스트 산이 세계에서 제일 높**으니** 아름다우**니 해도** 가깝고 쉽게 갈 수 있는 곳이 최고지요! 투어 박사에서는 '백두 대간 협곡 열차' 상품을 준비했습니다.

완료 인터넷 100%

1. 백두 대간은 무엇을 말합니까?

2. 로저 셰퍼드 씨는 어떻게 백두 대간을 모두 가 볼 수 있었습니까?

어휘를 연습해 보세요

내륙(산간 / 해안 / 도서) 지방
산악 지대
오대양 육대주
반도 / 한반도
동고서저

하천 / 산지 / 고원 / 평야 / 분지 / 산맥
지평선 / 수평선 / 해안선
갯벌 / 연안 / 어장
난류 / 한류가 흐르다

(경사가) 완만하다 / 가파르다
조수 간만의 차가 크다 / 작다
해안선이 단조롭다 / 복잡하다
삼면이 바다에 접해 있다

1. 서로 관계있는 것끼리 연결해 보세요.

1) 동고서저	•	•	우리 집 뒤에 있는 산은 마을 사람들이 산책 삼아 오를 정도로 그렇게 가파르지 않다.
2) 완만하다	•	•	반복되는 나의 삶이 단순하고 변화가 없어 새로운 느낌이 없다.
3) 단조롭다	•	•	대한민국은 삼면이 바다로 둘러싸여 있고 한 면은 육지에 이어져 있다.
4) 오대양 육대주	•	•	지구를 둘러싸고 있는 다섯 개의 대양과 지구 위의 여섯 대륙을 말한다.
5) 반도	•	•	한국의 지형을 살펴보면 북동부 지역에는 높은 산지와 고원 지형이 발달하였으며 서부 지역에는 낮은 산지나 평야가 분포되어 있다.

문법과 표현을 연습해 보세요

1. A/V-(으)느니 A/V-(으)느니 (하다)
引用內容的列舉

- 애들 교육에 안 좋으니 편의 시설이 많지 않으니 하면서 혐오 시설 건설에 반대하고 있어요. 有人說是不利孩子的教育，也有人說是便民設施不足，目前反對著鄰避設施的興建。
- 결혼을 하느니 마느니 하다가 결국 안 하고 말았어요. 說是要結婚，又說不要結婚，最終還是沒有結婚。
- 생활비가 많이 드니 공기가 나쁘니 해도 도시에 살던 사람에겐 도시가 편하죠. 即使生活費高，即使空氣不好，但對生活在都市的人來說，都市還是最舒適的。

2. A/V-건만 表示對立

- 이 지역이 조수 간만의 차가 크건만 갯벌을 훼손할 수 있어 발전소 건설은 어려울 것 같아요. 此區域的潮差雖大，但因為有毀損海埔的可能，因此似乎難以建設發電廠。
- 부모님은 유학 간 아들의 소식을 기다리건만 아들로부터 아무런 소식이 없다. 父母親期盼著出外留學兒子的消息，但怎麼都杳無音信。
- 마음은 아직 청춘이건만 몸이 말을 듣지 않아서 운동을 도통 못 하고 있어요. 內心裡雖仍青春，但卻因力不從心而始終難以維持運動。

1. 다음과 같이 이야기해 보세요.

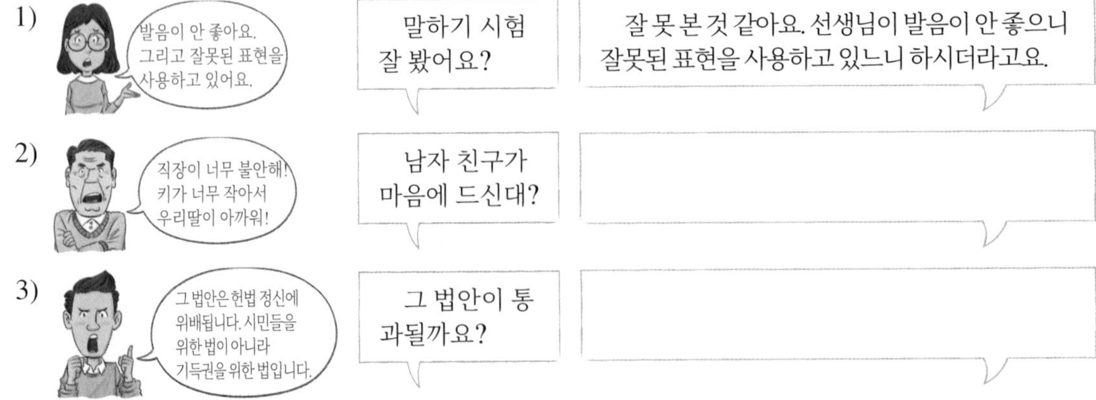

1)
발음이 안 좋아요. 그리고 잘못된 표현을 사용하고 있어요.
말하기 시험 잘 봤어요?
잘 못 본 것 같아요. 선생님이 발음이 안 좋으니 잘못된 표현을 사용하고 있느니 하시더라고요.
2)
직장이 너무 불안해! 키가 너무 작아서 우리딸이 아까워!
남자 친구가 마음에 드신대?
3)
그 법안은 헌법 정신에 위배됩니다. 시민들을 위한 법이 아니라 기득권을 위한 법입니다.
그 법안이 통과될까요?

2. 다음과 같이 이야기해 보세요.

딸의 결혼 적령기가 지났건만 결혼할 생각도 안 해요.

1) 딸이 결혼 적령기가 지났는데 결혼할 생각도 안 해요.

2) 값이 제일 비싼데 사람들은 그 물건을 못 사서 난리예요.

3) 다음 주까지 500쪽짜리 책을 읽고 보고서를 써야 하는데 아직 한 장도 못 읽었어.

듣기

준비해 보세요

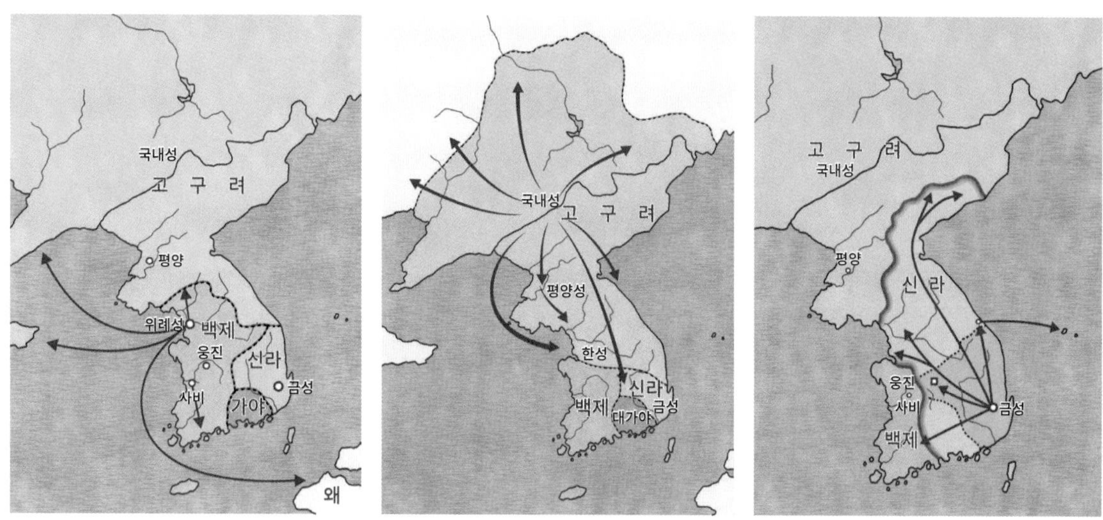

1. 4세기 초에서 7세기 중엽까지 삼국 시대(고구려, 백제, 신라)의 지도입니다. 어떤 상황인 것 같습니까?

2. 각국의 전성기와 지형적 특색의 관계에 대해 이야기해 보세요.

들어 보세요 1 40

다음 강의를 잘 듣고 질문에 답해 보세요.

중심 내용 파악하기 1. 무엇에 대한 강의입니까?

세부 내용 파악하기 2. 빈칸에 알맞은 말을 넣으세요.

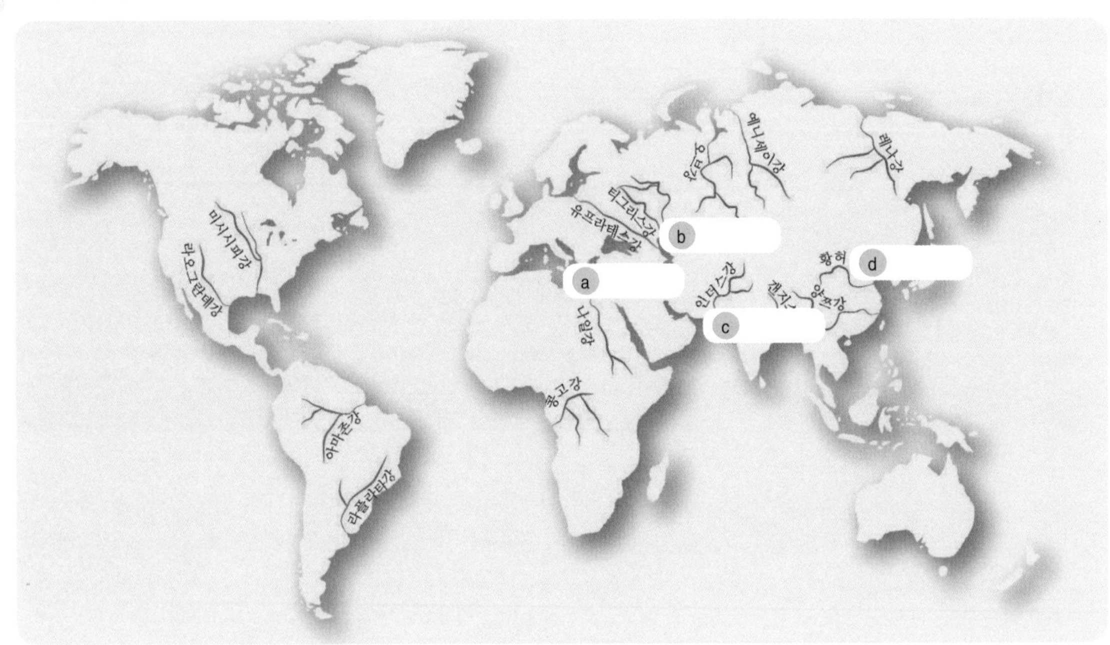

3. 처음으로 문명이 만들어진 곳들의 공통점을 모두 고르세요.

- ☐ 동고서저의 지형
- ☐ 강변과 넓은 평야
- ☐ 청동기의 사용
- ☐ 문자의 발명
- ☐ 계급 발생에 의한 도시 국가의 출현

🎧 들어 보세요 2 41

다음은 지형과 사회에 대한 강의입니다. 잘 듣고 질문에 답해 보세요.

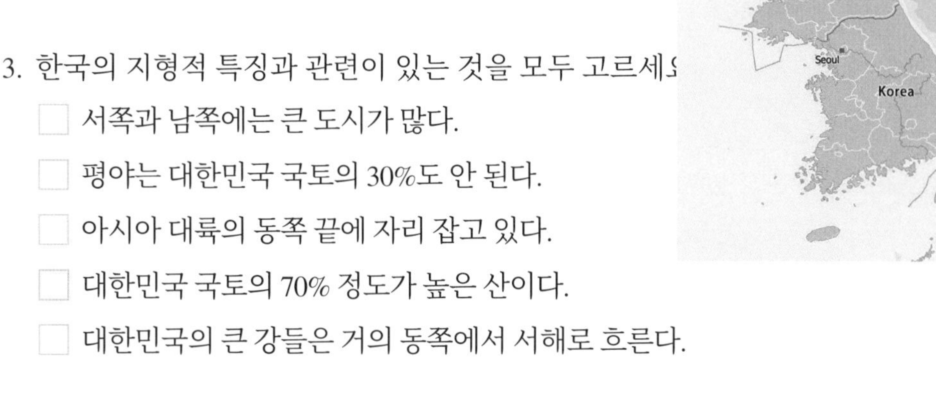

중심 내용 파악하기 1. 다음은 무엇에 대해 이야기하고 있습니까?

세부 내용 파악하기 2. 대한민국을 왜 '한반도'라고 부릅니까?

3. 한국의 지형적 특징과 관련이 있는 것을 모두 고르세요.

- ☐ 서쪽과 남쪽에는 큰 도시가 많다.
- ☐ 평야는 대한민국 국토의 30%도 안 된다.
- ☐ 아시아 대륙의 동쪽 끝에 자리 잡고 있다.
- ☐ 대한민국 국토의 70% 정도가 높은 산이다.
- ☐ 대한민국의 큰 강들은 거의 동쪽에서 서해로 흐른다.

4. 다시 듣고 다음을 연결해 보세요.

강원도 대관령	서해안, 남해안	하천의 하류	동해안	김포, 안성, 논산, 호남, 김해

해수욕장	목축과 고랭지 농업	갯벌	논농사

산지	해안	평야

말하기

새로운 시도에 대해 평가해 보세요.

준비해 보세요

1. 헤어질 때 사람들에게 그동안의 소감을 발표할 때 어떤 내용이 포함되어야 합니까? 더 필요한 것이 있으면 이야기해 보세요.
   - ☐ 자기소개를 한다.
   - ☐ 감사한 사람에게 감사 인사를 한다.
   - ☐ 변화나 앞으로의 각오를 이야기한다.
   - ☐ 함께한 시간이나 그동안의 추억에 대해 말한다.
   - ☐ 좋았던 일이나 아쉬웠던 일, 힘들었던 일, 미안한 일을 이야기한다.

연습해 보세요

다음과 같이 소감 발표를 준비해 보세요.

1. 첫날의 기억, 지난 시간 이야기하기

- 저는 ~전에 ~을 시작했습니다.
- ~(으)ㄴ 지 벌써~이 되었습니다.
- ~을 시작한 것이 엊그제 같은데 (~이 지나) 벌써 ~이 되었습니다.
- 처음 ~을 시작할 때는 (날씨, 계절, 날짜)이었는데 지금은 (날씨, 계절, 날짜)이 되었습니다.

> 서울대학교에서 한국어 공부를 시작한 지 벌써 1년이 되었습니다.

> 서울대학교에서 1급을 시작한 것이 어제 같은데 1년 6개월이 지나 6급 수료식이 되었습니다.

1) 6급 수료식(또는 송별회)에서 친구들과 헤어질 때

2) 큰 상을 받았을 때

2. 공부/일을 시작한 이유와 추억 이야기하기

- 공부 / 일을 시작한 이유
- 고마운 사람과 고마운 이유
- 좋았던 일이나 아쉬웠던 일, 힘들었던 일,미안한 일

> 저는 어머니가 한국인이셔서 한국어를 배우게 되었습니다. 저에게는 한국이 가까운 나라라고 느껴졌고 다른 사람보다 한국에 대해서 잘 알고 있다고 생각하며 한국 유학 생활을 쉽게 생각했습니다. 하지만 상상과는 달랐습니다. 물론 즐거운 일도 많이 있었지만 힘든 일도 많았습니다…….

1) 고마운 사람과 그 이유(선생님, 친구들, 하숙집 아줌마)

2) 기억에 남는 일

3. 앞으로의 각오와 계획 이야기하기

- 앞으로의 각오나 계획
- 느낌이나 생각
- 경험 후 달라진 점

> 앞으로 우리는 각각의 목표를 향해 각자의 길을 걷기 시작할 것입니다. 친구들과 헤어지는 것은 섭섭한 일이지만 자신감을 갖고 당당하게 앞으로 나가면 좋겠습니다. 여러 나라의 친구들을 만나며 각국의 독특한 문화를 공유할 수 있었던 것은 우리에게 정말 좋은 경험이 될 것입니다.

이야기해 보세요

1. 다음 상황에서의 소감을 메모해 보세요.

6급 수료식(또는 송별회)에서 친구들과 헤어질 때	큰 상을 받았을 때

<6급 수료 소감 발표>

- 첫날의 기억, 지난 시간 이야기하기
  - 1년 반 전에 공부를 시작함.
- 공부/일을 시작한 이유와 추억 이야기하기
  - 어머니가 한국인이심.
  - 한국어를 배우며 힘들었을 때 도움을 준 친구들.
- 느낌과 생각 이야기하기
  - 수료 후, 앞으로의 각오.

<　　　　>

-

2. 메모한 것을 바탕으로 소감을 발표해 보세요.

시작한 날의 기억 이야기하기

뜨거운 햇살과 우렁찬 매미 소리가 여름이 한창임을 느끼게 하는 오늘. 서울대학교 언어교육원 6급 30명의 친구들과 함께 무사히 6급을 끝낼 수 있어서 매우 기쁘게 생각합니다. 그리고 지금까지 도와주신 선생님들을 비롯한 가족, 친구들에게 감사드립니다.

저는 1년 반 전에 서울대학교 언어교육원에서 1급을 시작했습니다. 새로운 생활, 새로운 만남에 가슴이 뛰는 동시에 조금 긴장된 발걸음으로 언어교육원으로 향했던 일을 지금도 어제처럼 기억하고 있습니다.

일을 시작한 이유와 추억 이야기하기

저는 어머니가 한국인이셔서 한국어를 배우게 되었습니다. 저에게는 한국이 가까운 나라라고 느껴졌고 다른 사람보다 한국에 대해서 잘 알고 있다고 생각하며 한국 유학 생활을 쉽게 생각했습니다. 하지만 상상과는 달랐습니다. 물론 즐거운 일도 많이 있었지만, 낯선 문화, 외로운 해외 생활, 뜻대로 되지 않는 일들이 많았습니다. 그럴 때마다 항상 옆에 있어 줬던 사람은 바로 언어교육원에서 만난 친구들이었습니다. 즐거운 일도 슬픈 일도 같이 공유하다가 깊은 관계가 되었습니다. 여기서 만난 친구들은 나에게 둘도 없는 존재이며, 여러분과 웃었던 날을 영원히 잊지 못할 것입니다. 여기서 감사의 마음을 전하고 싶습니다. 친구들아 정말 고마워!

느낌과 생각 이야기하기

앞으로 우리는 각각의 목표를 향해 각자의 길을 걷기 시작할 것입니다. 친구들과 헤어지는 것은 섭섭한 일이지만 자신감을 갖고 당당하게 앞으로 나가면 좋겠습니다. 여러 나라의 친구들을 만나며 각국의 독특한 문화를 공유할 수 있었던 것은 우리에게 정말 좋은 경험이 될 것입니다.

마지막으로 항상 친절하게 한국어를 열심히 가르쳐 주신 선생님께 진심으로 감사드립니다.

마지막으로 도와준 가족에게 사랑을 담아

20**년 8월 8일 서울대학교 언어교육원 6급 000

어휘와 표현

1. 지형과 사회

● 어휘

(경사가) 가파르다

비스듬히 기울어지는 상태나 정도가 급하다. 坡度陡峭

이 산은 경사가 가파르니까 올라갈 때 조심해야 한다.

這座山的坡度較陡峭，上山時須謹慎小心點。

(경사가) 완만(緩慢)하다

비스듬히 기울어지는 상태나 정도가 급하지 않다. 坡度平緩

산을 가로질러 다음 골짜기에 이르자 경사가 비교적 완만한 평지가 나왔다. 穿越這座山來到下一個山谷後，眼前便映入一片坡度相對和緩的平地。

갯벌 [개뻘/갣뻘]

명 밀물 때는 물에 잠기고 썰물 때는 물 밖으로 드러나는 모래 점토질의 평탄한 땅. 海埔

썰물이 되어 물이 빠져나가자 아이들은 갯벌에 나가 조개를 주웠다. 退潮後海水退去，孩子們便跑到海埔上撿貝殼。

고원(高原)

명 보통 해발 고도 600미터 이상에 있는 넓은 벌판. 高原

가파른 숲 속 길을 몇 시간 올라가니 넓은 고원이 펼쳐졌다.

爬上陡峭的林間小路走上好幾個小時後，一片遼闊的高原開展開來。

난류(暖流/煖流)

명 적도 부근의 저위도 지역에서 고위도 지역으로 흐르는 따뜻한 해류. 暖流

삼면이 바다인 한반도는 동해에서 난류와 한류가 교차하여 좋은 어장을 이룬다. 三面環海的韓半島因寒暖流在東海交會，形成一個良好的漁場。

내륙 지방(內陸地方)

바다에서 멀리 떨어져 있는 땅. 內陸地區

공업 지역이 내륙 지방에서 해안 지역으로 변경되면서 해안 지역의 인구밀도가 높아졌다. 自工業區由內陸移往沿岸後，沿岸地區的人口密度便提高了。

도서 지방(島嶼地方)

크고 작은 온갖 섬이 있는 곳. 離島地區

도서 지방에는 택배가 가지 않거나 더 비싼 요금을 지불해야만 한다. 離島地區的包裹不是無法配送，就是得再支付更加昂貴的郵資。

동고서저(東高西低)

명 지형이나 기압 등이 동쪽 지역은 높고 서쪽 지역은 낮은 상태. 東高西低

한국의 지형은 전형적인 동고서저의 특징을 보인다.

韓國的地形呈現典型東高西低的特徵。

반도(半島)

명 삼면이 바다로 둘러싸이고 한 면은 육지에 이어진 땅. 半島

대한민국은 삼면이 바다로 둘러싸여 있어 반도라고 한다.

大韓民國三面環海而稱為半島。

분지(盆地)

명 해발 고도가 더 높은 지형으로 둘러싸인 평지. 盆地

대구는 분지라서 여름은 덥고 겨울은 춥다.

大邱是盆地地形因而夏熱冬冷。

산간 지방(山間地方)

산과 산 사이에 산골짜기가 많은 곳. 山區

강원도의 산간 지방에서는 버섯이나 나물 등을 풍부하게 얻을 수 있다. 江原道山區裡可以採集到豐富的菇類與野菜。

산맥(山脈)

명 산봉우리가 띠 모양으로 길게 연속되어 있는 지형. 山脈

안데스산맥은 남아메리카 대륙에 위치하고 있는 산맥이다. 安地斯山脈是位於南美大陸的山脈。

산악 지대(山岳/山嶽 地帶)

높고 험준하게 솟은 산들이 많은 곳. 山岳地帶

멀리 눈 쌓인 산악 지대에 안개가 걷히고 바다엔 붉은 해가 솟았다. 遠方積雪的山岳地帶上，在雲霧散去之後，紅色的太陽便升騰於海平面上。

산지(山地)

명 들이 적고 산이 많은 지대. 山地

도시 생활을 정리하고 귀농한 젊은 부부는 산지를 개간하여 농경지로 만들었다. 告別都市生活歸農後的年輕夫婦開墾山地為農耕地。

삼면(三面)이 바다에 접(接)해 있다(接--) [저패읻따]

세 면이 바다에 이어서 닿아 있다. 三面臨海

한반도는 삼면이 바다에 접해 있고 북쪽은 아시아대륙과 접해 있다. 韓半島三面臨海，北側則與亞洲大陸接壤。

어휘와 표현

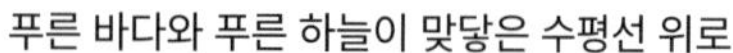

수평선(水平線)
명 물과 하늘이 맞닿아 경계를 이루는 선. 水平線
푸른 바다와 푸른 하늘이 맞닿은 수평선 위로 뭉게구름이 피어올랐다. 碧綠海水與蔚藍天空相連的水平線上升騰起一片積雲。

어장(漁場)
명 고기잡이 하는 곳. 보통 한류와 난류가 만나 풍부한 수산 자원이 있음. 漁場
한류와 난류가 만나는 동해 어장에서는 명태, 오징어, 꽁치 등이 많이 잡힌다. 在寒暖流交會的東海漁場裡能捕獲大量的明太魚、魷魚及秋刀魚等。

연안(沿岸)
명 강이나 호수, 바다를 따라 잇닿아 있는 육지. 沿岸
이 물고기는 낙동강 연안에 서식하는 종이다.
此類魚種是棲息在洛東江的一種。

오대양 육대주(五大洋六大洲)
지구를 둘러싸고 있는 태평양•대서양•인도양•북극해•남극해를 오대양이라고 하고 아시아•아프리카•유럽•남아메리카•북아메리카•오세아니아를 육대주라고 함. 五大洋六大洲
해외 뉴스를 다루는 기자는 오대양 육대주 여기저기의 사건사고를 보도한다. 負責海外新聞的記者報導五大洋六大洲世界各地的事件與事故。

조수 간만(潮水干滿)의 차(差)가 작다
밀물과 썰물의 차이가 작다. 潮差
동해안은 조수 간만의 차가 작아서 조력 발전을 하기에 적합하지 않다. 東海岸的潮差較小，因此較不適宜發展潮汐發電。

조수 간만(潮水干滿)의 차(差)가 크다
밀물과 썰물의 차이가 크다. 潮差大
조수 간만의 차가 크면 조력 발전에 도움이 된다.
潮差大則有利於潮汐發電。

지평선(地平線)
명 편평한 대지의 끝과 하늘이 맞닿아 경계를 이루는 선. 地平線
언덕에 올라 지평선을 바라보았다. 爬上山丘後遠眺著地平線。

평야(平野)
명 기복이 매우 작고, 지표면이 평평하고 넓은 들. 平原
기름진 남도의 평야는 가장 넓고도 풍요로운 지역이다.
肥沃的南道平原是最遼闊又富饒的地帶。

하천(河川)
명 강과 시내. 河川
우리 마을에 있는 하천은 한때 맑은 물이 흘렀으나 지금은 심하게 오염되었다. 村子裡的河川曾一度流淌著清澈的河水，但如今卻遭到嚴重的汙染。

한류(寒流)
명 온도가 비교적 낮은 해류. 寒流
지구 온난화로 한류 어종의 서식지가 위협받고 있다.
因地球暖化使得寒流魚類的棲息地備受威脅。

한반도(韓半島)
명 아시아 대륙의 동북쪽 끝에 있는 반도. 한국을 일컫음. 韓半島
한반도의 평화 통일을 위해서 남북한은 물론 세계 여러 나라가 노력하고 있다. 為了韓半島的統一，不僅僅是南北韓，就連世界各國也刻正努力。

해안 지방(海岸地方)
바다와 육지가 맞닿은 부분. 沿海地帶
해안 지방은 높은 파도나 해일 등으로 피해를 입는 경우가 종종 있다. 沿海地帶因大浪與海嘯受害頻仍。

해안선(海岸線)
명 바다와 육지가 맞닿은 선. 海岸線
해안선에 부딪히는 파도 소리가 아름답다.
拍打海岸的浪濤聲十分美妙動聽。

해안선(海岸線)이 단조롭다(單調--)
바다와 육지가 맞닿은 선이 단순하다. 海岸線單調
동해안은 해안선이 단조롭고 수심이 깊다.
東海岸的海岸線單調且海岸較深。

해안선(海岸線)이 복잡(複雜)하다 [복짜파다]
바다와 육지가 맞닿은 선이 단순하지 않다. 海岸線複雜
남해안은 해안선이 매우 복잡할 뿐만 아니라 수많은 섬들이 있다.
南海岸的海岸線不僅相當複雜，更有不計其數的小島。

● 듣기

• 들어 보세요 1

계급(階級)
명 사회나 일정한 조직 내에서의 지위, 관직 등의 단계. 階級
그는 먼저 포로들의 소속, 군번, 계급 그리고 성명을 차례로 물었다.
他先是依序問了俘虜的所屬單位、編號、軍階及姓名等。

문명(文明)

명 인류가 이룩한 물질적, 기술적, 사회 구조적인 발전. 文明

과학 문명의 발달로 인간의 수명은 점차 늘어나고 있다. 基於科學文明的發達，人類的壽命正逐漸延長。

미개하다(未開--)

형 사회가 발전되지 않고 문화 수준이 낮은 상태에 있다. 未開發

1970년대에는 유전 공학이 아직 미개한 분야였다. 遺傳工程在1970年代仍是未開發的領域。

청동기(青銅器)

명 청동으로 만든 그릇이나 기구. 青銅器

고조선의 청동기 유적지를 발견하였다. 挖掘到古朝鮮的青銅器遺址。

● 들어 보세요 2

고랭지(高冷地)

명 저위도에 위치하고 높이가 600미터 이상으로 높고 서늘한 곳. 高冷地區

고랭지는 여름철에도 서늘한 온도를 유지하기 때문에 배추 등의 다양한 농산물을 생산해 내고 있다. 高冷地帶在夏季也能保持寒涼的溫度，因此產出白菜等多種農作物。

깎이다

동 물건의 표면이 얇게 벗겨지다. 侵蝕

파도에 의해 절벽의 암석이 많이 깎여 있었다. 懸崖上的岩石被浪濤大量侵蝕。

다도해(多島海)

명 섬이 있는 바다. 多島海

남해는 작은 섬들이 많아서 다도해라고 불린다.

南海小島眾多，故稱作多島海。

대관령(大關嶺)

명 강원도 강릉시와 평창군 사이에 있는 고개. 서울과 영동 지방을 잇는 곳이며, 고랭지 농업으로 유명하고 스키장이 있음. 大關嶺

대관령은 겨울에 폭설로 도로가 끊기는 경우가 종종 있다. 大關嶺在冬日裡經常因暴雪導致聯外道路中斷。

대륙(大陸)

명 넓은 면적을 가지고 해양의 영향이 내륙부에까지 직접적으로 미치지 않는 육지. 大陸

남아메리카 대륙은 많은 서구 열강들의 침략을 받았다. 南美大陸曾受許多西方列強的侵略。

하류(下流)

명 강이나 내의 아래쪽 부분. 下游

사람들을 태운 배가 강의 하류에 도착할 무렵 멀리서 선착장이 보였다. 載客船在將要抵達河川的下游時，便老遠看見了碼頭。

2 다양한 한국어의 모습

韓語的多元風貌

주제 主題
한국의 언어 문화
韓國的語言文化

어휘 詞彙
한국의 지역 방언
韓國的地區方言

문법 文法
· V-는 게 고작이다
充其量、頂多、也就……
· A/V-(으)ㄹ 따름이다
只能……／僅僅是……

읽기 閱讀
· 조사 보고서 읽고 내용 파악하기
閱讀調查報告後掌握內容
· 조사 보고서의 구조 이해하기
理解調查報告的結構

쓰기 寫作
· 조사 계획 세우기
安排調查計畫
· 조사 보고서 쓰기
撰寫調查報告

들어가기

이야기해 보세요

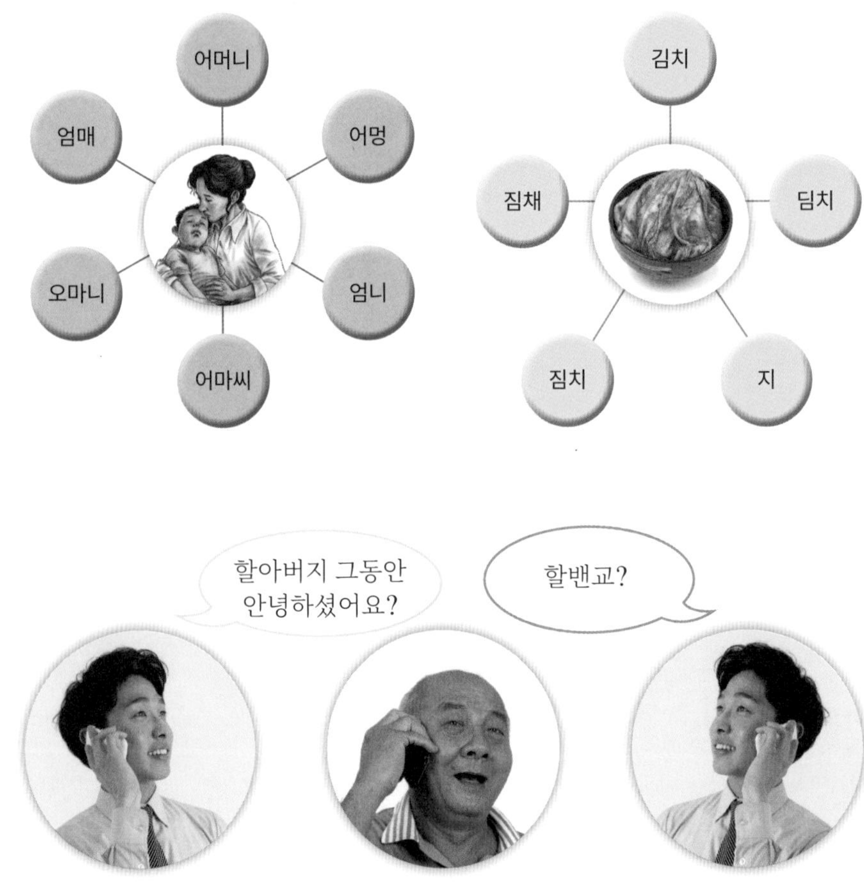

1. 한국의 다른 지역 말을 들어 본 적이 있습니까?

2. 여러분 나라의 말은 각 지역에 따라 어떻게 다릅니까?

어휘와 문법

읽어 보세요 42

과거에는 지형적 영향으로 지역 간의 왕래가 자유롭지 못했기 때문에 지역 간에 언어나 문화의 차이가 크게 나타났다. 하지만 교통수단이 발달하여 지역 간의 왕래가 자유로워지고, 통신 수단과 대중 매체가 발달하여 각 지역이 쉽게 영향을 주고받을 수 있게 됨에 따라 각 지역의 고유문화가 많이 획일화되고 있는 실정이다.

한국어에는 표준어의 바탕이 되는 서울말 외에도 지역마다 자연스럽게 생겨난 방언들이 존재한다. 그리고 이러한 방언 역시 조금씩 사라져 가고 있어 안타까울 **따름이다.** 특히 표준어 중심의 교육이 이루어지면서 방언이 표준어보다 하위 언어라고 생각하는 사람들이 있고 특정 지역의 경우 방언은 이제 나이가 있는 사람들만 쓰고 있는 **게 고작이다.**

방언에는 그 지역 사람들의 문화와 역사가 고스란히 담겨 있다. 따라서 언어와 문화의 원형을 보전하고 한국 언어문화의 다양성을 높이기 위해 사라져가는 방언을 지키고 계승하려는 노력이 필요할 것이다.

남한의 방언 지역(강경원, 2014)

1. 지역 방언이 사라지고 있는 이유는 무엇입니까?

2. 지역 방언이 중요한 이유는 무엇입니까?

어휘를 연습해 보세요

방언 / 사투리	문화적 다양성	실태를 파악하다
억양	획일화되다	문화를 보전하다
원형	언어를 구성하다	표준어를 제정하다
고유문화	의식을 반영하다	대등한 자격을 갖다
계승하다	정서가 담겨 있다	자연적으로 형성되다

1. 서로 관계있는 것끼리 연결해 보세요.

1) 의식을 반영하다 •	• 전라도에서는 전라도 지방의 전통 음식 문화를 앞으로도 계속 해서 이어나가기 위해 전통 음식 학교를 열 계획이다.
2) 획일화되다 •	• 많은 고등학교들이 학생들의 개성을 살리는 교육보다는 대학 입시를 위한 교육을 실시하고 있다.
3) 계승하다 •	• 집의 모습에는 그 집에 사는 사람들의 생각, 가치관, 취향 등이 나타난다.
4) 자연적으로 형성되다 •	• 이번 축제에서는 전설적인 가수부터 신인 가수들까지 차례로 무대에 올라 자신의 음악 세계를 관객들에게 선보였다.
5) 대등한 자격을 갖다 •	• 한라산에서 서귀포로 이어지는 516번 도로는 주민들이 오랜 세월 동안 지나다니면서 생긴 도로로, 주변 경치가 매우 아름답다.

문법과 표현을 연습해 보세요

1. V-는 게 고작이다 充其量、頂多、也就……

· 요즘 너무 바빠 부모님께 한 달에 한 번 전화 드리는 게 고작이다. 近來因勞碌奔波，一個月裡頂多向父母親打過一通電話。

· 올해 전셋값은 20% 인상되었지만 월급은 2% 오른 게 고작이다. 今年的傳貰金上升20%，但月薪卻只不過調漲了2%。

2. A/V-(으)ㄹ 따름이다 只能……／僅僅是……

· 그 가수는 건강 악화로 콘서트를 취소하게 되어 팬들에게 죄송할 따름이라고 밝혔다. 那名歌手因健康狀況的惡化取消了演唱會，並且對外發表道，對粉絲只有滿滿的歉意。

· 사업에 실패한 후 김 씨는 매일 한숨만 쉴 따름이었다.
生意失敗收場後，金先生唯有日日嘆息而已。

1. 다음 문장에 이어질 말을 만들어 보세요.

그는 한국어를 유창하게 하지만	한국에는 한 번 와 본 게 고작이다.

1) 그는 모든 성적이 우수하지만 사교육이라고는

2) 올 여름 태풍으로 인해 농민들이 큰 피해를 입었지만 정부는

3) 한국에 온 지 1년이 넘었지만 지금까지

2. 다음과 같이 자신의 경험을 이야기해 보세요.

방학 때 몸이 아파 여행을 취소하고 집에만 있어야 했어요. 여행간 친구들이 부러울 **따름이었죠**.

제가 한국에서 지갑을 잃어버렸을 때 한 택시 기사님이 찾아주셨어요. 그분께 언제나 고마울 **따름이에요**.

읽기

준비해 보세요

다음은 이문구의 소설 <관촌수필>의 일부분입니다. 방언과 서울말에는 어떤 차이가 있는지 이야기해 보세요.

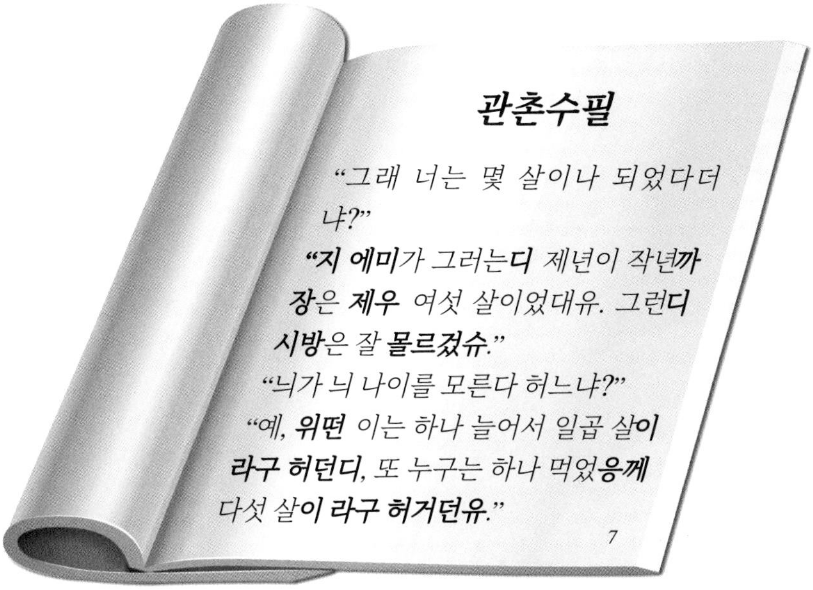

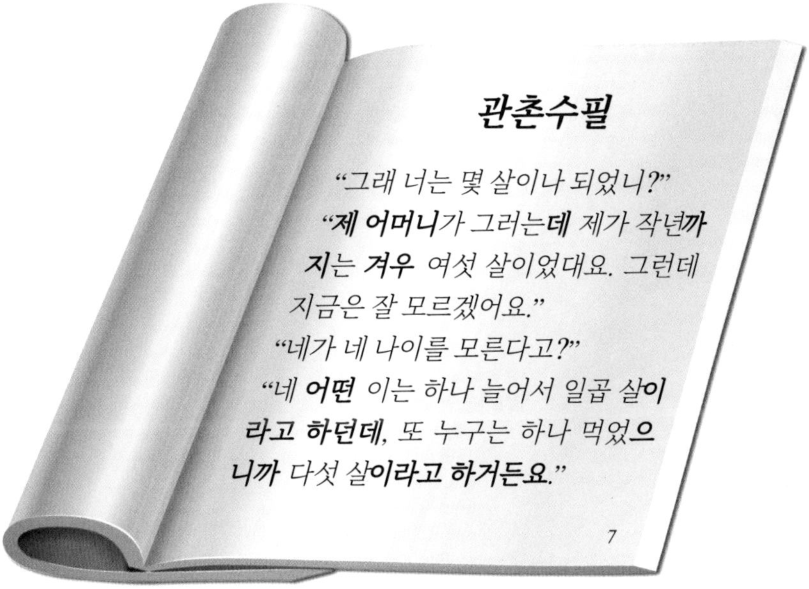

관촌수필

"그래 너는 몇 살이나 되었다더냐?"
"**지 에미**가 그러는**디** 제년이 작년**까장**은 **제우** 여섯 살이었대유. 그런**디** **시방**은 잘 **몰르겄슈**."
"늬가 늬 나이를 모른다 허느냐?"
"예, **위떤** 이는 하나 늘어서 일곱 살**이 라구 허던디**, 또 누구는 하나 먹었**응께** 다섯 살**이 라구 허거던유**."

관촌수필

"그래 너는 몇 살이나 되었니?"
"**제 어머니**가 그러는**데** 제가 작년**까지**는 **겨우** 여섯 살이었대요. 그런데 지금은 잘 모르겠어요."
"네가 네 나이를 모른다고?"
"네 **어떤** 이는 하나 늘어서 일곱 살**이라고 하던데**, 또 누구는 하나 먹었**으니까** 다섯 살**이라고 하거든요**."

읽어 보세요 1 43

다음은 지역 방언에 대한 설명문입니다. 글을 읽고 질문에 답해 보세요.

가 말은 인간의 사고를 가장 구체적으로 반영하는 수단이며 일상생활에서 가장 중요한 의사소통의 수단이다. 이러한 말에 관심을 가진다면 지역에 따라 표준어와 다른 그 지역 고유의 표현이 사용되고 있음을 알 수 있다. 예를 들어 표준어 '어디 가십니까?'를 경상도에서는 '어디 가심니꺼?' 또는 '어디 가니껴?' 또는 '어디 가는교?'라고 말한다. 또한 전라도에서는 '어디 가시오?' 또는 '아디 가시지라(우)?', 충청도에서는 '워디 가세유?', 제주도에서는 '어디 감수꽈?' 또는 '어디 감네까?'라고 말한다. 이와 같이 지역에 따라 달리 사용되는 말을 표준어와 구별하여 방언이라고 한다.

나 이러한 방언은 어떻게 형성되었을까? 다음과 같은 가정을 해 보자. 한 언어는 처음에 하나의 체계를 가지고 있었다. 그러나 그 언어를 쓰던 사람들 중의 일부가 다른 곳으로 거주지를 옮겼다. 현대와 달리 교통수단이 발달하지 않았던 과거의 사람들은 강이나 산 등의 자연적 요인 때문에 자기가 사는 지역을 떠나 멀리까지 가는 것이 매우 힘들었다. 따라서 특정 지역에 살던 사람들은 그들에게 필요한 어휘를 만들어 가면서 그들에게 적합한 표현 방법을 발전시켜 나갔다. 그 결과 여러 지역의 말은 ⓐ 소리, ⓑ 단어, ⓒ 문법 등에 차이를 가지게 되었다. 이렇게 만들어진 방언을 특히 지역 방언이라고 한다.

다 한편 사회적으로 방언에 대한 오해나 편견이 존재하기도 한다. 예를 들어 경기도(서울과 인천 포함) 사람들이 사용하는 말이 표준어와 동일하며 그 외 지역 사람들이 사용하는 말은 방언이라고 인식하는 경향이 있다. 이러한 인식은 경기도 지역에서 사용되는 말이 다른 지역보다 상대적으로 품위가 있다고 생각하는 우월감으로 연결되기도 한다. 그러나 하나의 언어는 크고 작은 방언으로 구성되며, 한 언어를 구성하는 방언들은 서로 대등한 자격을 가진다. 우리나라의 경우 방언은 자연적으로 형성된 말이며, 표준어는 정책적 목적으로 주로 서울의 중류층 또는 교양 있는 계층의 말과 그 외의 다른 언어 요소들을 합하여 만든 인위적이고 추상적인 말일 따름이다. 그러므로 어떤 지역의 말도 '표준어'와 일치할 수는 없다.

<최명옥, 국어학의 이해, 새국어생활, 제8권 제3호, 1998>

중심 내용 파악하기

1. 무엇에 대해 이야기하고 있습니까?

단락	중심 내용
가	
나	
다	

세부 내용 파악하기

2. '지역 방언'은 어떻게 형성되었습니까?

3. 이 글에 드러난 글쓴이의 생각과 다른 것은 무엇입니까?
① 서울말 표준어라는 것은 잘못된 인식이다.
② 한 언어를 구성하는 방언들은 그 언어를 더욱 풍부하게 만든다.
③ 방언은 지역 사람들의 생활 속에서 자연스럽게 만들어진 말이다.
④ 뉴스에서 표준어를 사용하는 이유는 표준어가 우월하기 때문이다.

4. 지역 방언의 특징과 관계있는 예를 찾아 연결하세요.

1) ⓐ 소리 •
2) ⓑ 단어 •
3) ⓒ 문법 •

• 전라도에서는 '–는데'를 '–는디', '-(으)니까'를 '-(응)께'라고 말한다.
ex) 초등학교 들어갔는디, 그걸 봉께
<이기갑, 2008>

• 충청도에서는 'ㅐ'를 'ㅏ'로 'ㅏ'를 'ㅐ'로 발음하는 경우가 있다.
ex) 동생→동상, 고생→고상, 다니다→대니다, 만들다→맨들다

• 부산에서는 무엇을 물어볼 때 '-(이)고?', '-노?'를 사용한다.
ex) 할배 이름이 멋고? 할부지 어디 계시노?
<김정한, 모래톱 이야기>

• 제주도에서는 '할아버지/할머니'를 '할방/할망', '돼지'를 '도새기', '감자'를 '지실' 이라고 한다.

• 서울말 '밥 먹어라'는 높고 낮음이 없지만 대구에서는 '먹'이 가장 높고 이후는 점점 낮아진다.
<서초슬, 2009>

읽어 보세요 2 44

다음은 지역 방언에 대한 조사 보고서입니다. 글을 읽고 질문에 답해 보세요.

강원도 고성 지역 청소년의 방언 사용 실태와 방언에 대한 인식 조사

조사자 : 서경숙, 이정덕, 우재영

Ⅰ. 서론

고성은 영동 방언권에 속하는 지역이다. 영동 방언권이란 대관령을 기준으로 동쪽에 위치한 방언권이다. 그중에서도 고성은 고성, 속초, 양양 지역으로 묶여 북부 영동 방언권에 해당된다(박성종, 2008:21).

그동안 영동 방언권에 대한 조사는 다음과 같은 세 가지 방향에서 주로 이루어져 왔다. 첫째는 방언의 성조에 대한 조사이고, 둘째는 방언의 음운에 대한 조사이고, 셋째는 영동과 인접한 지역의 다른 방언과 비교하는 조사이다.

하지만 지금까지의 조사에서는 청소년만을 대상으로 한 조사가 거의 없었다. 따라서 본 조사에서는 강원도 고성 지역 청소년들의 방언 사용 실태를 파악하고 방언과 표준어에 대한 인식이 어떠한지를 밝히고자 한다.

본 조사의 방법은 다음과 같다. 먼저 강원도 고성 지역의 학생들이 지역 방언을 어떻게 사용하고 있는지 '음운'과 '어휘'를 중심으로 알아볼 것이다. 그리고 방언을 어떤 상황에서 얼마나 활발하게 사용하고 있는지, 방언과 표준어에 대한 인식은 어떠한지를 알아볼 것이다.

이를 위한 방법으로는 '설문지'와 '면담'을 택하였다. 설문지를 통해서는 주로 사용하는 음운과 어휘의 특징에 대해 알아보고 면담을 통해서는 청소년들의 방언에 대한 인식과 말버릇 등을 알아볼 것

중심 내용 파악하기 1. 무엇에 대한 조사입니까?

2. 조사의 목적은 무엇입니까?

세부 내용 파악하기 3. 이 조사가 다른 방언 조사와 다른 점은 무엇입니까?

이다. 설문 조사 대상은 중학교 3학년 학생 49명, 고등학교 1학년 학생 111명으로 했다.

면담은 면담자 한 명과 강원도 고성 지역에서 태어나 살아온 세 명의 학생들이 자유롭게 대화한 것을 녹음하여 분석했다.

II. 본론

1. 고성 지역 학생들의 방언 사용 실태 - 조사 결과 생략
2. 표준어와 지역 방언에 대한 인식 - 조사 결과 생략

III. 결론

방언은 그 지역의 고유한 문화와 정서가 담겨 있는 귀중한 언어 자산이다. 하지만 조사 결과 고성 지역 청소년들은 방언을 잘 쓰지 않고 방언에 대한 인식도 좋지 않다는 것을 알 수 있었다. 이러한 현상의 원인 중 하나는 강력한 표준어 정책이라고 할 수 있다. 표준어를 절대적인 언어의 기준으로 삼아 가르치기 때문에 지방 언어 학습과 사용이 줄어들게 된 것이다. 따라서 이러한 지역의 문화와 정서를 보전하기 위해 청소년들에게 방언을 교육할 필요가 있고 국어 교과 안에서도 방언 학습이 이루어져야 할 것이다.

참고문헌

•김주원, 강원도 동해안 방언 성조의 특성, 민족문화 논총 제27집, 영남대학교 민족문화연구소, 2003.

•문효근, 영동·영서 방언의 어휘적 비교연구, 인문과학 46-47, 연세대학교 인문과학연구소, 1982.

<서울대학교 국어교육과, 선청어문, 제41호, 2014>

4. 아래의 조사 방법으로 조사한 내용은 무엇입니까? 그리고 그 조사 대상은 누구입니까?

설문지		대상	
면담		대상	

이야기해 보세요

강원도 영동 지역은 바람이 많이 부는 지역으로, 이 지역에서 '바람'을 가리키는 말은 아주 다양합니다. 이처럼 언어에 지역의 특성이 드러난 예를 소개해 보세요.

쓰기

주제를 정해 조사 보고서를 써 보세요.

준비해 보세요

<강원도 고성 지역 청소년의 방언 사용 실태>에 대한 보고서를 쓰고자 합니다. 보고서 작성 순서에 맞게 번호를 쓰세요.

① 설문지, 면담, 기타 관련 자료들을 통해 자료를 수집한다.

② 수집한 자료를 정리하고 형식에 맞추어 글을 쓰다.

③ 조사의 목적과 필요성, 조사 대상 등을 구체적으로 정한다.

④ 지금 알고 있는 정보와 조사해야 하는 정보를 정리하고 조사 방법을 결정한다.

③	⇨		⇨		⇨	
주제 선정		조사 계획		조사		보고서 작성

표현을 연습해 보세요

1. 다음은 조사의 목적을 설명할 때 쓰는 표현입니다. 다음 표현을 사용하여 써 보세요.

- 본 조사의 목적은 ~이다.
- 본 조사는 ~는 데 목적이 있다.
- 본 조사에서는 ~에 대해 알아보고자 한다[살펴볼 것이다 / 알아보도록 하겠다].

<조사 목적> 강원도 고성 지역 청소년들의 방언 사용 실태

→ 본 조사의 목적은 강원도 고성 지역 청소년들의 방언 사용 실태를 알아보는 데 목적이 있다.

<조사 목적> 지역어 사용 상황과 지역어에 대한 인식

→ ______________________________

____

______________________________.

2. 다음은 조사의 목적을 설명할 때 쓰는 표현입니다. 다음 표현을 사용하여 써 보세요.

- ~에서도 알 수 있듯이
- ~라는 점에서
- ~적 측면에서
- ~고 할 수 있다.
- ~을 보여 준다.

<면담 자료 3번>

Q. 고향 말을 안 쓰는 이유는 무엇입니까?
A. ① 고향 말을 사용하면 못 알아듣는 사람들이 있기 때문에 ② 표준어보다 무뚝뚝하고 촌스럽기 때문에

→ 위 자료에서도 알 수 있듯이 고성 지역 청소년들의 방언에 대한 인식은 부정적이라고 할 수 있다.

<설문지 자료 3번>
Q. 본인은 평소에 고향 말을 쓰고 있습니까?

질문	전혀 안 쓴다	별로 안 쓴다	조금 쓴다	쓴다	많이 쓴다	기타	합
응답 지수	8	19	19	1	0	2	49

→ ______________________________________.

3. 다음은 조사 결과를 요약하고 보고서를 마무리할 때 쓰는 표현입니다. 다음 표현을 사용하여 써 보세요.

- 본 조사에서는 ~에 대해 알아보았다.
- 앞으로 ~이 필요할 것이다.

<조사 목적> 강원도 고성 지역 청소년들의 방언 사용 실태

→ 본 조사에서는 강원도 고성 지역 청소년들의 방언 사용 실태에 대해 알아보았다.

<조사 내용> 지역어 사용 상황과 지역어에 대한 인식

→ ______________________________________.

써 보세요

한국 사람들이 사용하는 말과 관련된 조사 주제를 정하고 보고서를 써 보세요.

조사자
조사 주제
조사 목적
조사 대상
조사 방법
조사 내용

어휘와 표현

2. 다양한 한국어의 모습

● 어휘

계승(繼承)하다

동 전통이나 문화, 조상들의 업적을 이어나가다. 繼承
우리 조상들의 독립 정신은 앞으로도 계속해서 계승해 나가야 할 것이다. 先人的獨立精神往後也會繼續傳承下去。

고유문화(固有文化)

명 어떤 나라나 민족이 본래 가지고 있는 독특한 문화. 固有文化
세계의 수많은 민족들이 고유문화를 지키지 못하고 외래문화에 동화되었다. 世界上有無數的民族沒能保留住固有文化，而被外來文化所同化。

대등(對等)한 자격(資格)을 갖다

서로 비교하여 높고 낮음이 없이 같은 조건이나 위치를 갖다. 擁有平等的資格、相同的地位
국제회의에서는 모든 국가가 대등한 자격을 갖는다.
在國際會議上所有的國家皆擁有相同的地位。

문화(文化)를 보전(保全)하다

문화를 온전히 잘 보호해서 유지하다. 保存文化
우리의 전통 문화를 잘 보전하기 위해 모두의 관심이 필요하다.
為了妥善保存我們的傳統文化，需要全體成員的關心。

문화적(文化的) 다양성(多樣性) [다양썽]

문화가 여러 가지로 많은 특성. 文化多樣性
국내에 거주하는 외국인들이 증가함에 따라 그들의 문화적 다양성을 인정해야 한다는 목소리가 높다. 隨著居住於國內的外國人的增長，認可他們文化多樣性的呼聲越來越高。

방언(方言) / 사투리

명 한 언어에서 사용 지역 또는 사회 계층에 따라 달라지는 말. 方言
방언을 조사하기 위해 제주도로 답사를 떠났다.
為了進行方言的調查前往濟州島實地踏查。

실태(實態)를 파악(把握)하다

실제 모양을 확실하게 이해해 알게 되다. 掌握狀況
검찰은 이번 사건의 실태를 파악하기 위해 재조사를 실시하기로 했다. 檢察官為掌握本案件的實際狀況打算再次展開調查。

억양(抑揚)

명 소리의 높낮이. 語調、腔調
서울말과 부산말은 억양이 다르다. 首爾話與釜山話的腔調不同。

언어(言語)를 구성(構成)하다

여러 요소들이 모여 하나의 언어를 이루다. 構成語言
여러 지역의 방언들이 모여 하나의 언어를 구성한다.
各地區的方言匯集構成一種語言。

원형(原形)

명 복잡하고 다양한 모습으로 바뀌기 전의 모습. 原型
화가들이 17세기에 그려진 그림의 원형을 복원했다.
畫家們將17世紀所繪製的圖畫修復原型。

의식(意識)을 반영(反影)하다

생각, 의견, 사상 등을 나타내다. 反映意識
언어는 그 언어를 사용하는 사람들의 의식을 반영한다.
語言能夠反映出使用該語言者的意識。

자연적(自然的)으로 형성(形成)되다

사람의 손이 닿지 않고 자연스럽게 만들어지다. 自然形成
상권이란 수요에 의해 자연적으로 형성되기 마련이다.
所謂的商圈，通常是依需求自然形成的。

정서(情緖)가 담겨 있다

사람 마음에 일어나는 여러 가지 감정이나 분위기가 들어 있다. 情緒蘊含其中
최근 복고 열풍이 불면서 70년대 정서가 담겨 있는 드라마들이 유행하고 있다. 近來颳起一陣復古旋風，蘊含70年代風情的電視劇正流行。

표준어(標準語)를 제정(制定)하다

한 나라에서 공통으로 쓰이는 언어를 정하다. 制定標準語
표준어를 제정 하는 목표는 의사 소통의 불편을 해소하는 데에 있다. 制定標準語的目標在於消解溝通上的不便。

획일화(劃一化)되다

동 모두 같아서 다른 것이 없게 되다. 齊一化
인터넷의 발달로 많은 정보를 쉽게 접할 수 있지만 정보들이 획일화되는 경향도 나타나고 있다. 因網路的發達而能夠輕易接觸到大量的資訊，但資訊卻也呈現出齊一化的傾向。

● 읽기

• 읽어 보세요 1

거주지(居住地)

명 현재 살고 있는 장소. 住所、居住地
유목민은 일정한 거주지가 없이 초원을 따라 이동하는 사람들을 말한다. 遊牧民族是指沒有一定住所，逐草原而移動的人們。

우월감(優越感)

❸ 남보다 낫다고 생각하는 느낌. 優越感
조선 시대 양반들은 평민에 대한 우월감이 강했다.
朝鮮時代的兩班們對平民的優越感強烈。

품위(品位)가 있다

격이 높고 위엄이 있는 느낌이 있다. 有品味
말은 그 말을 사용하는 사람이 품위가 있는지, 교양 수준이 어떤지를 드러낸다.
言語顯示出使用該語言者有無品味、教養的水準如何。

● 읽어 보세요 2

방언권(方言圈)[방언꿘]

❸ 방언에 의해 나뉜 각 지역. 方言區
한국은 제주도를 포함해 7개의 방언권이 있다.
包含濟州島，韓國共有7個方言區。

성조(聲調)

❸ 음절 안에서 나타나는 소리의 높낮이. 聲調
중국어의 성조에는 4가지 종류가 있다.
中文的聲調共有4種。

영동(嶺東)

❸ 대관령의 동쪽에 있는 지역. 嶺東
영동 지역은 지형적인 영향으로 겨울에 눈이 많이 온다.
嶺東地區因地形的影響，冬季裡時常下雪。

음운(音韻)

❸ 말의 뜻을 구별해주는 소리의 가장 작은 단위. 音韻
'물'과 '불'을 구별하는 음운은 'ㅁ'과 'ㅂ'이다. 區別「물」與「불」的音韻是「ㅁ」與「ㅂ」。

인접(隣接)하다[인저파다]

❸ 옆에 이웃해 있다. 鄰接
도로에 인접한 곳에 사는 주민들이 소음으로 스트레스를 받고 있다.
生活在道路毗鄰處的居民們因噪音飽受壓力。

자기 평가

1. 다음 중 아는 어휘에 √ 하세요.

- ☐ 난류
- ☐ 원형
- ☐ 지평선
- ☐ 완만하다
- ☐ 단조롭다
- ☐ 고유문화
- ☐ 계승하다
- ☐ 내륙 지방
- ☐ 방언 / 사투리
- ☐ 오대양 육대주
- ☐ 실태를 파악하다
- ☐ 정서가 담겨 있다

2. 알맞은 표현을 골라서 문장을 완성해 보세요.

-건만 -(으)ㄹ 따름이다 -는 게 고작이다 -(으)니/느니 -(으)니/느니 (하다)

1) 가 : 나이가 들면 전원생활을 하고 싶어요.

   나 : 저는 나이가 들어도 도시에 살고 싶어요. .... 아/어도 도시가 편해요.

2) 가 : 할아버지, 몸은 좀 어떠십니까?

   나 : 마음은 .... 몸은 예전 같지 않아요. 잠깐씩 산책하는 것도 힘에 부치네요.

3) 매년 물가는 5%이상 크게 오르는 가운데 임금 상승률은 겨우 2% .... 서민들의 생활이 점점 힘들어지고 있다.

4) 비가 내리는데도 참석해 주신 여러분께 정말 .... 저희 자원봉사 센터에 늘 관심과 사랑을 가져 주셔서 뭐라 드릴 말씀이 없습니다.

3. 이 단원을 공부하고 여러분이 할 수 있게 된 것에 √ 해 보세요.

- ☐ 자신의 소감을 인상적으로 발표할 수 있다.
- ☐ 지형에 대한 강의를 듣고 지형의 특색을 파악할 수 있다.
- ☐ 조사 계획서를 읽고 내용과 글의 구조를 파악할 수 있다.
- ☐ 방언에 대한 조사 계획을 세우고 조사 보고서를 쓸 수 있다.

정답

1) 공기가 나쁘니 교통이 복잡하니 해도 2) 젊건만 3) 오른 게 고작이다 4) 감사할 따름입니다

보충 어휘

지명 관련 표현 지명과 관련된 속담, 고사 성어, 표현을 익혀 봅시다.

금강산도 식후경이다
아무리 재미있는 일이라도 배가 부르고 난 뒤에야 흥이 난다.
再怎麼有趣的事情也要肚子填飽後才有興致。

남산골샌님이다
가난하면서도 자존심이 강한 사람.
人窮志不窮。

낙동강 오리알
어떤 무리에서 떨어져 나오거나 혼자 소외되어 처량하게 된 신세를 이르는 말.
指脫離某個團體或者被孤立疏遠後淒涼的處境。

모로 가도 서울만 가면 된다
무슨 수단이나 방법으로라도 목적만 이루면 된다. 為達目的不擇手段。

서울 가서 김 서방 찾기이다
잘 모르는 사람을 무턱대고 찾아다니거나 막연한 일을 하려는 경우.
毫無章法去尋找不熟識之人或進行大海撈針般的事情。

말은 나면 제주도로 보내고 사람은 나면 서울로 보내라
말은 제주도에서 길러야 하고 사람은 어릴 때부터 서울로 보내 공부를 시켜야 잘될 수 있다. 馬要養在濟州島，而人自小就要送往首爾學習才能成功。

종로에서 뺨 맞고 한강에 가서 눈 흘긴다
엉뚱한 곳에 가서 화풀이를 한다.
在一個不對的地方出氣。

평양 감사도 저 싫으면 그만이다
아무리 좋은 일이라도 본인이 하기 싫다면 억지로 시킬 수 없다.
若本人不願意，再好的事也不能強迫為之。

한강에 돌 던지기이다
아무리 투자를 하거나 애를 써도 아무런 효과나 좋은 결과를 내지 못한다. 再怎麼投資或費盡心力也得不到任何效果或好的成果。

함흥차사이다
소식이 없거나 돌아오지 않는 사람.
杳無音信或不歸之人。

연습 1 다음 상황과 어울리는 것을 고르세요.

1)

한 시간 전에 소금 심부름 간 애가 왜 이렇게 안 오지.

① 남산골샌님
② 함흥차사

2)

배 고픈데 우리 밥부터 먹고 산에 올라갈까?

① 금강산도 식후경
② 서울 가서 김 서방 찾기

보충 어휘

3)

① 한강에 돌 던지기.

② 평양 감사도 저 싫으면 그만이다.

4)

① 모로 가도 서울로만 가면 된다.

② 종로에서 뺨 맞고 한강에 가서 눈 흘긴다.

연습 2 다음과 관련 있는 표현을 쓰세요.

1) 사람은 큰 도시에 가야 보고 배울 게 많고 성공할 가능성이 높다.

→ 말은 나면 제주도로 보내고 사람은 나면 서울로 보내라

2) 아들이 사업에 재주가 없는데 계속 도와준다고 해서 뭐가 나아지겠어요? 아무리 돈을 빌려줘도 소용이 없을 거예요.

→

3) 내 어머니의 친구는 서울대학교에 근무하신다. 내가 서울대학교에 입학하자 어머니의 친구 분께서 연락하라고 하셨다. 그런데 찾아가고 싶어도 이름밖에 몰라서 찾기가 힘들었다.

→

4) 내 친구는 자존심이 강해서 돈이 없을 때는 친한 친구들과의 모임에도 빠지는 경우가 많았다.

→

5) 동생은 학교에서 선생님께 꾸중을 듣고 집에 와서는 나에게 화를 냈다. 선생님께 야단맞고 화풀이는 나한테 하고 있다.

→

6) 난 두 명의 친한 친구가 있다. 그런데 친하게 지내던 친구들이 모두 고향으로 돌아가 버렸다. 나만 혼자 한국에서 외롭게 생활하게 되었다.

→

연습 3 다음 그림을 보고 대화를 완성해 보세요.

1)

영화 보고 밥 먹을까?
밥 먹고 영화 볼까?
○○극장

벌써 12시네.
________(이)라는데 밥
먹고 영화 보자.
○○극장

2)

아파트 호수를 몰라서 찾
기가 힘든데요.
102
103

전화번호도 모르니 참 난처하네요.
이거 완전히 ________데요.
102
103

3)

김 대리는 거래처만 나가면 왜
이렇게 ________(이)야. 연락
도 안 되고.
과장○○○

제가 다시 전화해 보겠습니
다. 연락되면 보고드리겠습
니다.
과장○○○

4)

김 군, ________이라고 장학금
을 받지 않겠다고 하니 더 이상
어쩔 수 없군.

저는 괜찮습니다. 저보다 더
어려운 학생들에게 장학금이
돌아갔으면 좋겠습니다.

보충 어휘

연습 4 어울리는 표현을 골라 대화를 완성해 보세요.

남산골샌님　　한강에 돌 던지기　　낙동강 오리알
모로 가도 서울만 가면 된다　　종로에서 뺨 맞고 한강에 가서 눈 흘긴다
말은 나면 제주도로 보내고 사람은 나면 서울로 보내라

1) 현재의 이태원 부근에 모여 살던 조선시대 선비인 ____________은/는 가난하지만 양반의 자존심과 삶의 철학을 지키고자 했다.

2) 부동산 경기가 좋지 않아서 정부가 부동산 세금을 인하한다고 해도 ____________(이)나 마찬가지이다. 이번 정부의 조치로 부동산 경기를 살리는 효과를 기대하기란 어려울 것이다.

3) 아버지께서는 교육을 위해 우리 형제를 어려서부터 도시로 유학을 보내셨다. 그리고 지금도 한결같이 하시는 말씀이 ____________는 것이다.

4) 동생은 친구들과 싸우고 들어와서 가족들에게 짜증을 냈다. ____________다고 싸운 친구들에게는 화를 못 내고 편한 가족들한테 화풀이를 해 댔다.

5) 우리는 목표를 이루기 위해 수단과 방법을 가리지 않는 사람들을 보아 왔습니다. 그러나 ____________는 태도는 결국 부정적인 수단의 유혹을 뿌리치지 못하여 목표를 달성할 수 없게 될 수도 있습니다.

6) 나나 씨는 늘 조용하고 진지한 성격 때문에 교실에서 ____________ 신세였다. 다른 친구들이 서로 어울려 재미있게 이야기하는 모습을 보면 부러운 마음이 생겼다.

부록
附錄

- 듣기 지문 및 번역 聽力原文與翻譯
- 읽기 번역 閱讀文章翻譯
- 모범 답안 標準答案
- 어휘 색인 單字索引

VIII. 사고방식과 문제

1. 문화 차이

● 들어 보세요 1 03 p.24

사회자: 오늘은 한국대학교 문화인류학과 교수로 재직 중이신 김민선 교수님을 모시고 한국, 중국, 일본 삼국 문화에 대한 강연을 듣겠습니다. 큰 박수 부탁드립니다.

교수: 안녕하십니까? 오늘은 <젓가락으로 본 삼국 문화>라는 주제로 한국, 중국, 일본 삼국 문화를 비교해 보겠습니다. 한국, 중국, 일본은 지형적으로나 역사적으로 아주 긴밀한 관계를 유지해 왔습니다. 삼국은 유교 문화를 공유한다든지 쌀을 주식으로 한다든지 하는 공통점을 가지고 있습니다. 오늘은 그러한 여러 공통점 중에서 젓가락을 통해 삼국 음식 문화의 특징을 설명해 보겠습니다.

먼저 이 사진을 봐 주십시오. 보시다시피 삼국의 젓가락은 길이만 해도 차이를 보입니다. 그리고 젓가락의 재질도 차이를 보이는데 이는 삼국의 음식 문화와 밀접한 관련이 있습니다.

먼저 중국의 젓가락부터 살펴보겠습니다. 중국의 젓가락은 한국과 일본의 젓가락에 비해 상당히 길고 끝이 뭉툭한 것이 특징입니다. 중국 음식은 튀기거나 기름에 볶은 음식이 많습니다. 그리고 식사할 때에도 큰 식탁에 둘러앉아 음식을 자기 그릇에 덜어 먹습니다. 식탁에서 먼 거리의 기름진 음식을 집어서 먹기에는 이처럼 길고 끝이 뭉툭한 젓가락이 안성맞춤입니다.

다음은 일본의 젓가락을 보시겠습니다. 일본의 젓가락은 비교적 짧고 끝이 뾰족한 것이 특징입니다. 일본의 식문화에서는 반찬이 개인별로 제공되므로 젓가락이 길 필요가 없습니다. 또한 생선 요리가 많다 보니 젓가락은 음식을 집을 때뿐만 아니라 생선의 살을 발라내는 데도 사용되므로 끝이 뾰족하고 날렵한 것입니다.

마지막으로 한국의 젓가락에 대해 말씀드리겠습니다. 한국의 젓가락은 길이가 일본과 중국의 중간인데 재질이 나무가 아닌 철로 된 것이 특징입니다. 한국은 반찬을 공유하므로 어느 정도 젓가락이 길어야 하지만 중국처럼 가족이 모여 식사를 하지 않고 어른은 어른끼리, 남자는 남자끼리, 그리고 아이와 여자가 따로 식사를 했기 때문에 젓가락이 지나치게 길 필요가 없었습니다.

다만 재질이 나무가 아닌 철이라는 것이 중국이나 일본과는 다른 점입니다. 중국과 일본은 마른 반찬이 많은 반면 한국은 국이나 찌개를 먹는 문화가 상당히 발달해 있고 김치나 무침, 나물과 같이 물기가 있는 반찬이 많은 것이 특징입니다. 그래서 젓가락에 국물이 스미지 않고 위생적으로 오래 사용할 수 있다는 점도 철로 된 젓가락을 사용하게 된 이유가 아닌가 합니다.

이처럼 한중일 삼국은 자국의 음식과 식습관에 맞게 합리적으로 젓가락 길이를 조정하고 재질을 선택해 왔습니다. 한중일 삼국이 공통적으로 젓가락을 사용하고 있으나 각기 차이를 보이는 것은 그 문화적 필요에 의해 변용되고 적용되어 왔기 때문입니다.

主持人： 今天我們邀請到韓國大學文化人類學系的現任教授金敏善教授來為我們演講關於韓國、中國及日本這三個國家的文化。讓我們以熱烈的掌聲歡迎。

教授： 大家好。今天我們將以＜從筷子看三國文化＞為題比較韓國、中國、日本這三個國家的文化。而韓國、中國、日本一直以來不論是在地緣上或歷史上都維持著極其緊密的關係。三個國家不管是同樣有著儒教文化或是在以米飯為主食上，都有著共通點。今天就要在這許多的共通點中，透過筷子來說明三國的飲食文化特徵。

首先，請先看這張照片。如各位所見，三國的筷子光是長度就能看出差異。另外筷子的材質也可見差異，這與三國的飲食文化有著密切關聯。

我們先從中國的筷子開始看起。相較於韓國、日本的筷子，中國的筷子有著長度較長且尾端較粗短的特徵。而中式飲食中有著大量油炸或者在熱油中翻炒的料理。另外在用餐時則會圍坐在大餐桌前，並將菜餚盛裝在自己的碗中再入口。夾取桌面上遠端的油膩餐點時，像這樣既長且尾端粗短的筷子正是恰恰好。

接著我們來到看到日本的筷子。日本筷子的特徵相對來說較短且尖細。在日本的飲食文化中菜餚是個別提供的，因此筷子並不需要特別長。另外也因日本的魚類料理相當豐富，筷子不只用於夾取食物，也會用在剔除魚肉上，所以尾端相對來得較輕巧尖細。

最後則要來談談韓國的筷子。韓國的筷子長度界於日本與中國之間，材質是鐵製而非木製為其特徵。由於韓國共食小菜，因此筷子必須有足夠的長度，但卻也因為不像中國一樣，家人之間聚在一起用餐，而是大人和大人之間，男人跟男人之間，小孩子跟女人之間分別用餐，因此筷子不必過長。

而就材質上來說，其為鐵製而非木製這點上，就是與中國或日本的不同之處。中國與日本的菜餚乾性較多，相反的，而韓國飲用湯品或鍋類的文化相當發達，有許多像是泡菜、醃漬或涼拌之類等有湯汁的小菜是其特徵。因此或許就是為了不使湯汁滲入筷子，以及在兼顧衛生的條件下能夠持續使用下，才會使用鐵製的筷子。

如此，韓中日三國依照各國的飲食習慣適度調整筷子的長度以及選用合適的材質。雖然韓中日三國同樣使用著筷子，但各有相異之處，是因依照各自文化的需求變形適應而來的緣故。

● 들어 보세요 2 04 p.25

선생님 : 나라마다 편안하게 느끼는 거리와 접촉을 허용하는 범위에 차이를 보이는데 한국에서는 그 거리가 아주 가까운 편입니다. 문화인류학적으로 볼 때 문화권마다 편안하게 느끼는 사회적 거리가 있는데요. 예를 들면 영국이나 미국과 같은 서양에서는 가족처럼 친밀한 사람은 약 45cm 정도, 친구나 가까운 동료는 45cm에서 120cm 정도, 처음 만나거나 회사에서 일로 만나는 사람은 120cm 이상 떨어져야 편안함을 느낀다는 연구 결과가 있습니다. 만약 이 거리가 유지되지 않으면 사람들은 불편함을 느끼게 되겠지요.

학생 1 : 서울은 정말 크고 복잡한 도시예요. 단순히 사람이 많아서 불편한 것보다는 사람들끼리의 거리가 너무 가까워서 좀 불편하게 느껴질 때가 있어요.

학생 2 : 저도 그런 경험이 있는데요. 한국 사람에게 길을 물어본적이 있는데 저한테 너무 가깝게 다가와서 좀 당황했던 적이 있었어요.

학생 1 : 그리고 지하철이나 버스에서 한국 아주머니들이 남의 아이의 머리를 쓰다듬는다든지 볼을 만진다든지 하는 경우가 있는데 외국 사람의 눈으로 볼 때는 정말 이상했어요. 또 한국에서는 유난히 박물관이나 미술관에 '만지지 마세요.'라든지 '눈으로 보세요.'라든지 하는 문구가 많이 보여요. 한국 사람들은 뭐든지 만져 보려는 욕구가 정말 강한 것 같아요.

학생 2 : 듣고 보니 정말 그래요. 한국 사람들은 신기한 것을 보거나 물건을 살 때 먼저 그 물건을 만져 보려고 해요. 명소나 유적지에 가서 유물을 보면 손때가 묻어 있는데 이런 걸 보면 한국인들은 눈보다 손으로 구경하는 것 같아요.

선생님 : 손으로 구경한다? 참 재미있는 표현이네요. 그래서 한국의 문화를 촉각 문화라고 하는 사람들도 있어요. 서울에 처음 아파트가 생겼을 때 온돌을 없애고 공기 난방으로 바꿨는데 한국인들은 온돌이 없는 것에 불편을 느끼게 되었지요. 공기 난방이 편리한데도 굳이 온돌을 택하는 이유는 오랫동안 한국인에게 이어져 온 촉각 문화 때문이에요.

촉각 문화는 식생활에서도 찾아볼 수 있어요. 음식 맛은 손맛이라는 표현이 있는데 어떻게 '음식 맛이 손맛'이 될 수 있을까요? 실제로 음식을 잘하는 사람들은 나물을 무칠 때 맨손으로 무쳐요. 손으로 주물러서 양념이 속속 배어들게 해야 음식 맛이 난다고 생각하는 것이지요. 손의 촉각이 음식 솜씨의 비결인 셈이에요.

학생 1 : 결론적으로 한국 사람들은 거리를 좁히고 촉각을 통해 사람이든 사물이든 적극적으로 교감하려는 문화를 가지고 있다고 할 수 있겠네요.

선생님 : 네. 일반적으로 사람들은 자신의 영역을 정하고 타인이 침범하지 못하게 하지요. 그런데 한국 사람들은 자신의 영역을 타인에게 허용하고 자신도 타인의 영역을 스스럼없이 침범하고 나아가서 접촉을 통해 적극적으로 유대감과 정을 쌓아 간다고 할 수 있어요.

老師： 每個國家所認為自在的距離與容忍他人觸碰的範圍都有所差異，在韓國距離算是非常近的。從文化人類學的觀點來看，每個文化圈都存在著令他們感到舒適的社交距離。舉例來說，根據研究結果顯示，像是在英國或美國的西方世界裡，如同家人般親密者大約必須保持在45cm，若是朋友或較熟悉的同事，則約在45cm到120cm之間，而對於初次見面或者因公會面者則保持在120cm以上的距離才會覺得放鬆自在。而萬一不能保持這個距離，大家便會感到彆扭。

學生 1：　首爾真的是個既廣闊又複雜的都市。相較於單純因為人多而感到彆扭，更因為人與人之間的距離過分接近而有些時候會感到不自在。

學生 2：　我也有這樣相同的經驗。曾有過向韓國人問路，但卻因為對方靠我太近而有些錯愕。

學生 1：　還有，有時候在地下鐵或公車上，韓國阿姨們會撫摸別人孩子的頭部，或者摸摸臉頰，這從外國人的眼中看來是相當奇怪。另外，在韓國特別容易在博物館或美術館裡看到像是「請勿觸摸」或像是「動眼不動手」等標語。韓國人不管是什麼都想摸摸看的慾望似乎真的很強烈呢。

學生 2：　聽你這麼一說，還真的是那樣耶。韓國人在看到神奇的事物或購物時都會想要先摸摸看那樣物品。到古蹟名勝去，看到文物都有手汗垢的痕跡，照這樣看來韓國人好像不是用眼睛觀賞，而是用手在觀賞呢。

老師：　用手觀賞嗎？真是有趣的形容。所以也有人說韓國的文化就是觸覺的文化。當首爾剛建公寓大廈時捨棄地炕並改為空調暖氣，韓國人對於地炕的不復存在自是感到不慣的。空調暖氣再怎樣方便，依然執著於地炕的緣由，就在於韓國人悠久流傳的觸覺文化。觸覺文化在飲食生活中也能找到。有一句形容詞說，飯菜的滋味就是手的味道，而飯菜的滋味怎麼會成了手的味道呢？實際上那些善於烹飪的人在料理涼拌菜時，都是用手直接下去拌。這自然是因為他們認為唯有親手拌勻讓醃料徹底入味，料理才會美味。因此手的觸感幾乎就是料理手藝的獨門秘訣。

學生 1：　總結來說，韓國人可以說是縮小距離，且擁有著透過觸覺來積極交流感應人、事的文化呢。

老師：　沒錯。普遍來說人們會劃出自己的領域不讓他人侵犯。但是韓國人可以說是能夠容忍他人進入自己的領域，而其自身也會自然而然侵犯他人的領域，並且更進一步透過接觸來積極累積歸屬感與情分。

IX. 인간과 심리

1. 학습과 심리

● 들어 보세요 1 08 p.60

사회자:　네, 지금까지 외국어 학습에 영향을 주는 요인에 대해 이야기를 나눠 봤습니다. 나이, 성별, 학습 유형 등 다양한 요인이 있다는 것을 알 수 있었습니다. 최근 칭찬을 해 주면 학습 동기가 높아져 학습에 도움이 된다는 주장과 칭찬이 학습에 별 도움이 되지 않는다는 주장이 나오고 있는데요. 그러면 지금부터는 칭찬의 효과에 대해 이야기해 보도록 하겠습니다.

토론자 1:　저는 외국어 학습에 교사의 칭찬이 효과적이라고 생각합니다. 우리가 외국어를 배울 때는 모국어를 배울 때와 달리 자신감을 잃어버리기 쉽습니다. 새로운 것을 배우는 동안 거듭되는 실패로 좌절하거나 실망할 수 있습니다. 그래서 실패했을 때는 다음에는 더 잘할 수 있다고 격려해 주는 것이 필요합니다. 그러면 학생은 실패를 거울삼아 다시 한번 도전하려고 할 것입니다. '칭찬은 고래도 춤추게 한다.'는 말이 있지요? 야생 돌고래를 훈련시킬 때 조련사는 과제를 성공할 때마다 칭찬을 해 줍니다. 돌고래에게 해 주는 칭찬과 격려는 먹이보다 더 효과를 보인다고 합니다.

토론자 2 : 저는 무조건 칭찬을 많이 하는 것은 문제가 있다고 생각합니다. 실제로 제가 외국어를 배울 때 이런 경험이 있었는데요. 저희 선생님은 학생이 틀린 대답을 했을 때도 "좋습니다.", "잘했어요."라며 항상 칭찬을 해 줬습니다. 그런 일이 반복되다 보니 전 선생님의 칭찬이 진짜 나를 칭찬하는 게 아니라 습관이 아닐까 하는 의심을 하게 되었고 나중에는 잘했다는 말을 들어도 습관이 돼서 아무 느낌도 받지 못하게 되었습니다. 이런 걸 보면 아까 말씀하신 것과는 달리 칭찬이 별 효과가 없는 것 아닙니까?

토론자 1 : 제 말씀은 칭찬을 습관적으로 해 줘야 한다는 것이 아니었습니다. 성공하지도 않았는데 말끝마다 잘한다고 칭찬해 줄 것까지야 없겠죠. 제 말은 칭찬을 해 주려면 학생이 성취를 보였을 때 그것을 격려하기 위해 칭찬을 해야 효과적이라는 것입니다. 한 연구에 따르면 과제를 수행했을 때 칭찬을 해 준 집단이 그렇지 않은 집단보다 동기 부여가 되었고 과제에 더 적극적이었다고 합니다. 이처럼 적절한 때, 적절한 정도로 칭찬을 해 줄 때만 효과가 있는 것입니다.

토론자 2 : 한 방송 프로그램에서 아이들이 싫어하는 야채 주스를 마실 때 칭찬이 어떤 효과를 보이는지 실험을 했습니다. 한 유치원에서는 아이들이 야채 주스를 마실 때마다 칭찬을 해 줬고 다른 유치원에서는 칭찬 없이 그냥 야채 주스를 마시게 했습니다. 그리고 일주일이 지난 실험 마지막 날, 칭찬을 해 줬던 유치원에서는 칭찬을 하지 않고 야채 주스를 마시게 했습니다. 그랬더니 아이들은 실망한 표정이었고 칭찬을 해 주었을 때보다 훨씬 적은 양의 주스를 마셨습니다. 반면에 칭찬 없이 야채 주스를 마시게 한 아이들은 첫날보다 훨씬 더 많은 주스를 마셨습니다. 이것을 보면 칭찬이 꼭 긍정적인 효과를 가져 오는 것은 아닌 것 같습니다. 칭찬을 하다가 하지 않으면 오히려 역효과가 날 수도 있는 것입니다.

토론자 1 : 그렇지만 모든 사람들이 스스로 기쁨을 느끼고 최선을 다하려고 하지는 않을 것 같습니다. 격려나 보상이 긍정적인 영향을 미친다는 것은 부인할 수가 없습니다. 만약 격려나 보상이 성공에 영향을 주지 않는다면 아무도 하기 싫은 일을 하려고 하지 않을 겁니다.

主持人： 好的，到目前為止我們已經對於影響外語學習的因素做了討論。可以知道有年齡、性別、學習型態等多種因素。而近來有若稱讚其學習動機能提高，有助於學習，以及稱讚對於學習並沒有特別大的助益等的看法。那麼現在我們即將開始討論關於稱讚的效果。

討論人 1 : 我認為教師的稱讚在外語學習上是有效果的。與學習母語時有所不同的是，我們在學習外語時很容易喪失自信。在學習新事物，會因重複的失敗而感到挫折或失望。所以在失敗時，給予鼓勵說「下一次會做得更好」，如此一來學生就會以失敗為鑑，並會再次挑戰。有句話說「讚美能讓海豚跳舞」，訓練野生海豚時，訓練師每每會在海豚達成任務時給予讚美。而據說給海豚讚美或鼓勵比飼料會更有效果。

討論人2：我認為一味的大量讚美是有問題的。其實我在學習外語時曾經有過這樣的經驗。我的老師即便在學生回答錯誤的時候也會說：「很棒。」、「你做得很好。」，經常給予讚美。而這種事不斷反復上演後，我反倒是開始懷疑起老師的讚美其實不是在稱讚我，而會不會只是習慣了呢？在這之後，即便聽到「你做得很好」，也因為習以為常而無動於衷。如此看來不就與您剛剛所說的大相逕庭，稱讚其實沒有太大效果的不是嗎？

討論人1：我的意思並不是說要習慣性給予讚美。既然沒有成功就沒有必要句句讚美他做得很好囉。我的意思是說，若要給予讚美，那就要在學生達到目標時讚美鼓勵才會有效果。根據某一研究顯示，在解題時相較於不向其稱讚的團體，對其稱讚的團體更給了學習動機，對於給予的作業也更加積極。像這樣適時且適度給予讚美時才會有效果。

討論人2：在某個電視節目中曾經做過實驗，看看在小孩子們飲用他們討厭的蔬菜汁時，讚美究竟會有怎樣的效果。其中一家幼稚園在孩子喝蔬菜汁時每每給予稱讚，而在其他的幼稚園裡僅僅是讓他們喝蔬菜汁，而不多加讚美。然後過了一周後實驗的最後一天，過去給予讚美的幼稚園直接給他們飲用蔬菜汁，而不對其稱讚。結果，孩子們卻是一臉失望，所飲用的果汁對比給予讚美時的還要少量。另一方面，並未對其多加讚美，僅僅是讓他們喝蔬菜汁的孩子們則是與第一天相較之下喝了更多蔬菜汁。就此看來，稱讚似乎並不一定會帶來正面的效果。若反覆讚美後卻突然停止，反而會產生反效果也不一定。

討論人1：雖說如此，但也不是所有的人都能夠發自內心的感到喜悅而想要盡最大的努力。所以並不能否認激勵與獎賞所產生的正面影響。假若激勵或獎賞對於成功不會產生任何影響，那麼任何人都不會主動去做那些自己討厭的事。

● 들어 보세요 2 09 p.61

학생: 선생님, 요즘 한국어를 공부하면서 어려운 점이 있어요. 저는 문법이나 단어를 공부하는 걸 좋아하는데요. 교실에서는 배운 단어나 문법을 다 이해하지만 막상 한국 사람들하고 대화할라치면 공부한 단어나 문법이 나와도 잘 모르는 경우가 많아요. 또 신문을 읽을 때 하나라도 모르는 단어나 문법이 나오면 내용을 이해하는 게 너무 어렵고요. 6급이나 됐는데 아직도 한국어 실력이 부족한 것 같아 실망스러워요.

선생님: 실망스러워 할 것까지는 없어요. 줄리앙 씨는 열심히 공부한 만큼 효과가 없어서 걱정을 하고 있군요. 자신의 학습 유형을 알고 자신에게 맞는 학습 방법을 찾으면 더 큰 효과를 볼 수 있어요. 줄리앙 씨, 사람을 처음 만났을 때 이름을 기억하는 편인가요, 얼굴을 기억하는 편인가요?

학생: 전 얼굴보다는 이름을 기억하는 편이에요. 그래서 이름을 알더라도 막상 그 사람 얼굴을 떠올리려면 기억이 나지 않는 경우가 많아요.

선생님: 선생님이 말로만 설명하는 것을 잘 이해

하는 편인가요, 아니면 예나 그림을 보여 줄 때 더 이해가 잘 되는 편인가요?

학생 : 선생님이 말로 설명하셔도 잘 이해할 수 있어요.

선생님 : 마지막으로 선다형 시험을 좋아하나요, 주관식 시험을 더 좋아하나요?

학생 : 전 주관식 시험은 정말 못 보겠어요. 너무 부담스럽고 주관식 시험 문제를 보면 무슨 말을 써야 할지 겁부터 나요.

선생님 : 줄리앙 씨는 좌뇌형 학습자인 것 같네요. 사물을 인식하는 방법에 따라 크게 좌뇌형 학습자와 우뇌형 학습자로 나눌 수 있어요. 좌뇌형 학습자는 단어나 문법을 이해하는 능력이 뛰어나고 전체보다는 부분을 잘 파악하는 편이며 논리적이고 분석적인 특성을 가졌지요. 그래서 좌뇌형 학습자는 문제나 내용을 분석한 뒤 자신의 말로 설명하거나 전체 내용을 부분으로 나누어 재구성해 공부하는 것이 효과적이에요. 반면 우뇌형 학습자는 단어 하나하나의 의미보다는 대화의 전체적인 흐름이나 내용을 파악하는 능력이 뛰어나요. 부분보다는 전체를 잘 파악하고 직감적이며 이미지에 의존하는 편이고요. 그래서 우뇌형 학습자는 내용을 그림과 같은 이미지로 바꿔서 기억하거나 몸의 움직임을 활용해서 공부하면 좋아요.

학생 : 제가 단어나 문법을 공부하는 걸 좋아하는 이유가 있었네요. 그럼 저 같은 좌뇌형 학습자는 어떤 방법으로 공부하면 좋을까요?

선생님 : 누구나 외국어를 공부할 때는 단어나 문법에 신경 쓸 수밖에 없을 거예요. 하지만 사람들의 말을 들을 때 하나하나의 단어나 문법에 지나치게 신경 쓰지 말고 덩어리로 내용을 떠올려 보세요. 좌뇌형 학습자는 분석하고 분류하는 것을 잘하니까 부분적으로 이해하고 나서 퍼즐을 맞추듯이 전체 내용을 하나로 맞춘다고 생각해 보세요. 그렇게 책을 읽거나 뉴스를 들을 때 줄리앙 씨가 얻은 정보를 분석하고 분류하고 다시 종합하면서 전체적인 내용을 이해하면 읽기나 듣기를 더 잘할 수 있을 거예요.

학생 : 네, 선생님 말씀대로 한번 해 볼게요. 감사합니다.

學生： 老師，我最近在學習韓語的時候遇到了瓶頸。我很喜歡學習文法或單字。而在課堂上所學到的單字或文法都能理解，只是一旦真的與韓國人對話，即便說到曾經學過的單字或文法也經常聽不懂。還有在閱讀報紙的時候，就算只出現一個不懂的單字或文法，對於內容的理解也相當困難。雖然已經考過6級，但我的韓語實力到現在似乎還是不夠好，對自己感到很失望呢。

老師： 你不必到為此感到失望。朱利安你是因為學習所付出的努力與成果並不如預期所以正擔憂不已啊。如果你能發現自己的學習型態，並找出適合自己的學習方法，就會有更可觀的成效。朱利安，當你與他人第一次見面時，是先記得名字呢，還是先記得臉孔？

學生： 我的話相較於臉孔，算是會先記得姓名。所以就算知道姓名，但真的試著去回想那個人的臉孔的話，經常會想不起來。

老師： 那老師只用講的去說明比較能讓你理解呢，還是舉例或以圖像呈現會讓你更容易理解呢？

學生： 老師只用說的解釋我也能清楚明白。

老師： 那最後，你比較喜歡選擇題呢，還是更加喜歡論述型的考試？

學生： 我對於論述型的考試真的不拿手。對我來說很有壓力，只要看到論述型的考題，就開始擔心不知道該寫些什麼。

老師：　朱利安你似乎是左腦型的學習者呢。根據對於事物的認知方法，可以大致分為左腦型的學習者與右腦型的學習者。左腦型的學習者在記憶單字或文法上的能力突出，相較整體算是更能充分掌握細部，並且兼具邏輯與分析的特質喔。所以左腦型的學習者在分析問題或內容後，試著用自己的話去說明，或者將整體內容分類重整來學習會是比較有成效的喔。反面來說，右腦型的學習者，相較於每個單字的意義，掌握對話整體脈絡或內容的能力則較為卓越。也就是，相較於細部，更能充分掌握整體，算是比較依賴直覺與圖像。因此，右腦型的學習者改以像是圖畫等影像去記憶內容，或者運用身體的律動來學習都很好。

學生：　原來我會喜歡學習單字或文法是有原因的啊。那像我這樣的左腦型學習者，要用怎樣的方法學習比較好呢？

老師：　任何人在學習外語的時候，都不可避免地要在單字或文法上下功夫。但是在聆聽他人所說的話時，不要過度執著於逐字逐句的單字或文法上，試著以塊狀去聯想內容。左腦型的學習者擅長分析與分類，所以可以試著先分區理解後再如同拼拼圖一樣，將整體內容拼成一塊。像這樣在閱讀書籍或聆聽新聞時，朱利安你就可以將所獲得的資訊分析分類後再次綜合整理並理解整體內容的話，閱讀和聽力就能夠更上一層樓。

學生：　好的，我會試著照老師所說的試試看。謝謝老師。

X. 한국과 세계

1. 한국 속의 세계

● 들어 보세요 1

13 p.92

사회자:　'우리는 다문화 가족' 청취자 여러분, 안녕하세요? 최근 한국에 외국인 수가 증가하고 한국 국적을 얻게 된 귀화자들도 많아지고 있는데요. 귀화에 관한 법이 새롭게 바뀌었다고 합니다. 오늘은 귀화와 이중 국적 문제에 대해 박민영 변호사님을 모시고 알아보겠습니다. 변호사님, 국적과 관련된 법이 어떻게 바뀌었는지 궁금해 하시는 청취자분들이 많은데요. 법이 어떻게 바뀌었는지 설명해 주시겠어요?

변호사:　네, 우선 외국인 여러분이 한국 국적을 취득할 수 있는 기회가 좀 더 늘어났다고 볼 수 있겠습니다. 이중 국적이란 말 들어 보셨죠? 이것은 말 그대로 한 사람이 두 나라의 국적을 동시에 가지는 것을 뜻합니다. 최근 정부는 과학, 경제, 문화, 체육 분야의 우수 인재들이 한국으로 귀화할 때 이중 국적을 허용하는 제도를 도입했습니다.

사회자:　저도 부산외국어 대학교 교수인 로이 알록 꾸마르 씨가 10만 번째 귀화자가 되었다는 기사를 읽은 적이 있는데 이것이 이중 국적 제도의 대표적인 사례인가요?

변호사:　네, 맞습니다. 꾸마르 씨는 한국 정부 초청 장학생으로 한국에 왔다가 한국 여성과 결혼해 한국에 정착하게 되었는데요. 오랫동안 인도 국적을 포기하지 못하고 있던 차에 새로운 제도가 생겨서 31년 만에 한국 국적도 취득하게 되었다고 합니다. 한국이 저출산, 고령화 사회로 변화하고 있기 때문에 국가의 성장 잠재력을 계속 키워 나가려면 외국의 인재들을 적극적으로 받아들이는

일이 더 중요합니다. 그래서 이번에 이중 국적 제도를 마련하게 된 것입니다. 일반인의 경우 귀화하기 위해서는 5년 이상의 거주 기간이 필요한 데 반해 우수한 능력을 보유한 외국인의 경우 국내에 5년 이상 거주하지 않고도 한국 국적을 취득할 수 있게 되었습니다.

사회자 : 네, 그럼 누구에게 이중 국적의 혜택이 돌아가는 건가요?

변호사 : 아까 말씀드린 바와 같이 각 분야별 우수 인재의 경우가 해당되고, 해외 입양아의 경우도 해당될 수 있습니다.

사회자 : 네, 그렇군요. 그럼 이중 국적 제도의 효과와 보완할 점은 뭐라고 정리할 수 있을까요?

변호사 : 무엇보다 저출산, 고령화 사회로 변화하는 가운데 외국의 우수 인재를 적극적으로 한국에 유치할 수 있다는 점이 이중 국적 제도의 가장 큰 효과라고 생각합니다. 그렇지만 정부는 이중 국적 제도뿐만 아니라 외국의 우수 인재들이 불편 없이 한국에 살 수 있도록 영주권 제도를 더 활성화시켜야 합니다.

사회자 : 네, 이중 국적 제도를 더 보완해서 해외의 우수한 인재를 더 많이 유치할 수 있으면 좋겠네요. 오늘 말씀 감사합니다.

主持人：「我們是多元文化家庭」的各位觀眾大家好。近來在韓國的外國人人口正在成長，取得韓國國籍的歸化者同時也正在增加。據悉，關於歸化相關的法律也重新修訂。今天我們邀請到朴敏英律師要一起來探討有關於歸化與雙重國籍的問題。律師，有許多觀眾們都對國籍的相關法律究竟有怎樣的修訂相當好奇。可以請您為大家說明一下法律有什麼樣的改變嗎？

律師：好的，首先我們可以知道是外國朋友們取得韓國國籍將增加了。各位都聽過所謂雙重國籍這個詞吧。照字面意思來說，就是指一個人同時擁有兩個國家的國籍的意思。最近政府在科學、經濟、文化、體育領域的優秀人才歸化韓國的時候，採行了允許雙重國籍的制度。

主持人：我也曾經看到釜山外國語大學教授Alok Kumar Roy先生成為第10萬名歸化者的新聞，這是雙重國籍制度的代表案例嗎？

律師：是的，沒錯。Kumar先生作為韓國政府獎學金學生來到韓國後，與韓國女性結婚並定居在韓國了。長久以來一直未能放棄印度國籍，就正好出現了新的制度，耗費了31年總算也取得了韓國國籍。由於韓國正轉變成一個低出生而高齡化的社會，若要想要不斷培養國家成長的潛能，那麼積極接納外國人才的事就更加重要了。因此才有了本次的雙重國籍制度。一般人的情形，若要歸化則必須要有5年以上的居留期間，相反的，擁有優秀技能的外國人，即便沒有在國內居住滿5年以上也能取得韓國國籍了。

主持人：是的，那麼雙重國籍的優惠指向誰呢？

律師：如同剛剛向您提及的，是各領域的優秀人才，以及海外領養的情況也能適用。

主持人：是，原來是這樣呢。那麼雙重國籍制度的效果與其需補足的地方有哪些呢？

律師：我認為在走向低出生、高齡化社會之下，能夠積極吸引優秀的外國人才來到韓國這點就是雙重國籍制度的最大功效。但政府也不單是雙重國籍制度，為了能讓優秀外國人才沒什麼窒礙地在韓生活，也應該要更加活絡永居制度。

主持人：是的，希望能使雙重國籍制度更加完備，吸引更多優秀的海外人才。感謝您今天的指教。

● 들어 보세요 2 (14) p.93

줄리앙 : 이번에 서울시에서 개최하는 '다문화 축제'에 우리 반도 참가하기로 했는데 오늘은 구체적인 내용을 의논해 봤으면 좋겠어요. 제 생각에는 다문화 축제 참가는 반 친구들이 모두 즐겁게 참여할 수 있는지를 먼저 생각해야 한다고 봐요. 우선 노래 대회, 요리 대회, 연극 대회가 열린다고 하는데 우리 반은 어느 대회에 참가하는 것이 좋을까요?

켈리 : 저는 요리 대회에 나가면 좋겠어요. 맛있는 음식도 먹고 자기 나라의 문화도 소개할 수 있으니까 일석이조잖아요.

스티븐 : 저는 켈리 씨와 생각이 좀 달라요. 우리 반 친구들의 국적이 다양하니까 모두 한 팀으로 요리 대회에 나가기는 아무래도 어려울 것 같아요. 무슨 음식을 만들지 결정하기도 애매하고요. 저는 함께 연극 대회에 참가하면 어떨까 싶어요. 흥미진진한 내용으로 연극을 만들면 재미있을 거예요.

마리코 : 저도 스티븐 씨 의견에 동의해요. 연극 대회에 나가게 되면 대본도 한국어로 써야 하고 한국말도 더 연습하게 될 테니까 한국어 공부에도 도움이 되지 않을까요?

켈리 : 네, 저도 마리코 씨 의견에 찬성이에요. 연극을 하면서 우리 반 친구들은 끼가 많으니까 재미있는 장기도 보여 줄 수 있겠네요.

줄리앙 : 그럼 연극 대회에 나가는 것으로 합시다. 그런데 어떤 내용으로 연극을 하면 좋을까요? 여러분의 생각을 자유롭게 말씀해 주세요. 마리코 씨?

마리코 : 저는 친구들이 한국에 와서 겪었던 경험담을 중심으로 연극을 구성하면 어떨까 싶어요. 그럼 각 나라의 문화적인 차이도 알 수 있고 외국인뿐만 아니라 한국인이 봐도 재미있을 것 같아요.

스티븐 : 그래요. TV에 외국인을 흉내 내는 코미디 프로그램도 많잖아요. 우리가 직접 하면 더 실감나고 재미있을 거예요.

줄리앙 : 네, 좋아요. 그럼 한국에서 문화 차이로 인해 당황했던 재미있는 경험담을 중심으로 연극을 구성해 보기로 해요.

친구들 : 좋아요.

줄리앙 : 그럼 구체적으로 연극을 어떻게 준비할지 역할을 나눠 봅시다. 우선 내용을 정해서 한국어로 대본을 쓰는 일이 필요한데, 누가 하면 좋을까요?

마리코 : 켈리 씨와 제가 같이 하면 좋겠어요. 켈리 씨는 한국에 오래 살았고 표현력도 좋으니까 가장 적합한 사람인 것 같아요. 저는 우리 반 친구들의 경험담을 모아서 정리할게요.

켈리 : 네, 좋아요. 다른 친구들도 재미있는 경험담을 저와 마리코 씨에게 알려 주시면 대본 만드는 데 참고할게요.

줄리앙 : 그럼 이번 주말까지 대본을 만들어 주세요. 그런데 연극 연습은 어떻게 하면 좋을까요?

스티븐 : 다음 주부터 일주일에 두 번 정도, 수업 끝나고 만나서 연습하면 어떨까요? 같이 점심도 먹고 연습도 해요.

마리코 : 네, 좋은 생각이에요. 연극 대회가 한 달 정도 남았으니까 연습 시간은 충분하겠네요.

켈리 : 네, 저도 찬성이에요. 벌써부터 연극 대회가 기대되는데요.

朱利安： 我們班也決定要參加這次在首爾市舉辦的「多元文化慶典」，希望今天可以討論一下具體的內容。我認為應該要先考慮到參加多元文化慶典的同學們是否全都能快樂參與。首先，聽說會舉辦歌唱比賽、廚藝比賽以及話劇比賽，我們班要參加哪項競賽好呢？

凱莉： 我希望可以參加廚藝比賽。既可以嘗到美味的料理，又能介紹自己國家的文化豈不是一石二鳥嗎？

史蒂芬： 我和凱莉的想法有點出入。因為我們班同學的國籍相當多元，所以要全部在一個隊伍裡參加廚藝比賽再怎麼說都有些困難。要決定烹煮什麼料理也有點尷尬。我在想若能一起參加話劇比賽如何呢？如果能運用趣味富饒的內容排演一齣話劇應該會很好玩。

麻里子： 我也同意史蒂芬的意見。如果參加話劇比賽的話，劇本就必須以韓語來寫，也更能練習韓語，對於韓語的學習不也有所助益嗎？

凱莉： 對，我也贊成麻里子的意見。因為我們班上同學也是多才多藝，所以在演話劇時也能向大家展現精采有趣的才藝呢。

朱利安： 那麼就決定要參加話劇比賽囉。不過那該以什麼內容演出話劇好呢？請大家自由發表意見。麻里子你覺得呢？

麻里子： 我在想如果以朋友來到韓國所見所聞的經驗談為中心來編排話劇如何？如此一來可以了解到各國的文化差異，不僅僅是外國人，就連韓國人來看應該也會覺得很有趣。

史蒂芬： 好啊。電視上不是也有很多模仿外國人的搞笑節目嗎。如果由我們直接演出一定會更加生動有趣。

朱利安： 好啊。那麼就決定以在韓國因文化差異而慌張失措的有趣經驗談為中心來編排話劇。

同學們： 好的。

朱利安： 那麼來分工一下具體該如何準備話劇吧。首先決定內容之後需要用韓文寫劇本，誰來擔任比較好呢？

麻里子： 希望凱莉和我可以一起來做。凱莉在韓國生活很長一段時間，表達能力很好，應該是最適合的人選。我則是會來彙整班上同學的經驗談。

凱莉： 好啊。其他同學如果也能將有趣的經驗談告訴我跟麻里子的話，我們會在寫劇本時多加參考的。

朱利安： 那麼就麻煩請在本周末之前編寫好劇本。不過話劇的練習又該怎麼辦好呢？

史蒂芬： 從下周開始每周兩次左右，課程結束後集合練習如何？一起用過午飯後再一起練習。

麻里子： 好啊，很好的點子。話劇比賽還有一個月左右，練習的時間應該很充裕。

凱莉： 好，我也贊成。現在就已經開始期待話劇比賽了呢。

XI. 대중 매체와 문화

1. 표현의 자유와 공공성

● 들어 보세요 1 18 p.122

앵커： 다음은 '폭력 영화와 모방 범죄'라는 주제로 LEI 김석대 논설위원의 논평을 들으시겠습니다.

논설위원： 최근 고등학생이 교실에서 친구를 칼로 찔러 살해한 사건이 발생해 우리 사회에 큰 충격을 주고 있습니다. 사건 당시 교실에서는 수업이 진행되고 있었는데 김 군은 교사와 친구들이 지켜보는 가운데 반 친구인 박 군을 무참히 살해했습니다. 김 군이 갑자기 들어와 범행을 저지르는 바람에 교사와 친구들은 이를 제지하지 못했다고 합니다.

김 군은 경찰 조사에서 박 군으로부터 폭행당한 게 억울해 이 같은 범행을 저질렀다고 말했습니다. 특히 지난달 28일 점심시간에는 여러 친구들이 지켜보는 가운데 박 군에게 10 여 분간 심하게 구타를 당했으며 김 군은 그 후 학교에 나오지 않았던 것으로 밝혀졌습니다.

김 군이 어떻게 이렇게 끔찍한 일을 저지를 수 있었을까요? 어린 고등학생이 이런 방법을 스스로 생각해 냈을 턱이 없습니다. 김 군은 폭력 영화를 여러 차례 보면서 범행을 계획하고 연습했다고 말했습니다.

이번 사건은 폭력 영화가 청소년들에게 미치는 영향을 여실히 보여 주고 있습니다. 폭력적인 영화가 감수성이 예민한 청소년들에게 영향을 미쳐 모방 범죄를 저지르게 할 수도 있는 것입니다. 영화 제작자들은 이 점을 분명히 유념하면서 영화를 만들어야 합니다. 또한 정부 당국은 영화의 폭력성을 규제하기 위한 제도적 장치를 강화해야 합니다. LEI 논평이었습니다.

主播：　接下來是「暴力電影與模仿犯罪」的主題，讓我們來聽聽LEI金碩大社論家的評論。

社論家：　近來發生了高中生在教室裡持刀砍殺同學的案件，給我們的社會帶來很大的衝擊。據悉事發當時教室裡正在上課，金生就在老師與同學的眾目睽睽之下殘忍殺害同學朴生。由於金生突然闖入犯下罪行，教師與同學都沒能阻止這一切。

金生在警察的調查中說道，因為遭到朴生的暴力相向感到抑鬱才犯下此樁罪行。特別是在上個月28號的午餐時間，在許多同學的眾目睽睽之下遭到朴生長達十分多鐘的嚴重毆打，金生此後便一直沒到校。

金生是怎麼能夠犯下如此令人毛骨悚然的案件呢？稚嫩的高中生照理不太可能獨自想到這樣的方法。金生則提到，他是在反覆觀看暴力電影的同時，一邊計畫並練習他的犯行。

本次案件赤裸裸地呈現暴力電影對於青少年們產生的影響。這表示暴力的電影對情緒敏銳的青少年們產生影響，並有可能令其進而犯下模仿犯罪。電影製作人們絕對要牢記此點來拍攝電影。另外政府當局也應該加強管制電影暴力內容的管制制度性措施。以上是LEI的評論。

● 들어 보세요 2 19 p.122

사회자 :　안녕하십니까? '60분 토론'의 강석희입니다. 최근 가요, 영화, SNS 등 대중문화 전반에 걸친 정부의 심의가 강화되면서 이에 대해 논란이 뜨겁습니다. 오늘은 '대중문화와 매체에 대한 규제, 이대로 좋은가'라는 주제로 이야기를 나눠 보겠습니다. 먼저 대중문화와 영상 매체 규제에 대해 의견을 나누겠습니다.

토론자 1 :　제가 생각하기에는 건전한 대중문화 발전을 위해서 대중문화에 대한 심의는 반드시 필요하다고 봅니다. 최근 영화나 드라마에 폭력적인 장면과 선정적 묘사가 지나치게 자주 등장합니다. 범죄 영화를 보고 수업 중에 친구를 끔찍하게 살해한 사례를 보더라도 영화나 드라마가 모방 범죄를 부추긴다고 볼 수 있습니다.

토론자 2 :　저는 영화나 드라마가 모방 범죄를 부추긴다는 의견에 동의하지 않습니다. 폭력성이 없는 사람이 영화를 보고 갑자기 범죄를 저지르는 것이 아닙니다. 폭력성이 있는 사람들은 굳이 영화를 보지 않고도 범죄를 저지를 것입니다. 앞서 근거로 제시하신 친구 살해 사건도 사회 문제인 집단 따돌림 때문에 발생한 것입니다. 대중문화의 사회적 책임을 따지기 이전에 대중문화 심의의 부정적인 측면에 더 주목해 주셨으면 합니다.

토론자 1: 심의의 부정적인 면이라면 표현의 자유를 침해할 가능성을 말씀하시는 겁니까?

토론자 2: 네, 그렇습니다. 대중문화에 대한 심의는 표현의 자유를 침해하거니와 예술적 완성도도 떨어뜨릴 수 있습니다.

토론자 1: 꼭 폭력적이고 선정적인 내용을 다루어야 표현의 자유가 보장되고 예술적 완성도가 높아지는 건 아니지 않습니까?

토론자 2: 물론 그렇습니다. 그러나 예술적 완성도를 위해 다양한 소재가 선택될 수 있고 그 소재 중의 하나가 폭력이나 성적인 것이 될 수도 있다는 뜻입니다. 그런데 폭력적인 장면이 나왔다고 영화의 주제나 내용과 관계없이 삭제하면 그 영화가 표현하고자 하는 바를 제대로 담지 못할 것입니다.

主持人：大家好。我是「60分鐘座談」的姜碩熙。近來針對歌曲、電影、社群媒體等大眾文化政府的全面加強審查下，對此的爭議也是熱火朝天。今天將以「大眾文化與媒體的管制，這樣下去妥當嗎？」為主題討論。首先對於大眾文化與影像媒體的管制來交換意見。

討論人1：我認為為了大眾文化的健全發展審查是必定需要的。最近在電影或電視劇中過度頻繁地出現有暴力傾向的場面與煽情的刻畫。在觀看犯罪電影後於課堂上殘酷殺害同學，光是看到這樣案件就足以證明電影或電視劇會煽動人們進行模仿犯罪。

討論人2：我對於電影或電視劇煽動人們進行模仿犯罪這項意見不甚同意。不具暴力傾向之人並不會看完電影後突然就犯罪。而有暴力傾向之人就算不看電影也會犯罪。先前用以佐證所提出的謀殺同學的案件也是因為集體排擠的社會問題所生。在追究大眾文化的社會責任之前希望能先多加關注審查大眾文化的負向層面。

討論人1：您說審查的負向層面，是指侵害表達自由的可能性嗎？

討論人2：是的，沒錯。對大眾文化的審查有可能會侵害表達的自由與降低藝術的層次。

討論人1：不一定要描繪暴力及煽情的內容，自由才會受到保障，才能提升藝術層次吧？

討論人2：這是當然的。但我的意思是，考慮到藝術層次而能夠選擇多元化的素材，而這些素材中的其一就有可能具備暴力或煽情性的。然而若因為出現暴力場面就毫不考慮電影主題或內容對其一概刪除的話，那這部電影就無法充分寄寓原先想表達的內容。

20 p.123

사회자: 그럼 영상 매체의 규제에 대한 토론은 이쯤에서 마무리하고 이제 인터넷과 SNS 규제에 대해 의견을 나누도록 하겠습니다.

토론자 2: 제가 생각하기에는 인터넷이나 트위터, 페이스북 같은 SNS에 대한 규제는 불필요한 것 같습니다. 인터넷과 SNS는 새로운 의사소통 공간입니다. 소통을 통해 건전한 여론이 형성되어 민주주의 발전에 도움을 줄 수 있다고 봅니다.

토론자 1: 저는 SNS를 비롯한 인터넷이야말로 영화나 드라마보다 더 많은 규제를 해야 한다고 봅니다. SNS에서 건전한 여론이 형성될 수 있다고 하셨는데 익명성을 바탕으로 하는 인터넷 공간에서는 근거 없는 소문들이 잘못된 방향으로 여론을 이끌어 가는 경우도 많습니다. 이러한 상황들이 규제의 필요성을 증명해 주고 있습니다.

토론자 2: 글쎄요. 저는 생각이 좀 다른데요. 인터넷이 모두에게 공개된 공적 공간이라 할지라도 인터넷에 접속하는 것 자체는 지극히 개인적인 영역으로 비밀이 보장되어야 합니다. 그러나 공익을 보호한답시고 SNS에서의 자유로운 의사 표현을 막거나 개인의 인터넷 사용 기록을 조사하는 등 규제를 하는 것은 자유를 억압하는 행위나 마찬가지입니다.

토론자 1: 저도 자유로운 의사 표현이 어느 정도는 필요하다고 봅니다. 그러나 그것이 국가나 사회에 반하는 것이라면 규제를 해야 됩니다. 국가는 사회를 유지하기 위해서 국민과 사회를 위협하는 요소에 대해 규제할 권리가 있다고 봅니다.

主持人： 那麼對於影像媒體管制的討論就在此告一段落，現在開始對於網路與社群媒體的管制進行意見交流。

討論人2： 我認為對於網路或像是推特、臉書等社群媒體的管制是沒有必要的。網路與社群媒體是嶄新的意見交流空間。而且我覺得透過溝通塑造健全的輿論，進而有益於民主主義的發展。

討論人1： 我認為包含社群媒體的網路空間才是比電影或電視劇更需要加強管制。雖然您說在社群媒體上能塑造出健全的輿論，但在以匿名為基礎的網路空間裡卻也經常有許多毫無根據的謠言將輿論帶往錯誤的方向。這樣的狀況就證明了管制的必要性。

討論人2： 這個嘛。我的想法稍微有點不同。即使網路是對所有人公開的公共空間，但連接網路本身就是個高度私人領域，其秘密應受保障。然而為了要保護公益而阻攔在社群媒體上的自由意志表達，或者調查個人的網路使用紀錄等進行管制，其實與壓制自由的行為沒有兩樣。

討論人1： 我也認為在某種程度上需要自由的意思表達。但是如果那是反國家或反社會的話就必須進行管制。我認為國家為了維護社會而有權利管制威脅國民與社會的因素。

XII. 과학과 생활

1. 환경과 대체 에너지

● 들어 보세요 1 24 p.154

진행자: 해수면 상승과 이상 기후 등 지구 온난화 문제가 날로 심각해지고 있습니다. 오늘 이 시간에는 지구 온난화의 주범이라고 알려진 온실가스에 대한 설명을 해 주십사 하고 서울대 환경연구소의 김수자 소장님을 모셨습니다. 소장님과 함께 온실가스를 줄일 수 있는 방법도 알아보도록 하겠습니다. 소장님, 최근 온실가스라는 말을 자주 접하는데요. 온실가스란 무엇을 가리킵니까?

전문가: 온실가스는 공기 중에 포함되어 있는 이산화탄소, 메탄 등의 탄소 가스를 말합니다. 이 온실가스는 태양에서 지구로 오는 열은 통과시키고 지표에서 발생하는 열이 지구 밖으로 나가는 것을 막아 주어 지구를 적당한 온도로 유지시켜 주지요.

진행자: 그렇다면 온실가스가 좋은 일을 하는 건데요. 왜 지구 온난화의 주범이라고 하는 겁니까?

전문가: 적당량의 온실가스는 지구 온도를 적절하게 유지해 주지만 온실가스의 양이 늘어나면 지구 표면의 온도가 계속 올라가게 돼서 문제가 되는 겁니다.

진행자: 그렇군요. 그럼 현재는 온실가스의 양이

너무 증가해서 문제가 되겠군요.

전문가: 맞습니다. 온실가스의 80%를 차지하는 이산화탄소는 석유나 석탄과 같은 화석 연료를 태우는 과정에서 발생합니다. 즉, 화력 발전이나 자동차 운행 시 이산화탄소가 발생하게 되는데요. 산업화로 이산화탄소 발생량은 증가하는데 반해 과도한 개발로 이산화탄소를 흡수하는 숲이 사라지면서 대기 중 온실가스량이 크게 증가하게 되었습니다.

진행자: 그럼 온실가스 배출을 줄이려면 화석 연료의 사용을 줄여야겠네요. 그렇지만 화석 연료에 의존하는 에너지 비중이 적지 않기 때문에 온실가스 배출량을 아주 낮추기는 어렵지 않을까요?

전문가: 맞습니다. 하지만 불필요하게 소비되는 에너지를 줄이는 것만으로도 온실가스 감축에 큰 도움이 됩니다. 또한 온실가스를 배출하지 않는 대체 에너지를 개발해야 합니다. 숲의 파괴를 막고 도시에 나무를 많이 심어 이산화탄소를 흡수하게 하는 것도 하나의 방법이 되겠고요.

진행자: 네. 말씀대로라면 전기를 아껴 쓰거나 나무를 심는 등 우리가 실천할 수 있는 방법이 많이 있겠네요. 온실가스를 줄이기 위한 생활 속 실천도 중요할 것 같습니다.

主持人：海平面上升與氣候異常等地球暖化問題日益嚴重。本日在這裡誠摯邀請到首爾大學環境研究所的金淑子所長要來為我們說明被認作地球暖化元凶的溫室氣體。同時也會和所長一起來探討降低溫室氣體的辦法。所長，近來我們很常聽聞溫室氣體這個詞。所謂溫室氣體是指什麼呢？

專家：溫室氣體是指包含在空氣中的二氧化碳、甲烷等含碳氣體。溫室氣體能幫助從太陽照射地球的輻射熱通過，並阻止地表產生的熱量往地球外部發散，進而使地球維持在適當的溫度。

主持人：那麼溫室氣體也是有所貢獻的囉。為什麼會說它是地球暖化的元凶呢？

專家：適量的溫室氣體能夠妥善維持地球的溫度，但若是溫室氣體的含量提高，地球表面的溫度也持續攀升下就成了問題。

主持人：原來是這樣。那麼現在就是因為溫室氣體的含量過度增加才會釀成問題的囉。

專家：沒錯。溫室氣體中佔80%的二氧化碳就是在燃燒石油或煤炭等化石燃料的過程中產生。也就是說，火力發電或在汽車行駛時就會產生二氧化碳。二氧化碳的排放量因產業化而增加，相反的因為過度的開發使得吸收二氧化碳的樹林逐漸消失，大氣中的溫室氣體含量則大幅增加。

主持人：那麼看來如果想要減少溫室氣體的排放，就必須降低化石燃料的使用囉。不過仰賴化石燃料的能源比重不低，要徹底縮減溫室氣體排放量豈不是很困難嗎？

專家：沒錯。不過即便只減少非必要使用的能源也能對於溫室氣體的減量產生莫大的幫助。另外，更應該開發出不會排放出溫室氣體的替代能源。防止樹林被破壞並且在城市中大量種植樹木使其吸收二氧化碳也會是個辦法。

主持人：是的。如您所說，珍惜用電或種植樹木等，有不少我們能夠去實踐的方法呢。將降低溫室氣體實踐於我們的生活中也相當重要呢。

● 들어 보세요 2 25 p.155

사회자: 최근 발생한 원자력 발전소 사고로 인해

원전 건설에 대한 논란이 일고 있습니다. 오늘은 '원자력 발전소가 필요한가?'라는 주제를 가지고 이야기해 보겠습니다.

찬성 1: 저는 원자력 발전소를 지금보다 더 늘려야 한다고 봅니다. 이 자료에서도 확인할 수 있듯이 원전은 1kWh당 발전 비용이 36원으로 석유나 천연가스, 수력 발전보다 훨씬 저렴합니다. 저희 연구소에서 조사한 바에 따르면 원전을 1기만 줄여도 가정에서 부담하는 전기료가 연 5만 원씩 늘게 됩니다. 원자력 발전이 없다면 경제 발전과 가정생활에 미치는 영향이 클 것입니다.

반대 1: 원자력 발전이 경제적이라고 말씀하셨는데요. 제 생각에는 반드시 그런 것 같지는 않습니다. 발전 과정에서의 비용이 적을 뿐 발전 시설 건설과 유지, 사용 후 핵폐기물 처리 비용을 고려한다면 경제적이라고 말할 수 있는지 의문입니다. 특히 수명이 다한 원전 1기를 폐쇄하는 데 최소 3000억 원이 든다는 연구 결과도 있는데 이런 비용까지 고려한다면 원전은 결코 경제적이지 않습니다.

찬성 1: 발전 시설 건설이나 유지에 많은 비용이 드는 것은 화력 발전이나 수력 발전도 마찬가지 아닙니까? 원자력만의 문제라고 볼 수는 없지요.

찬성 2: 저도 원자력 발전소를 늘려야 한다는 의견에 전적으로 동의합니다. 환경적인 면을 고려할 때도 원자력 발전의 장점은 크다고 생각합니다. 화력 발전은 다량의 온실가스를 배출하고 수력 발전은 발전소 주변의 생태계에 영향을 줍니다. 그러나 원자력 발전은 온실가스 배출 걱정도 없을 뿐더러 주변 지형을 바꾸지도 않지요.

반대 2: 원자력 발전이 온실가스를 배출하지 않는다는 점은 저도 인정합니다. 그러나 체르노빌 원전 사고에서도 알 수 있듯이 원전은 안전을 보장할 수 없다는 문제가 있습니다. 1986년에 일어난 체르노빌 원전 사고로 인해 많은 피해가 발생했고 그 주변에 거주하던 사람들은 지금까지도 고통을 받고 있습니다.

반대 1: 저도 같은 생각입니다. 온실가스는 배출하지 않지만 한번 사고가 나면 큰 피해를 입는 것이 원자력입니다. 또 전기를 만든 후 남은 핵폐기물을 처리하는 문제도 안전성과 비용 면에서 적지 않은 부담이 됩니다. 그렇기 때문에 원전 건설을 중단하고 그 비용으로 대체 에너지를 개발하는 것이 더 합리적이라는 생각이 듭니다.

반대 2: 맞습니다. 핵폐기물을 관리하는 것은 비용도 비용이려니와 사고가 날 경우 엄청난 희생을 치를 수도 있습니다. 아무리 에너지가 절실하기로서니 이런 위험을 감수해야 할 필요가 있을까요?

찬성 2: 조사에 따르면 원전 사고가 날 확률은 백만분의 일에 불과하다고 합니다. 안전하게 시설을 관리하면 사고가 날 확률을 더 낮출 수 있습니다. 이렇게 확률이 낮은 일을 문제 삼아 무턱대고 반대하는 것은 합리적이지 않습니다.

主持人： 因為近來發生的核能發電廠事故，正掀起一波對於核電廠建設的論辯。今天我們要就「核能發電廠是必要的嗎？」的主題來談。

贊成1： 我認為應該要增加比目前更多的核電廠。如同這份資料裡可以確認到的，核電每1kWh的發電費用是36韓元，相較於石油或天然瓦斯、水力發電等來得還要低廉。根據本研究所的調查，僅僅是減少1座核電廠，每個家庭所負擔的電費每年就會增加5萬元。若是沒有核能發電，將會對於經濟發展與家庭生活造成莫大的影響。

反對1： 雖然您說核能發電較為經濟，但我卻不認為一定如此。只是在發電過程中的費用較少而已，若考慮到發電設施的建設與維持，以及使用後的核廢料處理費用，要說具有經濟性就有疑慮。也有研究結果顯示，尤其是在關閉壽命已盡的一座核電廠時，最少就要花費3000億韓元，若考慮到這些費用，核電終究是不具經濟性的。

贊成1： 在發電設施的建設與維持上投入大量資金這點上，在火力發電或水力發電不也是一樣嗎？不能就把它當作只有核能才有的問題吧。

贊成2： 我也完全同意必須要擴增核能發電廠的意見。在考慮到環境面時，我也覺得核能發電較具優勢。火力發電會排放大量的溫室氣體，而水力發電則會對發電廠附近的生態系產生影響。然而，核能發電不僅不用擔心溫室氣體的排出，更不會改變周遭的地貌。

反對2： 我也同意核能發電不會排放溫室氣體這點。但是就如同我們可以車諾比核電廠事故中了解到，核能發電廠存在著無法保證安全的問題。因為1986年發生的車諾比核電廠事故造成了嚴重的損害，居住在附近的人們至今仍深陷痛苦之中。

反對1： 我也是一樣的想法。核能儘管不會排放溫室氣體，但只要發生一次的事故就會使我們遭受巨大損害的就是核電廠。另外，在發電過後所殘留的核廢料處理問題，在安全性與費用層面上來看，也是不小的負擔。我想正因為如此，中斷核電廠的建設並將費用移轉到替代能源的開發上是較為合理的。

反對2： 沒錯。核廢料的管理也是一筆費用，再加上若是發生事故，更可能付出慘痛的犧牲。就算對於能源再如何迫切，我們有必要甘願去冒這個風險嗎？

贊成2： 根據調查顯示，發生核電廠事故的機率不過百萬分之一。若能安全管理好設施，就能再降低事故發生的機率。像這樣把低概率的事情看作問題便盲目反對實在不合理。

XIII. 한국 사회의 문제

1. 대학 교육의 정체성

● 들어 보세요 1 30 p.191

앵커 : 각 대학에서 졸업식이 열리는 계절이 돌아왔습니다. 힘들게 공부한 끝에 졸업하게 된 대학생들, 뿌듯하기도 하지만 험난한 취업 전쟁에 나서야만 하는 이들에게는 졸업장이 오히려 무겁게만 느껴집니다. 그렇다면 대학 졸업생들과 이들을 신입 사원으로 채용한 기업의 입장에서는 대학 교육을 어떻게 평가하고 있을까요? 김지영 기자가 취재했습니다.

기자 : 몇 년 전만 해도 꿈과 낭만의 상징이었던 대학 캠퍼스. 하지만 요즘엔 졸업 후의 치열한 취업 경쟁 때문에 캠퍼스의 모습이 많이 달라졌습니다. 한국고용정보원은 지난달 전국 4년제 대학교 졸업생 1000명을 대상으로 대학 교육이 취업에 도움을 주었는가에 대한 설문 조사를 실시했습니다. 그런데 응답자의 40%만이 '도움이 되었다'고 평가했고 과반수 이상이 '그저 그렇다' 혹은 '도움이 되지 않았다'고 응답했습니다. 대학 교육이 취업에 별로 도움이 되지 않았다고 생각하는 이유로는 우선 '이론 중심적이기 때문'

이라는 응답이 가장 많았고 다음으로 '전공이 취업 분야와 다르기 때문에', '직무 수행 관련 교육이 없기 때문에', '사회 변화를 따라가지 못하기 때문에'의 순으로 나타났습니다.

한편 국내 핵심 기업 200개의 인사 담당자를 대상으로 현행 대학 교육이 기업에서 필요로 하는 인재를 키워 내고 있는가에 대해 실시한 조사 결과도 눈길을 끕니다. 조사 결과 75%가 '그렇지 못하다'고 응답했습니다. 그 이유에 대해서는 '요즘 신입 사원들은 학벌, 학점, 자격증 등의 스펙은 화려하지만 정작 기업이 필요로 하는 창의력이나 문제 해결 능력이 부족하기 때문'이라고 말했습니다. 또한 기업에 필요한 인재를 기르기 위해서는 인성 교육과 함께 개인별 재능을 발견하고 키워 주는 교육, 창의성 교육 등이 강화돼야 한다고 응답자들은 밝혔습니다.

요즘 대학생들은 대학 교육이 취업에 별로 도움이 되지 않는다고 인식하고 재학 기간 내내 학점과 어학 능력, 자격증을 비롯한 봉사 활동, 해외 연수 등의 스펙 쌓기에 바쁩니다. 그런데 화려한 스펙을 쌓아 취업을 했다 하더라도 정작 기업에서 필요로 하는 능력을 갖추지 못해서 업무 처리에 많은 어려움을 겪고 있습니다. 대학 교육이 실제 취업이나 기업이 원하는 인재 양성에 별로 도움이 되지 못하고 있는 현실입니다. LEI 뉴스 김지영입니다.

主播：又來到了各大學舉行畢業典禮的季節了。在勤學苦讀的最終迎來畢業的大學生們，對於既期待卻又得面對險峻的就業戰場的他們來說，畢業證書反而感到一紙沉重。那麼站在大學畢業生的立場上，以及將他們聘為新員工的企業的立場上又是如何看待大學教育呢？金志英記者採訪報導。

記者：僅僅在數年前還是象徵夢想與浪漫的大學校園，如今卻因為畢業後的熾烈競爭使得校園的模樣有了極大的轉變。韓國雇用情報院於上個月以全國4年制大學畢業生1000名為對象，實施了有關大學教育是否對就業有所幫助的問卷調查。然而卻只有40%的填答者認為「有幫助」，而有過半數以上回答「普通」或「沒幫助」。認為大學教育對於就業沒有什麼特別幫助的理由，首先以「以理論為中心」的回答最多，再來則是「主修與就業領域不同」、「沒有與實際業務內容相關的課程」、「跟不上社會的變化」等的順序。

另一方面以國內核心企業的200名人事負責人為對象，實施有關現行大學教育是否培養出企業所需人才的問卷調查，其結果也引人矚目。調查結果中有75%回答「並非如此」。關於回答的理由則說道：「最近的新進員工在學歷、成績、證照等履歷上雖是非常華麗，但卻缺乏企業實際所需的創造力或問題解決能力。」另外受調查人更闡明，為了培養企業所需的人才除了品格教育外，也要強化開發、培養個人才能的教育與創意的教育。

近來大學生們認知到大學教育對於就業的幫助不大，便於在學期間一直忙於學分與語文能力、以證照為前提的志工活動、海外研修等履歷的累積。然而即便有了光采奪目的履歷成功就業，實際上卻沒能具備企業所需的能力而在業務處理上遭遇相當大的困境。而大學教育對於實際就業或對於企業所需人才的養成助益不大是目前的實際情況。以上是LEI新聞金志英。

● 들어 보세요 2

31 p.192

사회자 : 안녕하십니까? 오늘 LEI 시사 토론에서는 <대학 교육이 나아갈 방향>에 대해서 두 분의 토론자를 모시고 이야기를 나눠 보겠습니다. 오늘 토론을 위해 한국대학교의 박만기 교수님과 서울그룹 인사 담당자이신 김지혜 부장님께서 참석해 주셨습니다. 요즘 우리 대학생들이 치열한 취업 경쟁을 앞두고 스펙 쌓기에만 열중해 문제가 된다는 보도가 많은데요. 우선 박 교수님께서는 이 현상의 원인을 무엇이라고 보십니까?

박 교수 : 네, 물론 취업이 어렵다는 사회적인 원인도 있지만 무엇보다도 기업들이 신입 사원을 채용할 때 제시하는 조건 때문에 이러한 경향이 생겼다고 생각합니다. 높은 학점이나 어학 능력을 갖춘 사람, 자격증을 가진 지원자들이 선발되는 경우가 많으니까 대학생들이 모두 그런 스펙을 갖추는 데 많은 시간을 보내게 되는 겁니다.

사회자 : 기업에서 인사를 담당하고 계신 김 부장님께서는 어떻게 보시는지요?

김 부장 : 저는 박 교수님의 생각과 조금 다른데요. 최근 국내 기업 인사 담당자를 대상으로 '대학 교육 만족도'에 대해 설문 조사를 실시했습니다. 그 결과를 보면 10점 만점에 평균 5.3점으로 나타났습니다. 매우 낮은 점수로 현재 대학 교육은 독창성과 창의력을 가진 인재를 길러 내지 못한다고 볼 수 있습니다. 그래서 기업의 입장에서도 우수한 인재를 뽑기가 어려워 어쩔 수 없이 이러한 조건들을 제시하는 것입니다. 한마디로 요즘 대학생들이 스펙 쌓기에 열중하는 것은 대학 교육이 부실하기 때문이라고 말씀드릴 수 있겠습니다.

사회자 : 박 교수님께서는 기업의 사원 채용 방식에 문제가 있음을 지적하셨고 김 부장님께서는 독창성, 창의력 등의 면에서 대학 교육이 부실하다는 점을 지적하셨는데요. 잠시 화제를 대학 교육의 본질로 돌려 보는 건 어떨까요? 두 분의 의견이 대학 교육의 본질과 밀접한 관련이 있어서 그에 대한 논의를 해 보는 게 좋겠다는 생각이 듭니다. 먼저 박 교수님께서 말씀해 주시죠.

박 교수 : 대학은 진리를 탐구하고 비판적이고 창의적인 사고력을 기르는 곳입니다. 각자의 전공 영역을 심도 있게 공부하게 되면 그 분야의 학문이 발전하게 되고 결국 인류에 도움이 되는 지식이 축적되므로 이를 통해 사회에 기여하게 되는 것입니다. 대학 교육의 본질은 바로 여기에 있는 것입니다.

김 부장 : 저는 대학이 인성 교육과 업무 능력 개발을 통해 기업에 필요한 인재를 양성하는 곳이라고 생각합니다. 요즘 신입 사원들을 보면 인성 교육이 제대로 되어 있지 않아 윗사람에 대한 예의도 부족하고 어려운 일이 생기면 금방 포기해 버립니다. 물론 대학은 일차적으로 학문을 탐구해야 하지만 학생들의 졸업 후 사회 진출도 고려해야 합니다. 그래서 대학은 사회에 필요한 인재를 기를 책임이 있고 실습 및 현장 학습 위주의 교육을 통해 업무 능력을 길러 주는 역할을 해야 합니다.

박 교수 : 그러니까 김 부장님의 말씀은 대학 교육이 직업 교육을 다뤄야 한다는 말씀이시죠? 하지만 저는 그렇게 생각하지 않습니다. 학생이 취업을 목표로 한다면 전문계 고등학교나 전문대를 가는 게 맞다고 봅니다. 굳이 시간을 낭비하면서까지 4년제 대학교에 다닐 필요가 없습니다. 어디 시간뿐인가요?

비싼 등록금도 낭비하는 셈이지요. 기업에서 필요한 기술은 신입 사원 연수를 통해서 기업이 가르치는 것이지 대학이 가르쳐 주는 것이 아니라고 봅니다. 대학은 폭넓은 사고와 다양한 경험을 통해 가치관을 정립하고 인생의 목표를 설정하는 곳이라고 생각합니다.

김 부장: 대학이 가치관과 인생의 목표를 정하는 중요한 곳이라는 점은 저도 동의합니다. 요즘 신입 사원들이 업무 능력도 부족하고 인성 교육도 제대로 되어 있지 않아서 회사 생활에 잘 적응하지 못하는 경우를 보더라도 그렇습니다. 그러니까 제 말씀은 학생들이 취업 후 겪게 되는 문제점들을 파악해 이를 반영한 실제적인 교육 과정을 마련해야 한다는 뜻입니다.

主持人：大家好。今天LEI時事討論時間，以在關於＜大學教育未來的發展方向＞的主題，邀請到兩位與談人來聊聊。今天有韓國大學的朴敏基教授與首爾集團人事負責人金智慧部長蒞臨參與討論。近來有許相當多報導指出，我國大學生們面臨激烈的就業競爭，只是熱衷於履歷的堆積成了問題。首先，想請問朴教授認為造成此現象的原因會是什麼？

朴教授：是的。我想當然也有就業困難的社會性原因，但最重要的是企業在聘雇新進員工時所揭示的條件才有這樣的趨勢產生。因為擁有高學分或語文能力、證照的求職者獲選的情況很多，因此大學生們在獲取這些資歷上投入大量的時間。

主持人：那麼對在企業中擔任人事的金部長來說又是怎麼看的呢？

金部長：我和朴教授的想法有些不同。近來曾以國內企業人事負責人為對象實施了有關於「大學教育滿意度」的問卷調查。其結果顯示，10分為滿分中平均只拿到5.3分。這是非常低的分數，所以大學教育可以視為並未能培育具備獨創性與創造力的人才。因此從企業的立場上也是覺得難以選出優秀的人才，所以才不得已開出這樣的條件。簡而言之，最近大學生們之所以熱衷於履歷的累積，原因應該可以說是大學教育不夠充實的緣故。

主持人：朴教授指出企業在僱用員工的方式上有問題，而金部長則是指出在獨創性與創造力等面向上大學教育的不足之處。那麼讓我們暫時試著將話題轉往大學教育的本質如何？兩位的意見與大學教育的本質有著密切的關聯，所以我想試著來討論這點會比較好。首先請朴教授發言。

朴教授：大學是探究真理，培養批判及創意性思考的地方。若能在各自的專業領域上進行深度學習，該領域的學問就能發展，最終對人類有幫助的知識得以累積，而貢獻於社會。大學教育的本質就在這裡。

金部長：我認為大學是透過品德教育與業務能力的開發來養成企業所需人才的地方。觀察最近的新進員工們發現，他們的品德教育並不確實，因此對於上位者的禮貌有待加強，而一旦出現難題很快就會放棄。當然大學首先是要探究學問，但也必須考慮到學子畢業後的社會出路。因此，大學有著培養社會所需人才的責任，並且也扮演著透過實習與實地學習為主的教育，培養其業務能力的角色。

朴教授：那麼金部長的意思是，大學教育必須操辦職業教育的意思是嗎？但我卻不這麼認為。學生若以就業為目標導向，那就讀技職高中或技職大學才是正確的。沒有必要特別去浪費時間念完4年制的大學。而何止是時間？同樣也是在浪費昂貴的註冊費吧。我認為企業所需的技術應該是要透過新進員工的研習由企業來教導，而並非由大學來培養。而大學則是透過全面性思考與多元經驗來確立價值觀並設定人生目標的地方。

金部長： 大學是確立價值觀與人生目標的重要地方，這點我也同意。不過光是看最近的新進員工不只是業務能力不足，就連品格教育也不確實，因此沒能完全適應職場生活的狀況也可證實這一點。所以我的意思是，應該要掌握學生們就業後所會遭遇的問題，並設計出反映它的實際教育課程。

XIV. 한국의 정치와 경제

1. 한국의 정치와 민주화

● 들어 보세요 1 35 p.222

학생 : 선생님, 내일이 '4·19 혁명 기념일'이라고 하던데 4·19 혁명이 뭐예요?

선생님 : 그러고 보니 내일이 4·19 혁명 기념일이군요. 4·19는 이승만 대통령이 장기 집권을 하자 국민들이 전국적으로 시위에 참가해 정권을 바꾼 사건이에요. 이승만 대통령은 한국의 초대 대통령인데 정권 연장을 위해 개헌을 하고 부정 선거를 저질렀지요. 4·19 혁명이 일어나자 정부는 시위를 무력으로 진압했지만 결국 국민들의 뜻에 따라 이승만 대통령은 대통령직에서 물러나게 됐어요.

학생 : 그렇군요. 이승만 대통령이 물러난 후 국민들의 희망대로 민주화가 이루어졌나요?

선생님 : 아니요. 새 정부를 구성한 지 채 1년도 못 돼서 5·16 군사 쿠데타가 일어났어요. 당시 육군 소장이었던 박정희 장군이 무력으로 정권을 잡게 되었죠.

학생 : 저도 박정희 대통령에 대해 들어 본 적이 있어요. 한국 경제를 발전시킨 대통령 아닌가요?

선생님 : 그런 평가도 있지요. 하지만 18년간 장기 집권하며 국민의 자유를 억압한 독재자라는 평가도 받고 있어요. 특히 1972년에 유신 헌법으로 개헌을 해서 대통령을 간접 선거로 선출하도록 함으로써 장기 집권할 수 있는 기반을 마련했지요. 또한 민주화 운동을 억압하고 언론을 통제하고 검열했어요. 이를 반대하는 수많은 사람들이 투옥되거나 고문을 당했지요.

학생 : 그래서 어떻게 되었어요?

선생님 : 1979년에 전국적으로 민주화를 요구하는 시위가 심했었는데 그해 10월에 부하에게 암살당했어요.

학생 : 그럼 박정희 대통령의 죽음으로 드디어 한국도 민주화가 되었겠네요.

선생님 : 그랬으면 좋았겠지만 당시 군인이었던 전두환 장군이 다시 쿠데타를 일으켜서 정권을 잡았어요. 5·18 광주민주화운동에 대해 들어 봤나요? 1980년 5월에 광주에서 전두환 대통령의 집권에 반대하는 시위가 일어났는데 이를 진압하는 과정에서 많은 시민들이 희생되었어요.

학생 : 전두환 대통령도 이승만 대통령이나 박정희 대통령처럼 장기 집권했나요?

선생님 : 다행히 그렇지는 않았어요. 전두환 대통령 역시 자유를 억압했지만 다시 독재가 계속될세라 국민들의 대통령 직선제 요구가 거셌고 결국 1987년 6·10 항쟁을 통해 대통령 직선제가 도입되었어요. 그 후 국민들의 투표로 대통령이 선출되면서 한국은 점차

민주주의 국가가 되었지요.

學生： 老師，聽說明天是「4•19革命紀念日」，4•19革命是什麼啊？

老師： 看了一下，明天的確是4•19革命紀念日呢。4•19革命是在李承晚總統長期執政下國民們在全國各地參與示威改變政權的事件。李承晚總統雖然是韓國的第一任總統，但卻為了延長其政權而修憲並犯下選舉舞弊。4•19革命才一發生，政府便用武力鎮壓示威，但李承晚總統終究還是遵照民意卸下了總統職務。

學生： 原來是這樣。那李承晚總統卸任後有依照國民的希望達成民主化嗎？

老師： 並沒有喔。在新政府成立後還沒滿一年又發生了5•16軍事政變。當時為陸軍少將的朴正熙將軍則藉由武力掌握了政權。

學生： 我也曾經聽說過有關朴正熙總統的事。他不就是那位促成韓國經濟發展的總統嗎？

老師： 當然也有那樣的評價。不過他18年間長期執政，也被評為迫害國民自由的獨裁者。特別是在1972年修維新憲法為憲，讓總統改由間接選舉選出，為能長期執政打下立足點。另外打壓民主化運動，並管制與審查言論。而有眾多反對這一切的民眾因此下獄或遭到刑求。

學生： 所以後來怎麼樣了？

老師： 1979年全國各地請求民主化的示威愈發嚴重，而就在那年10月朴總統便遭到部下的暗殺。

學生： 那看來因為朴正熙總統的身亡終於讓韓國得以民主化了呢。

老師： 真若是如此就好了，但當時曾為軍人的全斗煥將軍發動政變掌握了政權。你有聽說過5•18光州民主化運動嗎？1980年5月在光州發起反對全斗煥總統執政的示威，但卻在鎮壓的過程中，無數的市民犧牲了。

學生： 全斗煥總統也像李承晚總統與朴正熙總統一樣長期執政過嗎？

老師： 幸好並未如此。全斗煥總統同樣也是打壓自由，但當時恐怕獨裁將會持續下去，國民們對於總統直選的要求強烈，結果因1987年的6•10抗爭而採行了總統直選制。在那之後由國民的投票選出總統，韓國也因此逐漸成為一個民主國家。

● 들어 보세요 2 36 p.223

기자: 본격적인 선거철을 맞아 어떤 후보가 나라의 지도자로서 적합한지 유권자들의 관심이 높아지고 있습니다. 사회에 나갈 준비를 하고 있는 학생들은 어떤 사람을 훌륭한 지도자라고 생각할까요? 지도자가 갖춰야 할 자질에 대해 서울대 학생들의 생각을 들어 봤습니다.

기자: 지도자가 갖춰야 할 자질이 뭐라고 생각하십니까?

학생 1: 국민이 원하는 것을 읽어 낼 수 있는 능력 즉, 국민과 소통하는 능력이라고 생각해요. 지도자는 국민의 뜻을 읽고 그것을 조화시켜 여러 정책을 만들고 집행하는 사람이잖아요.

학생 2: 저는 공정함이라고 생각해요. 어느 한쪽으로 치우치지 않고 공정하고 균형 있게 정치를 해야 해요. 지도자가 어느 한쪽의 말만 들어준다면 다른 쪽은 불만을 가지게 되고 그렇게 되면 사회는 분열될 거예요. 대통령이 공정하게 일 처리를 해야 사회가 평화롭고 조화롭게 발전할 수 있다고 생각해요.

기자: 서울대 재학생 100명을 대상으로 조사한

결과 지도자의 자질로 학생들은 국민과의 소통, 공정성, 리더십 순으로 응답했습니다. 특히 국민과의 소통이라고 응답한 학생은 전체 학생의 과반수를 차지했습니다. 그렇다면 지도자가 경계해야 할 점에 대해서는 어떻게 생각할까요?

학생 1: 이 세상에 완벽하게 옳은 생각만 하는 사람은 없지 않나요? 독선을 경계해야 해요. 그러기 위해서는 여러 사람의 의견을 들을 줄 알아야 할 것 같아요.

학생 2: 지도자가 되면 이 일 하랴, 저 일 하랴 바빠서 이것저것 고민할 여건이 안 되잖아요. 그러다 보니 아무래도 자신을 지지하는 사람들을 편애하고 그 사람들에게 유리한 일들을 하기 쉬운 것 같아요. 한 나라의 지도자는 자신을 지지하는 사람들만의 대표가 아닌 만큼 반대편도 배려하고 포용할 수 있어야 한다고 생각해요.

기자: 이처럼 학생들은 국민이 원하는 것을 잘 듣고 어느 한쪽으로 치우침 없이 공정하게 정치를 하는 지도자가 좋은 지도자라고 생각하고 있었습니다. 또한 독선이나 자신의 지지자들만 편애하는 태도를 경계해야 한다고 보았습니다. LEI 뉴스 김민수입니다.

記者： 正逢選舉季節的到來，怎樣的候選人適合作為國家的領導者，投票權人們的關注越來越高。正準備進入社會的學生們覺得怎樣的人才是優秀的領導者呢？對於領導者應該具備的特質，我們來聽聽看首爾大學生們的想法。

記者： 請問你認為領導者應該具備的特質是什麼呢？

學生1： 我想應該是能夠讀懂國民期望的能力，也就是與國民溝通的能力。領導者就是能解讀國民的意思，並綜合這些民意，制定各種政策並貫徹執行的人不是嗎？

學生2： 我覺得是公正。不偏向某一邊，且必須公正而均衡施政。領導人若只聽取某方的心聲，另外一方就會有所不滿，如此一來社會就會分裂。我認為總統必須得公正處理事務，社會才能安定並和諧發展。

記者： 根據以首爾大學學生100名為對象的調查結果顯示，對於領導者的特質，學生們回答依序為，與國民的溝通、公正性、領導能力。尤其是回答「與國民的溝通」者佔全體學生的過半數。那麼對於領導人應該警惕的部分又是怎麼想的呢？

學生1： 這世界應該不乏完全理性思考之人。所以應該要小心獨善其身。為此，應該懂得聽取各方的意見。

學生2： 成為領導者後忙碌於這，奔命於那，沒有那個條件讓他去思考每件事不是嗎？這樣下來，不論如何還是會偏愛支持自己的人，並容易做出利於那些人的事情。我認為就一國的領導者並非只是代表支持自己的群眾，而應該也要包容並照顧到反對方。

記者： 以上學生們認為能夠聽取國民意願，不偏向任何一方，能公正施政的領導者，才是好的領導者。另外也認為領導者應該警惕獨善其身或偏心自己支持者的態度。以上是LEI新聞金敏洙的報導。

XV. 지형과 방언

1. 지형과 사회

● 들어 보세요 1 (40) p.256

교수: 문명이란 무엇일까요? 인류의 지혜가 발달하여 미개한 상태에서 벗어나 사회생활을 위한 기술이나 제도가 발전된 상태를 의미합니다. 문명이 생기는 요건으로는 청동기의 사용, 문자의 발명, 계급 발생에 의한 도시 국가의 출현 등을 꼽을 수 있습니다.

세계 4대 문명은 세계에서 가장 먼저 문명을 발달시킨 네 개 지역을 이릅니다. 나일강변의 이집트 문명, 티그리스·유프라테스강 유역의 메소포타미아 문명, 인도의 인더스 강 유역의 인더스 문명, 중국 황허 유역의 황허 문명을 들 수가 있습니다.

그렇다면 처음으로 문명이 만들어진 곳들은 어떤 공통점이 있을까요? 인구가 많아야 하느니 기후가 좋아야 하느니 해도 문명이 발생하려면 풍부한 식량이 있어야 합니다. 우선 농사를 지으려면 곡식을 심을 넓은 땅과 물이 반드시 필요합니다. 이 두 가지 조건을 모두 갖추고 있는 곳이 바로 강 주변입니다. 대개 큰 하천의 하류에는 넓은 평야가 나타납니다. 요약하면 이들 지역은 큰 강의 유역으로, 교통이 편리하고 농업에 유리한 물이 풍부하다는 공통점을 가집니다.

教授： 所謂文明是什麼呢？文明是指人類的智慧發展，從未開化的狀態中脫離，並且為了社會生活，技術及制度有了發展的狀態。文明產生的要件，數青銅器的使用、文字的發明、階級的產生而來的都市國家出現等。

世界四大文明是指世界上最先發展出文明的四個地區。即尼羅河邊的古埃及文明、底格里斯河與幼發拉底河流域的美索不達米亞文明、印度河流域的古印度文明、中國黃河流域的黃河文明等。

那麼首先創造出文明的地區有著什麼樣的共通點呢？或云人口要多或者氣候要好，但如果要發展文明，還是得有充足的糧食。首先如果要種植農作物，就必須要有能夠種植穀物的廣闊土地與水源。這兩項條件都具備的地方正是河流的周邊地區。大致上在大河的下游就會有廣闊的平原。簡要來說，這些地區都有著在大河流域、交通便利、有利於農業的豐富水源等的共通點。

● 들어 보세요 2 (41) p.257

교수: 한국은 아시아 대륙의 동쪽 끝에 자리 잡고 있습니다. 북쪽은 압록강과 두만강을 경계로 중국 북동부 지역과 러시아의 연해주와 맞닿아 있고, 동쪽과 남쪽은 동해와 남해 건너편에 일본이 있으며, 서쪽은 황해를 사이에 두고 중국과 접해 있습니다.

한국은 북쪽을 제외한 동쪽, 서쪽, 남쪽 삼면이 바다로 둘러싸여 있습니다. 이렇게 삼면이 바다로 둘러싸인 지형을 '반도'라고 하는데, 한국의 '한'을 붙여서 우리나라를 한반도라고 하지요. 유럽에 있는 이탈리아, 그리스 같은 나라도 우리나라처럼 반도 모양을 한 나라입니다.

대한민국 국토의 70% 정도가 산지인데 특히 동쪽과 북쪽, 강원도와 북부 지방에 많이 있습니다. 산지가 많건만 높은 산은 많지 않습니다. 오랜 세월 동안 비바람에 깎여 산의 높이가 많이 낮아졌기 때문입니다. 국토의 북쪽과 동쪽에는 산지가 많고 서쪽과 남쪽에 비해 큰 도시가 적습니다. 대한민국에는 여러 개의 산맥이 있는데, 그중에서 중심이 되는 등줄기 산맥은 태백산맥입니다. 태백산맥이 동해안 쪽에 높이 솟아 있기 때문에 우리나라는 동쪽이 서쪽보다 높습니다. 강원도 대관령 주위에 발달한 고원 지역은 젖소와 양을 기르는 목축과 고랭지 농업으로 유명합니다.

평야는 대한민국 국토의 30%도 안 되는데 대부분 큰 강의 하류 지역에 있습니다. 한강을 비롯하여 대한민국의 큰 강들은 거의 동쪽에서 서쪽으로 흐르는데 그건 동쪽이 높고 서쪽이 낮기 때문입니다. 하천의 하류에는 논농사를 지을 수 있는 평야가 발달했습니다. 한강 하류의 김포평야, 안성천 하류의 안성평야, 금강 하류의 논산평야, 만경강과 동진강 하류의 호남평야, 낙동강 하류의 김해평야 등이 대표적인 평야입니다.

삼면이 바다로 둘러싸인 대한민국의 해안은 그 모습이 저마다 다른데 서해안과 남해안은 해안선이 매우 복잡하고, 밀물과 썰물의 차이가 커서 갯벌이 발달하였습니다. 동해안은 해안선이 비교적 단조롭고, 모래사장이 크게 발달해 있어 해수욕장으로 많이 이용됩니다. 특히 남서 해안은 2,000개가 넘는 섬이 집중적으로 분포된, 세계적으로 유명한 다도해 지역입니다.

教授： 韓國位於亞洲大陸東邊端。北邊以鴨綠江與圖們江為界與中國東北地區以及俄羅斯的沿海州相接；東邊與南邊在東海與南海的對岸則有日本；西邊則隔著黃海與中國相鄰。

韓國除了北方以外，東邊、西邊、南邊，三面都被海水環繞。像這樣三面被大海所環繞的地形就稱作「半島」，加上韓國的「韓」字，就將我國稱作韓半島囉。位於歐洲的義大利、希臘等國也像我國一樣是個半島形狀的國家。

大韓民國國土約有70%是山地，尤其是東邊、北邊、江原道與北部地區多山。山地雖多，但高山並不多，因為經過風風雨雨長時間的歲月侵蝕，山的高度變低的緣故。而國土的北方與東方則有許多山地，比起西方與南方，大都市較少。在大韓民國裡有著數條山脈，中心的脊梁山脈為太白山脈。太白山脈於東海岸邊高聳而立，因此我國的東邊比西邊還高。江原道大關嶺周邊發達的高原地區則以畜養乳牛與羊的畜牧業與高冷農業聞名。

平原約佔大韓民國國土約不到30%，大部分都在大河的下游地帶。以漢江為首，大韓民國的大河幾乎都是由東向西流，這也是東高西低的緣故。在河川的下游可供農作的水田平原相當肥沃。漢江下游的金浦平原、安城川下游的安城平原、錦江下游的論山平原、萬頃江與東進江下游的湖南平原、洛東江下游的金海平原等，都是代表性的平原。

三面環海的大韓民國的海岸，其模樣則是各有風采，西海岸與南海岸因為海岸線相當複雜，漲退潮差異甚大，因此海埔地相當發達。東海岸海岸線比較單調，形成大片的沙灘，因此多利用為海水浴場。而特別是在西南海岸，有超過2000個島嶼集中分布於此，是世界有名的多島海地區。

읽기 번역

閱讀文章翻譯

VIII. 사고방식과 문제

1. 문화 차이

p.21 어휘와 문법- 읽어 보세요

我們到各國旅行，會發現和本國文化有共通點的文化，也有呈現差異的文化。就拿我們尋常稱之為肢體語言的姿勢來說也是如此。手掌心向下上下搖動，或者頭向左右擺動等的動作，隨文化圈而會表示不同的意思。前者在韓國通常代表著「來這裡」的意思，在西洋卻是代表著「去那裡」的相反意義。還有，將頭部左右擺動在韓國表示否定的意義，但在印度卻恰好完全相反，表示肯定的意思。不僅是手勢差異的狀況而已，甚至依據文化的不同也有將特定的話語或舉止視為禁忌的情況。如果未能遵守這類的禁忌事項，將可能產生令人窘迫的事情，所以必須格外地小心。因此，若能在旅行的時候事先注意有可能招致誤會的姿勢或禁忌事項，就不至於太錯愕。

2. 차이와 차별

P.35 어휘와 문법- 읽어보세요

將男廁與女廁分開設置，或者另外設置供身障人士使用的廁所，是否為一種對於男女及身障人士的歧視呢？以身體差異為由而將廁所分開使用並非歧視，而是認可各自的差異。然而，若以有所差異為由不給予機會就是種歧視。例如，在能力上沒有差異，但卻因為性別不同或有身障等理由，而限制就業或升遷就形成歧視。

某些問題是歧視與否會隨著看待該問題的視角而有所不同。不論是斑馬線的號誌燈或者在緊急出口標示的人像使用著男性的形象，又或者男廁便池的數量相當於女廁便池數量的兩倍，也有可能因人而被認作是種歧視。還有，當過兵的人求職時給予加分，站在善盡國防義務的男性立場來說會認為是件理所當然的事。但是沒有義務服兵役的女性，或者想當兵卻無法服役的身障人士，有可能感受到的是種歧視。

在教育大學為了提高國小男性教師的比例，而規定單一性別的入學生人數不得超過定額的75%。而若男學生的申請人數未達入學定額的25%時，比女學生分數相對更低的男學生也有錄取的可能。如此訂定男學生的入學定額縱然能防止教育界的女性化，但由女學生的立場來說，卻可能變成剝奪入學機會的逆向歧視。

p.38 읽기-읽어 보세요

가 ⓐ 於去年2月大學畢業並進入公司就職的金姓小姐，於整個大學四年級裡從凌晨到夜晚都在學校圖書館準備就業考試，而一得空便會在學校前的體育館運動減重並鍛鍊身材，她始終並行著這兩件事。這樣做是身邊人的忠告說，若想在激烈的就業前線上存活下來，就需要實力外加「美貌」的條件，以肥胖的身材與遲鈍的形象即便實力再好，也難以吸引考官的注意的緣故。

近來隨著就業考試裡的面談比重增高，像這樣「美貌加分」的現象更是強化。對於女子商業高級中學3年級的女學生來說，為了就業努力鍛鍊身材和減重為必須課程是件常識。假期結束後見到因整型手術改頭換面的朋友，就如同字面上對其「刮目相看」，而此景如今也不再稀奇。

나 ⓑ 在年輕人之間「可以原諒你的過去，但無法原諒你的醜陋」的想法也幾乎普遍化的樣子。甚至能聽到「外貌歧視比起種族歧視來得更加嚴重」的說法。家中有適婚年齡子女的多數父母們，看到對於自己的結婚對象若不是「纖瘦的美麗女子」或「高挑帥氣的男子」便轉頭拒絕的子女們都不禁瞠目結舌。評量人價值上優先的基準是美貌的時代似乎已經到來。

在年輕人喜愛的歌曲裡也反映出這樣的氛圍，如「整型美人」、「我的愛醜八怪」、「醜小鴨情結」等許多與容貌相關的歌曲。孩童更勝一籌。他們只會去找漂亮的媽媽、漂亮的老師、漂亮的女生（男生）朋友。從童話作家聚會「우리 누리（童享）」最近所發行的《孩子們煩惱的101項情結》中來看，可以確定孩子們最大的煩惱便是「外表」。

P.39

다 如此，今日深深滲入我們文化與意識中的 ㉠「美的意識形態」在其並非一項為了女性著想而廣宣的措施，而是定型為壓迫女性的體制這點是為問題。美國女性學者娜歐米・沃爾夫（Naomi R. Wolf）在她的《美的神話》一書中將與女性美相關聯的現代社會新型壓迫元素以「美的神話」一詞表現。

ⓒ 這樣的意識形態與壓迫體制是全體且集體性的，是不能簡明點出的形態，因此就有如永遠的神話般，巧妙地運用上去。韓國女性研究會的徐素英、尹英珠女士最近所發表的論文<又一副枷鎖，美的神話>主張最近韓國社會所呈現出的對於美的執著，幾乎具有著與宗教不相上下的權威，並扭曲健康或豐富人性等人類真實之美。而美貌則已經成為最小限度的「半神話」。

라 多虧女性團體們的抗議，「身高165cm以上，容貌端正的未婚女性」等條件總算從女性員工的招募簡章中消失，但眾人皆知，實際上不論高中畢業或者大學畢業，在女性員工的招募上對美女的偏好卻更加根深蒂固與隱密。這樣的傾向，正是不斷地在擴大循環女性們對美的憧憬與自卑感。

保持均衡與協調並給予精神上滿足的美麗其本身來說是好的。然而所謂的美，在今日的社會裡似乎被誤解，但其並非可以膚淺定位的東西。我們得承認美的多元性，並從美的神話中脫身。在選拔員工、挑選結婚對象，乃至交友時若將外表作為最先考量的條件，那麼深據內心的本質又該用在哪呢？美只不過是那樣子的表皮罷了。

<朴金玉，美貌「半神話」，1997>

IX. 인간과 심리

1. 학습과 심리

p.57 어휘와 문법-읽어 보세요

征服外語 (3)：成功外語學習者的特徵

即便在相同條件下學習外語，有些學習者能流暢地運用外語，而相反的卻也有學習者相對速度不足、緩慢。為何會出現此種差異呢？依據「成功的學習者」的相關研究所示，原因在於學習者的年齡、性別、性格、智商、母語、學習方法等而有所差異。一般來說年紀越輕、使用越多的學習策略與方法，就越有利於語言學習。

然而這些因素並非絕對性的。一般來說在12歲之前學習外語較具效果，且發音越接近母語者。但也不能因此說成人就不可能學習語言。儘管成人比兒童發音的學習較不利，但因認知能力發達，比較能在短時間內學好語言，而且文法與詞彙的學習反而比兒童有利。

↳ RE： 上了年紀後想學外語，但發音跟抑揚頓挫的部分總是最困難的。只是想和外國人進行簡單的對話，卻因為發音導致對話困難。

↳ RE： 在外語學習上個性也是重要的因素。到不一定要外向，但比起內向的人，外向的人容易與他人打成一片，不怕犯錯，因此也外語學習也能較快上手。

2. 사람의 심리

p.69 어휘와 문법-읽어 보세요

人的心理在身體上是如何作用的呢？在一項心理實驗中，以7、80歲老人為對象，讓他們當作回到20年前一樣生活。實驗結果，依賴家人或看護而過著失能生活的老人們，在一週後體重增加，記憶力也變好。不僅如此，那些認為自己年輕有活力的老人們獲評為比不這麼認為的老人們實際看起來更加年輕。

本實驗成功印證出，人們因著心態老化的速度也會有所不同。換句話說，我們能透過該實驗了解到，若持著：「我老了，什麼事也做不了」的想法，那麼再努力也無法變得更加年輕。

p.72 읽어 보세요

1 有看見大猩猩嗎？

有某位醫師不小心將手術用剪刀遺留在患者腹中便將其縫合。患者於術後苦於不明的腹痛，儘管照了三次的X光，醫師群仍舊找不出原因。眾位醫師們詳視了X光片，每個人卻都埋頭於尋找與自己專業相符的病徵，卻正好偏偏看不到照片正面所攝的手術用剪刀。為何人們以肉眼去看也無法辨認出呢？這樣的注意力不足只會發生在部分人身上嗎？

曾經在一座正舉辦籃球比賽的體育館中進行過一場富味趣饒的實驗。在籃球比賽的中場休息時，主持人向觀眾們提問。「這是一項智力測驗。請觀看電子看板上的影片。有3名身穿白衣與3名身穿黑衣的人在各自互相傳球。那麼請算算身穿白衣的人們傳了幾次球？」

在這之後呈現給觀眾們的36秒影片中，在6名學生傳球的期間出現一個畫面，有隻黑猩猩花了9秒的時間慢慢地穿越經過，並在學生們之間搥了兩次胸口。為了解開主持人拋出的問題，這一天來到體育館的2280名觀眾，從小學生到老人都認真的數著傳球次數。然而，真正的問題卻不是傳球次數，而是「剛才所播放的影片中不只有人嗎？還是只有人出現呢？」這一天的觀眾裡向主辦方發送訊息者共有580名，這些人之中「沒有看見大猩猩」者有315名（54%），「除了人之外好像還看見什麼」的人之中也有多達60位主張看見熊與狗。而正確猜出大猩猩者僅有205名，這些人僅占回答者的35%。主辦方用慢速再次重播後，四處響起「剛剛我怎麼沒有看到那個呢？」的嘆息聲。

人們一般認為自己可以意識到映入眼簾的所有事物。然而實際上存在著即使近在眼前也意識不到的東西。大猩猩直接走到鏡頭前搥胸後又離開，為什麼會看不到呢？像這樣的認知錯誤，即是對於不可預期事物的注意力不足的結果。

也就是說，人們只會看自己想看的，只會專注在自己有興趣的事物上。將這樣的事實放在心上然後看待這個世界的話，就能意識到自己認知能力的限度，並能因此理解人們的行為。

2 請來試用健康器材。

人們普遍來說會認為自己是理性、明理之人。如同這般的信念，就算人類是比動物明理且理性的存在，但並非任何時候都能做出理性且合理的判斷。

在下午3點的某購物中心裡，有一群身穿白袍的研究團隊舉辦了以奇特新材質所製的健康產品體驗會。他們聲稱美國的太空總署（NASA）也使用該產品，並讓民眾體驗號稱有益身體的奇形器具。聽完開發人對器具效果的簡要說明後，親身體驗的民眾全都說很有效。甚至有一名體驗者還說：「剛才本來很疲倦，用了之後腦袋變得很清醒之外，身體也變得輕鬆許多。然而這項器具只是隨便製作與健康毫無關聯，關於美國太空總署的話也並非事實。」

若這項健康產品是假貨，就絕不可能會有效果。但即使告訴民眾這是假貨，他們也無法輕易從這個錯覺中跳脫。一名女性甚至說：「體驗過後因為是我親身感受到的，就像是真的。」這是從相信它有益於身體的那瞬間起，便全面拒絕、放棄從這信念中脫離。相同地，因為我們自身的錯覺，反而容易受騙上當，並信虛假為真實。

人們也會在渾然不覺中陷入正面或負面的錯

覺，在本實驗中許多的參與者們經歷到正向的錯覺。正向的錯覺可以刺激人們的動機，並助長能夠成功的自信感。以4隻手指頭聞名的鋼琴家李喜芽曾說：「小時候儘管別人覺得不可能，我卻一直有種我一定會成為鋼琴家的錯覺。」

對自我及世界的正向錯覺會讓我們高估自己的力量，並有著對未來不切實際的期待感。然而這樣的錯覺可以給人動機，並在人際關係上帶來正面的變化。換言之，正向的錯覺不僅使自身的生命產生變化，更有著改變社會的力量。

X. 한국과 세계

1. 한국 속의 세계

p.89 어휘와 문법-읽어 보세요

我聽說地方上有出名的慶典舉行，到場一看，令人驚訝的是與會者有半數是外國人。正好奇著「什麼時候開始外國人變得這麼多？」便看見了一篇新聞報導。那是以2010年為基準，居住於韓國的外國人數超過125萬名，取得韓國國籍的歸化者也高達10萬名的報導。

想到自古以來韓國的土地上就存在著歸化者，最近的這些變化似乎就不是那麼值得驚訝。就歷史觀之，三國時代前於韓半島即有歸化者的出現，而在高麗時代據說就足足有20萬名的人歸化。據此，也有人主張在韓國280餘個姓氏中，有半數是歸化來的姓氏。近來由於在取得韓國國籍後創造新姓氏與籍貫的歸化者正在增加，因此像是汁、樓、苗、乃等新姓或德國李氏等籍貫也相繼出現。儘管長久以來都認為韓國人是單一民族的後裔，但在了解這樣的事實後，似乎就難以再繼續主張韓國是個單一民族國家了。

2. 세계 속의 한국

p.101 어휘와 문법-읽어 보세요

「曾經有一個孩子。這孩子為了要向班上同學介紹大韓民國，總是隨身攜帶著地球儀。轉眼間，時光荏苒，成了青年的那個孩子如今已不必攜著地球儀四處奔走。」

本廣告是以某駐外子女的真人真事為藍本製作。本廣告成功演繹出韓國國家地位的變化，因而廣獲民眾的共鳴。看完廣告後，只要是韓國人無一不被自豪與欣慰浸染而心頭一熱。只要是7、80年代曾在海外留學或居住的人，估計多少都會有過與此相同的經驗。過去的韓國是個無名而貧窮的小國。然而儘管國家貧困，對於未來的希望與熱情仍洋溢在韓國人的心中。韓國是個在最短期間內從金融危機中脫身的國家，是從受援助國轉變為援助國的第一個國家。而現今的韓國將躍身成為更加強韌的大韓民國。

완료 인터넷 100%

p.104 읽어 보세요

在過去，韓國既是東方的無名小國，亦是韓戰後憑藉著已開發國家的援助勉強維持生計的國家。然而現今的韓國耀眼地發展為世界經濟規模第12名，半導體與造船產業世界第一，世界第9個貿易規模達到一兆美元的國家。現在的韓國不僅被公認為從低度開發國家躍升為已開發國家，韓國的發展狀況更是世界許多開發中國家的典範。在這點上韓國人會相當感到自豪與欣慰。事實上以各種經濟指標作為依據，認為韓國已經進入已開發國家行列的人也不在少數。

然而已開發國家的概念也可以從其他觀點檢視。儘管成為已開發國家的條件中經濟發展是不可或缺的。但就如同我們不會將經濟寬裕的產油國稱作已開發國家一樣，並非富裕的國家就一定是已開發國家。那麼躋身已開發國家的條件又是什麼呢？

成為已開發國家的條件包含物質與精神的層面。物質的標準理所當然與經濟相關。但如同先前所舉的例子，物質層面的標準並非單純是錢財的多寡。也並非只是國民的高所得，而必須在同時有高度發展的產業以及社會基礎設施妥善具備的狀況下，才可謂符合已開發國家的條件。因此即便將像是資源豐富且國民所得高的產油國國家稱為富裕國家，我們也不會將其稱作已開發國家。

而精神層面上則可參考聯合國開發計劃署（UNDP）每年所發表的人類發展指數（HumanDevelopment Index，HDI）。所謂人類發展指數是指調查各國實質平均每人國民所得毛額、教育水準、文盲率、平均壽命等與人類的生命相關的指標，用以評比各國的發展程度。例如文盲率低且教育水準高則顯示出該國人民培養自己能力的可能性較高，獲得更多機會去享受幸福的可能性亦較高。此外，平均壽命高則代表該國家的醫療技術發達，國民對於健康有著高度的關注。

若考量大部分低度開發國家的教育水準和平均壽命，人類發展指數已足以成為已開發國家的條件了。但光靠這點是不夠的。

等公車時整齊排隊的樣子；即使沒人看見也會遵守交通號誌的某國街道光景，讓我們得以重新思考已開發國家的條件究竟為何。公共秩序和社會秩序定立，有著遵守該秩序的國民，其國家即是已開發國家。不汲汲於追求富足生活，有著體諒他人的高度文化意識的社會，才是秩序定立的國家，才是已開發國家。

若考量上述條件來檢視韓國的狀況，各種經濟指標顯示韓國已經達滿足了已開發國家的條件了。還有考量教育水準或平均壽命，以人類發展指數為基準，則韓國充分可以稱為已開發國家。但就文化意識的層面看，仍有不足之處是個事實。看著因別人不快走就按喇叭、以忙碌為由推擠前面的人、急忙地跑來跑去的韓國人樣子，顯然體恤他人的心略顯不足。為了經濟發展總是要往前衝的韓國人，如今經濟已然發展，保持心胸寬裕、優先為他人著想的心情如何？當我們體諒他人一些、為遵行公共秩序而努力時，韓國就能成為名實相符的已開發國家了。

XI. 대중 매체와 문화

1. 표현의 자유와 공공성

p.119 어휘와 문법-읽어 보세요

LEI 廣場　SEARCH　GO　提問

LEI 廣場主頁 | 市集Q&A | 討論 | 故事 | 請願

反對政府過度審查大眾文化

近日來政府正在加強對於唱片及電影的審查。我認為這般審查太過分。例如在歌詞中出現菸酒就不分青紅皂白的判定為19禁，這難道不是在限制表達的自由嗎？

另外，認為電影的內容有點煽情或暴力就禁止或限制上映，我認為政府如此極力干涉對於大眾文化的發展會帶來負面的影響。

RE : [잔다르크] 我也同意。言稱要保護青少年而做這些審查，究竟真的有效嗎？

↳ RE : [만복이] 沒錯。19禁的審查基準實在是模糊不明。同樣是在歌詞中出現酒，不就有某些就沒事通過，某些卻變成19禁嗎。

RE : [중딩맘] 上述的意見都有些道理。但將煽情或暴力予以美化的流行歌曲或電影在教育上對於青少年來說絕不可能有好處。我認為與其將這項審查全盤推翻，不如提出一個大眾都能認同且明確合理的基準來得有價值。

2. 대중문화의 위상

p.131 어휘와 문법-읽어 보세요

不久前以青少年為對象所做的職業志向調查中，演藝人員超越教師、醫師等奪得第一。其理由在於想要像明星一樣活得光鮮亮麗。演藝人員的形象對大眾所造成的影響力相當大。不僅是藝人所使用的產品會引發旋風熱潮，大眾們透過大眾媒體的傳達看見藝人們光鮮亮麗的生活，便能從中感到代理滿足。如今藝人已成為眾人所欣羨的對象。

由於大眾媒體的發達與大眾文化價值的提升，代表大眾文化與其本身的藝人也與過去相較而言，地位有著截然不同的變化。過去的藝人就像賣藝的人，不過是帶給群眾娛樂的存在而已。然而，現今卻幾乎沒有人會無視藝人或將大眾文化看作低俗。光是在只舉辦過歌劇或管弦樂團演出的古典音樂專用展演場中看見大眾歌手舉辦公演，或是看見大眾歌曲被選入教科書中的事例，就愈加覺得大眾文化的地位確實不可同日而語了。

p.134 읽어 보세요

人們為何為明星癡狂呢？

가　儘管有為數眾多的人想要成為明星，也另外有著不計其數的人在造星上費盡心力，其之所以如此還是在於明星是個具有極大經濟效果的商品。另外，明星之所以能夠具備如此龐大的經濟性效果，還有賴於無數的人崇尚明星，為之狂熱。也多虧於那些為了一睹明星風采，為了聆聽明星高歌一曲心甘情願掏出鈔票的群眾們。

나 人們為何對明星癡狂呢？其首要原因即是明星扮演著能夠滿足大眾心懷某種慾望的角色。而銀光幕及電視畫面上所映照出的明星是個既光鮮亮麗又剛毅且身懷英雄風範，甚至富有性魅力的魅力人物。另外明星也是所有人夢想中的理想人類模型。人們迷戀上明星的那瞬間，便無意識地將自己聯想成明星。明星是個對我自覺缺陷部分予以夢幻般滿足的對象。在這樣的過程中最經典的類型即為電影。

다 電影不管任何幻象都能輕易的被接受，電影以技術具現完美的意象。再加上因為畫面壯闊，便能以壓倒性的影像吸引觀眾。在黑漆漆的影廳裡，觀眾們不動如山屏氣凝神地專注在電影，並自然而然地沉浸在電影的場景中。在這種狀況下，在銀幕上開展的任何狀況都被當真。電影中所出現的內容究竟是不是那麼一回事，並非係依據實際生活的標準來判斷。觀眾們觀賞電影的片刻裡，就會將人們在天上飛，回到過去，與幽靈對話，與機器人熱戀等當成真的一樣去相信。

像這樣子沉浸在電影中，觀眾們不自主地被電影裡出現的主角帥氣模樣給擄獲。並且在那剎那間無意識地將自我投射在電影的主角上。將自身與具有魅力的對象同等視之，人們將自己的真實面貌、軟弱而落魄並一事無成的現實樣貌給忘卻，並在那個瞬間間接體驗到理想中的人類模型。

라 大眾流行音樂明星的情況也是大同小異。在為華麗舞台上歌唱的明星風采癡狂的瞬間，在那位明星所表現出的強悍力下（即為權力）大眾將自己比作明星。在投射的那一瞬間，同時也是自己從疲倦與狼狽的現實中脫逃解放的瞬間。

마 大眾對於明星的狂熱，終究是銀光幕與電視畫面所映照出來的虛構形象，而並非ⓐ作為平凡人的演員或歌手。然而對於大眾來說卻能將兩者視而為一。事實上，明星終究在大眾個人與個人間，唯有是匿名者的情況下才有可能成立。人們總是輕易忘記，明星也同樣是無能為力的一介人類，也是擁有缺點與界限的一般人的事實。

바 明星正於舞台上演唱歌曲。在人山人海的粉絲們尖聲歡呼之際，明星突然結束演出慌慌張張地從舞台後方消失。跟在他的後方有位女粉絲捧著花束追了過去。往舞台後方去的明星走進了廁所。片刻後方便完的明星露出舒暢的神情走出廁所並往休息室的方向消失了。手裡捧著花束的少女便得那瞬間連花都忘了獻，一副悵然若失的樣子。

ⓑ「啊，哥哥也……。」

這是依稀看過的喜劇裡其中的某個場面。雖然是喜劇但對明星的大眾憧憬就如同那位少女粉絲的錯覺般有著相同的屬性。

《金昌男，大眾文化的理解，2003》

XII. 과학과 생활

1. 환경과 대체 에너지

p.151 어휘와 문법-읽어 보세요

<興建核能發電廠> 公聽會

| 日期 : 2014年 6月16日 下午 2點
| 主辦 : 韓國水電與核電公司
| 協辦 : 知識經濟部

邀請函

各位鄉親大家好，在這新綠漸濃的季節裡先敬祝各位一切安康如意。為了紓解供電不足與夏季供電不穩定等問題，韓國水電與核電公司正持續不斷推動新核能發電廠的興建計劃。

然而對本區居民來說，儘管能源開發問題迫切，仍不比居民安全重要，因此提出了難以贊同興建核電廠的意見。

據此，韓國水電與核電公司於過去3年間執行＜核能發電廠的經濟與安全性調查＞，並預定透過本次公聽會發表調查的結果。懇請各位百忙之中撥冗參與，並誠邀本區居民共同來關心核電廠的建設。感謝各位。

2014年 5月 20日 韓國水電與核電公司　社長 徐京植

2. 생활 속 과학 이야기

p.166 어휘와 문법- 읽어 보세요

炎炎夏日在江原道山谷裡正和朋友們一同露營，忽然傳來雨聲。是驟雨。傾盆下了約莫十分鐘，天空轉晴。接著山裡便掛起一道彩虹。由於是第一次親眼看見彩虹，感覺特別新奇。然而看著看著，卻突然一股好奇心油然而生。彩虹為什麼會出現呢？由紅到紫的豐富色彩又是怎麼產生的呢？

一回家我便翻開百科全書查找彩虹的原理。彩虹是太陽光在空氣中的水滴裡反射及折射後所產生的現象。雖然覺得在學校裡習得的科學知識相當艱澀，但從日常生活中體驗科學後卻覺得趣味橫生。

p.166 읽어보세요1

下班路上本打算直接回家，不知怎地心裡有點饞，於是就順道進了村內的冰淇淋店。挑選完內人與兒子所喜愛的冰淇淋後請店員幫忙外帶包裝。店員詢問到家還要花上多久，我回答大約10分鐘就能到家。心想『原來她是要幫我包裝好，讓冰不會在我帶回去的路上融化啊。』，接著就拎著店員包裝好的冰淇淋走出店。四歲的兒子在我一到家便歡欣鼓舞地打開冰淇淋的包裝，接著卻突然開始哭著說自己手很痛。大驚一看，孩子徒手握著為防止冰淇淋融化所放入的乾冰。儘管孩子的傷口並不嚴重，但看著那受傷的小手，覺得傷心難過。

所謂的乾冰 ⓐ 是將氣態二氧化碳在零下80度的低溫下加壓所製成的固態二氧化碳。乾冰相較於水在固體狀態下的冰塊還要輕。若將冰塊用在冷藏包裝上，那麼冰塊融化後就會使產品腐敗或者流出水來相當不便。但乾冰卻沒有這樣的問題存在，因此經常被使用在冷藏包裝上。這是因為二氧化碳在1大氣壓下不以液態存在，而只會以固態和氣態存在， ⓑ 故乾冰在融化後不會變成液體，而是馬上昇華為氣體。因此，乾冰即被稱作乾燥的冰塊。從乾冰昇華而成的氣體會將附近的空氣急速冷卻並形成冷藏的效果。

乾冰即使在攝氏零下80度的狀態下，實際摸起來卻也感覺沒那麼寒涼。那是因為導熱性差的二氧化碳氣體在乾冰與手指之間生成的緣故。然而即便感覺起來不甚寒涼，其表面溫度仍是零下，因此若緊握乾冰在手裡有可能會凍傷，所以需要格外地注意。

ⓒ 由於乾冰能夠將食物保持在低溫下，因此也被用在食品的保存上。二氧化碳氣體能夠防止微生物的產生，而能杜絕腐敗與黴菌的孳生。這是因為由乾冰昇華而成的二氧化碳氣體若填滿容器內，那麼需要氧氣的微生物或蟲子就無法存活。

ⓓ 乾冰也會被運用在婚宴會場或歌手們的演唱會上，製造夢幻唯美氣氛。在婚禮結束新郎與新娘退場音樂響起之時，一同從地板上氤氳而出，又或被運用在裝飾歌手舞台的白色煙霧正是乾冰。這道煙霧是在吸收昇華熱（固體轉變為氣體時所需的熱）的過程中液化周邊空氣裡的水蒸氣所產生的。

ⓔ 乾冰在滅火上也頗具功效。起火時若能投擲乾冰塊，其昇華的二氧化碳氣體就能包覆火勢阻絕空氣而有助於滅火。如同前述，無心地被我們用作冰淇淋包裝的乾冰，其用途其實相當廣泛。

p.168 읽어보세요2

噪音在夜間聽起來為何更加大聲？

我們每天的生活中都會聽見無數的聲音。這些聲音中必然會有想聽的聲音，也混雜著不想聽的噪音。聲音會根據夜晚與白天而聽起來有所差異，即便是同樣大小的聲音在晚上卻聽得更加清楚。 ___ⓐ___ 在夜間裡，汽車的噪音或者就連孩子們在外頭嚷嚷的聲響都經常顯得更加吵鬧。

同樣大小的聲音為何在夜晚聽起來更加大聲呢？這是空氣的溫度與密度差異的緣故。空氣是在溫度越高，粒子運動愈加活躍，密度也越低；溫度越低，粒子運動越不活躍，密度變高。白天因太陽光使得地面溫度升高，而地面附近的空氣密度也較低，而相對來說低溫的上空，空氣密度則較高。 ___ⓑ___ 在日落後的夜晚裡地表冷卻，因此地面附近的空氣密度也變高，相較於地面溫暖的上空其空氣密度則降低。

空氣的溫度與密度影響著聲音傳導的速度。 ___ⓒ___ 溫度升高後密度降低時，聲音的速度變快；溫度降低密度升高，聲音的速度變慢。如果地面附近與上空的溫度有差異時，便會產生聲音的折射現象。白天地表的溫度比上空來得高，因此地表的聲音傳導速度較快，所以聲音往上方折射。因此聲音在日間裡聽得較不清楚。夜裡地表溫度比上空來得低，傳導速度較慢，因此聲音朝向下方折射。所以周圍的聲音在夜間會比在白天聽得更加清楚。在韓國有一句諺語「白天說的話鳥兒聽，晚上說的話老鼠聽」。這句諺語也可以用來說明聲音的折射現象。也就是 ___ⓓ___ 。

1. 대학 교육의 정체성

p.187 어휘와 문법- 읽어 보세요

LEI 時事討論
高等教育往後該朝何處前行？

大學生　「大學是為了讓我們能適應現實社會，用來累積學經歷與培養競爭力的地方。」

大學教授　「大學是探究真理，培養批判性思考的地方。」

企業經理人　「大學透過品德教育與能力開發來培養企業所需人才的地方。」

- 播出時間: 2014年 7月 3日（六） 下午3點
- 播出內容 : 在歷經如火如荼的入學考試競爭後終於如願上榜的大學。然而學生及家長對大學教育都不能滿意。又豈止是大學生及家長們？企業、大學也表露不滿的大學教育，即是目前高等教育的現況。所謂真正的大學教育是什麼？本節目匯集大學生、大學教授與企業經理人來探尋摸索大學教育的可行方向。

2. 인구와 사회 문제

p.199 어휘와 문법- 읽어 보세요

與名師的邂逅

你的未來安好嗎？從高齡化看我們社會的未來

講座

本次為第五回的「與名師的邂逅」。本周三邀請到首爾老人聯盟的徐載德代表，並以<高齡化與未來社會>的主題替我們展開本次講座。

曾任首爾大學社會福利系教授的徐代表，不斷地大力批判政府新發布的老人福利政策是一項不如不做的政策，即便實施了，也會因預算不足而無法長久維持。

在本次的講座中，將簡介有關勞動生產力減少、高齡人口的醫療費激增等，由於高齡化所衍生的社會問題，並提出可行之老人福利政策。期待各位踴躍參與。

日期　2015年 7月 5日 星期日

地點　碧青樓3樓會議室

報名方法　依報名先後順序額滿為止。請在下方留言回覆姓名。

☐ 今日內不再顯示本視窗。

p.202 읽어보세요

가 大韓民國正急速轉變成為一個高齡化社會。韓國預估於2026年將成為人口的20%為65歲以上的超高齡社會。因急速的人口變化，國家的財政負擔加速，國家的競爭力也只有衰退一途。若想減輕國家的財政負擔，就必須釋出讓長者能自給自足的工作機會，然而現實並非如此。

나 依據調查企業退休年齡的結果，95.3%的企業有退休年齡的制度，平均退休年齡在56.8歲。大部分退休人員的老年都仰賴於國民年金，然而韓國卻有相當人數的勞工在年金給付開始的60歲前便已屆退休年齡。此外，韓國的男女平均壽命約在80歲上下，因此在退休後無業下僅能靠著年金度過往後的20年。平均壽命延長，即便在還能充分勞動的年紀下也無法運用這些勞動力，實為國家的一大損失。若考量到在未來會因低出生率而人口減少並導致勞動力不足，延後退休年齡便是高齡化社會中至關重要的事項。

다 然而企業們卻以人事費負擔及人事塞車為由而憚於延長退休年齡。但人事費增加的問題能以薪資遞減制解決。所謂薪資遞減制是指年資超過一定期間就會限制薪資的調漲。此外，屆至一定年齡就不再任用為主管，也可以充分解決人事塞車的問題。

另外也有人憂心道，假使延後退休年齡，那麼就會減少對新人的聘雇，年輕人的就業機會也就跟著縮減。然而，即便將退休年齡延後幾年，對青年的就業機會減少也不過是2～3年間，若以長期來看，是不會對新人的聘雇造成影響的，那些因延後退休受惠的人們也會在2～3年後退休，而屆時又會有新的就業機會回流至青年人口的緣故。

라 對於高齡化、低出生的世代，最具效果的解決之道就是推遲退休的速度。若能延後退休，國家就能減少對老年人口支出的福利費用，同時也能吸納更多稅金籌措財源。對於勞工來說優點在於能夠以一己之力料理生計，而對企業來說，則在於不需要另外訓練就能運用熟練有經驗的員工。另外，青年人口扶養老年人口的負擔也會相對減少。

마 急速高齡化發展的現況下，將還能充分發揮工作能力的老年人口塑造成依賴年金生活的人是件沒效率的事。政府與其提供微不足道的老人生活津貼，不如向老年人口提供就業機會來得好。確實保障退休年齡，並使其能更具生產力地度過老年，方為應對高齡化社會的智慧。

XIV. 한국의 정치와 경제

1. 한국의 정치와 민주화

p.219 어휘와 문법- 읽어 보세요

대한민국 역대 대통령

1~3任 李承晚
任期 1948. 07.~1960. 04.
政務官、獨立運動家

4任 尹潽善
任期 1960. 08.~1962. 03.
政務官、國會議員

5~9任 朴正熙
任期 1963. 12.~1979. 10.
政務官、軍人

10任 崔圭夏
任期 1979. 12.~1980. 08.
政務官

11, 12任 全斗煥
任期 1980. 09.~1988. 02.
政務官、軍人

13任 盧泰愚
任期 1988. 02.~1993. 02.
政務官、軍人

14任 金泳三
任期 1993. 02.~1998. 02.
政務官、國會議員

15任 金大中
任期 1998. 02.~2003. 02.
政務官、政治人物

16任 盧武鉉
任期 2003. 02.~2008. 02.
政務官、律師

17任 李明博
任期 2008. 02.~2013. 02.
企業家、政治人物

18任 朴槿惠
任期 2013. 02.~2017. 03.
政治人物

19任 文在寅
任期 2017 05. 10.~

RE : 朴正熙總統果然是讓韓國經濟起飛，讓國民懷抱夢想與希望而名符其實的總統。當時是一個忙著營生，困窘中讓子女受教育，那個時期不知道該說有多艱苦。若沒有朴正熙總統，韓國將無法達到如同今日的經濟發展的。

RE : 當時是深怕落於人後，而只顧著向前奔跑的時期。朴總統執政時期經濟是起飛了，但人權與自由卻也受到壓迫囉。

완료 인터넷 100%

2. 한국의 경제와 성장 과정

p.233 어휘와 문법- 읽어보세요

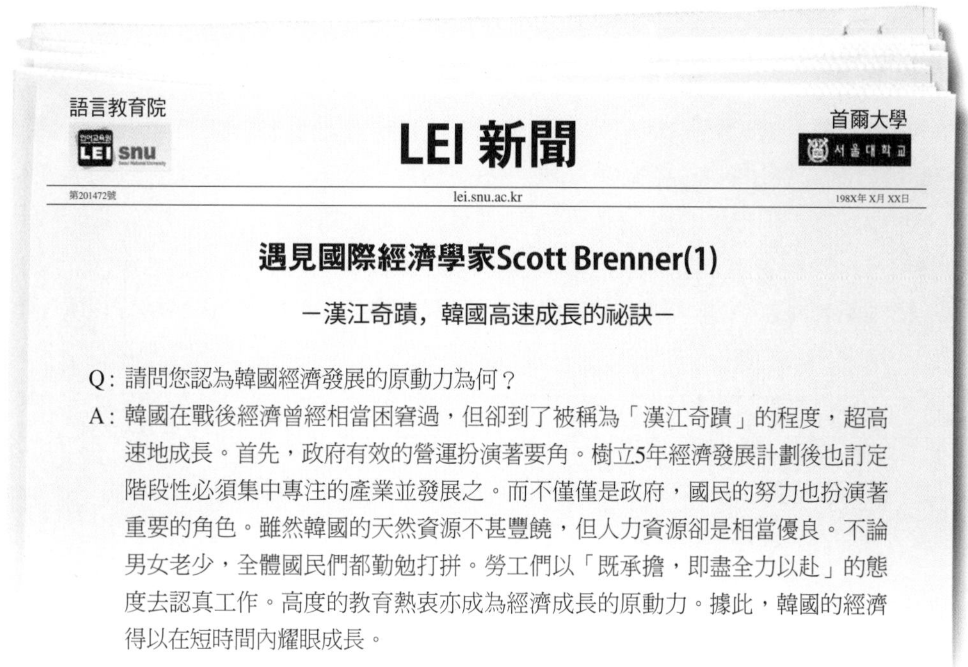

語言教育院

LEI 新聞

首爾大學

第201472號 lei.snu.ac.kr 198X年 X月 XX日

遇見國際經濟學家Scott Brenner(1)

－漢江奇蹟，韓國高速成長的祕訣－

Q：請問您認為韓國經濟發展的原動力為何？

A：韓國在戰後經濟曾經相當困窘過，但卻到了被稱為「漢江奇蹟」的程度，超高速地成長。首先，政府有效的營運扮演著要角。樹立5年經濟發展計劃後也訂定階段性必須集中專注的產業並發展之。而不僅僅是政府，國民的努力也扮演著重要的角色。雖然韓國的天然資源不甚豐饒，但人力資源卻是相當優良。不論男女老少，全體國民們都勤勉打拼。勞工們以「既承擔，即盡全力以赴」的態度去認真工作。高度的教育熱衷亦成為經濟成長的原動力。據此，韓國的經濟得以在短時間內耀眼成長。

p.236 읽기- 읽어보세요

가 **1950年代：絕對貧窮的一塊土地，韓國**

因韓戰工廠與道路等基礎設施全被破壞，韓國人不分男女老少皆在絕對貧窮之中受煎熬。在當時，因韓國經濟是以農業為中心的產業結構，再加上自然資源不足，人口過剩等因素，便處在貧窮的惡性循環下。產業的基礎設施與技術全無，要出口幾乎是不可能的，全然仰賴麵粉、玉米等的海外援助。當時的所謂的產業，就是將援助物資，如麵粉、玉米、砂糖等加工後販售為大宗，而輸出品大多為鎢、石墨、鐵礦等礦物。

나 **1960年代：計畫經濟與輕工業**

韓國正式的產業化則是從1960年代5年經濟發展計劃實施後才開始。朴正熙總統於1962年實施第一次5年經濟發展計畫，運用廉價的勞動力塑造出以出口為導向的產業結構。1968年，隨著位於九老洞的出口產業園區——九老產業園區的竣工，出口量愈加成長，經濟便開始快速成長。於1960年代，膠合板、假髮、皮鞋等輕工業製品的出口則佔總出口規模的80%。由於高速的產業化，尋找就業機會的農村人口大舉移往都市，隨著該離農現象的擴大，也產生了都市貧民階層，並在都市的外圍形成「蓬戶區、月亮村」。

다 **1970年代：重工業的開始**

到了1970年代，產業結構漸漸由輕工業轉為重工業。此時初次生產出鋼鐵，並開始設立造船廠製造船舶。同一時期，開始了半導體的組裝，並扎下今時今日成長的基礎。此時衣料與織品類仍佔出口項目的第一，但鋼鐵、船舶與機械類的比重卻已佔出口品目的35%。在

1977年，於亞洲國家中，韓國緊接在日本後第二位達成100億美金的出口量。而連接首爾與釜山的京釜高速公路的開通也為韓國的經濟發展帶來莫大的貢獻。因京釜高速公路的開通，與產品的消費市場得以快速連結。到了1970年代後半期，國內的建築公司進軍中東後賺取外匯，大力助長了韓國的經濟發展。

라 1980~90年代 : 高速成長與產業組織的多元轉變

步入1980年代後，韓國的經濟因13%的高速成長而享有可觀的榮景。隨著國民人均所得來到1萬美金，中產階級也得以增加，而實際上認為自己是中產階級的人，則超越全體國民的70%。也因為販售超過100萬輛以上的汽車，而獲致汽車出口國的美名，並且憑藉著冰箱、洗衣機等家電產品的出口，拓展了國際市場的版圖。1990年代中，韓國產業的主力自是半導體。於1998年超越日本半導體公司後，便以世界第一的半導體出口國站穩腳跟。然而，這段期間政府以大企業為中心所實施的「先成長，後分配」政策的副作用卻開始浮現。此後政府認為其介入市場有礙於成長的持續，在此判斷下欲建立經濟自由化的根基，以確立民間主導的經濟發展體系。

마 1997 IMF 외환 위기

韓國的高速成長隱含著許多問題點，這問題在1997年的IMF金融危機呈現。許多企業都因金融危機而面臨倒閉，因裁員與組織再造失業人數急遽增加。一夕之間頓失生活經濟基礎的人們則淪落為街友。國民們則以「捐獻黃金運動」合力度過金融危機，但人們的思想卻經歷了重大的變化。那些認為經濟會持續發展的人們因此改變了想法，並就此不再認為自己是中產階級。政府所持續推動的「先成長，後分配」導致貧富差距日益擴大，而在金融危機後富益富貧益貧的現象同樣也是日趨嚴重。此時是要解決的不是絕對貧窮，而是必須化解相對貧窮的時期。

바 2000년대 이후 : 경제 구조 개편 및 무역국의 다변화

金融危機後韓國政府發現到經濟先進化的必要性，並打算透過對公家部門、金融、勞動的組織再造來重組成一個理性且效率的經濟體。韓國在2001年8月便全額償還了向IMF所借貸的195億美金，並能夠從IMF託管體制中解除。現今韓國的對外貿易達到世界第12大的規模，並在2011年達到世界第九，以及貿易金額達到1兆美元。隨著與世界各國締結FTA，貿易夥伴原先偏重美國、日本等特定國家，如今也漸漸多邊化轉向歐、亞洲。非但如此，就連出口品也從經濟發展初期的假髮、紡織、皮鞋等產品，轉為半導體、船舶、汽車、電子機械、電腦等以高科技為重的產品，並達到相當水準的技術領先。

XV. 지형과 방언

1. 지형과 사회

p.253 어휘와 문법- 읽어 보세요

外國人眼裡的白頭大幹……LEI「實錄特輯」

播放時間 2013年 12月 21日(六) 晚間 11點 20分

播放內容

過去曾是紐西蘭警察的羅傑．謝佛德（Roger Shepherd），他為白頭大幹的宏偉山脈所擄獲而縱走南韓白頭大幹的全域。以及在2011年10月受北韓邀請，開始走訪北韓的白頭大幹。在當時，他在北韓導遊的幫助下歷時三周，從金剛山走至文筆峰，並於隔年4月再次造訪北韓，成功完成剩餘區域的縱走。逢停戰60周年，藉由LEI所準備的特輯，來向您傳達外國人眼中北韓地域白頭大幹的風貌。

回應 8則 I 依發表順序▼ I 瀏覽人次 89 I 0

일리무무 白頭大幹是什麼啊？^^;;;

RE : **콩콩** 就是從白頭山起連綿至智異山、韓半島最高最長的山脈就稱之為白頭大幹。

장남 儘管白頭大幹是如此的迷人，但韓國人卻沒辦法一覽白頭大幹整體的風貌呢。

RE : **산토끼** 就是說，要是統一的話就能過去另一邊的白頭大幹了。

旅遊博士 人家說聖母峰是世界第一高，又相當迷人，但還是近又容易抵達的地方最棒了。旅遊博士中為您準備了「白頭大幹峽谷列車」的商品。

완료 인터넷 100%

2. 다양한 한국어의 모습

p.265 어휘와 문법- 읽어 보세요

在過去礙於地形的影響，地區間的往來並不暢通，因此地區間的語言或文化的差異甚大。然而，隨著交通方式的進步發展，地區間的來往順暢，以及通信工具與大眾媒體的發達，各地區也隨之容易交互影響，因而各地區的固有文化明顯地齊一化了。

在韓語中，除了作為標準語的首爾話之外，各地區還存在著地方自然生成的方言。而且，這些方言正在一點一點的消逝當中，這點真令人惋惜。特

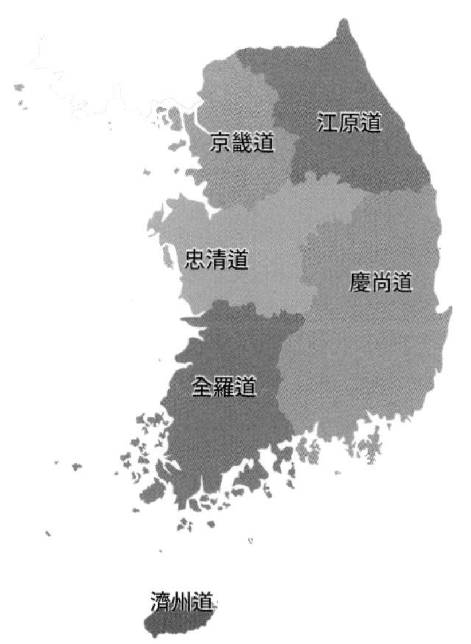

南韓的方言地區分布(姜京元, 2014)

別是以標準語為主的教育下，有些人認為方言是比標準語來得低端的語言，而在某些特定區域，如今至多只是那些上了年歲的長者還在使用。

地區居民們的文化與歷史隱然醞藏在方言裡。因此，為了保存語言與文化的原型，並提升韓國語言文化的多樣性，亟需努力保護並傳承逐漸消失的方言。

p.267 읽기- 준비해 보세요

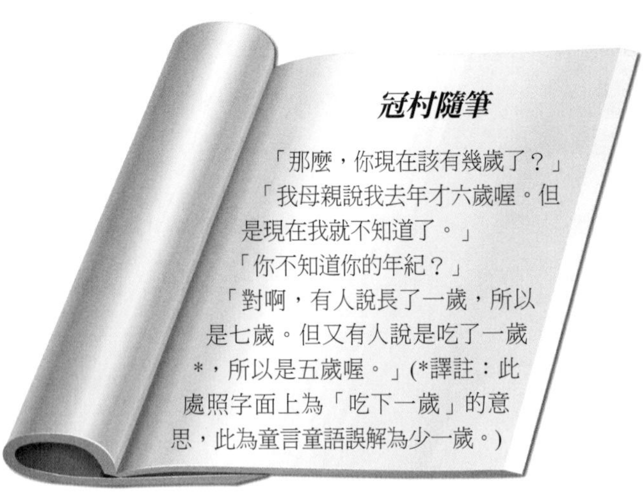

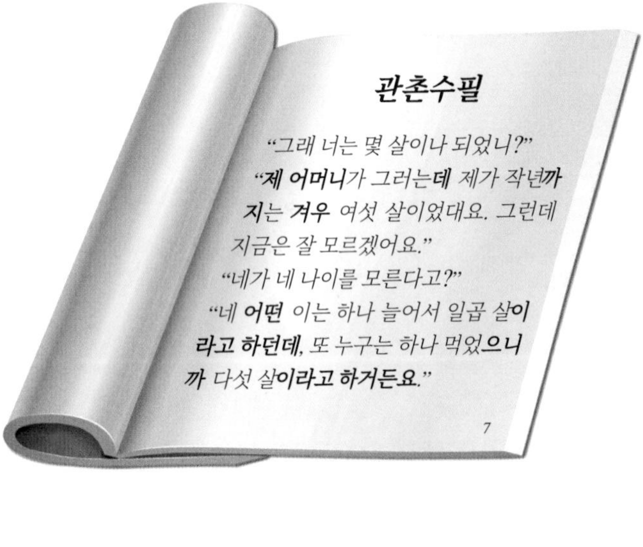

冠村隨筆
「那麼，你現在該有幾歲了？」
「我母親說我去年才六歲喔。但是現在我就不知道了。」
「你不知道你的年紀？」
「對啊，有人說長了一歲，所以是七歲。但又有人說是吃了一歲*，所以是五歲喔。」(*譯註：此處照字面上為「吃下一歲」的意思，此為童言童語誤解為少一歲。)

관촌수필
"그래 너는 몇 살이나 되었니?"
"제 어머니가 그러는데 제가 작년까지는 겨우 여섯 살이었대요. 그런데 지금은 잘 모르겠어요."
"네가 네 나이를 모른다고?"
"네 어떤 이는 하나 늘어서 일곱 살이라고 하던데, 또 누구는 하나 먹었으니까 다섯 살이라고 하거든요."
7

p.268 읽어 보세요 1

가 話語是最能夠具體反映人類思考的工具，也是日常生活中最重要的溝通方法。若是對此特別留意的話，就會知道不同地區使用著和標準語表達方式不同的、地區固有的表達方式。例如，標準語中的「您要去哪邊？」，在慶尚道則會說「어디 가심니꺼？」，或者「어디 가니껴？」又或者是「어디 가는교？」。而在全羅道則會說「어디 가시오？」或是「아디 가시지라(우)？」，在忠清道會是「워디 가세유？」，濟州島則是「어디 감수꽈？」以及「어디 감네까？」。如此一般，依地區各自使用的話語為和標準語區隔便稱作方言。

나 像這樣的方言又是如何形成的呢？就讓我們一起假設如下。一個語言最初有著一個體系。然而，使用該語言的人有部分搬遷到其他地方。而不同於今時，在交通工具不發達的過去，人們因為河川或山地等自然因素，要離開自己居住的地區到遠方，是十分的困難艱辛。因此，居住於特定區域的人們便會開始造出他們所需要的詞彙，並且發展出適合他們的表達方式。其結果便是，各地的話語有了聲音、單字、文法等差異。像這樣生成的方言特稱為地區方言。

다 另一方面，社會上，也存在著對方言的誤解與偏見。舉例來說，京畿道地區（包含首爾與仁川）的人們所使用的語言與標準語相同，便有認為其他地區人們所使用的語言就是方言的傾向。這樣的認知則會連結認為京畿道地區所使用的語言相對其他地區來得有品味的優越感。然而，一種語言是由大大小小的方言所組成，而組成某一語言的方言們彼此也都擁有同等的地位。就我國的情況而言，方言是自然形成的語言，標準語則只能說是因政策目的，主要以首爾中間階級與有學養的階層並結合了其他語言的元素後，人為並抽象的語言而已。因此，不管是哪個地方的話語，都不可能與「標準語」完全一致。

《崔明玉，國語學的理解，新國語生活，第八冊第3號，1998》

p.270 읽어 보세요 2

江原道固城郡地區青少年的方言使用狀況與對方言的認知調查

調查人：徐慶淑、李正德、禹載英

Ⅰ. 前言

固城係屬嶺東方言區裡的地區。所謂嶺東方言區，即是大關嶺以東的方言區。而其中固城郡為固城、束草、襄陽等地區，屬於北部嶺東方言區。（朴盛鍾，2008:21）

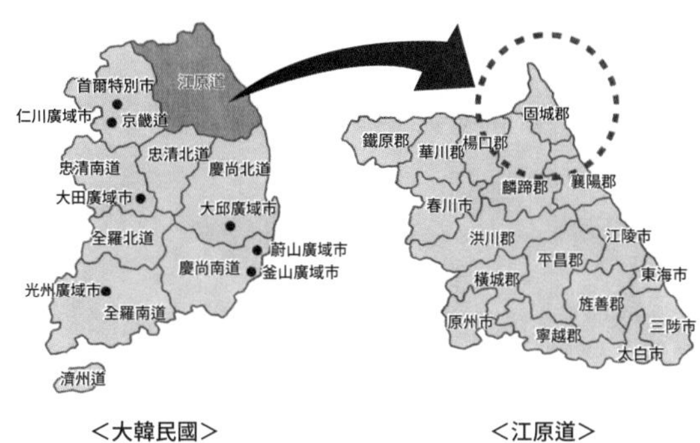

<大韓民國> <江原道>

而過去對於嶺東方言區的調查則主要以如下的三大方向進行。第一是對方言聲調的調查，第二則是對方言音韻的調查，第三是嶺東與其鄰接地區其他方言的比較調查。

然而到目前為止卻幾乎沒有對青少年實施的調查。因此，本調查中將考察江原道固城地區青少年們的方言使用狀況，並訪查他們對於方言與標準語的認知為何。

本次調查的方法如下。首先探查江原道固城地區的學生們如何使用地區方言，將以「音韻」與「詞彙」為主調查。此外也要了解在什麼樣的情況下使用方言，而使用程度又有多高，以及對方言與標準語的認知又是如何。

調查方法則選用「問卷調查」與「訪談」。透過問卷調查主要了解其使用的音韻及詞彙特徵，面談以調查青少年們對方言的認知與語言習慣。問卷調查則以49名國三生，以及111名高一生為對象。訪談部分則是一名訪談人與三名江原道固城地區土生土長的學生做自由對話並同時錄音後進行分析。

Ⅱ. 本論

1. 固城地區學生的方言使用狀況 – 調查結果省略
2. 對於標準語與地區方言的認知 – 調查結果省略

Ⅲ. 結論

方言是承載著該地區固有文化與情感的貴重語言資產。然而根據調查結果發現，固城地區的青少年們並不太使用方言，對於方言的印象也不佳。造成此種現象的其中一個原因，可以說是強力的標準語政策所致。因將標準語作為絕對的語言標準來教學，地區語言的學習及使用因而減少。因此，為了保存地區文化與情感，有必要教導青少年們方言，國語課程上也要有方言的學習。

參考文獻

• 金周元，江原道東海岸方言聲調特性，民族文化論叢第27輯，嶺南大學民族文化研究所，2003。
• 文孝根，嶺東・嶺西方言詞彙比較研究，人文科學46-47，延世大學人文科學研究所，1982。

<首爾大學國語教育系，先清語言，第41號，2014>

VIII. 사고방식과 문화

1. 문화 차이

듣기_들어 보세요 1 p.24

1. 식습관, 음식 종류
2.
   - ☐ 차 문화
   - ☑ 유교 문화
   - ☐ 좌식 문화
   - ☑ 쌀을 주식으로 하는 문화
   - ☑ 젓가락을 사용하는 문화
3.

	중국	일본	한국
생김새	•길이가 길고 끝이 뭉툭함.	•길이가 비교적 짧고 끝이 뾰족함.	•길이가 일본과 중국 젓가락의 중간임.
이유	•튀기거나 기름에 볶은 음식이 많음. •큰 식탁에 둘러앉아 덜어 먹는 식습관.	•생선을 바르는 데에도 젓가락을 사용함. •반찬이 개인별로 제공됨.	•반찬을 공유하지만 어른은 어른끼리 남자는 남자끼리 식사함. •국, 찌개, 나물 등 음식에 물기가 많아서 젓가락이 철로 되어 있음.

듣기_들어 보세요 2 p.25

1.
   ☑ 촉각 ☐ 온돌 ☐ 손맛 ☑ 거리
2.

거리	관계
45cm 정도	가족과 같은 친밀한 사람.
45cm에서 120cm 정도	친구나 가까운 동료.
120cm 이상	처음 만나거나 일로 만나는 사람.

3. 한국 사람들이 너무 가깝게 다가왔기 때문입니다.
4. 한국 아주머니들이 모르는 남의 아이를 스스럼없이 만지는 것을 보고 이상하다고 생각했습니다.
5. ①

2. 차이와 차별

읽기_읽어 보세요 p.38

1.

1) 가 • • '미 이데올로기'는 여성을 위해 미를 확산시키는 장치가 아니라 여성을 억압하는 장치가 되었다.

2) 나 • • 최근 '플러스 미모' 현상이 더욱 강화되고 있다.

3) 다 • • 우리는 미의 다양성을 인정하고 미의 신화로부터 자유로워져야 할 것이다.

4) 라 • • 사람을 평가하는 모든 가치에 우선하는 기준이 '미모'인 시대가 된 것 같다.

5) 마 • • 미의 신화는 여성들의 동경심과 열등감을 확대 재생산하고 있다.

2.

1) a • • 참고 문헌 인용

2) b • • 말 인용

3) c • • 구체적인 사례 제시

3. ②

4. 내면적인 아름다움입니다.

보충 어휘-감각 표현 p.50

연습 1.

1) ② 2) ① 3) ② 4) ①

연습 2.

1) 보들보들하다 2) 까칠까칠하다
3) 팍팍하다 4) 아삭아삭하다
5) 쫄깃쫄깃하다 6) 화끈화끈하다

연습 3.

1) 보들보들해졌네 2) 쫄깃쫄깃하고
3) 아삭아삭하고 4) 미끌미끌하네

연습 4.

1) 팍팍해서 2) 화끈화끈해 3) 까칠까칠해진
4) 바삭바삭한 5) 촉촉하(게) 6) 따끔따끔하고

IX. 인간과 심리

1. 학습과 심리

듣기_들어 보세요 1 p.60

1. ②

2.

▪ 격려나 보상이 긍정적인 효과가 있다.	☑ 여자	☐ 남자
▪ 자신감을 높이기 위해 칭찬이 필요하다.	☑ 여자	☐ 남자
▪ 칭찬을 하면 일을 더 적극적으로 하게 된다.	☑ 여자	☐ 남자
▪ 칭찬은 과제 성공에 큰 영향을 미치지 않는다.	☐ 여자	☑ 남자

3.

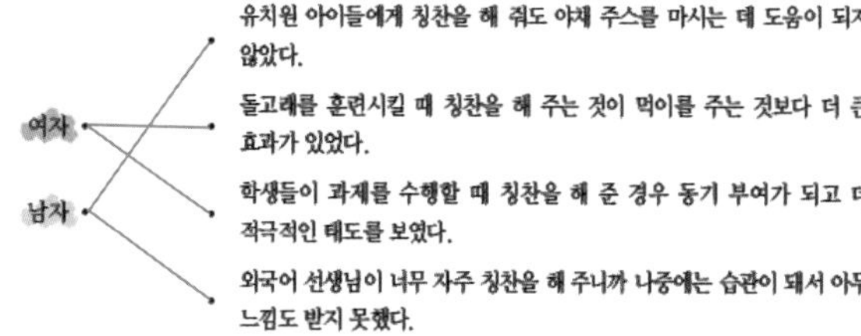

듣기_들어 보세요 2 p.61

1. 학습 유형에 따른 효과적인 학습 방법에 대한 상담입니다.

2.

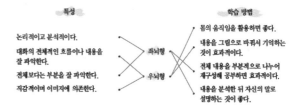

특성

논리적이고 분석적이다.
대화의 전체적인 흐름이나 내용을 잘 파악한다.
전체보다는 부분을 잘 파악한다.
직감적이며 이미지에 의존한다.

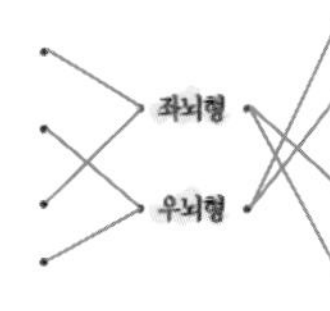

학습 방법

몸의 움직임을 활용하면 좋다.
내용을 그림으로 바꿔서 기억하는 것이 효과적이다.
전체 내용을 부분적으로 나누어 재구성해 공부하면 효과적이다.
내용을 분석한 뒤 자신의 말로 설명하는 것이 좋다.

3. • 말을 들을 때 하나하나의 단어나 문법에 지나치게 신경 쓰지 말고 덩어리로 내용을 떠올려 보는 것입니다.
• 자신이 얻은 정보를 부분적으로 분석하고 분류하고 다시 종합하면서 전체적인 내용을 이해해 보는 것입니다.

2. 사람의 심리

읽기_읽어 보세요 p.74

1. ② 주의, ① 착각, ③ 인지 능력의 한계

2. **1** 의 실험 목적 : 사람들의 주의력 부족에 대해 알아보기 위해
2 의 실험 목적 : 사람들이 긍정적 착각에 빠지는 것을 알아보기 위해

3. ②
4. 사람들은 자신이 보고 싶은 것만 보고 자신이 관심이 있는 것에만 주의를 기울이기 때문입니다.
5. 긍정적인 착각은 사람들에게 동기를 부여하고 성공할 수 있다는 자신감을 북돋아 줍니다.

보충 어휘-의성어 / 의태어 I p.81

연습 1.
1) ① 2) ② 3) ① 4) ②

연습 2.
1) 깜박깜박 2) 울먹울먹 3) 허둥지둥
4) 꼬르륵꼬르륵 5) 쌔근쌔근 6) 두근두근

연습 3.
1) 두근두근 2) 싱글벙글
3) 우물쭈물 4) 깜박깜박

연습 4.
1) 고래고래 2) 쌔근쌔근 3) 울먹울먹
4) 허둥지둥 5) 후루룩후루룩 6) 꼬르륵꼬르륵

X. 한국과 세계

1. 한국 속의 세계

듣기_들어 보세요 1 p.92

1. ②
2.
 ☑ 해외 입양아
 ☑ 분야별 우수 인재
 ☐ 장기간 유학하는 학생
 ☐ 영주권을 가진 모든 사람
3. 이중 국적 제도가 없어서 한국 국적을 취득하려면 인도 국적을 포기해야 했기 때문입니다.
4. ③

듣기_들어 보세요 2 p.93

1. 다문화 축제 참여 방식에 대해 토의하고 있습니다.
2. ②
3.

대본 내용	한국에서 문화 차이로 인해 경험했던 재미있는 경험담.
대본 작성	켈리와 마리코
연습 시간	다음 주부터 일주일에 두 번, 수업 끝나고 나서 연습함.

2. 세계 속의 한국

읽기_읽어 보세요 p104

1. ①
2. 세계 경제 규모 12위, 반도체와 조선 산업 1위, 무역 규모 1조 달러 달성 등 여러 경제 지표들 때문입니다.
3. 국가별 국민 소득, 교육 수준, 문맹률, 평균 수명 등 삶과 관련된 지표를 조사해 각국의 발전 정도를 평가한 것입니다.
4. ①
5. ④

보충 어휘-의성어 / 의태어 II p.111

연습 1.
1) ⓐ-①, ⓑ-② 2) ⓐ-②, ⓑ-①
3) ⓐ-②, ⓑ-① 4) ⓐ-②, ⓑ-①

연습 2.
1) 팔짝팔짝 2) 철썩철썩 3) 말랑말랑
4) 짭짤한 5) 알록달록 6) 도란도란

연습 3.
1) 줄줄 2) 반짝반짝
3) 팔짝팔짝 4) 찝질하지

연습 4.
1) 물렁물렁한 2) 철썩철썩 3) 멀뚱멀뚱
4) 얼룩덜룩 5) 도란도란 6) 껑충껑충

XI. 대중 매체와 문화

1. 표현의 자유와 공공성

듣기_들어 보세요 1 p.122

1. ④
2. 김 군은 교실에서 친구인 박 군을 살해하였습니다. 그 이유는 박 군이 김 군을 교실에서 심하게 때렸기 때문입니다.
3. 폭력 영화를 여러 차례 보면서 범행을 계획하고 연습했습니다.

듣기_들어 보세요 2 p.122

1. 1) ① 사회적 영향력과 책임, 필요하다.
   ② 표현의 자유, 불필요하다.
   2)

(남자) 영상 매체의 폭력적인 장면은 모방 범죄를 부추긴다.
(여자) 폭력성이 있는 사람은 폭력적인 영화를 보지 않고도 범죄를 저지른다.
(여자) 예술적 완성도를 높이기 위해 여러가지 소재가 선택될 수 있다.
(남자) 선정적·폭력적인 소재와 예술적 완성도는 관련성이 깊지 않다.

2. 1)

인터넷과 SNS에 대한 규제 찬성	남자	잘못된 여론 형성으로 국가나 사회를 위협하는 요소가 될 수 있음.
인터넷과 SNS에 대한 규제 반대	여자	민주 사회 발전에 긍정적인 영향을 미칠 수 있음.

2)

긍정적인 영향	부정적인 영향
사람들과의 소통을 통해 건전한 여론 형성에 기여함.	익명성이 잘못된 방향으로 여론을 이끌어 갈 수 있음.

2. 대중문화의 위상

읽기_읽어 보세요 p.135

1.

단락	원인	결과
가	많은 사람들이 스타를 동경하고 스타에 열광함.	스타가 엄청난 경제적 효과를 가짐.
나	스타가 대중의 욕망을 충족시켜 줌.	대중들이 스타에 열광함.
다	영화가 기술적으로 완벽하고 압도적인 이미지를 보여 줌.	관객들이 영화에 빠져들게 됨.

2.
☑ 화려하다 ☑ 강하다
☐ 약점이 있다 ☐ 초라하다
☑ 영웅적이다 ☑ 성적 매력이 풍부하다
☑ 이상적인 인간형이다 ☐ 별 볼일 없다

3. ④
4. 우리와 똑같은 사람에 지나지 않는구나.

보충 어휘-연어 I p143

연습 1.
1) ① 2) ② 3) ② 4) ①

연습 2.
1) 벌벌 떨다 2) 펑펑 울다
3) 훌훌 털다 4) 질질 끌다
5) 슬슬 피하다 6) 꽁꽁 얼다

연습 3.
1) 꽁꽁 얼었어 2) 훌훌 털어요
3) 슬슬 피하는 4) 질질 끌지

연습 4.
1) 끙끙 앓(지) 2) 벌벌 떨(다가)
3) 빙빙 돌(다가) 4) 술술 푸(는)
5) 푹푹 쪄 6) 펑펑 울어

XII. 과학과 생활

1. 환경과 대체 에너지

듣기_들어 보세요 1 p.154

1. ③
2. 온실가스의 양이 늘어나면 지구 온도가 계속 올라가기 때문입니다.
3. 산업화로 이산화탄소 발생량은 증가한 반면, 과도한 개발로 이산화탄소를 흡수하는 숲이 사라졌기 때문입니다.

듣기_들어 보세요 2 p.155

1. 원자력 발전소의 필요성에 대한 토론입니다.
2.

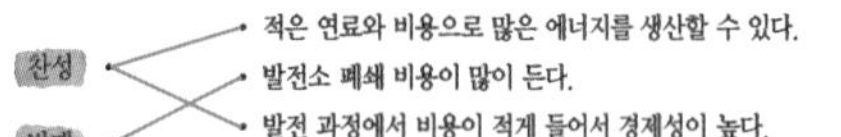

찬성
반대
적은 연료와 비용으로 많은 에너지를 생산할 수 있다.
발전소 폐쇄 비용이 많이 든다.
발전 과정에서 비용이 적게 들어서 경제성이 높다.
발전소 유지 비용과 핵폐기물 처리 비용을 고려하면 경제적이지 않다.

3.

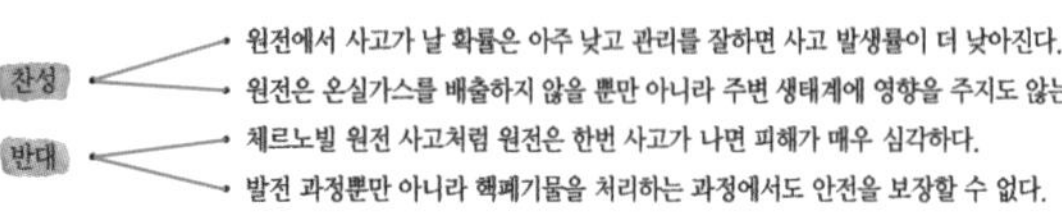

찬성
반대
원전에서 사고가 날 확률은 아주 낮고 관리를 잘하면 사고 발생률이 더 낮아진다.
원전은 온실가스를 배출하지 않을 뿐만 아니라 주변 생태계에 영향을 주지도 않는다.
체르노빌 원전 사고처럼 원전은 한번 사고가 나면 피해가 매우 심각하다.
발전 과정뿐만 아니라 핵폐기물을 처리하는 과정에서도 안전을 보장할 수 없다.

2. 생활 속 과학 이야기

읽기_읽어 보세요 1 p.166

1.

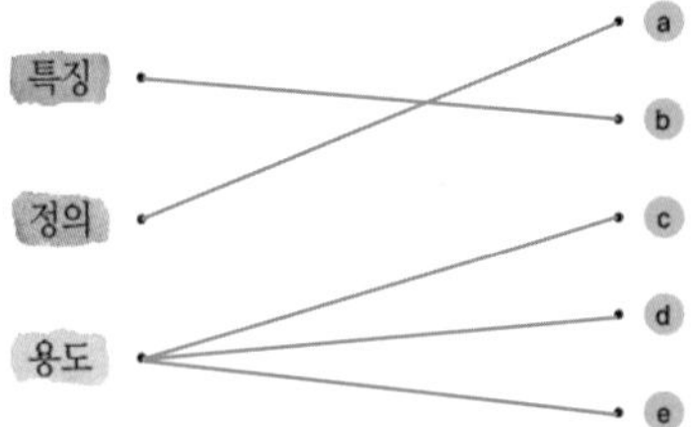

2. 별로 차게 느껴지지 않지만 꽉 잡으면 동상을 입을 수도 있습니다. 왜냐하면 영하 80℃의 드라이아이스와 손가락 사이에 생긴 이산화탄소 기체층이 없어지기 때문입니다.
3. 공기 중의 수증기가 액화된 것입니다.
4. 승화한 이산화탄소 가스가 공기(산소)를 차단하기 때문입니다.

읽기_읽어 보세요 2 p.169

1. ①
2. ⓐ 예를 들면
   ⓑ 반면에
   ⓒ 즉
3. 밤에는 지표면 쪽(아래쪽)으로 소리가 굴절하기 때문에 땅에 있는 쥐가 소리를 잘 듣게 되고 낮에는 지표면 위쪽(상공)으로 소리가 굴절하기 때문에 위쪽에 있는 새가 소리를 잘 듣게 됩니다.

보충 어휘-관용어Ⅳ p.179

연습 1.

1) ①　2) ②　3) ①　4) ②

연습 2.

1) 돼지 목에 진주　2) 새빨간 거짓말
3) 물과 기름　4) 빙산의 일각
5) 엎질러진 물　6) 눈엣가시

연습 3.

1) 새 발의 피　2) 옥에 티
3) 엎질러진 물　4) 눈엣가시

연습 4.

1) 돼지 목에 진주　2) 닭똥 같은 눈물
3) 물과 기름　4) 빙산의 일각
5) 새빨간 거짓말　6) 꿔다 놓은 보릿자루

XIII. 한국 사회의 문제

1. 대학 교육의 정체성

듣기_들어 보세요 1 p.191

1. 대학 교육이 취업이나 기업이 원하는 인재 양성에 도움이 되지 못하는 현실에 대해 보도하고 있습니다.
2. ①
3.

☑ 학점　☐ 외모
☐ 군대 경험　☑ 자격증
☐ 동아리　☑ 어학 능력
☑ 봉사 활동　☑ 해외 연수

듣기_들어 보세요 2 p.192

1. ②
2.

	원인	결과
여자	대학 교육이 부실하기 때문에	현재 대학생들이 스펙 쌓기에만 열중함.
남자	기업의 채용 방식 때문에	

3.

주 장	여자	남자
▪ 대학은 지식을 습득하고 진리를 탐구하는 학문 연구 기관이다.		V
▪ 대학에서 학생들의 실력을 키우고 인성 교육을 해야 한다.	V	
▪ 대학은 사회에서 경쟁력을 갖춘 인재를 길러 내는 곳이 되어야 한다.	V	
▪ 기업에서 필요한 기술은 신입 사원 교육을 통해서 기업이 가르쳐야 한다.		V
▪ 대학은 가치관과 인생의 목표를 설정하는 매우 중요한 곳이다.	V	V

2. 인구와 사회 문제

읽기_읽어 보세요 p.203

1.

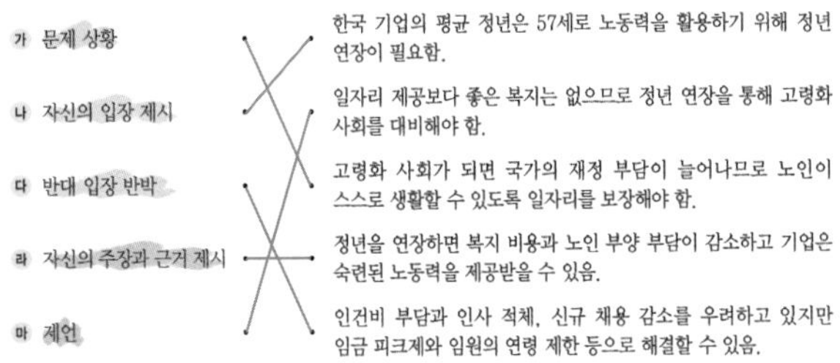

가 문제 상황	한국 기업의 평균 정년은 57세로 노동력을 활용하기 위해 정년 연장이 필요함.
나 자신의 입장 제시	일자리 제공보다 좋은 복지는 없으므로 정년 연장을 통해 고령화 사회를 대비해야 함.
다 반대 입장 반박	고령화 사회가 되면 국가의 재정 부담이 늘어나므로 노인이 스스로 생활할 수 있도록 일자리를 보장해야 함.
라 자신의 주장과 근거 제시	정년을 연장하면 복지 비용과 노인 부양 부담이 감소하고 기업은 숙련된 노동력을 제공받을 수 있음.
마 제언	인건비 부담과 인사 적체, 신규 채용 감소를 우려하고 있지만 임금 피크제와 임원의 연령 제한 등으로 해결할 수 있음.

2. ②

3.

☐ 인건비가 증가한다.
☐ 신규 인력 채용이 줄어든다.
☑ 복지 비용 지출을 줄일 수 있다.
☑ 젊은 층의 노인 인구 부양 부담이 감소한다.

4.

▪ 기업
(주장) 인건비 부담, 인사 적체
(반론) 임금 피크제, 일정 연령이 되면 임원 맡지 않기.

▪ 젊은 층
(주장) 젊은이들의 일자리가 부족해짐.
(반론) 장기적으로 신규 채용에 영향을 주지 않음.

보충 어휘-혼동하기 쉬운 말 I p.211

연습 1.
1) ① 2) ② 3) ② 4) ①

연습 2.
1) 마련했다 2) 섭섭하다 3) 서럽다
4) 다루고 있다 5) 기르려고 한다 6) 이용할

연습 3.
1) 준비해야 2) 사용하지만
3) 가늘어요 4) 아쉽다

연습 4.
1) 길러야 2) 미룬다 3) 정지하는
4) 은은한 5) 처리해 6) 슬픈

XIV. 한국의 정치와 경제

1. 한국의 정치와 민주화

듣기_들어 보세요 1 p.222

1. ④
2. 이승만 대통령 : ㄱ, ㄷ, ㄹ,
박정희 대통령 : ㄱ, ㄴ, ㄷ, ㄹ, ㅁ
전두환 대통령 : ㄹ, ㅁ
3. ③
4. 4·19 혁명 : 대통령의 장기 집권에 대한 국민들의 시위로 정권을 바꾼 사건.
유신 헌법 : 대통령을 간접선거로 선출하는 등 장기 집권의 기반을 마련한 헌법.
6·10 항쟁 : 국민들의 시위로 인해 대통령 직선제 요구가 받아들여진 사건.

듣기_들어 보세요 2 p.223

1. 훌륭한 지도자가 갖춰야 할 자질에 대한 인터뷰입니다.

2.

☑ 국민과 소통하는 능력 ☐ 애국심
☐ 지식 ☑ 공정성
☑ 리더십 ☐ 융통성

3.

☑ 자신만 옳다고 생각하는 것
☐ 여러 사람의 의견을 경청하는 것
☐ 자신에게 반대하는 사람들도 포용하는 것
☑ 자신을 지지하는 사람들에게 유리한 정책을 만드는 것

2. 한국의 경제와 성장 과정

읽기_읽어 보세요 p236

1.

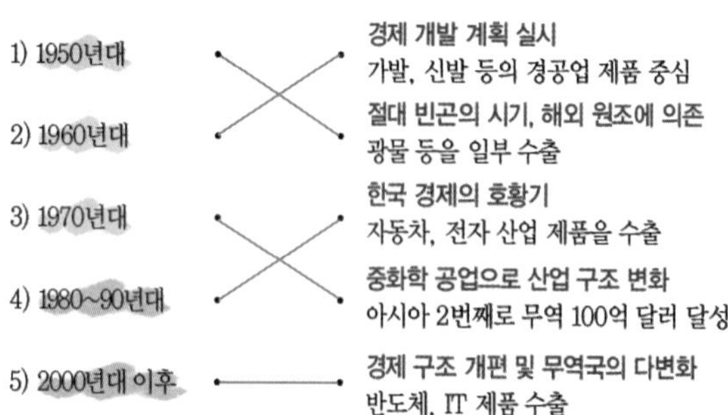

2. ③
3. 급속한 산업화로 인해 일자리를 찾아 농촌 인구가 대거 도시로 이동하는 이농현상이 심화되었기 때문입니다.
4. • 한국 경제 구조 : 한국 경제는 고속 성장으로 많은 문제점이 드러났으며, 이후 합리적이고 효율적인 경제 구조로 개편되어 경쟁력을 갖추게 되었습니다.
   • 한국인 : 자신을 더 이상 중산층이라고 생각하지 않게 되었고 상대적 빈곤을 느끼게 되었습니다.
5.

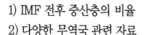

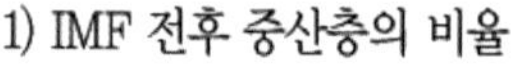
1) IMF 전후 중산층의 비율
2) 다양한 무역국 관련 자료
3) 선박과 철강의 수출액 자료
4) 국가별 반도체 점유율 순위

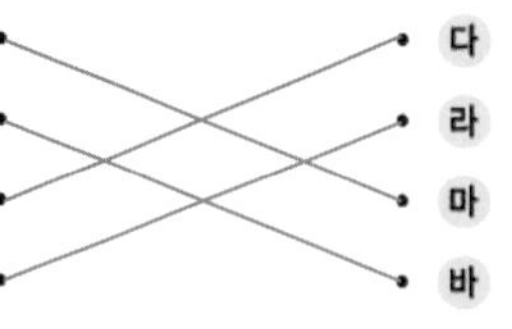

보충 어휘-혼동하기 쉬운 말Ⅱ p.247

연습 1.
1) ② 2) ① 3) ① 4) ①

연습 2.
1) 풍부하기 2) 감동해서 3) 분석한
4) 허전하다 5) 안타까웠다 6) 늘어질

연습 3.
1) 분류해서 2) 수선하(고)
3) 늘어났네 4) 붙이(면)

연습 4.
1) 감동하고 있어 2) 허전해요
3) 늘려(야겠어) 4) 맞출
5) 안쓰러워 6) 분석해

XV. 지형과 방언

1. 지형과 사회

듣기_들어 보세요 1 p.256

1. 문명의 발달에 대한 강의입니다.
2. A : 이집트 문명 B : 메소포타미아 문명
   C : 인더스 문명 D : 황허 문명
3.

☐ 동고서저의 지형 ☑ 강변과 넓은 평야
☑ 청동기의 사용 ☑ 문자의 발명
☑ 계급 발생에 의한 도시 국가의 출현

듣기_들어 보세요 2 p.257

1. 한국의 지형에 대해 이야기하고 있습니다.
2. 삼면이 바다로 둘러싸여 있는 지형을 '반도'라고 하는데 한국의 '한'을 붙여서 한반도라고 부릅니다.
3.

☑ 서쪽과 남쪽에는 큰 도시가 많다.
☑ 평야는 대한민국 국토의 30%도 안 된다.
☑ 아시아 대륙의 동쪽 끝에 자리 잡고 있다.
☐ 대한민국 국토의 70% 정도가 높은 산이다.
☑ 대한민국의 큰 강들은 거의 동쪽에서 서해로 흐른다.

4.

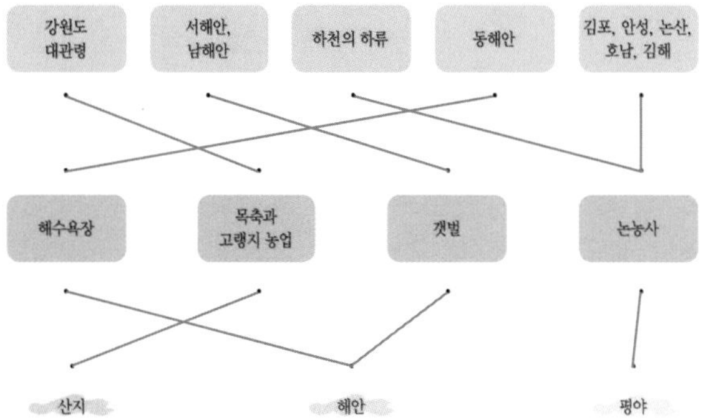

강원도 대관령
서해안, 남해안
하천의 하류
동해안
김포, 안성, 논산, 호남, 김해

해수욕장
목축과 고랭지 농업
갯벌
논농사

산지
해안
평야

2. 다양한 한국어의 모습

읽기_읽어 보세요 1 p.269

1.

단락	중심 내용
가	방언의 정의와 예시
나	방언의 형성 과정
다	방언에 대한 오해와 편견

2. 특정 지역에 살던 사람들이 그들에게 필요한 어휘를 만들어 가면서 그들에게 적합한 표현 방법을 발전시켜 나갔기 때문에 지역 방언이 형성되었습니다.

3. ④

4.

1) ⓐ 소리 •
2) ⓑ 단어 •
3) ⓒ 문법 •

• 전라도에서는 '-는데'를 '-는디', '-(으)니까'를 '-(응)께'라고 말한다.
ex) 초등학교 들어갔는디, 그걸 봉께
〈이기갑, 2008〉

• 충청도에서는 'ㅐ'를 'ㅏ'로 'ㅏ'를 'ㅐ'로 발음하는 경우가 있다.
ex) 동생→동상, 고생→고상, 다니다→대니다, 만들다→맨들다

• 부산에서는 무엇을 물어볼 때 '-(이)고?', '-노?'를 사용한다.
ex) 할배 이름이 멋고? 할부지 어디 계시노?
〈김정한, 모래톱 이야기〉

• 제주도에서는 '할아버지/할머니'를 '할방/할망', '돼지'를 '도새기', '감자'를 '지실'이라고 한다.

• 서울말 '밥 먹어라'는 높고 낮음이 없지만 대구에서는 '먹'이 가장 높고 이후는 점점 낮아진다.
〈서초술, 2009〉

읽기_읽어 보세요 2 p.270

1. '강원도 고성 지역 청소년의 방언 사용 실태와 방언에 대한 인식'에 대한 조사입니다.
2. •고성 지역 청소년들의 방언 사용 실태를 파악하는 것
•방언과 표준어에 대한 인식이 어떠한지를 밝히는 것
3. 지금까지의 조사는 청소년만을 대상으로 한 조사가 거의 없었는데 이 조사에서는 청소년을 대상으로 했다는 점이 다릅니다.
4.

설문지	주로 사용하는 음운과 어휘의 특징	대상	중3 학생 49명, 고1 학생 111명
면담	청소년들의 방언에 대한 인식과 말버릇	대상	고성 지역에서 태어나 살아온 학생 3명

보충 어휘-혼동하기 쉬운 말Ⅱ p.277

연습 1.
1) ② 2) ① 3) ② 4) ①

연습 2.
1) 말은 나면 제주도로 보내고 사람은 나면 서울로 보내라
2) 한강에 돌 던지기
3) 서울 가서 김 서방 찾기
4) 남산골샌님
5) 종로에서 뺨 맞고 한강에 가서 눈 흘긴다
6) 낙동강 오리알

연습 3.
1) 금강산도 식후경
2) 서울 가서 김 서방 찾기
3) 함흥차사
4) 평양 감사도 저 싫으면 그만이라

연습 4.
1) 남산골샌님
2) 한강에 돌 던지기
3) 말은 나면 제주도로 보내고 사람은 나면 서울로 보내라
4) 종로에서 뺨 맞고 한강에 가서 눈 흘긴(다고)
5) 모로 가도 서울만 가도 된다
6) 낙동강 오리알

어휘 색인

單字索引

ㄷ

ㅁ

ㅂ

ㅅ

執筆

崔銀圭　최은규

首爾大學國語國文學系博士

前 首爾大學語言教育院韓國語教育中心待遇教授

徐庚淑　서경숙

首爾大學國語國文學系博士課程結業

前 首爾大學語言教育院韓國語教育中心待遇專任講師

李貞德　이정덕

梨花女子大學國際研究所韓國學系博士

首爾大學語言教育院韓國語教育中心待遇專任講師

禹在泳　우재영

首爾大學國語教育系博士課程結業

首爾大學語言教育院韓國語教育中心待遇專任講師

日月文化集團
HELIOPOLIS
CULTURE GROUP
客服專線 02-2708-5509
客服傳真 02-2708-6157
客服信箱 service@heliopolis.com.tw

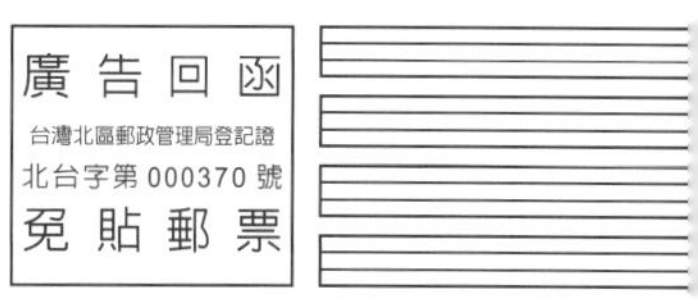

日月文化集團 讀者服務部 收

10658 台北市信義路三段151號8樓

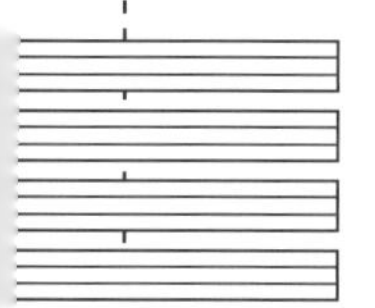

對折黏貼後，即可直接郵寄

日月文化網址：**www.heliopolis.com.tw**

最新消息、活動，請參考 FB 粉絲團

大量訂購，另有折扣優惠，請洽客服中心（詳見本頁上方所示連絡方式）。

大好書屋

寶鼎出版

山岳文化

EZ TALK

EZ Japan

EZ Korea

大好書屋・寶鼎出版・山岳文化・洪圖出版 EZ叢書館 EZKorea EZTALK EZJapan

感謝您購買 ______________________________

為提供完整服務與快速資訊，請詳細填寫以下資料，傳真至02-2708-6157或免貼郵票寄回，我們將不定期提供您最新資訊及最新優惠。

1. 姓名：______________________ 性別：□男 □女
2. 生日：________年________月________日 職業：
3. 電話：（請務必填寫一種聯絡方式）
（日）______________（夜）______________（手機）______________
4. 地址：□□□ ______________________________
5. 電子信箱：______________________________
6. 您從何處購買此書？□______________縣/市______________書店/量販超商
□______________網路書店 □書展 □郵購 □其他
7. 您何時購買此書？ 年 月 日
8. 您購買此書的原因：（可複選）
□對書的主題有興趣 □作者 □出版社 □工作所需 □生活所需
□資訊豐富 □價格合理（若不合理，您覺得合理價格應為________）
□封面/版面編排 □其他______________________________
9. 您從何處得知這本書的消息： □書店 □網路／電子報 □量販超商 □報紙
□雜誌 □廣播 □電視 □他人推薦 □其他
10. 您對本書的評價：（1.非常滿意 2.滿意 3.普通 4.不滿意 5.非常不滿意）
書名________ 內容________ 封面設計________ 版面編排________ 文/譯筆________
11. 您通常以何種方式購書？□書店 □網路 □傳真訂購 □郵政劃撥 □其他
12. 您最喜歡在何處買書？
□______________縣/市______________書店/量販超商 □網路書店
13. 您希望我們未來出版何種主題的書？______________________________
14. 您認為本書還須改進的地方？提供我們的建議？

____

____

____

____